CW00447843

Carlo Alfieri

Il Giureconsulto

Romanzo

Prima parte

Edizioni Amazon KDP

Immagine di copertina: *Natalia Yarovikova*
Progetto grafico: *Valeria Korshunova*

I diritti di elaborazione in qualsiasi forma od opera, di memorizzazione anche digitale su supporti di qualsiasi tipo (inclusi magnetici e ottici), di riproduzione e di adattamento totale e parziale con qualsiasi mezzo (compresi i microfilm e le copie fotostatiche), i diritti di noleggio, di prestito e di traduzione sono riservati per tutti i Paesi. L'acquisto della presente copia non implica il trasferimento dei suddetti diritti né li esaurisce.

Tutti i diritti sono riservati. Nessuna parte di questo libro può essere riprodotta, memorizzata o trasmessa in alcuna forma o con alcun mezzo, elettronico, meccanico, in fotocopia, in disco o altro modo, compresi cinema, radio, televisione, teatro, senza autorizzazione scritta dell'Autore.

Questo libro per quanto attiene all'aspetto romanzesco è un'opera di fantasia. L'aspetto storico si basa sui documenti disponibili per l'Autore all'epoca della stesura del romanzo.

Il Giureconsulto - Prima parte
ISBN 9798793264471
© 2020 Carlo Alfieri
bu.contatto@yahoo.com
Tutti i diritti riservati
Edizioni Amazon KDP

Il Giureconsulto
Prima parte

Prima parte

A Franco Musolino

Al pari del pesce che si lancia sull'esca
E nulla teme, fin quando all'amo è preso,
in troppo amare io m'avventai un giorno,
senza badare, finché fui nella fiamma
che m'arde più ancora del fuoco di forno;
e già non posso staccarmi d'un palmo
tanto il suo amore m'imprigiona e avvince.

[Bernard de Ventadorn, La Poesia dell'antica Provenza,
Guanda]

I

Il giorno di Natale dell'anno di Nostro Signore 1116, mia madre si sgravò di me e rese, riconoscente, l'anima a Dio.

Il barone Archibald von Isenburg, mio nonno paterno, appartenente alla piccola nobiltà della Sassonia e, morto in età avanzata, mi raccontava, quando io ero ancora ragazzino, forse quattordici o quindici anni, che l'anno 999 in Europa era stato un anno straordinario. Suo nonno gli aveva narrato di una massa di fanatici che andava predicando, in giro per le contrade, la fine del mondo.

«Perché, nonno?»

«Stupidaggini, interpretazioni balorde delle sacre scritture, dalle quale era stata ricavata la profezia mille e non più mille...»

«Ma allora perché non l'anno mille?»

«Beh, era quello che pensavo anch'io, ogni millennio finisce l'ultimo giorno di dicembre del millesimo anno e ogni nuovo millennio comincia, un istante dopo la mezzanotte, il primo di gennaio.»

«Ma il mondo non finì né in quell'anno, né in quello successivo...»

«Infatti. Cominciarono quindi a dire che la profezia voleva dire: il mondo durerà mille anni dopo Cristo e poi per un altro periodo indefinito, comunque al massimo non più lungo di altri mille anni.»

«Ma tu pensi che il mondo finirà entro il nostro millennio?»

«No, né in questo, né nel prossimo… il mondo è un oggetto fisico e obbedisce alle leggi degli oggetti fisici, solo l'anima è soggetta alle leggi morali delle sacre scritture. L'unica cosa che potrebbe succedere è che anche alla fine del nostro millennio, l'umanità di allora ne celebri o ne tema la fine alla mezzanotte del 1999, anziché alla mezzanotte del 2000. Vi sono forme d'imbecillità nella nostra specie che in alcuni casi sono stranamente ereditarie.»

Questi e altri furono gli insegnamenti che ricevetti dal nonno.

Ripensandoci oggi, mi sembra che avesse sempre voluto abituarmi a ragionare con la mia testa e a non prestare l'orecchio a vane fanfaluche, un atteggiamento mentale che in tempi bui, come quelli presenti, può attirare un mucchio di guai. Il nonno morì nel 1122, quando aveva sessant'anni.

Più avanti negli anni mi capitò di pensare che era morto proprio nell'anno in cui nacque Eleonora duchessa d'Aquitania e, non so perché, da allora ho sempre visto misteriose congiunzioni tra le date di nascita e di morte delle persone che più influirono sulla mia vita.

Ma di Eleonora avrò modo di parlare in seguito.

Ero studente a Parigi, nello studium di Guglielmo di Conches. Correva il 1135. Stavo frequentando i corsi che mi avrebbero portato, entro tre o quattro anni, al dottorato in utroque iure: avrei potuto dunque esercitare le mie competenze di giureconsulto sia in diritto civile che in diritto canonico.

Mio padre Bronislaw von Isenburg, vassallo dell'imperato-

Re e sottoposto alla giurisdizione del granduca di Sassonia, aveva voluto che studiassi a Parigi, con argomentazioni che mi parvero convincenti.

«Vedi Ulderico, ho notizie certe che l'insegnamento superiore è in una fase di evoluzione a Parigi, dove alcune scuole si stanno svincolando dal potere religioso.»

«Come è possibile? Solo i vescovi possono decidere ciò che può essere insegnato, e come. E ciò che si insegna è solo diritto e teologia, a parte medicina che fa in certo qual modo a sé. E gli insegnanti sono religiosi, ecclesiastici o monaci.»

«Non a Parigi, ti ripeto. Nel suo studium, con grave scandalo dei conservatori, Guglielmo di Conches ha pubblicato il suo Philosophia Mundi, un compendio di nuove conoscenze scientifiche e visioni del mondo che cominciano ad arrivare in occidente attraverso i testi arabi, tradotti in latino. Molti di questi trattati in lingua araba sono lavori originali, ma altri sono in realtà testi greci, mesopotamici, latini che gli arabi hanno tradotto nella loro lingua. Costantino l'Africano è tra coloro che hanno fatto affluire in Europa i libri delle biblioteche arabe. Mi dicono che schiere di studenti puntano su Parigi per accedere a questo nuovo sapere, e tu non sarai da meno.»

«Ma, padre, non capisco... i testi latini e greci dovremmo averli anche noi, perché dobbiamo passare attraverso l'arabo?»

«Certamente l'Europa è piena di libri, di antichi testi originali, ma sono in qualche modo come sequestrati, posti sotto il controllo della Chiesa, nelle grandi biblioteche dei monasteri. Ogni monastero ha uno scriptorium dove questi volumi sono studiati e copiati, ma la loro circolazione al di fuori dalla Chiesa è assai scarsa. Gli stessi testi cristiani, quelli dei Padri della Chiesa delle origini, sono difficili da reperire al di fuori della cerchia degli addetti ai lavori.»

«Mi rendo conto… d'altra parte pochi sanno leggere e scrivere e chi sa leggere e scrivere è uno studente, un chierico che impara e studia sotto la guida di maestri ecclesiastici. Mi sembra che così il cerchio si chiuda.»

«Hai compreso perfettamente. Ma proprio qui sta la novità dello studium di Guglielmo di Conches e di altre scuole prestigiose, come la Scuola medica di Salerno o la scuola di diritto di Bologna. In questa città italiana lo studium del magister Irnerius è una scuola assolutamente laica, dove il Comune e gli studenti costituiscono la struttura stessa della scuola. Insomma in questi nuovi centri di studio, opera una nuova classe di docenti più liberi dal condizionamento religioso, che adottano testi nuovi e non solo testi filosofici e di giurisprudenza, ma anche testi di discipline naturali, come l'astronomia, la medicina, la cosmologia, la medicina, la geometria, la matematica, l'ottica.»

«E la Chiesa come vede tutto ciò?»

«Malissimo. Ma d'altra parte questa contrapposizione tra società civile e società religiosa in campo culturale, non è che una prosecuzione della lotta tra poteri laici e poteri ecclesiali, tra re e imperatori da una parte e vescovi e papi dall'altra. Ma tu che ti appresti a divenire giureconsulto *in utroque iure*, esercita la tua arte secondo prudenza e coscienza, e non prendere partito in queste lotte. Sono, ambedue le parti, dominate da spirito di potenza e di sopraffazione. Non vedo, nella loro condotta, splendere la luce morale della giustizia.»

«Seguirò i vostri consigli, padre. Ma per tornare alle scuole di Parigi, in definitiva mi sembra che le novità dell'insegnamento si stiano manifestando soprattutto in campo scientifico... che giovamento ne trarrò io che ho scelto la giurisprudenza?»

«Avrai la possibilità Ulderico, di seguire anche lezioni in materie scientifiche, cosa che ti consiglio caldamente di fare. La tua mente si aprirà su nuovi orizzonti, e questo ti gioverà, qualunque sia il tuo corso di studi principale.»

Così partii per la città che stava crescendo rapidamente sulle rive della Senna. Sulla riva sinistra, che si sviluppa lungo la via Saint-Jacques, sorgevano soprattutto chiostri, chiese, monasteri e scuole, attorno alla Montagne Sainte Geneviève. La riva destra era tutta un succedersi di orti e vigne e frutteti, i *clos*, cioè proprietà agricole private e recintate, le corti, giardini circondati da aie ed ancora le colture, appezzamenti di terreni agricoli di notevoli dimensioni. Vi erano anche *clos* sulla riva sinistra, ma era sulla riva destra che, più frequentemente, ai giardini e alle coltivazioni si intercalavano i bourgs, i borghi, nuclei abitativi sempre più densamente popolati. Qui mercanti, artigiani e popolino avevano cominciato dall'inizio del nuovo millennio ad installare le loro attività, sostenute anche dalla presenza di un buon porto fluviale più a nord, sempre sulla riva destra. Ma io mi sentii subito legato alla riva sinistra... ricordo ancora il bourg Saint-Germain della mia giovinezza, un luogo piacevole, ritrovo di studenti, dove aprivano i battenti alcune buone taverne con vino e birra e qualche piatto di carne e lenticchie stufate a prezzi ragionevoli.

Ho voluto subito ricordare alcuni episodi dei miei anni giovani, poiché ora che la sabbia della vita è quasi completamente fluita dalle mie mani, mi rendo conto che in quegli anni mi sono formato, modellando la mia mente su insegnamenti non ortodossi, in un modo non consono ai tempi, dove la più rigida ortodossia era invece la regola. Non erano e non sono tempi in cui una retta coscienza e un pensiero razionale possano condurre lontano, il più greve conformismo e bigottismo predominavano e predominano in Europa. Un'Europa nella quale una mente ribelle non trova patria. Però devo anche riconoscere che negli anni che mi è toccato di vivere, sono avvenuti mutamenti, lenti ma importanti, a mio parere. Non saprei dire con precisione cosa sta succedendo, però qualcosa sta succedendo. La società muta fisionomia, il sapere sta cambiando, c'è uno strumento che diventa sempre più importante, il denaro.

La produzione di monete d'oro e d'argento si è andata accentrando nelle mani dei poteri maggiori e ai signori feudali vengono lasciate le zecche di importanza minore. Nelle città, chi sa fare un mestiere manuale con maestria ha acquisito un ruolo che lo eleva sopra la massa indistinta del popolino minuto. Fabbricare oggetti o prodotti di buona fattura e qualità, guadagna agli artigiani che li producono fama e riconoscimento, siano tessuti o armi o gioielli, o coloranti o manufatti edili... il lavorare con le mani che agli occhi dei nobili, degli

16

ecclesiastici e degli intellettuali era sempre sembrato lavoro servile degno delle classi infime della popolazione, mi sembra stia diventando un'attività dignitosa e che produce benessere economico per chi la esercita. Anche molti altri segni di cambiamento, più o meno grandi, mi hanno fatto riflettere lungo il corso della mia vita e ve ne parlerò man mano che si presenterà l'occasione.

Ho cominciato a stendere queste memorie quando avevo 64 anni, sulla base dei miei ricordi e di molti appunti e note, che ho conservato nel corso del tempo. Ora corre l'anno 1195, mi avvio verso gli ottanta anni, un'età straordinaria, di questi tempi. Non so se gli antichi vivessero più o meno a lungo, ma so per certo che le persone che ho conosciuto da giovane uomo, sono ormai tutte o quasi tutte morte.

Ho la barba e i capelli bianchi e un residuo vigore mi consente ancora di muovermi, sia pure con fatica, e di pensare con lucidità. I miei vecchi amici e nemici, coloro che non potevano condividere le mie idee o che le hanno sostenute, sono egualmente scomparsi, da molti anni. Sembra che alle nuove generazioni non importi più nulla di ciò che pensa un vecchio canuto, e mi lasciano in pace. Sono tornato in Sassonia, la terra dei miei avi. Abito nel palazzotto che fu di mio padre, nella città di Hildesheim. L'ho avuto in eredità, sono figlio unico e, per una serie di circostanze di cui dirò, morirò senza eredi.

Tutto questo mi causa una profonda tristezza, ma ormai è troppo tardi per porvi rimedio.

Prima di ricongiungermi al cosmo, alla grande anima cosmica, dalla quale proveniamo sotto forma di particelle materiali che si combinano provvisoriamente a formare i nostri corpi e poi si disgregano infine per formare in futuro nuovi corpi, secondo quanto affermano Epicuro e Lucrezio, voglio finire di completare, nel poco tempo che mi resta da vivere, le memorie che ho cercato di redigere, più o meno diligentemente, nel corso degli ultimi quindici anni.

Durante questo periodo, ho mantenuto molte relazioni sia con la Corte di Francia che d'Inghilterra e naturalmente con quella Germanica. Talvolta accade che colleghi e legati, che mi hanno conosciuto e stimato, passino a trovarmi e mi aggiornano sulle cose che accadono nel mondo, cose nelle quali io ormai non ho più alcuna parte attiva. Recentemente ho incontrato diplomatici di Bisanzio e del papa.

Affiderò queste carte in mani sicure: forse un giorno, chissà, qualcuno mi leggerà e potrà constatare da qui a cento o mille anni, se in questa mia mente allignavano idee ragionevoli o visioni senza fondamento.

A Parigi, durante i miei anni di studio, ebbi la ventura di conoscere persone diversissime. Mio padre mi faceva pervenire di tanto in tanto del denaro, servendosi di corrieri che, con una certa regolarità, collegavano la Sassonia con la città dove vivevo. Ebbi così modo di sperimentare personalmente come funzionasse il mondo dei soldi, del cambio del denaro. L'importante era che le monete, d'oro o d'argento, fossero riconosciute e stimate dai cambiavalute ed emesse da zecche di buona reputazione. Chi si faceva carico di queste transazioni, allora come oggi, era di solito un ebreo, poiché per qualche ragione che non mi è mai stata veramente chiara, e comunque la cosa mi sembra ancora oggi un'idiozia, al cristiano non si addice di occuparsi di tali vili cose.

Gli ebrei maneggiavano con grande competenza il denaro, sapevano saggiare i metalli preziosi, conoscevano il corso dei cambi di quasi tutte le monete europee e talvolta anche delle monete arabe e bizantine, perlomeno di quelle che godevano di maggiore stima.

Nella locanda dove avevo preso alloggio, vivevano altri studenti e anche un giovane italiano, un milanese che era venuto a bottega dal primo architetto di Luigi VI della dinastia capetingia, re dei Franchi dell'ovest, rex francorum, si faceva chiamare.

Non che fosse un gran reame, intendiamoci: si estendeva per poche miglia intorno all'Île-de-France, come dire Parigi, una parte della Champagne e della Loira. Per il resto a nord-ovest c'erano i normanni, ad ovest il ducato d'Aquitania e le contee ad esso collegate, a sud il Regno di Borgogna, sotto il controllo dell'imperatore tedesco e a est si incontrava ben presto il confine germanico. Comunque reame era e godeva in Europa di un certo prestigio. Il fondatore della dinastia, Ugo Capeto era morto nel 996. Gli era succeduto il figlio col nome di Roberto II. Dopo, lungo una serie di successioni, nel 1108 salì al trono Luigi VI, e nel 1137 Luigi VII, i miei due re degli anni studenteschi a Parigi. Il mio amico italiano, l'aspirante architetto, si chiamava Antonius Armaforti e parlava, come me, un eccellente latino. Passavamo lunghe ore a discutere di cose del passato e alle nostre conversazioni si univa di frequente un provenzale, un giovane praticante di medicina, che aveva conseguito l'attestato di frequenza al triennio di logica della Scuola Medica di Salerno ed aveva seguito i corsi del primo biennio di chirurgia ed anatomia. Gli mancava ancora il triennio finale e l'anno di praticantato presso un medico anziano accreditato. Inoltre per conseguire l'abilitazione finale doveva ancora compiere la dissezione di un cadavere. Ma aveva deciso di interrompere per un po' gli studi: sentiva il bisogno di fare pratica vera ed era quindi venuto a Parigi per prestare la sua opera presso un centro di assistenza ai pellegrini malati, uno *xenodochion*, ricavato da un ex-monastero nei pressi dell'Abbazia di Saint Denis, che su di esso aveva giurisdizione.

Era un giovane di grande ingegno, si chiamava Moniot de Coincy. Parlava latino, naturalmente, ma anche una nuova lingua che era andata formandosi nei regni del sud, una lingua che possiamo chiamare provenzale, a sua volta diversa dalla lingua delle regione del nord, che aveva preso il nome di Francia, la regione dei Franchi, dal VI secolo. Spostandosi da nord a sud le due lingue si mescolavano nel franco-provenzale, un idioma intermedio. Per comprendere la trasformazione in atto, occorre sapere che Ugo Capeto, il primo *rex francorum* eletto nel 987, era anche stato il primo re che non parlava più il germanico. Il latino, che aveva incorporato la lingua dei Galli, aveva ormai preso possesso della mia parlata materna e l'aveva stravolta. Il provenzale era una lingua fascinosa, usata da poeti e *troubadours*, che incantava le dame più raffinate. Mi stavo dedicando ormai da tempo a studiarla, e

Moniot ne faceva le spese, sbuffando dei miei tentativi di conversazione nel suo idioma.

Un pomeriggio inoltrato stavo dirigendomi verso la taverna di mastro Borzot, un oste grasso, rubizzo e chiacchierone, che aveva sempre buon vino e ottime salsicce alla brace, quando incontrai Moniot.

«Ohi, Moniot, non mi aspettavo di vederti stasera!» esclamai contento.

«Neppure io pensavo di venire qui a St. Germain, ma il conducente di un carro a cavalli del convento mi ha dato un passaggio.»

«Hai già mangiato?»

«Sì, insalata e un po' di formaggio.»

«Andiamo a farci un piatto di salsicce e zuppa di fagioli... tra poco arriverà anche Antonius.»

«Sto con voi volentieri, magari con una buona cerevisia, ma mangiare no, grazie.»

«Come fai a stare i piedi con due foglie d'insalata e un pezzo di cacio?»

Come al solito, quando contraddicevamo le sue abitudini strampalate, se ne usciva con qualche enunciazione della sua venerata scuola medica salernitana:

«*Ex magna coena, stomacho fit maxima poena; ut sit nocte levis, sit tibi coena brevis.*»

«Vai a farti benedire!» gli dissi di rimando, «ma ecco, guarda, sta arrivando Antonius.»

«Onoriamo il massimo costruttore, quale pollaio ti ha commissionato il nostro re, oggi?» lo sbeffeggiò Moniot.

«Oh dispensatore di purganti, santa mano guaritrice, da te gli stitici vengono trasformati in irrefrenabili *cacatores*, quale emozione incontrare un siffatto genio!»

«Smettetela di farvi complimenti, o confratelli» intervenni io, «e piuttosto andiamo in taberna a bere e a mangiare.»

Ci accomodammo dunque davanti ad un solido tavolo di quercia, sopra il quale una prosperosa inserviente di mastro Borzot imbandì la cena, salsiccia e zuppa di fagioli per due e una caraffa di vino rosso. Il digiunatore ebbe la sua birra. Antonius come d'abitudine diede una vigorosa palpata alle natiche dell'inserviente, ricevendone in cambio il solito profluvio di improperi, per metà rabbiosi e per metà divertiti. Queste fantesche di taverna sapevano usare la lingua, in tutti i sensi.

«Cosa c'è di nuovo?» attaccai io.

«È ora di finirla!» esclamò perentorio Antonius.

«Finire cosa?» chiese sospettoso Moniot.

«Con l'anonimato» completò la frase l'architetto.

«Cosa vuoi dire?»

«Gli antichi, ho letto tempo fa, concedevano ai loro massimi artisti di firmare le loro opere...»

«Cosa significa firmare le proprie opere?»

«Associare il nome dell'autore all'opera del suo ingegno, evidentemente.»

«Di cosa parli» intervenni, «tutti sanno che le Catilinarie le ha scritte Cicerone e il De Rerum Natura è opera di Lucrezio.»

«Vero. Però ti chiedo: chi ha costruito il Colosseo? Nell'antica Grecia il nome di Fidia, il sommo scultore, era posto alla base delle sue statue immortali, ma chi fu il progettista del

Partenone, in cima all'Acropoli? Il fatto è che noi architetti nel corso dei secoli non siamo mai stati riconosciuti, questa è la verità: progettiamo palazzi, castelli, cattedrali, imponenti fortificazioni, intere città… e il nostro nome quasi sempre scompare insieme a quello dei muratori, dei tagliapietre, degli scalpellini, dei mastri d'ascia, degli scultori, dei vetrai… polvere nella polvere.»

«Mi fai venire le lacrime agli occhi» biascicò Moniot beffardo.

«Taci purgatorius» gli intimai, «e dicci tu qualcosa di intelligente, se ci riesci.»

«Voglio parlarvi di merda e di immondizia.»

«Ci avrei scommesso» esclamò con tono disgustato Antonius.

«Siamo in mano ad amministratori civici ignorantissimi», esordì, «gente futile che ha dimenticato le grandi lezioni del passato, imbecilli venuti dal nulla e che nel nulla finiranno, trascinando tutti noi nella loro follia.»

Quando si lasciava andare alle sue invettive, Moniot assumeva la voce e la postura che uno si immaginava tale e quale a quella di Cicerone nel Senato romano.

«Perché tanta severità, Moniot?» intervenne Antonius improvvisamente interessato.

«A Salerno Costantino l'Africano ha insegnato a lungo, prima di ritirarsi nell'abbazia di Montecassino a tradurre gli antichi testi arabi, molti dei quali erano a loro volta traduzioni di testi greci a noi perduti. Ho sentito di morbi, che lui ha descritti per averli studiati in oriente e nelle terre d'Africa:

possono prendere migliaia di vite umane in pochi giorni, l'intestino rifiuta di trattenere i liquidi, lo stomaco rifiuta il cibo, e per quanto bevi o mangi morirai disidratato e denutrito senza scampo.»

Moniot fece una breve pausa, cupo in volto come atterrito da quanto stava per dire.

«E poi c'è un'altra cosa.»

«Dicci!» esclamammo noi all'unisono.

«Una nera tabe, una maledizione del cielo: il corpo sviluppa bubboni di colore blu e nero che col tempo scoppiano, diffondendo un liquido vischioso e fetido che trasporta con sé la morte quando, rientrando i miasmi nel naso e nella bocca, il morbo raggiunge i polmoni e respirare diventa impossibile. Io ho ragione di credere che questa malattia arriverà prima o poi anche in Europa.»

«*Deo, libera nos a malo*!» esclamai atterrito

«Cosa si può fare?» intervenne Antonius con spirito più pratico del mio.

«Costantino diceva che è tutta colpa della sporcizia, del luridume in cui noi moderni viviamo. Diceva che le città e i villaggi non devono puzzare di escrementi. Che i rifiuti non devono essere lasciati ad imputridire agli angoli delle strade, ma raccolti e bruciati. Che ciò che attira i topi, attira la morte. Che le città devono essere dotate, in ogni strada, di canali di scolo che convogliano le deiezioni umane e animali in canali sotterranei, come gli antichi romani avevano costruito nell'Urbe, col grande sistema che faceva capo alla Cloaca Massima. Che occorrono bagni, terme, acqua corrente, pulizia e che gli antichi avevano scoperto tutto questo e che noi viviamo come maiali, essendoci dimenticati della loro lezione.»

«Ma a parte Roma e il suo impero, nessuno aveva queste regole di vita, queste comodità» insinuai io.

«Ti devo dire una cosa, Ulderico. I greci stessi conoscevano il valore della pulizia e della cura del corpo. Gli arabi queste cose le sanno e le applicano. Costantino raccontò una volta a un docente di Salerno che viaggiatori attendibili, giunti dalla lontana India, gli avevano raccontato di antichissime città magnifiche che, secoli prima dell'Impero Romano, avevano sviluppato straordinari sistemi di acqua corrente, bagni termali, fognature e regole igieniche. Noi abbiamo dimenticato tutto, il sapere è scomparso. Tempo duecento anni, dalla Sarmatia alla Sicilia non resterà anima viva.»

Feci i debiti scongiuri.

Mentre scrivo questi ricordi, nell'anno 1185, rammento che proprio in questi giorni si è diffusa a Parigi questa notizia: il re Filippo II, nauseato dal lezzo che si leva dalle vie della città, quando i carri di passaggio rimuovono il fango misto ad escrementi, ha dato ordine che con un pavé di arenaria vengano lastricate tutte le strade principali. L'onore e l'onere di quest'opera furono affidati ai cittadini più abbienti dei *bourgs*, dei borghi, quei borghesi per l'appunto, che stavano emergendo come nuova classe sociale, i quali da una parte sborsavano il denaro necessario e dall'altra ricavano i maggiori benefici per i loro commerci da un sistema viario più efficiente. Oltre ad assicurarsi i favori del re, le cui delicate narici sarebbero state risparmiate dai miasmi pestiferi.

Ma torniamo alla taberna.

«Moniot» intervenne Antonius, «ecco la nuova missione di noi architetti! Ripuliremo le città da ogni immondizia e costruiremo, come un tempo, terme e giardini.»

«Che Dio ti prenda sul serio» concluse Moniot cupo in volto.

In quel momento si udì nella sala attigua, sulla quale si apriva la porta che dava in strada, un gran trambusto.

Alzammo gli occhi incuriositi e, attraverso il varco a volta che congiungeva le due sale, vedemmo entrare una mezza dozzina di giovani ufficiali, con la spada al fianco. Indossavano una divisa pittoresca e assai elegante. Si guardarono intorno, cercando un tavolo dove potersi sedere, ma ve n'era uno solo libero, troppo piccolo per sei persone. Antonius si alzò e disse:

«Uniamo i tavoli, gentiluomini, ci staremo tutti comodamente.»

«Grazie, messere, lei è molto gentile ed accettiamo volentieri l'offerta… siamo affamati ed assetati!» rispose quello che sembrava il capo del drappello.

Si tolsero i cappelli, slacciarono le spade dai cinturoni e si sedettero.

L'oste arrivò, portando i bicchieri, e annotò le ordinazioni. Quando se ne andò, Moniot prese la parola:

«Cavalieri, permetteteci di mescervi del vino, affinché i bicchieri vuoti non intristiscano la nostra tavolata.»

«Accettiamo con piacere e a buon rendere» risposero gli armigeri.

Arrivò il vino e poi il cibo. Le coppe si riempivano e si vuotavano con una certa frequenza e le lingue si sciolsero.

«Cavalieri, a noi chierici che ci consumiamo gli occhi sulle carte, la vostra vista induce pensieri di azioni e avventure e prodezze che ci sono precluse. Narrateci dunque, cosa vi conduce a Parigi?» esordii io, «quali vicende vi hanno fatto approdare a questa taverna? Ardiamo dalla curiosità di sapere.»

Il più alto in grado rispose, con un certo tono sussiegoso:

«Facciamo parte della guardia personale di Sua Altezza la duchessa Eleonora d'Aquitania, un corpo scelto di duecentocinquanta uomini.»

«Eleonora… volete dire la sposa di… ma come, a Parigi…» mormorai incredulo.

«Sì, dotto studente, sto proprio parlando della tua futura regina, andata in sposa a Luigi di Francia, il principe ereditario, in questo anno di grazia 1137. L'abbiamo scortata fino a Parigi, durante un lungo viaggio costellato di feste e di cerimonie fastose.»

«Raccontaci, ti prego» intervenne Antonius.

«Le feste per le nozze si svolsero al palazzo di Ombrière, nei pressi di Bordeaux.
Caroselli, balli, giochi d'acqua, troubadours che cantavano le più belle canzoni… qualcosa di indescrivibile. E poi l'incoronazione degli sposi quali duchi d'Aquitania nella cattedrale di Poitiers e poi…»

Tacque, come sopraffatto dai ricordi.

«E poi, cavaliere, pendiamo dalle tue labbra» sembrò implorare Moniot.

Il capitano riprese a parlare, e la voce questa volta gli uscì quasi incupita da una subitanea tristezza.

«E poi… ci fu la prima notte di nozze, nel castello di Taillebourg.»

«Non sembra un buon ricordo per te» commentò titubante Moniot.

«Non lo è per nessuno di noi, di noi duecentocinquanta guardie della duchessa e delle duecentocinquanta guardie del principe, che si accompagnavano a noi.»

«Non furono predisposte feste e banchetti?» intervenni io.

«Oh, certo che sì, anzi un banchetto speciale, particolarmente sontuoso, per noi cinquecento della guardia, ma quando si fece sera e la coppia reale si ritirò nel castello, calò sugli uomini una strana malinconia, che né il vino, né il cibo né le molte damigelle che si erano unite a noi ufficiali, desiderose di compagnia, riuscirono a scacciare.»

«Ma perché, in nome di Dio?» esclamai, «chi non avrebbe voluto essere al vostro posto?»

«Il punto è, *magister*, che tutti i cinquecento uomini avrebbero voluto essere al posto di Luigi.»

«Dimmi cavaliere, com'è lei?» domandai come travolto da un subitaneo impulso di passione e quasi vergognandomi subito dopo per l'ardire della domanda.

Un sottoposto si rivolse vivacemente al suo superiore:

«Capitano, mi lasci rispondere, la prego!»

Il capitano sogghignò, beffardo:

«Rispondi, rispondi, capoguardia Amiel de Périgueux.»

«Signore, la duchessa Eleonora è una dama incantevole, e

nessuno al mondo potrebbe resistere al turbamento dei sensi che ella sa indurre in un uomo che abbia la ventura di incrociare il suo sguardo, così dolce e così dominatore... signore io sono pronto a dare la mia vita per un solo suo sguardo, questo voglio giurarvi sul mio onore!»

«Capoguardia Amiel, sei il solito coglione sentimentale» interruppe divertito il capitano, «vede *magister*, il nostro uomo qui è innamorato, si rende conto, innamorato, pover'uomo. Egli dimentica dunque due cose. Primo: anche nella categoria degli amori impossibili, il suo è il più impossibile degli impossibili.»

Si concesse una lunga sorsata di vino.

«E la seconda?» intervennero quasi all'unisono Moniot e Antonius, che avevano seguito con grande attenzione la conversazione.

«La seconda è che la vita per la duchessa è tenuta a darla per contratto, sguardo o non sguardo!»

Ci facemmo tutti una grassa risata, mentre il povero Amiel, se ne stava a capo basso, in preda a cupi pensieri. Quella volta, per la prima volta nella mia vita, sentii parlare e parlai di Eleonora d'Aquitania. Ma non sarebbe stata l'ultima.

II

Moniot aveva una caratteristica: conosceva gente. Dotato di una memoria prodigiosa, ricordava date, facce, nomi, ricorrenze. Era un ottimo segretario di se stesso. Naturalmente un medico, soprattutto se viene considerato bravo, entra nelle case, in genere bene accolto. Vero è che Moniot non era ancora un medico patentato, ma aveva già superato una buon parte del difficile percorso che porta in vetta alla sua arte e quello che ancora gli mancava nella teoria, lo compensava con una solida pratica, propria di chi, come si dice, mette personalmente le mani in pasta.

Una domenica avevamo deciso di incontrarci all'abbazia di St. Germain, per assistere alla funzione di mezzogiorno. Era di maggio, alberi e giardini fioriti, il tempo mite e soleggiato. Arrivai con molto anticipo, avrebbe dovuto unirsi a noi anche Antonius. Poco dopo scorsi Moniot, elegantemente vestito, contrariamente alle sue abitudini, che si accompagnava ad un gentiluomo di nobile aspetto, i capelli e la barba ingrigiti.

«Caro amico, ho l'onore di presentarti al visconte François de Morvillier, archivista a Corte e consigliere del Re per la compilazione dell'annuario storico del regno.»

«Sono onorato di fare la vostra conoscenza, signore, dissi con un inchino.»

«Il piacere è mio, caro von Isenburg. Ho sentito parlare di voi e quando ho saputo che siete amico dell'ottimo Moniot, gli ho chiesto di fare la vostra conoscenza.»

«Signore, mi confondete, non riesco neppure ad immaginare che si parli di me, fuori dalla mia scuola o da qualche taverna di studenti.»

«Eh, ho le mie informazioni, io!» sorrise il mio interlocutore, «l'abate di corte, il curato della cappella privata del Re in persona, mi ha detto di avere parlato di voi col vostro maestro, Guglielmo di Conches.»

Lo guardai sbalordito, senza dire nulla.

«E c'è di più. Ho saputo che Guglielmo ha espresso una buona considerazione su di voi, durante un incontro nella sede principale della sua scuola, a Chartres.»

«Di grazia, signore, se non chiedo troppo, chi era l'interlocutore?»

«Bernardo di Chiaravalle» rispose con studiata noncuranza.

«Bernard de Clairvaux» mormorai incredulo.

Se mi avesse fatto il nome del re d'Inghilterra o dell'imperatore svevo, non mi avrebbe colpito in modo così forte. Bernardo era un uomo carismatico, di grande statura morale ed intellettuale, parlava da pari a pari con papi, re ed imperatori.

«Proprio così» disse lui godendosi la mia sorpresa e il mio rossore, «Bernardo ha chiesto consiglio a Guglielmo su una certa questione che gli sta a cuore e proprio in relazione a tale questione, gli ha domandato se tra i suoi laureandi in giurisprudenza non vi fosse un giovane di retto ingegno e di sicuro talento, da segnalargli. Guglielmo ha fatto il vostro nome.»

«Signore sono certo di non possedere neppure una briciola delle virtù che avete enumerato...»

«Eh, non vorrete contraddire il vostro maestro, spero. Sapete, come storico, ammiro molto i giuristi. Spesso ho constatato che grazie alla loro sapienza e competenza, hanno saputo risolvere dispute che sembravano condurre direttamente all'uso della forza.»

Naturalmente bruciavo dalla voglia di chiedergli quale fosse la questione che stava così a cuore a Bernardo, ma mi trattenni. Ero abbastanza addestrato alla prudenza, per non commettere quell'errore.

«Signor visconte, vi ringrazio delle vostre confidenze. Naturalmente sono pronto a soddisfare qualsiasi richiesta provenisse dal mio maestro, temendo sempre di deluderlo.»

«Non lo deluderete, caro von Isenburg, ne sono certo. Uno di questi giorni vi farò pervenire un invito a corte, e vi mostrerò il lavoro che, con i miei segretari, andiamo svolgendo, catalogando e registrando i fatti della politica quotidiana che diventeranno la Storia di domani. Come giurista troverà interessante ciò che facciamo.»

Non feci a tempo a dirgli che ero felicissimo dell'invito, ed ecco arrivare Antonius. Dopo una nuova serie di presentazioni, ci avviammo tutti verso la chiesa. Le campane avevano appena cominciato a suonare i dodici rintocchi.

Quando uscimmo il visconte ci salutò, mi riservò personalmente un "a presto", e si diresse verso una carrozza che l'aspettava.

«Moniot, non finirai mai di stupirmi. Come hai conosciuto il visconte?»

«Be', come forse sai, mi sono fatto una certa fama a Parigi

e dintorni, come esperto di certe patologie che la mia Scuola a Salerno ha studiato in modo approfondito, ricavandone valide terapie.»

«E nella fattispecie?» si intromise Antonius.

«Gli ho curato le emorroidi.»

«Ah, ecco!»

«Ecco cosa?» ritorse Moniot con fare bellicoso.

«Niente, niente, dicevo così per dire» rispose Antonius mansueto.

«Bene, che si fa?» mi intromisi.

«Andiamo a mangiare.»

«Non pensate ad altro!»

«Tu puoi sempre digiunare, sant'uomo.»

«Ognuno farà quel che gli pare. Andiamo da mastro Borzot.»

L'esortazione di Antonius era perentoria, segno che la fame lo stava rendendo nervoso.

Alla *taberna* ci aspettava una lieta sorpresa. L'oste aveva preparato uno dei nostri piatti preferiti, la *soup á la Montfaucon*. Quando dico nostri, intendo mio e di Antonius. Quanto al parco Moniot, credo che il suo piatto preferito fosse pane raffermo, intinto in acqua calda con un po' d'olio e sale.

La *soup á la Montfaucon* era una delle specialità di Borzot, la cui ricetta era tenuta assolutamente segreta. Il suo creatore minacciava trucemente di arrostire allo spiedo chiunque, avendo accesso alle sue cucine, avesse divulgato la composizione. Tuttavia Antonius, da par suo, aveva aggirato ogni barriera di riservatezza. Tempo addietro, adescata una fantesca del locale, la invitò in un fienile non lontano, dove la sedusse. La fanciulla, presa dalla voluttà dell'amplesso, rispose a tutte le domande dell'astuto serpente che venne così in possesso della misteriosa ricetta.

«Vergognati» gli dissi io, quando mi raccontò l'accaduto, «sedurre una vergine solo per carpire segreti di cucina!»

«Non solo per questo, te lo giuro. Mentre sulla verginità della vergine, non giuro affatto!»

«Ebbene, svelami dunque il segreto dei segreti!»

«Bene, preparerai un buon brodo di pollo, poco salato e accuratamente sgrassato. Vi farai cuocere delle cotenne di maiale, ben mondate e precedentemente scottate nel vino rosso. Quando saranno tenere, aggiungerai l'orzo e lo porterai a perfetta cottura. Nel frattempo, a parte, avrai fritto delicatamente nello strutto dei fegatini di pollo, aromatizzati con pepe, salvia e alloro. Preparerai un impasto di olio, aglio e rosmarino finemente pestati nel mortaio e con questo darai sapore alle fette di pane che abbrustolirai sulla brace.

Metterai il pane così preparato nelle ciotole. Solo all'ultimo momento aggiungerai i fegatini alla zuppa bollente e ne verserai due generose mestolate sopra il pane.»

«Antonius, ti prometto che quando avrò una casa mia, sarai invitato a mangiare questo piatto, che preparerò per te con le mie mani.»

Moniot aveva seguito, palesemente annoiato, il profluvio gastronomico di Antonius e sentenziò:

«*Salvia, sal, vinum, piper, allia, petroselinum: ex his fit salsa, nisi sit commixtio falsa.*»

Non perdemmo neppure il tempo per mandarlo a quel paese.

Borzot, nel frattempo, ci aveva fatto imbandire la tavola. Furono portate delle ciotole, in cui giacevano le fette di pane abbrustolito, sapientemente aromatizzate. Sopra andava versata la minestra, il pane si sarebbe ammorbidito a avremmo potuto mangiare, come al solito, con vigorose cucchiaiate.

Poco dopo arrivò l'oste con un fumante paiolo di rame e ci scodellò la zuppa. Ci buttammo voracemente sul nostro pasto. Quanto a Moniot, lui aveva ordinato un passato d'orzo. Simplex, senza l'aggiunta di alcunché.

Il primo giorno dell'agosto 1137 morì Luigi VI e il figlio divenne Re di Francia col nome di Luigi VII. Eleonora fu incoronata Regina di Francia. Sei o sette mesi dopo, mi ricordo un freddissimo inverno degli inizi del 1138, il visconte de Morvillier mi convocò a Corte. Il castello reale, il Palais come veniva chiamato, sorgeva sull'isola, nel mezzo della Senna, nota come Île de la Cité, all'estremità ovest.

Mi presentai, puntualissimo, vestito dei miei panni migliori, il cuore che mi batteva a velocità doppia del normale. Al corpo di guardia di un ingresso laterale, riservato agli addetti amministrativi, dove ero stato istruito di presentarmi, ebbi il lasciapassare che era stato predisposto a mio nome e un usciere mi accompagnò negli uffici del visconte. Cercai di rilassarmi e di recuperare una respirazione normale. Fui introdotto in un primo locale, una specie di piccolo salotto, che fungeva da anticamera. Dopo alcuni minuti il visconte in persona venne a prendermi, cordiale come sempre.

«Venga, venga, caro von Isenburg, mi segua» e così dicendo mi fece strada verso una porta che dava su un piccolo cortile interno, attraversato il quale ci trovammo di fronte ad un portone socchiuso. Di qui entrammo in un vestibolo che attraverso un lungo corridoio ci portò alla cappella reale. L'aveva fatta costruire il re Roberto II, dedicandola a Saint Nicolas, più di un secolo prima e nel 1154 Luigi VII la fece completamente restaurare e le attribuì un nuovo nome, la Sainte-Chapelle.

In quel momento il luogo era completamente deserto. Il visconte de Morvillier mi condusse presso l'altare e mi disse:

«Signor von Isenburg, le chiedo semplicemente di promettermi, sul suo onore, in questo sacro luogo, di mantenere il più assoluto riserbo sulle cose di cui parleremo oggi ed in occasione di altri incontri, sia tra noi due che in presenza di terze persone…»

«Ha la mia promessa, signore.»

Non mi aveva chiesto giuramenti: semplicemente, come aveva detto, solo una promessa. Ricordo che in quel momento provai turbamento, come se avessi scoperto, nel nobiluomo che mi accompagnava, una diversa etica, quasi un modo nuovo di concepire i rapporti umani. Ritornammo da dove eravamo venuti e finalmente entrammo in un secondo locale, molto grande, col pavimento coperto di magnifici tappeti e le pareti ricoperte da scaffali, fino al soffitto.

Sopra gli scaffali giacevano ordinatamente rotoli di pergamena e voluminosi fascicoli cartacei, tutti numerati e classifi-cati. Devo ricordarmi, nel corso della mia narrazione, di par-lare della carta, un nuovo materiale sul quale io stesso sto ora scrivendo. Alcuni addetti stavano alacremente lavorando, chini sui numerosi tavoli che arredavano il salone. Attraver-sammo rapidamente lo *scriptorium* ed entrammo nell'ufficio privato del consigliere reale. Si sedette su una poltroncina di legno e cuoio e mi invitò a fare altrettanto su una delle altre tre sedie gemelle che circondavano un tavolo rotondo, con un pianale di marmo rosso. Ad un suo cenno un maggiordomo si avvicinò e posò sul tavolo due caraffe di vetro, con intarsi in argento. L'una conteneva acqua fresca e l'altra vino bianco: ci preparò due bicchieri riempiti per un terzo di vino e per due terzi d'acqua.

«Ci sono molte questioni che ci occupano, al punto che mi troverò costretto ben presto ad aumentare il personale, per far fronte alle necessità di archiviazione e di compilazione dei commentari che sottoponiamo al Re quasi quotidianamente» esordì il mio ospite.

«Un lavoro delicato, che richiede, penso, grande compe-tenza ed acutezza di giudizio.»

«Ciò che dice è molto, molto vero, von Isenburg! Cerchia-mo di fare del nostro meglio» soggiunse modestamente.

«Mi permette una domanda?»

«Una o cento, sono a sua disposizione.»

«Grazie, signore. Ecco, vorrei chiederle se, facendo una gra-duatoria delle vostre cure quotidiane, ce n'è una che svetta so-pra le altre.»

Mi guardò per un istante negli occhi, un breve sorriso gli increspò le labbra. Evidentemente aveva colto nella mia perifrasi, il tratto curiale di chi sottilmente non pone mai domande in forma diretta.

«Sì, è così, anzi le dirò di più, c'è sempre una questione predominante. Per certo, altre non lo sono da meno... prendiamo ad esempio le vicende dei nostri vicini, gli imperatori germanici. Abbiamo seguito con grande attenzione lo scontro tra gli imperatori del casato salico ed il papato, protrattosi per anni tra Enrico IV ed Enrico V da una parte e uno stuolo di papi ed antipapi dall'altra, concluso con il Trattato di Worms del 1122. E, con non minore attenzione, seguiamo il passaggio delle insegne imperiali al casato degli Hohenstaufen di Svevia... e le vicende dei re normanni in Sicilia... tuttavia, per rispondere alla sua domanda, ciò che oggi predomina nelle nostre ricerche ed analisi è sua maestà la regina.»

«La regina! Vuole dire Eleonora d'Aquitania, sposa del nostro re...»

«Per l'appunto. Il matrimonio ha posto problemi gravosi ai politici ed ai giuristi del regno, ma tali problemi sono stati risolti. Ora se ne presentano altri...»

«Mi può brevemente descrivere i primi, signore? Sono certo che queste conoscenze gioveranno alla mia futura professione.»

«Ma sicuro, mio giovane amico. Come lei certamente saprà Eleonora ha sposato il nostro re il 25 luglio dell'anno scorso. Dopo le nozze, durante il viaggio verso Parigi, nella cattedrale di Poitiers, Eleonora e Luigi ricevettero la corona d'Aquitania, ma, ecco il punto cruciale, fu convenuto che il ducato non venisse annesso al regno di Francia, e non parlo dei beni allodiali di Eleonora, ma del ducato nella sua interezza, mi segue, von Isenburg?»

«Certo, visconte, la sua spiegazione è chiarissima.»

«Ecco, dunque, il complesso dispositivo: Eleonora rimane duchessa d'Aquitania, Luigi è duca consorte. Il loro primo figlio diventerà re di Francia e duca d'Aquitania e l'unione delle due corone avverrà, di fatto, una generazione più tardi.»

«Una pattuizione elegante e complessa, che mi pare tenda essenzialmente a proteggere gli interessi di Eleonora.»

«Eh, vedo che lei ha un cervello fino, aveva ragione Guglielmo. Proprio così. La nostra regina, che Dio la guardi, è donna accorta e quando si tratta dei propri affari, non si muove mai senza schiere di dotti che le coprano le spalle con sottili argomenti. D'altra parte, quando si tratta invece dell'esercizio del potere, è straordinariamente impulsiva, ritiene di essere al di sopra di ogni critica e conduce la corte come la conduceva nella sua terra... musici, *troubadours*, menestrelli e poeti, artisti delle nove Muse sono sempre i benvenuti. Ma Parigi non è abituata a tutto ciò, la nostra corte è più chiusa, più fredda, meno cosmopolita, ci sono già dei contrasti, delle lamentele. Ma il re è assolutamente dominato dalla personalità di questa donna straordinaria ed è qui che sorgono le nostre preoccupazioni. Non vorremmo che la sua dolce, giovanissima sposa, lo induca a passi avventati, anticamera di complicazioni e pericoli.»

«Capisco il vostro punto, signore, e sono onorato delle confidenze che avete avuto la bontà di condividere con me. Naturalmente, come vi ho già promesso, la mia riservatezza sarà assoluta.»

«Non ne dubito, von Isenburg. Cambiando argomento, vorrei chiedervi di illustrarmi un poco nel dettaglio questi nuovi studi di giurisprudenza... sento parlare di un nuovo diritto che si affianca al diritto canonico... *utroque iure*, interessante: suvvia mi illumini, mio ottimo amico!»

Ripensando negli anni successivi a questa richiesta così amichevole e confidenziale di de Morvillier, mi sono convinto che lui ne sapesse più di me, ai tempi, sull'argomento e che mi avesse fatto quella domanda per valutarmi e per capire se io fossi conscio delle implicazioni che il sorgere di un nuovo jure comportava. Ma allora ero giovane e inorgoglito dal fatto che si chiedesse la mia opinione da parte di cotal uomo, mi lanciai in un'appassionata esposizione.

«Signore, credo che stiamo vivendo una straordinaria epoca di mutamento: il diritto antico, quello dei codici scritti, della *lex romana*, degli augusti imperatori, sta tornando alla luce. I commerci che si stanno sviluppando nelle nostre città e le merci prodotte dagli artigiani devono essere trasportate, vendute e pagate spesso da una nazione all'altra. Ciò fa sì che il giurista chiamato a dirimere cause, desideri fondare il proprio giudizio su leggi scritte e non su quel diritto consuetudinario o imposto da decreti reali o feudali o sia pure imperiali, così mutevoli nel tempo e di luogo in luogo.»

«E da cosa trarrebbe origine questo diritto, diciamo così, universale?»

«Ecco, proprio dal passato, dal diritto romano, dai nostri grandi, antichi predecessori. Parlo del *Corpus iuris civilis*, che ha rivisto la luce attraverso testi arabi tradotti dal latino, che incorpora il diritto romano più antico, dei tempi della repubblica fino ai codici imperiali, di Adriano, di Caracalla, fino a Teodosio e Giustiniano. Ho saputo che a Bologna, in Italia, presso lo *studium* di Irnerius, sia sorta una scuola giurisprudenziale che basa il proprio insegnamento proprio sugli antichi codici romani, dove ogni articolo è commentato con glosse e spiegazioni che si riferiscono a situazioni sociali dei nostri giorni... sono conosciuti appunto col nome di glossatori di Bologna. I quattro discepoli più vicini a Irnerius sono Bulgarus, Jacopus, Martinus Gosia e Hugo. I loro pareri giuridici sono già richiesti in tutta l'Europa. Non so cosa darei per avere copia di un codice romano, glossato dallo *studium* di Bologna!»

«Una *Litera Bononiensis*, quindi...» mormorò con mia sorpresa de Morvillier, «suppongo che Guglielmo di Conches ne abbia una nel suo studio.»

«Per certo, signore, volevo dire che amerei molto averne una copia personale. Ma naturalmente è un sogno praticamente irrealizzabile.»

«Mi segua, von Isenburg» disse improvvisamente il mio ospite, «venga, voglio farle vedere una cosa che la interesserà.»

Si diresse quindi con passo svelto verso una porta che si apriva nel suo studio privato e da qui accedemmo ad un'altra sala del tutto simile a quella dove lavoravano gli archivisti, solo che in questa non v'era nessuno. Gli scaffali erano quasi completamente occupati da volumi. Al centro un lungo tavolo in noce massiccio faceva bella mostra di sé. Non potevo nascondere la mia sorpresa.

«Dove ci troviamo?» mormorai timidamente.

«Questa è la biblioteca reale privata. Il nostro re che ci ha da poco lasciati, Luigi VI, che Iddio abbia cura della sua anima, mi aveva dato ampio mandato e i fondi adeguati, per reperire quanti più libri si possano trovare in circolazione e le assicuro che al giorno d'oggi parliamo di merce rara!»

«Straordinario!» esclamai.

«Vero. Il re non sopportava che il sapere contenuto nei libri fosse limitato ai monasteri e alla chiesa che li governa. Sappia che il suo magister Guglielmo, e molti altri dotti laici che hanno difficilmente accesso alle biblioteche ecclesiastiche, possono liberamente chiedere di consultare la nostra biblioteca. Inoltre, fortunatamente, il nuovo re mi ha confermato nell'incarico, con le stesse prerogative che mi furono garantite da suo padre.»

«Posso chiederle il criterio con cui i libri vengono scelti ed acquistati?»

«Naturalmente... devono essere in buono stato, ben copiati e di autori noti. Le materie sono molteplici, filosofia, storia antica, diritto, medicina, astronomia, geometria. Abbiamo affrontato anche il problema delle traduzioni, soprattutto dall'arabo. Per portarle un esempio, quando venni a sapere che Gherardo da Cremona si era trasferito nel 1134 a Toledo per tradurre alcuni testi arabi conservati in quella città, gli mandai un mio procuratore per convincerlo a produrre copie anche per la nostra biblioteca, e così oggi disponiamo qui della traduzione latina dei primi tre libri delle Meteore di Aristotele e della traduzione dell'Almagesto di Tolomeo. Ma ora guardi qui, che ne dice?» e mi porse un volume che aveva prelevato da un vicino scaffale «ecco questo è un testo che raccoglie i primi tre libri del *Corpus Iuris*, cioè il Digesto, glossati da Irnerius.»

«Il *Vetus*, l'*Infortiatum* ed il *Novum*» mormorai tra me e me, mentre afferravo il volume con le mani tremanti, «non posso credere ai miei occhi!»

«Gliene faccio dono, giovane von Isenburg, ne possediamo altre copie, e lei veda di farne buon uso. Aggiungerò questo aureo libretto, che costituisce una specie di manuale al quale si attengono i glossatori, nell'espletare il loro lavoro. La sua consultazione le permetterà di meglio comprendere il significato delle glosse. Gli strumenti chiave, come lei certamente ha studiato, sono le *distinctiones*, i *brocarda* o *regulae iuris*, i *casus*, le *dissensiones dominorum*, le *quaestiones* e le *summae*. Come vede, saprà bene come passare il tempo, nei prossimi mesi», concluse sorridendo.

«Sono confuso, non potrò mai sdebitarmi!»

«Chissà… sono certo, comunque, di mettere in buone mani questi strumenti del sapere. Bene, caro von Isenburg, avremo presto occasione, credo, di riprendere la nostra conversazione. Ora mi duole accomiatarla, ma altri impegni mi attendono. Ho predisposto un calesse che l'accompagnerà a casa.»

«Grazie, signore, la sua cortesia è squisita, ma mi permetto di chiedere il permesso di ritornare a piedi. Sento il bisogno di camminare. Di camminare e di riflettere.»

«Come preferisce» rispose amabilmente il mio ospite, «a presto dunque.»

Un valletto mi accompagnò all'uscita dell'augusto palazzo.

Camminavo, meditabondo, lungo la strada che inizia dopo il ponte che scavalca la Senna e che avevo percorso poco prima.

Le immediate adiacenze del palazzo erano discretamente illuminate da lampade ad olio, ma poi il buio dominava sulla città, mitigato, quella notte, da una straordinaria luna piena, sfolgorante in un cielo limpidissimo. La città era presidiata da ronde notturne, organizzate dal Prefetto di palazzo, comunque spostai in avanti il fodero con il pugnale che tenevo alla cintura, sotto la casacca di media lunghezza che mi copriva i pantaloni fino al ginocchio.

Non si potevano mai escludere cattivi incontri, di notte.

Era chiara, mi sembrava, la ragione della mia convocazione al Palais. Avevo notato, ultimamente, che Guglielmo di Conches, il primo maestro della mia scuola, veniva a Parigi più frequentemente e si interessava benevolmente della dissertazione che stavo preparando in vista della laurea. E c'erano le cose che mi aveva riferito de Morvillier sull'incontro tra Guglielmo e Bernardo, durante il quale si era fatto il mio nome, in presenza dell'abate della Sainte-Chapelle. Infine de Morvillier stesso aveva voluto conoscermi di persona, per poi invitarmi ad un colloquio privato, durante il quale mi erano state fatte confidenze che andavano ben al di là dei pettegolezzi di corte. Dunque uomini potenti mi stavano pesando, come per giudicare le mie attitudini a gestire affari riservati e delicati. La cosa mi faceva piacere e solleticava la mia vanità, naturalmente; ed allo stesso tempo mi atterriva, poiché non mi sentivo affatto pronto ad affrontare argomenti e questioni verso le quali mi sentivo acerbo ed inesperto.

Decisi di non pensarci troppo. Tra poco sarei stato laureato dottore in giurisprudenza, mio padre per l'occasione aveva promesso di venirmi a trovare a Parigi e aveva fatto intendere che era pronto ad acquistare una casa per me, se avessi deciso di fermarmi in quella città. La cosa mi aveva riempito di gioia, perché francamente l'idea di tornare in Sassonia non mi allettava per niente. Con una mia casa a Parigi, avrei potuto accettare senza preoccupazione qualsiasi incarico mi fosse stato offerto nella capitale. Ormai padroneggiavo piuttosto bene il francese ed il provenzale, mentre ero naturalmente fluente in latino ed in germanico. Dal punto di vista linguistico mi sentivo in grado di affrontare il mondo intero, anche se un pensiero mi attraversava spesso la mente e cioè che, un giorno o l'altro, avrei dovuto decidermi ad aggiungere l'arabo alle mie conoscenze.

I miei pensieri furono interrotti da rumori che provenivano dal primo piano di una casa sulla sinistra della stretta via che stavo percorrendo.

Le imposte delle finestre e le finestre stesse erano chiuse, ma deboli lame di luce filtravano dalle fessure. Tesi l'orecchio, incuriosito. Quelli che mi erano sembrati rumori, erano in realtà canti e suoni e risate, di uomini e di donne. Un bordello, ovviamente. Spinto da un subitaneo impulso, mi avvicinai all'uscio del piano terreno e provai a dare un paio di colpi col batacchio. Si aprì uno spioncino e un paio di occhi femminili, pesantemente bistrati, mi scrutarono.

«Cosa vuoi, chierico?»

«Quello che vendete, madame.»

«Hai soldi?»

«Abbastanza per una caraffa di vino e un paio d'ore di compagnia.»

«Sei armato?»

«Ho il mio pugnale, per certo.»

«Dovrai consegnarmelo prima di entrare. Lo riavrai all'uscita.»

«Mi sembra ragionevole.»

«Bene, dammelo.»

«Eccolo» e le porsi il pugnale attraverso il pertugio.

Lei lo prese, chiuse lo sportello e dopo un mezzo minuto aprì la porta.

«Entra, ragazzo. Quella è la scala che devi salire per arrivare al primo piano.»

Era una donna alta e robusta, sulla quarantina, con i capelli, che dovevano essere lunghissimi raccolti in due grosse trecce, acconciate sopra il capo. Indossava numerose collane e bracciali intrecciati di pietre multicolori. L'androne era piuttosto buio, le dissi grazie e mi diressi verso la scala; giunto al ballatoio, un'altra porta socchiusa immetteva nella sala principale del bordello, dalla quale quattro o cinque porte davano accesso alle camere da letto.

C'erano in quel momento numerosi clienti ed una decina di ragazze, alcune a seno nudo, tutte piuttosto giovani. Gli uomini erano per lo più studenti, come me, di varie nazionalità, alcuni dei quali conoscevo di vista per la comune frequentazione di taverne. Una zona appartata della sala, seminascosta da una specie di pesante tendaggio e dotata di sedie più comode delle nostre panche di legno, era riservata ad alcuni cittadini di una certa età, dall'aria facoltosa.

Mi feci portare un boccale di vino bianco e mi guardai in giro.

Una ragazza dall'aria assorta, con una gran chioma di capelli castani e dalle forme alquanto prosperose, attirò la mia attenzione. Camminava, come svogliatamente, da un lato all'altro della sala. Le feci un cenno e lei si avvicinò.

«Sono il tuo tipo?» mi chiese,

«Come no. Qual è il tuo nome?»

«Johanna»

«Andiamo a bere un po' di vino insieme, Johanna?»

«Vai dalla padrona, regola la spesa con lei, io ti aspetto qui.»

Sistemate le faccende economiche, vino compreso, tornai dalla ragazza e ce ne andammo in camera. Johanna si spogliò rapidamente, io la imitai. Aveva un corpo ben modellato e non ci mise molto molto per indurmi a compiere i miei doveri.

«Quanto hai pagato?»

«Un denaro d'argento.»

«Beh, questo vuol dire che abbiamo ancora un bel po' di tempo. Beviamoci il vino in pace, vuoi? Dopo, se ne hai voglia, facciamo ancora.»

Parlava una specie di provenzale, però con un accento che avrei definito iberico, quale avevo già avuto occasione di udire da viaggiatori che provenivano dalla Castiglia.

«D'accordo. Di dove sei?»

«Vengo dalla regione dei Pirenei, ho avuto un bambino là, ma il padre è scomparso. La mia famiglia mi ha cacciata, così ho lasciato il bambino alla ruota e sono venuta a Parigi. Niente di nuovo, credo che molte puttane di Parigi abbiano alle spalle una storia come la mia... e tu cosa fai?»

«Studio.»

«Studi o sei uno di quei chierici ubriaconi sempre in giro per taverne e per bordelli?»

«Studio, giurisprudenza. Sono quasi alla fine.»

«Da dove vieni, hai un accento strano.»

«La mia lingua madre è il germanico della Sassonia.»

«Sembri un bravo ragazzo.»

«Lo sono» e le sorrisi.

Facemmo ancora l'amore e poi mi preparai per andarmene. Le lasciai in regalo un altro denaro in argento.

«Sei gentile, diverso dagli altri. Se torni mi farà piacere rivederti» aggiunse con un'aria timida, inconsueta per una prostituta.

«Sì, tornerò, mi sei simpatica. Arrivederci, Johanna.»

«Arrivederci.»

A casa, andai a subito a dormire. Era stata una giornata faticosa.

III

Stavo per concludere, a 25 anni, i miei studi superiori.

In Sassonia avevo ricevuto l'istruzione di base e avevo seguito i corsi del *trivium* e del *quadrivium*, poi a Parigi avevo iniziato gli studi della facoltà di diritto. Ora, per quanto riguarda l'insegnamento superiore, le cose sono cambiate e stanno costantemente cambiando, rispetto ad allora. Mi sembra chiaro che ci stiamo avviando verso un tipo di scuola specializzata, suddivisa in facoltà che a loro volta formano un corpo unico, con piani di studio preordinati. Non so come si chiamerà infine questa struttura, ho sentito circolare il nome di università, mi sembra di buon auspicio, se l'obiettivo sarà di insegnare ai giovani il sapere universale.

Comunque ai miei tempi funzionava così: l'istruzione primaria durava fino ai quattordici, quindici anni, poi i ragazzi entravano alle facoltà delle Arti, dove appunto il piano di studi, della durata di cinque o sei anni, si suddivideva nel *trivium*, studi umanistici, grammatica, retorica e logica, ed il *quadrivium*, studi scientifici, aritmetica, geometria, astronomia e musica.

Insomma, le sette arti liberali. Superati questi corsi si accedeva, tra i venti e i ventidue anni, ad una formazione superiore in una delle tre facoltà: diritto, medicina e teologia. Quindi, a parte la medicina, al livello superiore non c'erano insegnamenti scientifici. Proprio qui stava la novità introdotta da Guglielmo di Conches, che provenendo da Chartres, aveva assimilato nel suo bagaglio culturale il forte impulso che, in quell'abbazia, aveva dato l'abate Fulberto allo studio delle scienze. E così a Parigi, nella scuola di Guglielmo, la struttura antica dell'insegnamento aveva avuto la sua prima profonda modifica: ora si poteva accedere, disponendo dei testi greci ed arabi tradotti, agli studi scientifici anche a livello superiore. Io avevo scelto, per mia predisposizione naturale, il diritto: ma avevo seguito anche molte lezioni di astronomia e di geometria. Il mistero dell'universo, della sua struttura e della sua creazione mi affascinava. Mi resi ben presto conto che le antiche cosmogonie religiose, ancorché pittoresche, erano ben lontane dallo spiegare seriamente i complessi fenomeni che ci presenta il cielo stellato. Non ho mai abbandonato, nel corso della mia vita, questi studi da autodidatta e cercherò di tornare sull'argomento.

Mio padre arrivò un giovedì, nel primo pomeriggio e Parigi, eravamo in maggio, lo accolse con una primavera magnifica. Gli orti ed i giardini erano in fiore, gli alberi già esibivano fronde di un tenero verde. La locanda dove vivevo era adornata, sulla facciata, da un rosa rampicante di rara bellezza, in un trionfo di fioritura. Avevo avuto un messaggio la settimana precedente, che annunciava la sua visita e lo aspettavo con ansia. Spesso scendevo nello spiazzo antistante la locanda e scrutavo il fondo della via che si raccordava con la strada principale che proveniva da est, dalla Germania. Finalmente vidi giungere, in una nuvola di polvere, una carrozza da viaggio per otto persone, dotata di un tiro a quattro, che faceva servizio tra Parigi e varie località della Germania, di solito soltanto nella buona stagione. Abbracciai finalmente il mio genitore, con grande affetto; non ci vedevamo da due anni, cioè da quando ero tornato per una breve vacanza a Hildesheim.

Era stanco, naturalmente e la sopraveste da viaggio che indossava era coperta di polvere. Lo invitai nella locanda, dove la proprietaria aveva approntato un semicupio di acqua calda mentre io avevo trovato, con l'aiuto di Moniot, del buon sapone di Castiglia. Salimmo nella camera che gli avevo prenotato, voleva assolutamente starmi vicino, rifiutando di alloggiare in alberghi più lussuosi. Sistemammo il bagaglio e lo lasciai al suo bagno, dicendogli che lo avrei atteso ad un tavolo nel giardino, con qualcosa da mangiare e da bere.

«Sei un bravo figliolo, tuo padre è affamato.»

«Ci penso io, il padrone in cucina è bravo... ma un giorno di questi andremo a mangiare da mastro Borzot, lì sì che ti leccherai i baffi!»

Quando mi raggiunse al tavolo in giardino papà sembrava un altro uomo, ben rasato e pettinato, con il viso che non mostrava più i segni della fatica del viaggio. Indossava calze e calzoni al ginocchio, una bella tunica in lana leggera, di colore blu e sopra un corta mantella di lino e seta, marrone scura. Mi colpirono i calzari, una specie di stivaletti in pelle nera, chiusi da legacci in cuoio, di una foggia che non avevo mai visto a Parigi.

Ci mettemmo a tavola, sotto il pergolato.

La locandiera aveva fatto del suo meglio, con un buon pasticcio d'oca annaffiato da un leggero vino bianco molto profumato, seguito da un appetitoso piatto di formaggi piccanti di capra, accompagnati da vino rosso. Mi dava grande piacere vedere mio padre così contento di stare con me e nello stesso tempo felice, lui uomo sobrio ed austero, di indulgere al buon cibo ed al vino.

«Padre, vi vedo in ottima salute e di buon spirito, e questo mi procura gran gioia!»

«Vedi figlio mio, ciò che mi fa stare così bene è il successo finale che stai per conseguire nei tuoi studi. Ho sperato molto in te, quando decisi di inviarti a Parigi per completare la tua educazione. Vorrei solo che tua madre fosse qui per dividere con noi questo momento di grande soddisfazione» e così dicendo un'ombra di tristezza gli velò per un momento gli occhi, «ma sento che lei, in questo momento, è qui presente e si rallegra con te.»

Non volevo che memorie tristi occupassero i pensieri di mio padre, così cercai di parlare d'altro.

«Lo credo anch'io padre. Ma ditemi, che accade nella nostra terra?»

Mi mise al corrente delle ultime vicende politiche locali e passò poi a parlarmi di questioni di più ampio respiro. Mi raccontò, secondo la sua particolare visione delle cose, cioè come suddito del Sacro Romano Impero e cittadino della Sassonia, degli effetti positivi che il Trattato di Worms, ponendo fine nel 1122 agli aspri conflitti tra Impero e Papato, avesse garantito un periodo di relativa tranquillità alla Germania, soprattutto sotto il regno di Lotario II del casato di Supplingenburg, morto nel 1137.

«Padre, mi sorprende che Lotario sia considerato un buon re, mi sembrava di ricordare che fosse un sovrano bellicoso...»

«Fu buono per la Sassonia, fu lui a spostare il baricentro politico dell'impero verso il nord, in Sassonia appunto, contrastando con determinazione le pretese egemoniche sia del casato Salico che degli Hohenstaufen di Svevia. E dopo avere consolidato il suo potere in Germania, fu bellicoso verso l'esterno, conducendo campagne militari in Italia, ma senza commettere l'errore di scontrarsi frontalmente col Papato... anzi, riuscì abilmente ad inserirsi nella disputa tra un papa ed un antipapa, divenendo paladino di Innocenzo II che, grazie ai buoni uffici di Bernardo di Chiaravalle godeva dell'appoggio niente meno che del re di Francia e del re d'Inghilterra!»

«Bernardo!» esclamai io, «sempre lui. Mi domando se c'è mai stata una questione politica importante in Europa negli ultimi vent'anni in cui Bernardo non abbia messo mano. Sapete padre che Bernardo di Clairvaux ha parlato di me col mio maestro, Guglielmo di Conches?»

Mio padre mi guardò con un'espressione assai sorpresa.

«A che proposito?»

«Ma...» risposi improvvisamente titubante, come pentito di essermi forse lasciato andare a una sbruffonata inconsistente, «non so di preciso, l'ho saputo dall'archivista del re, che ne ha parlato con l'abate della cappella privata di corte... non saprei dirvi nulla di più preciso, salvo che Bernardo sta cercando un giovane giurista come assistente e che Guglielmo gli ha fatto il mio nome.»

«Quello che mi dici è molto importante... per te potrebbe essere una grande occasione... hai ragione sai, non c'è questione importante tra i potenti d'Europa che prima o poi non finisca sul tavolo di Bernardo. Mi raccomando, come sempre: modestia, prudenza e discernimento!»

«Non vi deluderò, padre.»

Mentre si avvicinava il tempo della discussione sulla mia tesi di dottorato, un imprevisto cambiamento di scenario aggiunse altra ansia alle mie ansie. Il mio relatore, il canonico Gilberto di San Vittore, mi informò che illustri personaggi erano venuti in visita allo studium di Guglielmo e quando fece i nomi sbiancai in volto: Bernardo di Clairvaux e Pietro il Venerabile, dell'Abbazia di Cluny. La mia agitazione aumentò quando fui informato che i due ospiti avevano espresso il desiderio di assistere alle prossime sessioni di esami dei laureandi.

La mattina del gran giorno ci trovammo nell'ampia sala delle conferenze della scuola di Guglielmo: eravamo quattro aspiranti al dottorato, io e tre colleghi, dei quali due si specializzavano in diritto canonico e uno in teologia occidentale ed orientale.

Naturalmente ognuno era accompagnato dai propri relatori, da parenti ed amici. Con me, tremebondo e bisognoso di sostegno e conforto, v'erano i miei amici Antonius Armaforti e Moniot de Coincy.

Era ancora molto presto, l'agitazione mi aveva fatto svegliare prima dell'alba. Me ne andai a passeggiare un po' con mio padre, in un cortile colonnato al quale si accedeva dall'aula. Mio padre mi chiese:

«Che sai dei due personaggi, la cui presenza sembra turbarti?»

«So che sono ambedue non lontani dai cinquant'anni d'età, due figure leggendarie in Europa... Bernard e Pietro formano una coppia formidabile di amici-antagonisti: ambedue dottissimi e appartenenti a due diversi rami del medesimo ordine benedettino, i benedettini bianchi cistercensi e i benedettini neri cluniacensi. Si stimano e professano rispetto l'uno per l'altro, cosa che però non impedisce loro di trovarsi spesso schierati in campi avversi su questioni dottrinarie, sia di principio che di metodo.»

«Com'è possibile?»

"Ecco, Bernardo è considerato più rigido, meno disposto a concedere spazio ad idee non perfettamente ortodosse... di Pietro si dice che sia più duttile, anzi forse non è questo il termine giusto, diciamo più curioso del nuovo, più aperto alle idee nuove, propenso all'impiego della ragione, della logica e della dialettica anche nella disamina di questioni teologiche.»

«Passerà dei guai per questo» mormorò assorto mio padre.

«No, non credo... è troppo potente, l'abate di Cluny non è attaccabile da nessuno. Del resto Bernardo ci ha già provato, senza risultato. Mi sembra fosse il 1120 o giù di lì, che provò a sostenere la parte dei benedettini bianchi, i cistercensi, accusando i benedettini neri, i cluniacensi e quindi direttamente Pietro il Venerabile, di non applicare correttamente la regola benedettina. Ma il Venerabile rispose con una lettera rispettosa, difendendo le proprie posizioni, senza però contrattaccare, proferendo dichiarazioni di amicizia per Bernardo, e la cosa finì lì.

Anche il battagliero Bernardo capi che rischiava di farsi del male da solo, attaccando Cluny. Da allora i due si frequentano e a volte si osteggiano, ma correttamente, come due giuristi in tribunale.»

«Narrami di un caso in cui si sono confrontati.»

«Ecco, naturalmente non potevano che trovarsi su fronti avversi in merito alla disputa teologica che si dibatteva in quegli anni sugli scritti di Pietro Abelardo, il protagonista della più scandalosa storia d'amore e di vendetta di tutti i tempi, almeno io credo, una storia di cui sempre si è parlato e di cui penso sempre si parlerà in futuro, tanto è impastata di erotismo e di tragedia, due componenti infallibili per creare miti sempiterni.»

«Ne ho sentito parlare, in Germania, ma ne so poco, lo confesso. Del resto sai che mi sono sempre interessato poco di storie scandalose.»

Mi aspettavo questa dichiarazione da mio padre, che voleva sempre accreditarsi come uomo serio e poco portato alle divagazioni mondane, ma sentivo che, sotto sotto, l'argomento lo stuzzicava.

«Vedete, padre, Abelardo è uomo assai intelligente, dotato di uno spirito stranamente libero e spesso irrispettoso nei confronti dei suoi stessi maestri. A volte ho pensato che, dall'alto della sua indubitabile superiorità intellettuale, trovasse un gusto un po' perverso a contestare e a svillaneggiare i suoi maestri. Divenne filosofo e teologo iniziando i suoi studi superiori a Loches, dove insegnava Roscellino e li continuò a Parigi, sotto Guglielmo di Champeaux, col quale entrò ben presto in contrasto. Se ne andò, fondando una propria scuola a Corbeil che gli procurò fama di grande dialettico, poi verso il 1112 tornò alle lezioni di Guglielmo, col quale ebbe nuove liti. Aveva allora trentatré anni. L'anno successivo prese la decisione che avrebbe per sempre cambiato il corso della sua vita: entrò come insegnante di dialettica e teologia alla scuola episcopale di Notre-Dame, a Parigi e qui conobbe Eloisa, nipote di Fulberto, canonico della stessa cattedrale.»

«Ecco, ecco ora rammento meglio» interloquì mio padre, «Abelardo ed Eloisa... cose che possono accadere solo a Parigi» sbuffò con aria di riprovazione.

«Forse è come dite voi. Il fatto è che Abelardo fu immediatamente e carnalmente attratto dalla bella e colta fanciulla: brigò per diventarne il precettore e la vicinanza quotidiana rese il suo corteggiamento irresistibile. Del resto la situazione mi sembra abbastanza classica, l'innamoramento tra un uomo quasi quarantenne di grande prestigio sociale e culturale e una giovane allieva colta ed avvenente.»

«Già» fu il commento asciutto del genitore.

«Beh, insomma, Fulberto non ci mise molto a scoprire cosa stesse succedendo, ma a quel punto era ormai troppo tardi: Eloisa era già incinta. Da qui in avanti la storia precipitò, in un crescendo drammatico, verso un epilogo fosco e devastante. La prima volta che mi furono narrate queste vicende, ne rimasi affascinato, come di fronte ad un dramma terribile.

Abelardo, con Eloisa, si rifugiò in Bretagna, presso la sua famiglia e qui nacque il bambino, cui fu imposto il nome di Astrolabio, poi tornati a Parigi i due amanti si sposarono. La cosa era stata concordata con Fulberto e la famiglia di lei, diciamo nozze riparatrici. Ma Abelardo, temendo per il suo prestigio sociale, pretese nozze segrete. Lo zio invece divulgò la notizia a destra e a manca. I novelli sposi dapprima smentirono, poi Abelardo convinse la sposa a ritirarsi nel convento di Argenteuil. Mi sono sempre chiesto se questa decisione fosse dovuta al timore di Abelardo di perdere, con lo scandalo, il suo status sociale, o se piuttosto non fosse un estremo tentativo di ammansire Fulberto, per spianare la strada a un eventuale annullamento del matrimonio, forse con una specie di patto segreto tra lui ed Eloisa di riprendere più tardi la loro relazione, dopo avere fatto calmare le acque.

Penso ancora oggi che il loro fosse amore vero, profondo. Comunque, se di piano segreto si trattava, non funzionò. Fulberto, ancora più inviperito per l'allontanamento della nipote, d'accordo con la famiglia inviò dei sicari a casa di Abelardo che, nel cuore della notte, lo evirarono.»

«Inaudito!» esclamò mio padre, con tono indignato.

«Vero, poiché si trattò di evirazione, come dire, totale. Fu privato di tutti i suoi attributi maschili.»

«Tutti?»

«Tutti. Che quest'atto crudele gli abbia spento le velleità amatorie, pochi sono disposti a dubitarne, ma certamente non gli spense la vis polemica. Ripresosi dal trauma subìto, ricominciò ad insegnare, dopo essersi fatto monaco. Dapprima nella Champagne, dove trovò il modo di entrare in conflitto con i maestri della scuola episcopale di Reims per certe sue tesi teologiche, pubblicate col titolo *Teologia del sommo bene.* Nel 1121 al concilio di Soissons, l'arcivescovo ed il legato pontificio gli intimarono, precludendogli un pubblico dibattito, di bruciare il suo libro e di rinchiudersi nello stesso convento di Soissons. In seguito venne autorizzato a rientrare a Saint-Denis, dove ben presto litigò con l'abate che decise di portarlo in giudizio di fronte al re.»

«Un vero caratteraccio, il tuo Abelardo.»

«Ma non finisce qui. Abelardo fugge finché riceve una donazione importante che gli permette di fondare, con un discepolo, un oratorio a Quincey dove riapre la sua scuola, finanziata col denaro percepito dagli studenti. Diviene poi abate di Saint-Gildas, in Bretagna, dove immediatamente si scontra con i frati locali, da lui definiti ignoranti, rozzi e viziosi, che cercano di assassinarlo. Nel frattempo Eloisa è divenuta badessa di Argenteuil ed Abelardo riprende i contatti con lei. L'infaticabile monaco ricompare a Parigi nel 1136, dove riapre una sua libera scuola di dialettica e teologia: ricordo che tra i suoi allievi ci furono Arnaldo da Brescia e Giovanni di Salisbury.

«Arnaldo da Brescia... un'altra testa calda, se non ricordo male.»

«Ecco, Abelardo aveva il dono di attrarre le teste calde, come dite voi. Io penso però che c'è nei giovani di oggi un forte desiderio di ascoltare maestri audaci e anticonvenzionali... forse io stesso, se avessi deciso di seguire i corsi di filosofia, avrei voluto ascoltare Abelardo. Ma per tornare a lui, siamo ormai arrivati ai giorni d'oggi. Gira voce che Bernardo di Clairvaux e Guglielmo di Saint-Thierry gliela abbiano giurata e stiano preparando un concilio per farlo dichiarare eretico dal papa.»

Mio padre tacque, riflettendo su quanto aveva appena udito.

«Mi sembra che questo Abelardo se la sia proprio andata a cercare. Dimmi dei suoi accusatori, vorrei farmi un'opinione più precisa su tutta questa vicenda.»

Non risposi subito. Naturalmente avevo anch'io, come tutti, i miei giudizi e pregiudizi, le mie simpatie e antipatie, ma volevo fornire a mio padre un parere equilibrato, per quanto possibile.

«Bernardo è sempre dogmatico al limite del fanatismo, vede eresie dappertutto e Guglielmo di Saint-Thierry non è da meno.

Pietro il Venerabile invece è sempre stato al fianco di Abelardo, di cui ammira l'ingegno e la propensione a fare ricorso alla ragione più che alla cieca fede. Penso che se si arriverà al concilio, Pietro lo difenderà dalle accuse di eresia. Ma su questo campo battere Bernardo è assai difficile. Voglio portarvi un solo esempio di quanto Pietro di Cluny sia più aperto e amante del libero confronto delle idee: egli promosse la traduzione del Corano in latino, sostenendo che l'Islam andava capito e che con l'Islam occorreva dialogare.»

«Una posizione audace, in tempo di pellegrinaggi armati!» concluse pensosamente mio padre.

L'alta *cathedra* semicircolare che fronteggiava l'uditorio ospitava Guglielmo di Conches e i suoi ospiti, tra i quali notai con sorpresa il visconte di Morvillier. Inoltre a un lungo ed imponente tavolo di quercia posto dinanzi alla *cathedra*, in posizione leggermente più bassa, era accomodato l'intero corpo docente e i relatori dei laureandi. Ma io non avevo occhi che per Bernardo di Chiaravalle e per Pietro il Venerabile.

Quando giunse il mio turno, presi posto allo scranno laterale, riservato ai laureandi. Il mio relatore, mi introdusse:

«Eccellentissimi maestri, vi presento Ulderico von Isenburg. Ha seguito corsi completi di *trivium* e di *quadrivium* e studi superiori, presso questa scuola, in *utroque iure*. Chiede di essere ascoltato nell'esposizione della propria tesi e di essere giudicato degno di ottenere il dottorato.»

«Che il candidato prenda la parola ed esponga a questo collegio una silloge delle proprie tesi» disse con voce chiara Guglielmo.

Era arrivato il mio momento.

Non voglio qui annoiare, riportando pedissequamente la mia dissertazione di laurea che per lunghi tratti fu assai dettagliata su questioni specialistiche; il mio scopo è solo di ricordare qui alcuni passaggi di quella, per me, memorabile giornata.

Trassi un profondo respiro, sbirciai mio padre, e cominciai:

«Illustrissimi e reverendissimi maestri, inizierò col dirvi il titolo del mio lavoro: "La ragione della forza nel conquistare i regni e la forza della ragione nel mantenerli, con riferimento alle vicende di Ruggero II d'Altavilla ed alle questioni giuridiche a quelle vicende connesse."

Continuerò col dirvi che ho tratto spunto per questa elaborazione da fatti recenti del regno di Sicilia e, nello specifico, dalla politica del re normanno Ruggero II d'Altavilla.»

Bernardo che sembrava quasi assopito nel suo scranno, si rizzò con movimento alquanto repentino e mi guardò con interesse. Avvertii un'indefinibile sensazione, come se un qualche pericolo mi sovrastasse.

«Continui, dunque» mi disse con voce suadente.

«Ecco, eccellentissimi maestri, debbo in primo luogo confessarvi che non pensavo davvero di illustrare la mia modesta tesi davanti ad un così alto consesso e certo capirete la mia preoccupazione di incappare in qualche errore, spero non imperdonabile. Inoltre» esitai, «ecco... tra le mie citazioni attinenti ai fatti giuridici che andrò a trattare nel contesto storico che con il mio relatore ho prescelto, compaiono interventi, raccomandazioni ed azioni del dotto e illustrissimo Bernard de Clairvaux, oggi in cattedra col mio maestro.»

Tacqui, per riprendere fiato e per vedere che impressione avessero prodotto le mie parole.

«Non abbiate timori, laureando von Isenburg» intervenne inaspettatamente il Venerabile Pietro, «il mio amico Bernardo, nella sua saggezza e magnanimità, saprà certamente riconoscere nelle vostre parole la luce dell'onestà e della buona fede, non dando peso ad eventuali imprecisioni minori che dovessero emergere dall'esposizione.»

Mentre Bernardo annuiva con aria consenziente, Guglielmo prese la parola.

«Bene, von Isenburg, è dunque il momento che ella ci illustri le sue argomentazioni.»

Iniziai così a ricapitolare per sommi capi i fatti storici che si erano andati dipanando nel sud dell'Italia dal 1127 al 1139, essendo questi i punti di riferimento delle mie successive disquisizioni giuridiche.

«Dal 1127 al 1139, nell'arco dunque di dodici anni, le vicende di Ruggero d'Altavilla s'intersecarono con quelle di due papi e di un antipapa: Onorio II, Innocenzo II e Anacleto II, nonché con quelle di un imperatore germanico, Lotario II ed altri regnanti d'Europa. Furono vicende complesse, di incontri e di scontri, ma non si può negare che la figura di Ruggero ne uscì con altissimo prestigio.»

Mi concessi una breve pausa, ma nessuno degli esaminatori prese la parola, così continuai.

«I fatti sono questi, in breve: il papa Onorio, seguendo la costante linea politica del papato, si oppose sempre alla creazione di un forte reame nel sud Italia, poiché se questo si fosse alleato con l'impero, i dominii pontifici avrebbero potuto trovarsi nel mezzo di una morsa. Quando papa Onorio II morì nella notte tra il 13 e il 14 febbraio dell'anno 1130, avvenne un grave scandalo: all'interno del Collegio cardinalizio, sedici porporati legati alla famiglia romana dei Frangipane elessero il cardinale Gregorio Papareschi al soglio pontificio. Egli prese il nome di Innocenzo II. Ma altri quattordici porporati, favorevoli alla famiglia dei Pierleoni, elessero papa il cardinale Pietro Pierleoni, che assunse il nome di Anacleto II. Insomma ci fu un papa ed un antipapa.»

«E qual era, secondo il relatore, il vero e santo successore di Pietro?»

Era intervenuto, con voce melliflua, Bernardo.

«Innocenzo II, di certo» esclamai senza esitare, «egli aveva giustamente l'appoggio di tutte le case regnanti d'Europa. Ma questo sostegno dei potenti d'Europa era stato creato con mirabile lavoro diplomatico dall'abilissima attività di persuasione morale del chiarissimo e reverendissimo Bernardo di Chiaravalle, che oggi ci onora con la sua presenza. Egli giammai dubitò che a capo della santa chiesa cattolica era legittimamente stato elevato il nostro papa Innocenzo II.»

«Molto bene, von Isenburg» intervenne Guglielmo, «continuate dunque con la vostra esposizione.»

«Ecco dunque che all'antipapa Anacleto, non restava altro alleato che il re Normanno, potente in Sicilia e nel sud dell'Italia. Cercare il loro appoggio naturalmente andava contro la politica seguita del papato fino ad allora, ma che altro poteva fare? Così si decise a chiedere l'appoggio di Ruggero II d'Altavilla: questi non si fece sfuggire l'occasione e offrì l'appoggio delle proprie armi all'antipapa, in cambio dell'incoronazione a re di Sicilia e della nomina a duca di Calabria e di Puglia. Dovrei dunque qui introdurre un primo commento giuridico alle vicende fin qui narrate.»

«Ne ha facoltà von Isenburg» intervenne incoraggiante il mio relatore.

«Volendo, o forse sarebbe meglio dire dovendo, procedere alla consacrazione di Ruggero come *Rex Siciliae*, Anacleto II promosse la redazione della Bolla del 27 settembre 1130 con cui manteneva i patti stipulati col normanno. Era chiaro che occorreva introdurre in tale documento un solido argomento giurisprudenziale su cui si fondava il diritto di Ruggero II all'investitura. Ebbene ho potuto rinvenire tale fondamento giuridico nel documento originale, che concede a Ruggero, al quale Anacleto riconosce grandi doti di sovrano, "*Tu quoque, cui divina providencia inter reliquos Ytalie principes ampliore sapiencie et potestatis...*" tutte le terre che gli furono date dai sui predecessori Roberto il Guiscardo e dal figlio suo Ruggero I.

Poi ancora, il 27 settembre concesse al duca il potere regale. "*Concediamo dunque, doniamo e consentiamo, a te, a tuo figlio Ruggiero, agli altri tuoi figli che secondo le tue disposizioni dovranno succedere nel regno, ed ai tuoi discendenti, la corona del regno di Sicilia e di Calabria e di Puglia e di tutta la terra che noi, e i nostri predecessori, donammo e concedemmo ai tuoi predecessori duchi di Puglia, i ricordati Roberto Guiscardo e Ruggiero suo figlio, cosicché tu mantenga il regno e l'intera sovranità ed i diritti regali a titolo perpetuo, e tu li tenga e signoreggi in perpetuo, e istituiamo la Sicilia capo del regno*".

Ecco, qui sta il punto importante che crea il precedente giuridico: a Ruggero II ed ai suoi discendenti vengono concessi i titoli del dominio sulle terre del sud Italia e della Sicilia, in virtù del fatto che i pontefici precedenti avevano fatto la stessa cosa con i Normanni predecessori di Ruggero II, cioè Roberto il Guiscardo e suo figlio Ruggero.»

Venni interrotto da Bernardo, che con voce che mal celava una punta d'irritazione, mi chiese:

«Risulta a noi che tale documento sia andato distrutto durante la battaglia di Nocera del 1132, che ebbe esisto disastroso per Ruggero II. L'altra copia è conservata negli archivi segreti della Santa Sede. Come può citare dunque passi di codesta Bolla?»

Mi sentii tremare le gambe, avevo commesso un'imprudenza citando un documento riservato di cui avevo potuto avere un estratto. D'altra parte non mi era stato vietato di citarlo nella mia dissertazione. Cercavo dunque di tirare fuori dalla mia testa una storia plausibile, quando una voce pacata ruppe il silenzio che si era fatto nell'aula.

«Abbiamo dato noi al candidato un estratto del documento» spiegò tranquillamente il visconte de Morvillier, «dato che conserviamo una copia dell'originale in questione nei nostri archivi.»

«Posso chiedere all'archivista reale informazioni sulla provenienza del documento?»

Bernardo sembrava non volere far cadere l'argomento.

«Ma certo, reverendissimo abate. Il nostro Re non lesina i mezzi al reale archivio affinché possa dotarsi di ogni interessante documento conservato nelle cancellerie d'Europa, appena se ne presenti l'occasione. Dato che intratteniamo eccellenti rapporti con la corte di Palermo, ecco spiegata la provenienza di questa carta.»

Evidentemente Bernardo capì che de Morvillier non aveva il minimo dubbio di avere agito correttamente, che poteva contare sull'appoggio incondizionato del Re e decise quindi di porre fine alle sue domande. Si rivolse quindi a me, assai gentilmente:

«La prego, laureando von Isenburg, mi perdoni l'interruzione e la prego di volere continuare.»

Mi stavo sforzando di riprendere il filo del discorso, quanto giunse un'altra interruzione. Questa volta era Pietro il Venerabile a rivolgersi al mio relatore:

«Canonico Gilberto, vuole cortesemente interrogare il candidato su cosa intenda precisamente quando parla di giurisprudenza e di diritto. A quali leggi in generale si fa riferimento quando parliamo di diritto? Forse alle leggi della Chiesa o del Regno o dell'Impero... o ci sono altre leggi?»

Ero molto teso, ma capii che Pietro aveva voluto dare una frecciata all'amico rivale Bernardo, facendogli notare che l'esaminando andava interrogato attraverso il suo relatore.

Comunque riordinai rapidamente le idee e risposi:

«Al di là delle norme chiare e codificate del diritto canonico promulgate dal papa e dalla sua chiesa, dobbiamo ammettere, a mio modesto parere, che la situazione dottrinale della legge non è ai nostri giorni così limpida come dovrebbe essere e come mi risulta sia stata in passato. Oggi si intraprendono viaggi in ogni parte del mondo conosciuto e di intessono rapporti di commercio con molti popoli e nazioni. Questo comporta che possono sorgere dispute e dissidi tra i commercianti, così come possono sorgere dispute e dissidi tra Stati, regni ed imperi. Per non parlare del diritto penale: spesso vediamo che ciò che è lecito da una parte non lo è dall'altra e ancora, le pene comminate per lo stesso delitto variano grandemente da un Paese all'altro. Questi sono i motivi per i quali, a mio umile avviso, un *corpus* di leggi scritte e internazionalmente riconosciute sarebbe auspicabile.»

Il capo della mia scuola, Gugliemo di Conches, mi rivolse a questo punto la parola:

«Col permesso del relatore, ci dica, signor von Isenburg, come si potrebbe porre rimedio a questa situazione di confusione e incertezza. Lei ha parlato di un passato in cui, a suo dire, le cose erano meglio disposte...»

«Mio illustre maestro, sono lieto di potere acclarare il punto da voi sottoposto, perché mi pare rivesta grande importanza. Il nostro diritto, al di fuori, come ho detto, di questioni aventi rilevanza ecclesiale, è costituito da un sistema di norme che oserei chiamare naturali, a limitato valore locale, riformulate e reinterpretate quotidianamente a seconda delle contingenze momentanee, basate più che altro sul valore delle tradizioni o delle consuetudini. Ma il nostro libro sacro, la Bibbia, ci insegna che Dio stesso considerò opportuno, nella sua infinita sapienza, consegnare a Mosè, e pertanto al genere umano, leggi scritte e perenni, incise nella solida pietra. Dunque i nostri antichi, ancor prima di avere ricevuto la rivelazione divina e con maggior vigore dopo, misero mano alla compilazione di raccolte di leggi, elaborate da saggi giuristi, e a queste i sovrani impressero il sigillo della validità e dell'applicabilità da parte dei tribunali.

All'inizio del nostro secolo si riscoprirono gli antichi codici dell'Impero Romano e se ne iniziò lo studio ed il commento sistematico nella scuola di Bologna. Parlo quindi della legge delle Dodici Tavole, del quinto secolo prima della venuta del Salvatore, e delle successive modifiche ed integrazioni, lo *ius praetorium,* i *plebiscita,* le *leges* dei comizi, i *senatus consulta* e le *constitutiones* di età imperiale. Poi vennero i riordinamenti e le stesure dei codici in forma organica: i Codici di Teodosio, il Codice Giustinianeo. Come ho menzionato poc'anzi fu *lo studium* di Bologna, con Irnerius, ad iniziare la pratica dell'insegnamento del diritto antico, basata sul commento a margine di ogni articolo di legge, le glosse. Infatti la scuola è nota come Scuola bolognese dei glossatori.»

Ancora una volta fu Bernardo ad intervenire, con quel suo modo che ormai avevo cominciato ad intendere, un curioso misto di ira repressa e di sospettosa volontà di intendere le ragioni altrui.

«Von Isenburg, lei si riferisce dunque a quell'Irnerius che nel 1119 fu scomunicato, se ricordo bene. Queste circostanze le sono note?»

«Sì, reverendissimo padre, ne sono al corrente. Irnerius difese i diritti dell'imperatore Enrico V nelle elezioni papali e legittimò l'elezione dell'antipapa Gregorio VIII, nel 1118, basando la sua arringa sulla *Lex regia de imperio.* Tuttavia impetro la vostra pazienza nel comprendere la mia posizione di studioso del diritto, che deve astrarsi a volte dalle ragioni della fede o della politica, per cogliere l'aspetto puramente giurisprudenziale delle questioni. In questa visione certamente considero Irnerius di Bologna un grande maestro.»

«Siete nel vostro diritto di farlo, per certo» intervenne inaspettatamente Pietro il Venerabile, «perché anzi già che siamo sul tema non ci illustra un poco più approfonditamente il lavoro di Irnerius?»

Era chiaro che il punzecchiamento reciproco dei due grandi abati benedettini era una prassi consolidata.

«Posso dire che Irnerius e la sua scuola lavorarono fondamentalmente sul Codice di Giustiniano, raccogliendolo nei cinque volumi del *Corpus Iuris*. I primi tre volumi formano il Digesto: essi vengono denominati *Vetus*, Infortiatum, *Novum*. Irnerio scoprì l'*Infortiatum*, al quale attribuì grande importanza dottrinaria. Il quarto volume contiene il *Codex*, ed il quinto volume le *Institutiones*, gli ultimi tre libri del *Codex* e le *novelle*, cioè le leggi di formazione più recente.»

Mi ero lanciato, nessuno mi interruppe e continuai.

«Tornando ai glossatori, cioè ai commentatori interlineari del Corpus Iuris, possiamo dire che avevano a disposizione una serie di strumenti metodologici per acclarare i testi dei Codici antichi: le *distinctiones*, le regulae iuris o *brocarda*, i *casus*, le *dissensiones dominorum*, le *quaestiones*, le *summae*. In particolare: le *distinctiones* comportavano una analisi approfondita del punto di diritto…»

«Molto bene, laureando von Isenburg, credo che l'intera cattedra sia d'accordo con me nel riconoscere le sue competenze in questa parte del diritto» intervenne con autorevolezza Guglielmo, «c'è forse qualcuno dei maestri qui presenti che voglia porre al candidato altre domande?»

«Direi che apprezzerei il completamento dell'esposizione delle vicende riguardanti il re normanno Ruggero II, che il dottorando aveva cominciato così brillantemente a commentare» intervenne pacatamente Bernardo.

Forse sbagliavo, ma mi sembrava di cogliere un'ombra di

sarcasmo nelle parole dell'ineffabile abate.

«Il dottorando risponda» ingiunse il mio relatore.

«Ricapitolando possiamo dunque dire che il regno di Sicilia con le terre di Calabria e di Puglia, nacque per mano di un antipapa nella notte di Natale del 1130 e fu affidato nelle mani dei Normanni, secondo la linea di discendenza Tancredi d'Altavilla, Ruggero I, Ruggero II. Possiamo ben immaginare la reazione del papa Innocenzo II: scomunicò Anacleto II e dichiarò nulli tutti i suoi atti. Il papa aveva l'appoggio di Inghilterra, Francia, Germania e della Lombardia. I concilii successivi di Reims, Piacenza e Pisa lo confermarono nella sua autorità. Incoronò imperatore di Germania Lotario di Supplinburger nel 1133 e ne fece un suo potente alleato. Ne seguì un periodo di guerre tra l'Impero e i Normanni, con alterne fortune. Infine nel 1137 morì Lotario II e agli inizi del 1138 morì l'antipapa. La fazione romana di Anacleto II cercò di fare eleggere un nuovo antipapa nella persona del cardinale Gregorio che assunse il nome di di Vittore IV, ma lo stesso Bernardo di Chiaravalle in persona lo sollecitò a rinunciare e ciò portò alla piena legittimazione di Innocenzo II come unico papa. Lo scisma cattolico era finito. Il Concilio Lateranense del 1139 ribadì la scomunica di Ruggero II ed il papa stesso, al comando di un potente esercito mosse guerra a Ruggero. Ma quest'ultimo ebbe la meglio e nei pressi di Montecassino prese addirittura prigioniero il papa, i nobili ed i cardinali al suo seguito. Ruggero saggiamente non abusò della vittoria, anzi chiese al papa di porre fine alla guerra, con il riconoscimento della dominazione del suo casato sull'Italia del sud. Quest'ultimo non ebbe altra scelta se non confermare nel 1139 *l'elevatio in regem* di Ruggero II, che avendo combattuto in armi contro due papi, si trovò alla fine elevato da un papa al regno di Sicilia e di tutta l'Italia meridionale fino a Gaeta. *Et siluit terra in conspectu eius.* E il mondo tacque al suo cospetto.»

Mi concessi un attimo di pausa, un po' per fare effetto sull'uditorio, un po' per riprendere fiato.

«Bernardo di Chiaravalle, che pure aveva in passato, nel supremo interesse della Chiesa, approvato e sollecitato alleanze d'eserciti contro Ruggero, nella sua illuminata lungimiranza politica ebbe infine ad elogiarlo, riconoscendo in lui l'uomo che la provvidenza divina aveva mandato per consolidare ed accrescere la cristianità nel terre del sud Italia che erano state liberate, dal di lui padre Ruggero primo, dal giogo degli infedeli musulmani. Le parole che Bernardo usò furono precisamente: "Per tutto il mondo si è sparsa la vostra potenza: e dove mai non sarebbe penetrata la gloria del vostro nome? Sicilia, Calabria e Puglia, una volta covo di Saraceni e di ladroni, sono oggi, grazie a voi, divenuti luogo di pace, posto di riposo e regno nobilissimo, in cui impera un secondo pacifico Salomone".»

Guardai di sottecchi Bernardo. Sedeva immobile, il volto impenetrabile, guardando fisso davanti a sé.

«Con il permesso del mio relatore e degli illustrissimi esaminatori, in assenza di altre domande, vorrei dichiarare chiusa la mia esposizione.»

Ci fu un parlottio tra gli uomini seduti in cathedra, poi Guglielmo di Conches dichiarò:

«Non ci sono altre domande. Il dottorando e tutti i presenti sono invitati ad uscire. Verranno riammessi a tempo debito.»

Ottenni il massimo dei voti e le congratulazione del collegio giudicante. I venerabili abati Bernardo e Pietro mi benedirono, Guglielmo era fiero del mio successo e il visconte di Morvillier mi rivolse, con le felicitazioni, un ammiccante vediamoci presto.

Mio padre era, naturalmente, felicissimo e come lui i miei compagni di taverna, Antonius e Moniot.

Concluderò questi ricordi annotando il fatto che mio padre mantenne tutte le sue promesse: acquistò un decoroso palazzetto a Parigi, sulla riva destra, che divenne la mia abitazione al primo piano ed il mio studio al pian terreno. La proprietà era circondata da un piccolo giardino recintato, con orticello e un pozzo che forniva ottima acqua; sul lato posteriore era dotata di una stalla che poteva alloggiare un paio di cavalli. L'amico Moniot pescò tra le sue innumerevoli conoscenze una famiglia di contadini che viveva fuori città, a un'ora di carro trainato da buoi: il padre veniva a Parigi tre volte alla settimana a vendere gli ortaggi che coltivava e si accordò con me per portar seco, in quegli stessi giorni, la figlia maggiore, una ragazzona robusta dall'aria decisa che si fece carico, dietro un ragionevole compenso, di curare il giardino e di rassettare la casa. In quei giorni devo confessare che mi sentivo molto soddisfatto di me stesso ed incline all'ottimismo.

IV

Era arrivato il tempo delle scelte. Molte strade si aprivano davanti a me, come ad ogni giovane che avesse completato il proprio ciclo d'istruzione, ma naturalmente, e come sempre accade, erano strade alquanto vaghe, caliginose, appena delineate e dense di incognite.

A parte la difficoltà pratica di decidere da dove cominciare.

Così decisi di recarmi dal visconte de Morvillier. Vero è che egli stesso mi aveva lasciato intendere di desiderare un incontro con me, ma il da farsi non mi era chiaro. Dovevo attendere un suo invito? Dovevo sollecitarlo tramite Guglielmo, il mio maestro? Poi mi dissi che dato che de Morvillier mi era stato presentato da Moniot, forse il mio amico poteva far arrivare all'archivista reale una mia ambasciata. Mi recai dunque ad incontrarlo, nell'ospedale dove prestava servizio. Mio padre mi aveva regalato, oltre all'abitazione, un cospicuo gruzzolo in ducati d'oro della Sassonia che in parte nascosi accuratamente in un vano segreto di casa e in parte cambiai in denari d'argento francesi dal cambiavalute ebreo che teneva banco a mezzo miglio da dove abitavo. La prima spesa che mi concessi fu un bel mulo, anzi una mula, un simpatico animale dall'aria mansueta col quale potevo spostarmi facilmente sia in città che nel contado.

Dunque quel giorno sellai la mula, chiusi casa e andai da Moniot. Quando arrivai allo *xenodochion*, chiesi di lui al padre guardiano e poco dopo mi corse incontro un Moniot felice di vedermi, sorpreso di vedermi in sella alla mia cavalcatura.

«Bella bestia» sentenziò, «nutrila con erba e fieno, secondo la stagione, ma non farle mai mancare le carote.»

«Carote» ripetei meccanicamente, «e perché di grazia?»

«Si manterrà sana» rispose senza dare altre spiegazioni, «cosa ti porta amico mio da queste parti?»

Gli esposi le ragioni della visita.

«Bene, tra due giorni sarò in città a visitare, insieme al mio maestro, la moglie di un ricco mercante che a quanto pare non riesce a concepire.»

«Potresti portare Antonius con te, forse quel maniaco potrebbe risolvere il problema» ironizzai.

Mi guardò storto:

«Non sei più un chierico scapestrato» mi redarguì con aria severa, «sei un dottore in giurisprudenza, a cui si addicono austerità e retto pensiero. Comunque in quell'occasione andrò anche da de Morvillier e mi farò latore del tuo messaggio.»

«Sei un noioso moralista, ma ti perdono perché sei un vero amico e ti ringrazio. Senti, fammi vedere dove lavori e cosa fai, è la prima volta che visito un luogo di cura.»

«Vieni, ti faccio fare un giro di tutto il complesso, è interessante. Poi mangeremo un boccone insieme prima che tu riparta.»

Lo *xenodochion* era disposto intorno ad un chiostro che circondava un grande cortile quadrato, al cui centro zampillava una fontana. Moniot mi stava spiegando che i pellegrini bisognosi di cure erano alloggiati al primo piano, sopra il chiostro, mentre al pian terreno erano ricavati dei reparti adibiti ad usi specifici: uno per i malati terminali, un altro per i malati gravi, uno per le donne.

Su di un lato si aprivano gli alloggi dei medici, degli assistenti e dei monaci che gestivano l'ospedale. Ogni reparto aveva dei locali di decenza per i bisogni corporali e per i lavacri.

In un piccolo chiostro secondario, al quale si accedeva da una porticina che si apriva sul cortile principale, erano ricoverati i malati colpiti da malattie infettive gravi, tra i quali alcuni lebbrosi.

All'esterno vi erano orti in cui si coltivavano, come mi spiegò Moniot, le erbe medicamentose e salutari. Ero stupito di constatare che, contrariamente a quanto mi sarei aspettato, non c'erano in questi ambienti odori particolarmente sgradevoli e ne chiesi conto al mio amico.

«Vedi» mi disse, «il priore medico di questo luogo si è formato, come me, a Salerno ed è, come me, assertore di una teoria che abbiamo chiamato degli odori patogeni.»

«Cosa significa?»

«Noi crediamo che i cattivi odori rivelino uno stato di malattia latente e allo stesso tempo che ciò che genera il puzzo, sia portatore di malattia. Se ci pensi bene ciò che chiunque definirebbe un ambiente sano, ad esempio un prato fiorito, attraversato da un ruscello di acqua fresca, dove giocano bambini, non puzza e non disgusta. Al contrario le paludi di acque morte esalano miasmi pestiferi, e sono rifugio di ratti, di insetti e di ogni altro animale immondo; similmente le feci e le urine che ammorbano le strade delle nostre città sono repellenti ai nostri sensi, e ciò significa che c'è in esse la possibile origine di gravi morbi. Ho udito a Salerno viaggiatori provenienti dai paesi arabi che narrano di pratiche igieniche a noi sconosciute, e dotti che hanno letto antiche cronache greche e romane, tradotte in arabo, dove si parla di abluzioni e bagni regolari e di una pratica chiamata igiene, che consiste appunto nell'allontanare ciò che è impuro e maleodorante, per preservare la buona salute.»

«E voi avete realizzato tutto questo, qui?» domandai incredulo.

«Dio lo volesse, no di certo, purtroppo, non ne abbiamo i mezzi né possediamo le conoscenze specifiche sul da farsi. Cerchiamo però in qualche modo di uniformare la nostra pratica medica a questi principi generali, nei quali crediamo. Qui abbiamo acqua fresca sorgiva in abbondanza e abbiamo fatto in modo che le deiezioni vengano allontanate da un flusso continuo d'acqua in canali di scolo che le portano fuori dall'ospedale e le disperdono, tramite un fosso, in un acquitrino abbastanza lontano da qui. Cerchiamo di mantenere puliti i nostri pazienti, i pagliericci vengono rinnovati ogni mese, mentre quelli vecchi vengono bruciati. Eliminiamo col fuoco l'immondizia ed i rifiuti, perché abbiamo constatato che ciò evita di attirare i topi: poiché questi animali preferiscono gli ambienti sudici, per la nostra teoria sono portatori di morbi. Nella stagione calda affumichiamo gli ambienti con zolfo ed erbe odorose specifiche contro mosche e zanzare, dato che questi insetti aleggiano nelle paludi e sopra gli escrementi, ciò che, come ti ho già detto, a noi segnala un pericolo. C'è chi ci critica per queste pratiche, ma noi otteniamo buoni risultati e crediamo nei nostri metodi.»

«Mi complimento con te Moniot, davvero questi temi non mi sono familiari, ma ciò che mi dici ha il suono della logica e del corretto modo di ragionare. Chissà che un giorno queste vostre teorie non ricevano una generale accettazione, per il bene di tutti!»

«Speriamolo» commentò il mio amico, «da parte mia devo dirti che qui ho imparato molto, ma ho anche cercato di dare tutto il mio contributo... tra poco però lascerò tutto questo. Ho deciso di tornare a Salerno per completare il mio ciclo di studi e acquisire il dottorato in medicina.»

«Quel giorno farò di tutto per esserci, amico mio!»

Dopo un frugalissimo pasto, mi congedai da lui, con l'impegno che ci saremmo rivisti a Parigi, quando fosse venuto a palazzo per incontrare de Morvillier.

I buoni uffici di Moniot sortirono il loro effetto e un paio di settimane dopo la mia visita a Saint Denis, mi trovavo ad attendere, poco dopo l'ora sesta, di essere ricevuto da de Morvillier, nel vestibolo della biblioteca.

Un inserviente mi fece entrare nello studio privato dell'archivista reale, dove fui accolto calorosamente.

«Carissimo von Isenburg, vi rivedo con grande piacere e sono stato lieto che l'amico de Coincy mi abbia portata la vostra ambasceria. Vi chiederete forse perché dopo la discussione della tesi nello *studium* di Guglielmo, pur avendo espresso il desiderio di incontrarvi, non vi abbia fatto chiamare. Ebbene, semplicemente ho voluto lasciarvi libero di meditare sulla strada che vorrete seguire, senza condizionarvi a priori. Ma ora il fatto stesso di vedervi qui, indica che il mio consiglio non vi è indifferente: ciò mi lusinga e sono pronto ad ascoltarvi.»

«Signor visconte, vi ringrazio delle vostre gentili ed incoraggianti parole. Proprio di incoraggiamento ho bisogno, in verità, poiché come avete compreso benissimo, non è facile per me imboccare la direzione giusta. Io mi sento portato, e spero dicendo questo di non peccare di presunzione, verso una professione in cui la giurisprudenza giochi un ruolo di supporto alla comprensione della storia e, nello stesso tempo, di guida alla politica. Quindi, oserei dire, un compito di consigliere al servizio di persone altolocate, che per la propria posizione, si trovino in necessità di un consiglio disinteressato e in armonia con le leggi. Naturalmente so per certo che tale professione implica che io abbia sopra di me un maestro esperto, ma proprio questa presenza darebbe al mio praticantato un alto valore formativo.»

«Vedete, il vostro parlare mi conferma che la mia personale stima nei vostri confronti e le lusinghiere opinioni che hanno di voi i vostri maestri e la stessa considerazione per le vostre abilità che mi hanno esternato sia Bernard de Clairvaux che il venerabile Pietro di Cluny, sono assai ben giustificate. Voi siete un giovane dotto e prudente, e vi aprirò dunque il mio cuore, nell'indicarvi quali sono, a mio avviso, le strade che più favorevolmente vi si aprono dinnanzi.»

Suonò un campanello e al cameriere che si presentò chiese

di portare acqua fresca, aromatizzata con semi di anice.

«Ecco dunque von Isenburg, verrò diritto al punto, poiché per quanto ciò possa stupirvi, i tempi sono stretti... capisco la vostra espressione sorpresa, ma è così. In breve: sia Bernardo di Chiaravalle che l'abate Suger vi vorrebbero come loro assistente. Non credo che passerà molto tempo prima che vi giungano inviti a presentarvi.»

Credo di ricordare che rimasi a bocca aperta.

«Bernardo, sì, mi avevate accennato qualcosa, ma Suger è assolutamente inaspettato, ricordo che è l'abate di Saint Denis, però di lui confesso di sapere assai poco...»

Il cameriere ci aveva versato la bibita e bevvi alquanto avidamente, la bocca si era fatta improvvisamente sabbiosa.

«Sugerius, questo è il suo nome latino, ma è stato francesizzato in Suger. A corte, è l'uomo più potente dopo il re. Egli è l'implacabile difensore del regno, il consigliere sia spirituale che politico, più il secondo che il primo, direi, del nostro sovrano. Non c'è problema, evento o situazione in cui il re sia coinvolto che non veda l'attiva attenzione di Suger e le sue parole fanno legge. Mi segue von Isenburg?»

«Per certo, signore. Nella mia impreparazione, pensavo che questo ruolo fosse più di Bernardo che di altri...»

«No. Bernardo è il consigliere di tutti i potenti d'Europa, dal papa in giù. Ma per quanto riguarda il re dei Franchi, il nostro amato Luigi VII, l'uomo che consiglia è Suger. Egli stesso è stato, ad esempio, l'architetto delle nozze di Eleonora d'Aquitania con il re.»

«Eleonora...» mormorai, «ho seguito questo straordinario

evento e ne ho avuto qualche dettaglio di prima mano, quando ancora ero studente, da un ufficiale della guardia reale... ma mi scusi, sto divagando. E voi, visconte, mi dite che questi due uomini così potenti mi vorrebbero con loro... sono confuso, dipendo dal vostro consiglio ancor più di quando poco fa ho varcato la porta di questo ufficio.»

«Ecco dunque, von Isenburg, una possibilità è quella che voi ritorniate in Sassonia, dove le vostre capacità potranno essere certamente apprezzate e non è escluso che, con l'aiuto di vostro padre che ho conosciuto e che mi ha dato l'impressione di essere bene introdotto in alto loco, voi possiate giungere addirittura a prestare il vostro servizio professionale alla corte di Corrado III, il vostro imperatore germanico.»

«E se decidessi, com'è il mio più vivo desiderio, di restare invece a Parigi?» arrischiai timidamente.

«In questo caso sarà difficile non scegliere tra le due proposte che vi ho detto. Non sono uomini, mio giovane amico, ai quali piaccia sentirsi dire di no. E qui sorge il problema, perché in confidenza vi dico: i due uomini si detestano. Se diventate il fiduciario dell'uno, troverete ostile l'altro. Non c'è via d'uscita.»

«Datemi una traccia per scegliere, vi prego!»

«Sono uomo del re e amico dell'abate Suger, che stimo sia come uomo di chiesa che d'azione. Ha grandi visioni, anche in campo artistico: diresse la trasformazione dell'Abbazia di Saint Denis, pochi anni fa, in tal modo che neppure l'architetto che l'ha progettata saprebbe riconoscerla. Ha delle sue teorie sulla luce come una specie di messaggera del divino. Pensate che sta facendo abbattere intere pareti dell'abside e le vuole sostituire con immense vetrate policrome rappresentanti scene sacre, qualcosa che non si è mai visto prima al mondo. Vorrei che fosse chiaro che non ho nulla contro Bernardo, ma comprendo la sua assoluta mancanza di sintonia con Suger: tanto l'uno è dogmatico, severamente ortodosso e chiuso all'arte del compromesso, tanto l'altro è poco incline alle dispute dottrinali, innovatore e finissimo politico. Vi do, per concludere, questo consiglio, von Isenburg: attendete che Bernardo vi convochi. Lo farà, presumo, attraverso Guglielmo di Conches. Al momento opportuno recatevi da lui ed ascoltate le sue parole, mantenendo una posizione possibilista, senza impegnarvi al momento in nulla. Poi sono certo che Suger si servirà di me per convocarvi e io vi organizzerò l'incontro. Ascolterete anche lui. Infine trarrete le vostre conclusioni e che Iddio vi assista. Sappiate comunque che potrete, in ogni caso e qualunque sarà la vostra scelta, contare sulla mia amicizia.»

Lo ringraziai di cuore e mi congedai.

Mi sentivo fortemente dubitoso delle mie capacità di prendere la giusta decisione. Decisi di tornare a casa e di dormirci sopra, anche se sapevo bene che essendo di pomeriggio, il mio sonnellino sarebbe stato fortemente stigmatizzato dallo *scholarus* salernitano Moniot. Mi sembrava di udire il suo severo precetto: "*Sit brevis, aut nullus, tibi somnus meridianus. Febris, pigrities, capitis dolor atque catarrhus: haec tibi proveniunt ex somno meridiano*".

Mi lasciai trasportare dalla mia fedele mula, senza quasi dirigerla, come se un segreto istinto dell'animale la riportasse a casa senza difficoltà, mentre io ero immerso in profondissimi pensieri. Il quadro che mi aveva delineato il visconte era chiaro e nello stesso tempo preoccupante e considerai seriamente l'ipotesi di tornarmene in Sassonia. Non ero mai stato attratto dalle dispute religiose e dottrinali e mai mi era passato per la testa di applicarmi allo studio della teologia e l'idea di trovarmi invischiato in questioni personali tra i due potenti abati non mi piaceva affatto.

Avevo vissuto tutta la mia vita riconoscendo come autorità massima l'imperatore, il papa essendomi sempre parso una figura lontana e sfuggente, per non parlare delle mie perplessità quando venni a sapere di quelle assurde questioni romane di papi e di antipapi... però ero attratto da Parigi, sentivo oscuramente che, in qualche modo, era proprio in questa città, dove il destino mi aveva fatto arrivare, che la mia vita avrebbe avuto un senso ed uno scopo. Mi dissi che dovevo mantenere aperte tutte le strade, parlare con Bernardo e con Suger e preparami un piano di riserva nella mia terra.

Così, quando giunsi a casa, rinunciando all'idea di dormire mi liberai degli indumenti impolverati, mi lavai mani e viso poi, seduto al mio tavolo di lavoro, scrissi una lettera a mio padre.

Gli feci un riassunto della situazione e lo prevenni che, se le cose avessero preso una piega indesiderata a Parigi, avrei perso in considerazione di esercitare la mia professione in Sassonia. Lo pregavo quindi di cominciare prudentemente a individuare qualche possibile soluzione che potesse corrispondere ai miei desideri. Sigillata che ebbi la missiva, mi incamminai verso la piazza di Saint Gervais, dove c'era la stazione di posta principale per i carri che provvedevano i collegamenti con la Germania ed affidai la lettera ad un vetturino. Mi promise, dopo che gli ebbi mostrato un mezzo denaro d'argento, che entro due o tre settimane al massimo, mio padre avrebbe avuto la lettera.

«Quando tornerete, se portate con voi un messaggio di mio padre, avrete un'altra moneta come questa», e così dicendo gli dissi dove poteva trovare la mia abitazione. Finì la sua birra ed esclamò allegramente:

«Che il diavolo mi porti se non mi guadagnerò anche l'altro mezzo denaro!»

Mi sembrava di avere fatto tutto ciò che potevo, per il momento. Non mi rimaneva altro che aspettare.

Alcuni giorni più tardi Guillaume de Conches mi mandò un messo per informarmi che desiderava vedermi presso il suo *studium* il sabato successivo, all'ora terza. Come potete immaginare fui puntualissimo all'incontro.

«Mi fa piacere rivedervi, von Isenburg. Perdonatemi il breve preavviso, ma sono in partenza per Chartres, dove mi aspettano molti impegni di insegnamento. Mi è giunta notizia che Bernard di Clairvaux è giunto ieri a Citeaux e vi si tratterrà per almeno due mesi: è là che vorrebbe incontrarvi.»

Il capo della mia scuola era così, poche parole, contavano solo i fatti.

«Sono a sua disposizione, maestro. Quando?»

«Appena vi sarà possibile. Disponete di una cavalcatura?»

«Sì, maestro, una mula di buon passo.»

«Anche se così fosse, per via di terra sarebbe pur sempre un lungo viaggio, parliamo di circa duecentosettanta miglia romane, ma so per esperienza che vi sono lunghi tratti di fiumi ottimamente navigabili... la Senna, la Loire, la Yonne e vi sono barcaioli che con poca spesa saranno contenti di imbarcare voi e la vostra mula. Il segretario dello studium, padre Benoît possiede mappe e appunti di viaggio preziosi. Voi lo conoscete, recatevi da lui e fatevi dare ogni utile informazione. Vi servirà anche un documento di viaggio con valore di lasciapassare, per muovervi senza problemi nel Regno di Borgogna, quello che laggiù chiamano il Regno di Arles, che, come sapete, è stato nel secolo scorso incorporato da Corrado il Salico nell'impero germanico. Sono però certo che, quanto a questo, il vostro amico de Morvillier vi potrà essere di aiuto e poi, dopotutto, voi siete cittadino germanico, per l'appunto...»

«Seguirò i vostri consigli, e vi sono enormemente grato. Farò in modo di mettermi in viaggio al più presto.»

«Benissimo. Bernardo vi attenderà. Fatemi sapere, di grazia, l'esito del vostro incontro.»

«Certamente, maestro.»

Feci tutto ciò che Guglielmo mi aveva consigliato e preparai il necessario per il viaggio. De Morvillier mi aveva fatto avere un salvacondotto con sigillo reale.

Fu così che pochi giorni dopo, nell'anno di grazia 1141, all'ora prima di una bella giornata di settembre, mi misi in sella alla mula e partii per Citeaux. Fu un viaggio memorabile, il primo che compissi da solo e con le mie sole forze nella vita.

Quando avevo lasciato la Sassonia per Parigi, mi aveva accompagnato mio padre, ma ora potevo contare solo su me stesso. Quando procedevo lungo le strade, la distanza coperta durante il giorno non era granché, come del resto aveva previsto il mio maestro, ma i percorsi fluviali erano invece fortunatamente molto più veloci. Naturalmente abbastanza di frequente bisognava sbarcare, poiché il fiume sul quale stavamo navigando precipitava in rapide turbinose e talvolta in vere e proprie cascate. Superato l'ostacolo, altri barcaioli in genere attendevano i viaggiatori, altrimenti bisognava fermarsi ed attendere. Mi ero prefissato di spostarmi solo durante il giorno, muovendomi dall'ora prima a poco prima del vespro, quando il sole iniziava a declinare: allora mi mettevo alla ricerca di una locanda dall'aria decente, per rifocillarmi e passare la notte.

Ricordo che un giorno, lasciata l'imbarcazione che mi aveva trasportato lungo un tratto della Loira, stavo compiendo un tratto di strada per spostarmi verso le rive della Yonne ed ammiravo incantato le colline coperte di vigneti di quella regione.

Il paesaggio mi sembrava un tessuto dipinto, disposto a drappeggiare e a nascondere una donna formosa sottostante ed in preda a queste fantasie ricordo che mi resi conto di desiderare, proprio in quel momento, una compagnia femminile.

Avrei potuto continuare ancora un po', il pomeriggio era ancora luminoso, ma con tali pensieri per la testa, ed avendo adocchiato un grazioso borgo poco distante, mi risolsi a fermarmi prima del tempo. Mi informai su quale fosse la migliore locanda del paese e chiesi alloggio per la notte. Mi lavai le mani ed il viso, misi un abito pulito e consegnai alla padrona gli indumenti impolverati pregandola di lavarmeli e farmeli trovare pronti per il giorno appresso. Si lamentò che forse non ci sarebbe stato il tempo sufficiente perché si asciugassero, ma le dissi di non preoccuparsi, potevo aspettare.

Al tramonto mi ritrovai nella sala del piano terreno, con altri viaggiatori ospiti della locanda, in attesa che ci fosse servita la cena. L'atmosfera era allegra, i commensali erano tutti mercanti che facevano i loro affari viaggiando tra Parigi, la Borgogna, Lione e le città del nord dell'Italia, Milano, Genova, Bologna, Firenze, vendendo e comprando ogni sorta di prodotti nelle fiere che si tenevano in quei luoghi. Nessuno parlava latino, ma tutti s'intendevano in una specie di lingua comune, uno strano miscuglio di franco-provenzale mescolato con un latino germanizzato o un germanico latinizzato, non saprei spiegarmi meglio. Sta di fatto che s'intendevano e stranamente li capivo anch'io. Quando dal camino l'oste e sua moglie trassero un grosso paiolo di rame nel quale avevano cotto un gran pezzo di carne, con vino rosso e verdure e spezie, si fece silenzio poiché tutti avevano fame e pregustavano il cibo che si annunciava, dal profumo, assai appetitoso. In quel momento entrò una giovane donna molto graziosa, dai capelli color fiamma e il seno prorompente. I pensieri erotici di poco prima mi tornarono vigorosi alla mente. Si avvicinò ai proprietari e li aiutò a servire i clienti. Quando si avvicinò al mio tavolo portandomi il piatto fumante, le chiesi, con un sorriso:

«Sei forse la figlia dei locandieri?»

«No bel giovane, sono solo la serva.»

Mi stupì non tanto il tono tra l'insolente e il beffardo, quanto il fatto che parlava la lingua dei Franchi che si usava a Parigi, con un accento non popolaresco, ma alquanto educato. Notai che aveva occhi chiari, grigi o azzurri, la luce nella sala era alquanto fioca.

«Tu vieni da Parigi, vero?»

«Vero, ho vissuto lì, ma era molto tempo fa.»

«Non può essere molto tempo fa, sei giovane.»

«A me sembra un secolo. Vuoi del vino?»

«Grazie» risposi, «capisco, devi lavorare. Perché non parliamo un poco, quando hai finito?»

La padrona stava gridandole di sbrigarsi e lei con mia sorpresa rapidamente mi rispose, a voce bassa — va bene, alla chiesa, vicino al campanile, al crepuscolo — e se ne andò senza aggiungere altro.

«Cavaliere» mi rivolse la parola un tale che sedeva al tavolo vicino, «perdonatemi, ma non mi sembrate uno di noi... posso chiedervi cosa vi porta sulla strada di Dijon, se non sono indiscreto?»

Divisai che era meglio tenere un profilo basso, perché non si pensasse che avrei potuto portare con me denaro o cose di valore.

«Sono uno studente, devo completare i miei studi e devo incontrare, per riceverne consiglio, un dotto maestro di Citeaux.»

«Ah, beati voi studenti, senza pensieri e senza impegni di lavoro. La prossima volta che nasco voglio studiare anch'io!»

«Bene, amico, mentre io prenderò il vostro posto. Mi sono stancato di perdere la vista sui libri!»

Così, di sciocchezza in sciocchezza, la cena finì e io poco dopo m'incamminai senza fretta verso l'appuntamento. Mi sembrava di avere capito che la ragazza preferiva un po' di discreta oscurità.

Si era ravviata i capelli e, dimesso il grembiule, indossava una gonna con una camicia dalle maniche ampie, e uno scialle di lana bianca. Ci eravamo seduti su un sedile di pietra, lì nei pressi; nella piazza camminava svelto solo qualche raro passante che non badava di certo a noi.

«Come ti chiami?»

«Margaretha.»

Un avvio di conversazione senza pretese, pensai.

«Di dove sei?»

«Normandia, siamo normanni, tutta la mia famiglia.»

«Cosa ci fai qui in Borgogna?»

«È un storia lunga. Mio padre Jarr e mio zio Sven, suo fratello, quando io avevo tre anni, hanno saputo che un re normanno in Sicilia, mi pare si chiamasse Ruggero, arruolava soldati, la paga era buona e così partirono. Non sono più tornati. Mamma a un certo punto disse che erano morti e passati cinque anni dalla loro partenza si risposò. Io fui messa in convento, ma dopo otto anni me ne sono andata, non faceva per me. Le monache mi hanno insegnato a leggere e scrivere e a ricamare, sono state buone con me, mai io non ce la facevo a stare chiusa là dentro. Ho diciotto anni, lo so di sicuro, perché le monache mi hanno detto che quando sono stata affidata a loro era il 1131 e avevo otto anni.»

La stavo ad ascoltare sorpreso, parlava questa lingua franco gallica, che qualcuno cominciava a chiamare francico o francese, con una certa proprietà che certo non mi sarei aspettato da una servetta di locanda.

«Come sei arrivata in Borgogna?»

«Dopo il convento sono andata a lavorare come sguattera in casa di certi nobili, vicino a Parigi, poi il cuoco cercò di convincermi ad entrare in un bordello in città, ma gli ho detto che se chiamava qualcuno per portarmi là, prima di andarmene gli avrei aperto la pancia con un coltello. Comunque non mi sentivo tranquilla, così ho chiesto a dei mercanti che viaggiavano tra Parigi e questa terra per commerciare in vino, di portarmi con loro. Adesso lavoro per i padroni della locanda. Non sono cattivi, mi danno da mangiare, da dormire e un denaro d'argento al mese.»

Le presi le mani tra le mie e la guardai senza parlare. La sua storia mi aveva un po' commosso e un po' rattristato.

Fu lei a rompere il silenzio:

«Tu volevi fare l'amore con me questa notte, vero?»

Avvampai, mi mossi un po' a disagio sul sedile e decisi che tanto valeva essere sinceri. Lei non nascondeva i suoi pensieri.

«Sì, avevo pensato anche questo, te lo avrei chiesto.»

«Vorrei anch'io. Tu mi piaci.»

Finimmo a letto. Eravamo tornati alla locanda, ciascuno per conto proprio, e dopo un tempo, passata compieta, che mi parve molto lungo, lei mi raggiunse in camera mia. Passammo una bellissima notte, eravamo giovani e molto in arretrato di sesso tutti e due.

Verso l'alba le chiesi:

«Cosa posso fare per te?»

«Hai fatto molto bene quello che desideravo che tu facessi. Ma mi puoi fare una promessa, anche se ti sciolgo fin d'ora dall'obbligo di mantenerla.»

«Dimmi!» esclamai incuriosito.

«Se mai ti capitasse di andare in Sicilia, da Parigi dovresti probabilmente passare di qui. Prendimi con te, voglio andare a cercare notizie di mio padre e di mio zio. Lavorerò per te, ti farò da mangiare, ti laverò i panni. Potrai fare l'amore con me, se ne avrai voglia.»

La guardai sorridendo. Mi sembrava un'ipotesi così assurda che non esitai a dirle:

«Promesso.»

Presi cinque denari d'argento e glieli porsi, ma lei rifiutò fermamente.

«Se non li accetti, ritiro la promessa» dissi guardandola fissa negli occhi. Lei abbassò lo sguardo.

«Va bene, li prendo. Ma te li restituirò.»

Uscì dalla camera rapidamente, in silenzio.

Una settimana dopo questi avvenimenti arrivai finalmente a Citeaux. All'ora terza mi presentai al padre guardiano e gli dissi che avevo un appuntamento con Bernard di Clairvaux. Il buon uomo non fece commenti e mi accompagnò verso un'ala del convento dove si aprivano delle celle, con un letto, una brocca d'acqua, un tavolo, una sedia.

«Vado ad annunciare il vostro arrivo, intanto riposatevi, signore.»

Non restava che attendere. Mi resi conto che stavo per affrontare un punto di svolta importante della mia vita, dal mio colloquio con Bernardo e da quello che sarebbe seguito, di lì a non molto, con Suger a Parigi dipendeva tutto il mio futuro.

Bernardo voleva dire mettere la mia mente e il mio cuore al servizio del papa, Suger al servizio del re di Francia. Ripensandoci oggi, credo che in fondo al mio animo la decisione fosse già presa. Ma quel giorno tutte le opzioni erano ancora aperte.

V

Bernardo mi ricevette in una saletta dello *scriptorium* piuttosto disadorna, dalle pareti imbiancate a calce. Da una di esse
pendeva il crocefisso e l'unico arredamento era costituito da
due sedie e due tavoli, uno grande e uno più piccolo. Sul
primo giacevano in disordine molti volumi, mentre il secondo
era sgombro da libri; solo poche carte, alcuni calami e due fla-
coni d'inchiostro, nero e rosso, ne occupavano la superficie.

«Vi ringrazio von Isenburg, per avere affrontato questo
viaggio al solo scopo di incontrarmi. State bene?»

«Sì eccellentissimo abate, grazie, è un onore per me essere
ricevuto da voi a Citeaux.»

Bernardo non era di grande corporatura e non dava l'impressione di essere particolarmente in buona salute: il respiro
era un po' corto e il colorito del viso alquanto pallido. Solo gli
occhi e la piega ostinata della bocca, tradivano la sua immensa
energia interna e la determinazione dell'uomo che non è mai
sfiorato dal più piccolo dubbio di agire secondo fede e giustizia.

«Vi porto i saluti del mio maestro Guglielmo.»

«Ricambiateli di cuore, quando avrete occasione di rivederlo. Vi hanno offerto una colazione?»

«Sì signore, assai abbondante.»

«Ciò è bene, i giovani devono mangiare molto, i vecchi
poco. Veniamo dunque a noi, von Isenburg.

Lei immagina, forse, la ragione per cui ho espresso il desiderio di incontrarvi.»

«Non nego di avere fatto qualche ipotesi e sono qui per ascoltarvi con grande interesse.»

«Vedete *jureconsultus*, la provvidenza ha voluto che io abbia dovuto e debba occuparmi di molte questioni teologiche, massime di quelle attinenti alla dottrina della fede...»

«Conosco l'immenso peso dei vostri pareri su questi temi...»

«Mi si vuole onorare con questa considerazione... ma oltre a questi temi, a me congeniali, vengo spesso consultato per dare una guida, sia spirituale che materiale, su altri aspetti delle vicende terrene dei popoli d'Europa, vicende che hanno aspetti storici e aspetti giuridici. Non ho più le energie di una volta» e qui la voce gli si fece più cupa, quasi uno sfumato tono di rimpianto, «e ho bisogno un aiuto. Sì, un assistente giovane esperto di politica e di quella parte della politica che va facendosi, giorno dopo giorno, storia. Di un giovane che conosca i principi giuridici che governano i popoli di Dio e i popoli dell'impero e dei regni. Ho pensato a voi, von Isenburg.»

«Ciò mi onora, ma voi certamente saprete che non ho formazione teologica e che su tali argomenti dottrinari non potrei esservi di nessun aiuto.»

«Apprezzo la vostra modestia, ma non temete: questa parte è il compito che nostro Signore mi ha assegnato. Vi chiedo formalmente se volete essere il mio consigliere nella parte terrena, per così dire, delle mie cure.»

Tacqui, riflettendo sulle sue parole. Il grand'uomo rispettò la mia meditazione. Ripresi la parola:

«Perdonatemi l'ardire, ma vorrei chiedervi, perché proprio io? Chissà quanti giureconsulti più esperti di me, ancorché giovani, avrete avuto modo di conoscere, in Francia, in Italia...»

«Mi aspettavo una domanda di questo genere. Il fatto è che ho visto in voi, durante la vostra dissertazione a Parigi, uno spirito di indipendenza, un orgoglio intellettuale che vi fa discernere, senza avere timore di chi vi fronteggia, il giusto dall'ingiusto. Non mi è sfuggito, ad esempio, che voi non approvate affatto la mia azione politica nella disputa che ha opposto il Papato a Ruggero II d'Altavilla e quest'ultimo agli altri principi del sud dell'Italia.»

Avvampai. Bernardo aveva parlato con voce piana, come se enunciasse un dato di fatto sul quale non intendesse esprimere alcun giudizio di merito. Dovevo rispondere, coniugando dignità e rispetto.

«Riveritissimo abate, mai mi permetterei di criticare il vostro operato. L'atteggiamento che avete creduto di scorgere in me è un atteggiamento a posteriori, cioè un giudizio riassuntivo, a cose fatte. Ben altra responsabilità si assume chi, come voi, deve improntare la propria azione a priori, dovendo trovare il filo della retta ragione e della retta condotta, senza poter conoscere in anticipo gli esiti della proprio agire. Ovviamente il santo papato aveva tutto da perdere dal costituirsi nel sud della penisola di un forte regno unitario, ed era correttissima, a mio modesto vedere, la vostra azione tesa ad impedire che ciò accadesse. Ma la provvidenza aveva disposto altrimenti e uno dopo l'altro i nemici più potenti di Ruggero caddero inesorabilmente. Oggi egli regna dalla Puglia alla Sicilia ed il suo nome è grande sulla terra.»

«Perché pensate all'intervento della provvidenza, von Isenburg?»

Non mi aspettavo quella domanda, francamente.

«Perché alla fine il papato è ancora un'istituzione forte e rispettata e d'altra parte l'azione di Ruggero ha riportato il potere di Cristo nelle terre di Sicilia, scacciandone per sempre gli arabi infedeli e il potere della legge in Calabria e in Puglia, volgendo in fuga i predoni saraceni. Voi stesso l'avete infine riconosciuto, nelle vostre pubbliche lodi al re normanno. Vedo nella vostra condotta delle cose politiche, quella stessa saggezza che proprio qui a Citeaux ha condotto i titolari delle principali abbazie cistercensi a emanare le regole dalla Carta Caritatis, per limitare il potere assoluto dell'abate di Citeaux a favore di un collegio, il Capitolo Generale, formato dagli abati delle principali emanazioni dell'Ordine. Ecco, dunque, quella che io ritengo la regola aurea, nella mia ancora acerba visione delle cose del mondo: non esiste sulla terra (a differenza del Cielo) un potere assoluto e l'arte della mediazione e del compromesso, qualora falliscano gli altri mezzi disponibili, è il marchio intellettuale dell'uomo saggio e ispirato da Dio.»

Mi sembrò di scorgere un fugacissimo mezzo sorriso, increspare le labbra del mio interlocutore.

«Preghiamo Iddio che vi conservi l'uso della vista, *jureconsultus,* perché quanto all'uso dell'oratoria egli è stato con voi oltremodo generoso. Ho molto apprezzato il vostro argomentare, in fede mia.

Ditemi dunque, come considerate la mia proposta?»

«Con il maggior rispetto e la dovuta considerazione, signor abate, chiedo solo di aver un poco di tempo per meditare e, com'è mio dovere, chiedere anche il parere del mio signor padre.»

«Prendetevi dunque il tempo che vi necessita e ponetevi appena possibile in contatto con me.»

«Non farò attendere la mia decisione oltre il dovuto e vi esprimo ancora tutta la mia gratitudine per avermi voluto consultare.»

«Andate in pace, von Isenburg e che Dio vi protegga.»

La mia mula era stata nutrita ed accudita. Ero pronto a riprendere il viaggio. La prossima meta sarebbe stata Cluny. Il mio maestro Guglielmo mi aveva affidato una lettera per Pietro il Venerabile, pregandomi di consegnargliela durante il mio tragitto di ritorno. Mi aveva anche detto che a Cluny, ospite di Pietro, si era rifugiato Abelardo, vecchio e malato e duramente provato anche spiritualmente per la condanna della sua teologia che gli era stata inflitta nel 1140, al concilio di Sens, su richiesta di Guillaume di Saint-Thierry e di Bernard di Clairvaux. Sempre lui, pensai tra me e me. Giunsi a Cluny col sole alto, verso l'ora sesta.

L'immensa chiesa abbaziale si scorgeva già da lontano e man mano che mi avvicinavo mi rendevo conto con stupore delle dimensioni titaniche della costruzione. Ero davanti a quella che veniva, giustamente, considerata la maggior chiesa della cristianità. Avevo adesso la facciata davanti a me e presi la strada che piegava a destra, verso quello che doveva essere il chiostro e proseguii verso la costruzione che scorgevo, più lontano, verso il transetto. Oltre il recinto del chiostro si apriva un grande arco che dava accesso a un cortile interno. Decisi di inoltrarmi in quella direzione e non sbagliai: sul lato nord del cortile un portone provvisto di batacchio faceva pensare all'ingresso per i visitatori. Discesi dalla mula e battei due colpi. Poco dopo il padre guardiano mi aprì, esaminò le mie credenziali e mi fece entrare, chiamando nello stesso tempo un converso perché si prendesse cura della mia bestia. Attesi qualche tempo nel vestibolo: ero stato invitato a sedermi e mi era stata portata una caraffa d'acqua fresca.

Poi il padre guardiano ritornò, accompagnato da un monaco dai capelli bianchi che si qualificò come segretario del priore Pietro di Montboissier.

«Sono fratello Dionigi e mi prenderò cura di voi, signor von Isenburg. Posso vedere, per favore, le vostre credenziali?»

Gli porsi i miei lasciapassare e le lettere di presentazione, tenendo per me quella di Guglielmo di Conches che dovevo consegnare personalmente al priore.

«Avete, vedo, ottimi amici a Parigi, signore. Potete dirmi quali sono i vostri desideri, in relazione a questa visita?»

«Bene, certamente desidero vedere l'abate Pietro e parlargli. C'è poi un'altra cosa che mi darebbe grande contentezza poter compiere...»

«Ditemi, faremo tutto quanto in nostra facoltà per rendervi grata la permanenza nell'abbazia.»

«So che è ospite qui *magister* Pietro Abelardo. Vorrei potergli parlare.»

«Abelardo è malato e vi sono giorni in cui la stanchezza non lo fa muovere dalla propria cella e in quei giorni non riceve nessuno. Ma a volte le sue condizioni migliorano e allora è felice di potere incontrare un visitatore. Gli riferirò di voi e della vostra richiesta, poi vi farò sapere.»

«Grazie di cuore, segretario.»

Mi accompagnò alla mia cella e disse che l'abate mi avrebbe voluto come ospite per cena. Acconsentii calorosamente.

Il grande refettorio aveva forma rettangolare e due tavoli, apparecchiati con estrema semplicità, fiancheggiavano i lati lunghi. Sul fondo un tavolo più corto ospitava l'abate, il padre confessore e il segretario frate Dionigi. Io fui presentato e fatto accomodare accanto all'abate Pietro di Montboissier. Ora che lo vedevo da vicino, mi resi conto che Pietro emanava una forza che soggiogava, gli occhi azzurrissimi sembravano penetrarti l'anima e trasmetterti il messaggio: hai davanti un uomo che parla ispirato da potenze superne.

Ricordo che, molti anni dopo, Federico di Hohenstaufen in persona, il temibile Barbarossa, gli assegnò quel soprannome: Pietro il Venerabile e la ragione mi sembrò chiarissima. Scambiò pochissime parole con me, solo per dirmi che dopo il vespro, avremmo avuto un colloquio nel suo studio privato. I monaci si avvicinarono ai loro posti, in silenzio, rimanendo in piedi. Furono recitate le orazioni d'uso, poi tutti ci sedemmo e cinque frati giovani e cinque conversi servirono la cena. Sapevo che a Cluny la regola non era severissima e che la vita monacale era meno dura che in altri conventi benedettini, ma comunque rimasi sorpreso della buona qualità e quantità dei cibi: un'ottima zuppa con cavolo, carote e cipolla nella quale si incontravano frequenti pezzi di carne saporita e poi formaggio e frutta fresca. Mangiai di buona voglia, in silenzio, come tutti gli altri presenti nella sala.

Quando mi trovai a tu per tu con Pietro, nel suo studio, ebbi modo di constatare in lui un totale cambiamento. Abbandonò il contegno riservatissimo e composto che evidentemente la regola gli imponeva di fronte ai suoi confratelli e scoprii un uomo del tutto diverso da come me lo sarei aspettato. Parlava con tono cordiale e di tanto in tanto si concedeva un fugace sorriso. Gli consegnai la lettera di Guglielmo che egli lesse attentamente e poi depose sul tavolo, senza alcun commento. Da un piccolo armadio dietro la sua scrivania trasse una boccia di vetro che conteneva un liquido ambrato e ne versò in due piccoli bicchieri.

«Concediamoci questo lusso, *jureconsultus* von Isenburg, un poco di vino dolce per festeggiare degnamente il nostro incontro.»

Bevve un piccolo sorso e continuò:

«Vi ricordo alla dissertazione, mi sembravate più giovane, forse perché a me tutti gli studenti sembrano dei ragazzi, Ma ora vi trovo più maturo, si dicono buone cose sul vostro conto.»

«Voi mi confondete, abate Pietro» mi schermii.

«No, no, è così. È giunto ieri sera un messaggero a cavallo da Citeaux che portava una lettera a me indirizzata e spedita dal mio amico Bernardo, che Iddio lo protegga. Mi informa, tra l'altro, che ha avuto un interessante colloquio con voi, di cui mi ha sunteggiato l'essenziale. Mi è sembrato di capire, tra le righe, che forse si aspetta un mio aiuto, per convincervi della bontà della sua proposta.»

«Di ciò sono già convinto, mi sono solo riservato di potere riflettere e consultarmi con mio padre.»

«E forse anche, ragionevolmente, di esaminare altre proposte.»

Gli occhi gli brillarono per un attimo traversati da un lampo che mi sembrò di divertimento. Arrossii.

«Non lo posso negare, abate Pietro. Sono un po' confuso in questo periodo. Attendo una convocazione dell'abate Suger, di Saint-Denis.»

«Ah, questa sì che è una scelta ardua! Ardua e decisiva.»

«Anche il visconte de Morvillier, l'archivista reale, mi ha preavvertito di quali potrebbero essere le conseguenze dell'alternativa che mi si pone.»

«Già, è del tutto evidente.»

«Illustre abate, chiedo umilmente il vostro consiglio.»

Il sant'uomo tacque per un tempo che mi parve alquanto lungo, come se inseguisse lontani pensieri, poi si riprese e mi parlò.

«Vedete, von Isenburg, Bernardo è uomo d'azione, dal temperamento temerario e aggressivo. Eppure è anche uomo di grande ingegno e devozione, ma mette preminentemente queste sue doti al servizio dell'agire, più che del meditare. Predica le crociate, aizza alla guerra contro gli infedeli, vede ovunque eresie e devianze dalla santa dottrina. Quando il papato si scontrò con Ruggero II d'Altavilla, di razza normanna, una grande stirpe guerriera con la quale bisognerebbe andarci cauti nel scegliere l'opzione dello scontro frontale, non esitò ad adunare armate ed eserciti contro di lui e partecipò addirittura di persona alle campagne militari. Senza ricavarne alcunché.

Cercò anche di attaccarmi, sostenendo che nella mia abbazia i costumi erano rilassati e non si viveva nel corretto rigore monacale. Però io non sono caduto nella trappola e gli ho professato la mia amicizia, convincendolo che la causa della Chiesa non aveva bisogno di una guerra tra cistercensi e cluniacensi; altri e altrove erano i nemici. Spesso abbiamo sostenuto la stessa parte, altre volte ci siamo trovati su posizioni avverse, come nel caso della sua forsennata disputa contro Pietro Abelardo. Però tra di noi corre stima e amicizia. Vi dico tutto questo, mio caro giovane, perché mi sembra che la vostra indole, nonché la vostra professione, facciano di voi un uomo di meditazione più che d'azione, più facile al compromesso e alla composizione delle vertenze piuttosto che all'urto e alla contrapposizione implacabile. Vedete io stesso credo di assomigliarvi in questo. Ritengo che le crociate siano una colossale sciocchezza, non le ho mai appoggiate. Anzi ho fatto tradurre in latino il Corano, da valenti traduttori in Spagna, cosicché dalla lettura di questo testo erroneo i teologi cristiani traggano le argomentazioni per confutarlo e con pubbliche discussioni si giunge a dimostrare agli stessi maomettani l'infondatezza delle loro tesi. Confesso che verso gli ebrei mi riesce difficile adottare lo stesso atteggiamento di confronto basato sulla ragione. Essi semplicemente non ragionano e sono ai miei occhi molto più colpevoli degli arabi: perché hanno avuto il Salvatore tra di loro e non l'hanno riconosciuto.»

«Ho ben presente il vostro *Adversus Iudaeorum inveteratam duritiem*, maestro!»

«Sì, lo ammetto, in questo caso ho brandito il randello più che la penna, ma è l'unico caso in cui non mi sono sforzato, nella mia vita, di capire le ragioni della controparte. Di ciò chiederò perdono a Dio. Ma torniamo a noi: mi avete chiesto un consiglio e io vi rispondo: Suger.»

Abbassai la testa e risposi a bassa voce:

«Un consiglio prezioso che credo farò mio, venerabile Pietro: vi ringrazio e mi chiedo se vorrete concedermi ancora una domanda, anzi una richiesta.»

«Naturalmente, orsù parlate!»

«Vorrei chiedervi il permesso di incontrare Pietro Abelardo, che so vostro ospite. Naturalmente se egli vorrà vedermi.»

«Non porrò, da parte mia alcun ostacolo... posso chiedervi il perché di questo desiderio?»

«Certo, maestro: sono sempre stato affascinato dalla forza delle sue argomentazioni, ho conosciuto dei suoi discepoli e tutti mi hanno confermato che era un oratore eccezionale e un logico insuperabile. Sarebbe per me un grande onore conoscerlo di persona.»

«Padre Dionigi che voi avete conosciuto, vi farà avere domani la risposta di Abelardo. Mi ha fatto piacere incontrarvi, Ulderico, permette che vi chiami così, ed è giunta l'ora della preghiera e del sonno. Che la notte vi sia lieve.»

Con queste parole si alzò e mi congedò.

Incontrai Pietro Abelardo il giorno successivo, all'ora terza. Era nel suo letto, molto pallido, le spalle e la testa appoggiate ad alcuni cuscini.

«Venite qui vicino al letto e sedetevi su quella sedia, signor von Isenburg. La mia voce non ha più molta energia.»

«Vi ringrazio di avermi ricevuto, maestro.»

«Mio caro, siete voi a fare piacere a me. Una volta moltissimi studenti venivano da tutto l'Occidente ad ascoltarmi, ho sempre vissuto accanto ai giovani e ora che la mia vita volge al termine, ne sento la mancanza. Mi dicono che siete un giovane e valente *jureconsultus*, ditemi dunque quale motivo vi spinge a visitare un vecchio filosofo ammalato. E per di più scomunicato dal Santo Padre, grazie ai buoni uffici di quel Bernardo di Clairvaux e del suo ignorantissimo sodale Guglielmo di Saint-Thierry.»

Mi colpì in quelle ultime parole, ancorché pronunciate con voce flebile, il sussulto di sdegno e di disprezzo per quella che doveva essergli sembrata una decisione indegnissima.

«Ecco è proprio la vostra filosofia, maestro, che mi ha portato qui. Ho seguito gli studi del trivium e del quadrivium, ho seguito gli studi superiori di diritto nella scuola di Guglielmo da Conches e sono un suddito dell'impero che si è sempre scontrato, storicamente, con la Santa Sede. Ma, pur non avendo studiato, se non marginalmente, teologia, sono anche un cattolico, rispettoso della dottrina. Mi chiedo, vi chiedo, può un buon cristiano conciliare fede e ragione e come deve comportarsi quando la retta applicazione del diritto si scontra con le posizioni dogmatiche della chiesa?»

«Voi mi ponete una delle domande cruciali, che hanno pervaso la mia vita di filosofo. Il mio lavoro sulla *ratio*, sulla ragione, come facoltà che l'uomo ha il diritto-dovere di esercitare anche nei confronti delle sacre scritture e a maggior ragione sulle opere dei Padri della chiesa, mi ha attirato ostilità e aperta avversione. Ma non sono stato capito, o meglio non hanno voluto capirmi. Ciò è grave e dimostra la malafede dei miei avversari: io ho sviluppato coerentemente gli strumenti concettuali per affrontare i grandi temi del rapporto che l'uomo pensante dovrebbe avere con le *auctoritates* e della giusta prospettiva in cui vanno posti i concetti morali di peccato e di colpa, che sono poi anche i concetti con cui si confronta il giurista e non solo il teologo. Questi strumenti sono la logica e la sua manifestazione pratica, la logica *in exercitio*, cioè la dialettica.»

«Perdonatemi, maestro, se v'interrompo: dunque la dialettica come strumento di ogni disputa, non solo teologica?»

«Naturalmente, la dialettica si applica quale *instrumentum disserendi ac disputandi*, quindi ottimamente anche alle questioni giuridiche. Si ponga a base di una corretta dialettica, in primo luogo, la consapevolezza dei rapporti tra *voces et res*, tra parole e cose.»

«Il dibattito sugli universali...» mormorai io.

«Esattamente. Comprendere bene l'uso delle parole, di cui si compone il *logos* umano, distinguendo i concetti generali, universali, generati dall'intelletto in forma astratta e i termini specifici che designano precisamente ciò che indicano e che possono essere predicati di molti universali. E ho affermato che l'universale è *sermo qui generatur ab intellectu et generat intellectum*, un discorso che sorge nell'intelletto e genera intelligenza o comprensione delle cose. Il primo campo di applicazione di questi strumenti logici è la comprensione dei testi, siano essi testi sacri o testi giuridici o testimonianze. Per prima cosa ci si renda conto che la comprensione potrebbe essere resa difficile proprio dalla terminologia, in quanto spesso i termini usati mostrano una pluralità e una variabilità di significati. Poi accertiamoci dell'autenticità del documento e nei casi dubbi si stabilisca se esistono altre redazioni autentiche o se vi siano state correzioni e ritrattazioni, considerando l'intero corpus degli scritti dell'autore. Si eviti infine l'errore di considerare come opinione dell'autore, le opinioni riportate a titolo di esempio e di prendere per soluzione ciò che l'autore espone in forma di problema.»

Tacque, come per riprendere forza. Io ero timoroso che la stanchezza gli impedisse di continuare, così rispettai il suo silenzio. Dopo alcuni minuti però riprese quietamente a parlare.

«Noi dobbiamo avere fede nella *ratio*, propria dell'intelletto umano. Possiamo esaminare e discutere tutti i testi sacri e tutti i testi dei più illuminati filosofi e le nostre conclusioni non dovranno mai essere contrarie alle sacre scritture, ma potremo sempre proporre, in casi di evidenti contraddizioni e in casi dubbi, un'interpretazione verosimile e accessibile alla mente umana. E questa impostazione è tanto più necessaria quanto più il problema teologico s'avvicina e s'interseca con le leggi morali e civili che governano la condotta umana. Mi riferisco al tema della verità, del peccato e della colpa. Dobbiamo separare le inclinazioni, gli impulsi, i desideri naturali dell'uomo dalle sue iniziative e dai suoi propositi.

Ciò che conta è l'*intentio*. L'uomo non è peccatore a priori ed ha la responsabilità delle proprie azioni. È quindi necessario evitare il giudizio superficiale e inappellabile nei riguardi della vita dei nostri simili, di cui per pigrizia o per torpore intellettuale non ci prendiamo la cura di esaminare i fini e gli obiettivi. Vorrei citarvi un mio pensiero, che scrissi molti anni fa: "Gli uomini giudicano di quello che appare, non tanto di quello che è loro nascosto e non tengono conto tanto del reato della colpa, quanto dell'effetto dell'azione. Solamente Dio, che guarda non alle azioni che si fanno ma allo spirito con cui si fanno, valuta secondo verità le ragioni della nostra intenzione ed esamina le colpe con giudizio perfetto".»

«Avrei voluto poter seguire i vostri corsi, maestro...»

«Era così faticoso allora tenere una scuola... i miei superiori mi perseguitavano, i miei maestri mi accusavano di insubordinazione e di superbia, ma ditemi, come si fa ad andare d'accordo, ad esempio, con uno come Guglielmo di Champeaux, che fu mio docente, un idiota fanatico contro la cui ottusità si scontrava ogni ragionamento? Tra le sciocchezze che andava propalando ne ricordo una che mi procurava particolare irritazione: diceva che i bambini non battezzati sono di necessità condannati alle pene dell'inferno, in quanto possiedono un'anima infetta dal peccato originale della carne e che questa è la non opinabile volontà di Dio. Ora io mi chiedo: ma non è la misericordia di Dio il fondamento della nostra santa religione? E allora non è vero che un Dio così crudele da non avere pietà neppure della più pura innocenza, quella dei bambini, non potrebbe essere il Dio dei cristiani? Che fine farebbe dunque la morale, e con essa la fede cristiana?»

Quando il nostro colloquio ebbe termine, salutai commosso Abelardo e gli strinsi le mani ossute tra le mie. Gli dissi che speravo di avere presto l'occasione di rivederlo, ma egli mi guardò senza parlare e dall'espressione dei suoi occhi capii che ciò non sarebbe mai potuto avvenire. La sua grande anima stava per lasciare il suo corpo.

I ricordi che ho qui esposto si riferiscono all'anno del Signore 1141.

Ero tornato a Parigi da pochi giorni, quando mi arrivò la lettera di risposta di mio padre e poche ore dopo mi fu consegnata una missiva del visconte de Morvillier. L'abate Suger voleva incontrarmi. Mi trovai al suo cospetto un mercoledì, nel primo pomeriggio, all'ora sesta.

«Benvenuto, signor von Isenburg, vi ringrazio di avere accettato il mio invito.»

L'abate di Saint-Denis era un uomo alto, vestito con un saio benedettino di colore verde cupo, i tratti del volto assai marcati, la bocca dal taglio deciso e gli occhi grandi, che fissavano l'interlocutore come per scorgere non il suo viso, ma la sua mente.

«Sono onorato di essere qui» risposi formalmente.

Mi ero informato, per quanto possibile, su di lui. Era stato consigliere di Luigi VI il Grosso ed era rimasto a corte come consigliere di Luigi VII. Era di umili origini e solo il suo talento l'aveva portato a compiere un *cursus honorum* di grande prestigio: prima studente nella scuola abbaziale di Saint-Denis, dove strinse amicizia con un condiscepolo che sarebbe divenuto re di Francia col nome di Luigi VI, poi segretario dell'abate della medesima abbazia, in seguito priore di Berneval in Normandia poi di Toury in Beauce e infine ambasciatore del re alla Santa Sede, dal 1121 al 1122. Durante la sua permanenza a Roma fu nominato abate di Saint-Denis e ordinato sacerdote al suo ritorno a Parigi. Il papa Calisto II nel 1125 lo richiamò a Roma ed era opinione comune che lo avrebbe nominato cardinale, ma la notizia della morte del papa raggiunse Suger quando già era arrivato a Lucca. Decise quindi di interrompere il viaggio e di tornare a Parigi.

Direi che si era, con merito, guadagnato il posto di consigliere della casa reale di Francia ed era ormai un uomo ricco e potente. La sua abbazia magnificamente dotata di opere d'arte, e addobbata con sfarzo era diventata un centro culturale e di irradiamento di potere sia spirituale che politico. Inutile dire che tutto ciò gli aveva procurato attacchi e critiche da parte di Bernardo di Chiaravalle, delle quali tuttavia Suger non si era mai curato. L'uomo, di fatto, era inattaccabile.

«Signor von Isenburg, non è mia abitudine girare intorno ai problemi.

Sapete certamente, per vie indirette, che ho interesse in voi. Voglio informarvi ufficialmente che desidero proporvi di diventare mio assistente a corte per quanto attiene le questioni concernenti la giurisprudenza del regno e in collaborazione col visconte de Morvillier, per le questioni storico-giuridiche. Cosa mi rispondete?»

«Stimatissimo abate, qualche tempo fa, posto di fronte a tale domanda, avrei umilmente chiesto tempo per riflettere. Ma in verità è inutile negare che mi aspettavo questa proposta e di conseguenza ho consultato alcune autorevoli persone, tra cui il mio signor padre, chiedendo consiglio. Mi è stato consigliato di accettare ed io accetto.»

«Molto bene, von Isenburg, apprezzo sempre molto gli uomini che mostrano di avere chiarezza di intenti. Avrete il vostro studio a corte, come tutti i funzionari reali. L'economo di palazzo vi informerà sui vostri compensi. La vostra funzione comporta che il vitto e l'abbigliamento vi siano dovuti a titolo grazioso. Prenderete servizio il primo giorno dopo la prossima domenica. Andate in pace e che Dio vi benedica.»

Tornato a casa mi dedicai subito a scrivere due lettere, una per Bernard de Clairvaux e una per Pietro il Venerabile. Li ringraziavo dell'accoglienza che mi avevano riservato e li informavo, con acconce parole, sulla mia decisione di mettermi al servizio dell'abate Suger, e del re Luigi VII. Con una terza lettera informai della situazione anche mio padre.

Avevo iniziato dunque il mio lavoro. Per i primi tempi non incontrai quasi nessuno, eccetto l'economo e il sarto. Mi era stato confezionato un completo comprendente brache e casacca. Questa, in velluto violaceo, era lunga fino al ginocchio, e veniva chiamata tunica normanna, stretta in vita da una sottile cintura. La sottotunica era in lino bianco, con maniche lunghe e il cappello, di forma circolare senza tesa, in panno nero. Il tutto era completato da un mantello di color marrone, provvisto di bavero di pelliccia. Le scarpe erano con la suola in cuoio e la tomaia in stoffa pesante con un piccolo motivo geometrico, ricamato, da usarsi a palazzo. Per l'esterno mi furono forniti stivali in pelle, con lacci al polpaccio. Mi fu promesso anche un adeguato abbigliamento per i mesi caldi. Fu in quei giorni che decisi di farmi crescere la barba, senza baffi. Avevo sempre dimostrato meno anni della mia età e mi sembrò che la barba mi conferisse un'aria appropriatamente più austera. Bastarono pochi giorni perché il mio viso venisse incorniciato da una barba folta, di colore bruno rossiccio. Decisi di mantenerla piuttosto corta.

Per diversi mesi non feci altro che studiare le carte che de Morvillier mi passava, corredate da sue note e appunti. Riguardavano eventi ormai abbastanza lontani nel tempo: veniva descritto il problema e venivano riportate le decisioni prese su suggerimento di Suger, di de Morvillier e di altri consiglieri, avallate dal re. Seguiva poi un breve riassunto di quali fossero state le conseguenze delle azioni intraprese. Mi resi conto che non mi si voleva mettere immediatamente alla prova con situazioni contingenti, ma lasciarmi invece il tempo di ambientarmi e di capire quale fosse, nelle linee generali, il modus operandi della politica reale. Di tanto in tanto de Morvillier mi convocava e avevo con lui lunghi colloqui incentrati sulle questioni che mi andava sottoponendo. Passò così il resto dell'anno e anche quasi tutto il 1142. L'unico avvenimento degno di nota in quel periodo fu la riunione di tutti i dignitari di corte per gli auguri al re, la vigilia di Natale del 1141. Io ero il più giovane tra i presenti e fu in quell'occasione che gli fui presentato ufficialmente. Era un uomo alto, dal viso severo, quasi ascetico.

Luigi VII aveva allora solo ventidue anni, ma non so perché, ebbi l'impressione di leggere nel suo sguardo, nel suo volto scavato, un'ombra oscura di sofferenza, come di un uomo che sta portando un peso che non vorrebbe portare. Egli ebbe la bontà di rivolgermi brevemente la parola.

«Sappiamo della vostra accettazione della carica di consigliere propostavi dall'abate Suger, *jureconsultus* von Isenburg e ce ne compiacciamo. Ci è stato assicurato, e ne siamo convinti, che svolgerete le vostre mansioni con perizia e a vantaggio del regno. Buon Natale.»

Non c'erano domande nelle sue parole e non v'era quindi nessuna risposta da dare. Mi limitai a chinare il capo, in segno di ringraziamento e a pronunciare un breve — grazie, altezza reale. Confesso che avevo sperato di incontrare, in quell'occasione, anche la regina, ma non fu così. Ne accennai a de Morvillier mentre, concluso l'incontro col re, stavamo ritornando ai nostri uffici. Mi disse che la regina non amava le cerimonie di palazzo e assai raramente vi partecipava.

De Morviller mi fece sapere che voleva vedermi. Era il 13 novembre del 1142, un venerdì. Ricordo bene quel giorno, perché fu quello veramente il momento in cui finì la mia vita di studente, o se preferite di apprendista, e affrontai per la prima volta un ruolo di responsabilità. Mi recai immediatamente da lui e fui ricevuto subito nel suo studio. Conoscendolo per essere sempre così sereno e un po' cerimonioso, mi stupì quel giorno il suo atteggiamento alquanto sbrigativo, se non nervoso. Ero però certo che ciò non dipendesse da qualche mia mancanza, ma fosse dovuto a qualche suo interno rovello. Insomma, era preoccupato.

«Von Isenburg, abbiamo problemi.»

«L'ascolto, signore.»

«È una faccenda, mi duole dirlo, che si trascina dal 1138. Un conflitto, sordo e strisciante, che oppone il nostro re al conte Tibaldo II di Champagne e, cosa grave, di conseguenza anche al papa Innocenzo II, che di Tibaldo è il protettore. Senza dimenticare che ciò che desidera Innocenzo II è ciò che desidera Bernardo di Chiaravalle.»

«Comprendo» mormorai.

«Adesso siamo arrivati ad un passo dal punto di rottura su una nuova disputa, che si aggiunge agli strascichi di quella del trentotto. Il re non esclude un ricorso alle armi e ho ragione di temere che tale orientamento, a mio parere assai pericoloso, sia suggerito dalla vivace esuberanza della nostra giovane regina. Sentite von Isenburg, in questo fascicolo ci sono tutti i fatti salienti e pregressi della vicenda. Domattina presto Suger ci attende nel suo studio e sarà bene presentarsi preparati e con qualche proposta intelligente... l'uomo non brilla per pazienza.»

«Studierò immediatamente l'incartamento, signore, e domani sarò preparato, se verrà chiesta la mia opinione.»

«Vi verrà chiesta, non dubitate. Nessuno sa come venirne fuori.»

VI

Spesi il resto della giornata e parte della notte a compulsare le carte che avevo avute da de Morvillier. Non andai neppure a casa, dato che fortunatamente il mio studio era dotato di una piccola camera da letto, alla quale potevo accedere attraverso una porta, mascherata da una sezione amovibile della libreria. Studiai dunque la situazione che aveva portato agli attriti del 1138 e poi mi dedicai ai problemi presenti.

Quattro anni prima, come mi aveva accennato il visconte, c'era stata la prima controversia: riguardava l'investitura del vescovo di Langres. Il re aveva imposto Guillaume de Sebran, un monaco di Cluny, opponendolo ad un candidato proposto da Bernardo con il benestare del papa. Allora era stato possibile non fare degenerare la disputa, Bernardo aveva incassato la sconfitta. In Francia non c'era mai stato un conflitto così aspro come in Germania, al tempo della lotta per le investiture, tra il regno e il papato. In genere i vescovi venivano cooptati dal re e dal papa con la mediazione di uno dei potenti abati di Francia, fosse di Clairevaux o di Cluny o di Citeaux... per non parlare del fatto che il principale consigliere degli ultimi due re fosse egli stesso un abate, Suger di Saint-Denis.

Ma questa volta il conflitto sembrava insanabile e duplice era il motivo del contendere: in primo luogo il re aveva preteso, nel 1141, di imporre il suo candidato alla sede vescovile di Bourges, contro il candidato di Innocenzo II, Pierre de la Châtre. Costui, sentendosi minacciato, si rifugiò presso il conte Teobaldo di Champagne. Mi sarei sentito di giurare che dietro quella decisione, ci fosse il consiglio di Bernardo. Ma fino a questo punto le cose erano ancora gestibili per via diplomatica e si sarebbe potuto, a mio avviso, trovare una soluzione. Ma in realtà soffiavano venti di guerra e compresi che essere giunti a quel punto era una conseguenza del comportamento imprudente di Eleonora. Ecco l'antefatto: la regina, giovane e impulsiva, aveva un grande ascendente sul marito e lo convinse a intraprendere un'azione sconsiderata contro il conte di Tolosa, Alfonso Giordano. Il re aveva mandato il suo esercito ad assediare Tolosa. Il conte si chiuse, e resistette all'assedio, nella sua città.

La ragione giuridica di questo atto d'aggressione era assolutamente inconsistente: Eleonora rivendicava il dominio di quella città in quanto, nel passato, era appartenuta a sua nonna Filippa Matilda, contessa di Tolosa. Un rapido esame dell'archivio reale mi permise di stabilire, tuttavia, che il passaggio della città nella potestà del conte Alfonso Giordano era assolutamente legittimo, e che le pretese di Eleonora erano del tutto velleitarie.

Ma tant'è: all'assedio, quasi fosse un divertente spettacolo, parteciparono sia Eleonora che la sorella minore, Petronilla, di sedici anni. La fanciulla era assai attraente, e aveva ricevuto nelle varie residenze dei duchi d'Aquitania, a Bordeaux e soprattutto a Poitiers, un'educazione molto raffinata. Sapeva leggere e scrivere in latino, conosceva la musica e la letteratura e, esperta amazzone, aveva imparato anche l'arte della caccia. Insomma, un fiore profumato e un'occasione da sogno per un valente gentiluomo. E proprio qui, nel campo degli assedianti, avvenne ciò che doveva avvenire: il conte Raoul di Vermandois, siniscalco di Francia, vale a dire capo dell'esercito reale, che aveva all'epoca cinquantuno anni, sedusse o fu sedotto? — ancor oggi mi chiedo — diciamo sedusse la giovanissima Petronilla. Ma Raoul era sposato con Eleonora di Blois, sorella di Teobaldo, conte di Champagne. Ancora una volta Eleonora d'Aquitania, probabilmente per proteggere l'onore della sorella, convinse il re a sostenere i due amanti, con l'appoggio dei vescovi di Noyon (costui era il fratello di Raoul!), di Senlis e di Laon. Essi dichiararono nullo il matrimonio di Raoul con Eleonora di Champagne e ammisero le nozze della nuova coppia. Un abuso inaudito! Il papa non ci pensò due volte ad annullare il matrimonio e a minacciare la scomunica del re.

Ecco, questa era la situazione verso la fine del 1142 e di questo si doveva discutere il mattino successivo. Me ne andai a dormire con la testa piena di funesti presagi.

Al mattino presto ero già nel mio studio. Il mio scrivano mi annunciò de Morvillier, che entrò dicendomi:

«Buon giorno, Ulderico, tra poco ci riceverà Suger e poi andremo tutti e tre nel gabinetto privato del re. Hai potuto formarti un'opinione?»

«Sì, signor visconte.»

«Sei autorizzato, in privato, a chiamarmi François» mi comunicò amabilmente.

«Ti ringrazio, François, è un grande onore per me.»

«Bene, dimmi dunque, che ne pensi?»

«La liceità dell'assedio di Tolosa è insostenibile dal punto di vista giuridico. L'annullamento di un matrimonio, da parte di tre vescovi palesemente corrotti, è assolutamente contraria al diritto canonico. La decisione del papa di annullare le seconde nozze del conte di Vermandois è ineccepibile. Voglio dire ineccepibile anche dal punto di vista dello *jus canonicus*, a prescindere dal fatto che su questi temi il papa ha il diritto di fare ciò che vuole. Infine mi permetto di dire, con tutto il rispetto naturalmente, che la decisione del re di costringere Pierre della Châtre alla fuga e a cercare rifugio nella contea di Champagne, è assolutamente contraria alla prassi sin qui seguita in materia di investiture nel regno dei Franchi dell'ovest, come il nostro re ama chiamarlo.»

De Morvillier mi guardò sorpreso e per alquanto tempo tacque.

Poi mi chiese:

«Ve la sentite di dire queste cose a Suger?»

«Perché no? Il mio pensiero riflette con onestà il substrato giuridico della situazione. Per il resto sono propenso a pensare che, come il papa nel suo campo, anche il re, nel suo, può fare ciò che più gli aggrada. In questo caso, però, senza il conforto di un positivo parere della giurisprudenza.»

«Il tuo punto mi è chiaro, Ulderico. Andiamo da Suger.»

Mi precedette lungo due corridoi posti ad angolo retto uno rispetto all'altro: in fondo al secondo, guardato da due armigeri, si apriva un'alta porta in legno con borchie di bronzo, montate su cardini di ferro. Era l'accesso all'appartamento di corte dell'abate.

Suger ci stava attendendo in piedi, davanti alla scrittoio posto di fianco al suo tavolo di lavoro, e ci salutò brevemente.

«Signori, il re ci convocherà a breve. Desidero avere in anticipo una breve *synopsis* delle vostre considerazioni sui temi che andremo a discutere.»

«Il nostro consigliere von Isenburg, ha passato gran parte della notte elaborando le informazioni in suo possesso e ne ha tratto le conclusioni che vorrebbe esporvi» rispose quietamente de Morvillier.

«Proceda dunque» richiese autoritario l'abate.

Gli esposi quanto avevo già riferito al visconte. Suger rimase in silenzio, senza mai interrompermi. Fissava un punto imprecisato della stanza. Quando ebbi finito, mi girò le spalle e, sempre in silenzio, si avviò verso la finestra, dalla quale di vedeva il ponte sulla Senna che portava alla *rive droite*.

Disse la cosa più inaspettata che potessi mai sentirgli dire.

«È colpa mia.»

Non parlava né a me, né a de Morvillier. Parlava assorto, con voce cupa, a sé stesso.

«Io ho pensato al regno. Il matrimonio con Eleonora è stato opera mia. Ho pensato al regno e al fatto che, con quel matrimonio, il nostro re avrebbe quadruplicato, anche se non immediatamente, i suoi possedimenti. Ma non ho pensato alla donna, la duchessa d'Aquitania. La donna è difficile, non conosce disciplina, è come una bambina viziata. E ha grande ascendente sul re. Forse Bernardo aveva ragione, quando mi consigliava di impedirle di mettere mano nelle questioni politiche, lui doveva avere informazioni migliori delle mie, su

Eleonora. Anzi era contrario alle nozze stesse, per la verità. Forse aveva ragione anche la regina madre, quando la osteggiava e la criticava. Ma ormai il re è deciso a estromettere sua madre dal palazzo e a confinarla in qualche castello periferico. E Bernardo è in conflitto con il re. Dobbiamo subire e cercare di arginare il disastro.»

Suonò un campanello. Al valletto che si presentò ordinò di riferire al maggiordomo reale che chiedevamo udienza al re.

Luigi VII l'avevo visto solo una volta, la vigilia di Natale dell'anno prima, con l'abbigliamento e le insegne della regalità. Ora lo rivedevo per la seconda volta e mi colpì il suo aspetto severo e, non saprei come dire, umile, senza alcuno sfarzo, vestito quasi come un monaco. Aveva un viso triste. Sapevo che era un uomo pio, che aveva ricevuto la sua educazione in una scuola abbaziale, a Saint-Denis. E sapevo anche che al trono era pervenuto per un gioco del destino: il discendente diretto era suo fratello primogenito, Filippo di Francia. Ma Filippo era morto a quindici anni, per una caduta da cavallo. Così Luigi fu incoronato principe ereditario, secondo il costume degli avi, a undici anni e divenne re nel 1137, a diciassette anni, quando suo padre, Luigi VI, detto il Grosso, morì di indigestione durante una delle crapule a cui era solito abbandonarsi ingordamente. Il padre non era così pio come il figlio.

Luigi ci ricevette con poche parole di saluto, alle quali rispondemmo con gli ossequi del caso, e poi ci fece sedere ad un tavolo rotondo nella sala dove teneva il suo Consiglio privato.

«Cosa ci riferiscono i nostri consiglieri?» domandò a bassa voce.

Suger prese la parola. Il grande abate non mostrava alcuna soggezione nei confronti del giovane sovrano. Viveva ormai a corte da troppi anni, era stato il consigliere del padre, lo aveva fatto sposare, era il custode fidato del regno.

«Luigi, siamo preoccupati. Le ultime vicende, da Tolosa alla contea di Champagne, non si sono svolte sotto il segno della retta politica né della giustizia, sia terrena che divina.»

Il re abbandonò l'atteggiamento quasi rassegnato al fatto di sentire criticare il suo operato che aveva tenuto fino a quel momento ed ebbe come uno scatto d'orgoglio.

«Abate Suger, il re dei Franchi dell'ovest non può sempre abbassare la testa di fronte alle provocazioni! Bernardo mi aizza contro il papa, Alfonso Giordano, il conte di Tolosa, sfida le mie armate, il conte Teobaldo di Champagne accetta di proteggere i miei sudditi ribelli. Ora basta. Muoverò guerra alla contea di Champagne e stabiliremo una volta per tutte chi regna su queste terre.»

«Luigi» gli rispose l'abate, «tu sei il re e tue sono le decisioni finali. Secondo le consuetudini dovresti ascoltare l'opinione del tuo consigliere storico e del tuo consigliere giuridico.»

«E sia!» concesse il re.

Parlò per primo de Morvillier:

«Mio sovrano, il mio personale convincimento è che un'espansione all'est non è per voi di particolare interesse. Quando vostro figlio salirà al trono tutti i possedimenti della vostra consorte saranno incorporati nel regno, che si espanderà così enormemente verso ovest, verso il mare. A est rischieremmo di avvicinare troppo i nostri confini all'impero germanico. Cerchiamo un trattato di pace e alleiamoci quindi con Teobaldo IV di Blois, offrendo la nostra protezione alla Contea di Champagne, invece di conquistarla militarmente.»

«Rifletteremo sulle vostre parole, visconte. Notiamo solo che per il momento non abbiamo ancora un figlio maschio nel quale vedere il nostro erede. Parli ora il nostro giureconsulto.»

«Maestà, non vi sono leggi che impediscano a un re di muovere guerra contro chicchessia. Temo solo che nelle presenti circostanze, considerando le vicende del candidato papale alla sede vescovile di Bourges, tenendo presenti gli interventi della santa sede nelle questioni matrimoniali del conte Raoul di Vermandois, il papa in base al diritto canonico potrebbe avere ampia facoltà di agire contro di voi. E per quanto possa conoscere del temperamento di Innocenzo II, non credo esiterebbe ad imporre le sue sanzioni. Credo che un interdetto o una scomunica contro il re, nuocerebbero gravemente al regno.»

«Quali sono le differenze pratiche tra queste due ipotetiche azioni del papa?»

«Ecco, nello *jus canonicus* si definiscono come censure ecclesiastiche. L'interdetto sospende le manifestazioni pubbliche di culto e ritira i sacramenti della Chiesa dal territorio di una nazione; in altre parole, vengono chiuse le chiese e non viene più permessa la somministrazione dei sacramenti, come matrimonio, confessione e comunione, estrema unzione, eucaristia. L'interdetto contro una nazione equivale alla scomunica nei confronti di un individuo. Quindi il papa potrebbe emettere un interdetto contro il regno di Francia e comminare la scomunica a chi ritenga debba essere punito, in relazione alle vicende di cui stiamo parlando.»

Il re se ne stette pensoso e in silenzio per qualche minuto, poi si rivolse nuovamente a noi.

«Bene, signori, abbiamo ascoltato i vostri illuminati consigli. Vi faremo sapere nei prossimi giorni le nostre decisioni.»

Si alzò e si diresse rapidamente verso i propri appartamenti. Suger si alzò a sua volta e noi con lui. Ce ne andammo verso lo studio dell'abate, che ci congedò senza ulteriori commenti. Aveva il volto rabbuiato.

Poche settimane dopo, nel dicembre del 1142 il re mosse il suo esercito, al comando di Raoul di Vermandois, con l'ordine di mettere a ferro e fuoco la contea di Champagne. Teobaldo non fu in grado di opporre una valida resistenza e all'avvicinarsi delle truppe reali alla città roccaforte di Vitry-en-Perthois, gli abitanti si rifugiarono terrorizzati nella chiesa maggiore. Nel gennaio del 1143 Vitry fu saccheggiata e la chiesa data alla fiamme. Nel rogo perirono, si dice, tremila persone.

Il papa fece calare l'interdetto sul regno di Francia, scomunicando il re, la regina, Raoul di Vermandois e Petronilla d'Aquitania.

Il disastro era compiuto, le conseguenze inimmaginabili.

Il consiglio privato della corona fu convocato il 29 gennaio 1143. In presenza del re, oltre a me, erano presenti l'abate

Suger, il visconte de Morvillier, il siniscalco di Francia, (*séné-chal de France*, lo chiamavano nella loro lingua i franchi dell'ovest) Raoul di Vermandois, supremo comandante militare. E lei, la regina. Sedeva su una poltrona, un po' discosta dal tavolo del consiglio, di fianco al re. Quando entrammo, alzò il viso e ci osservò.

Il mio cuore si mise a battere più forte: era una donna magnifica, che l'innata regalità non rendeva però altera e distaccata, quasi che la sua femminilità riuscisse comunque ad emergere dai paramenti formali che l'altissimo grado le imponevano. E ancora di più: il suo sguardo indugiò, oh inaudita e dolcissima impudenza, sul mio viso e sulla mia figura. Si diceva a corte in quei tempi che io fossi un bell'uomo e francamente non mi sono mai soffermato su questo aspetto, non avendo alcun canone di misura della bellezza virile, che anzi mi sembrava priva di ogni merito.

Lei, dunque, mi guardò un po' più a lungo del dovuto, direi, e mi sembrò di cogliere nel suo viso l'accenno di un sorriso e un brillio degli occhi, un'increspatura fugacissima dei lineamenti, prima che ella abbassasse il volto a guardarsi le mani, nell'atteggiamento che aveva quando eravamo entrati nella sala. Posso oggi tranquillamente ammettere che quell'indugiare dello sguardo di Eleonora e quell'accenno di sorriso, furono forse l'evento più importante della mia vita, e la cambiarono per sempre. In quel momento io pensai che mi sarebbe stato difficile, se non impossibile, amare altra donna che Eleonora d'Aquitania, la mia regina.

Il re prese la parola:

«Il comandante militare illustri la campagna e l'esito della medesima» richiese asciuttamente il re.

Il *sénéchal de France* si agitò nella sua poltrona, visibilmente a disagio. Sapeva che l'umore del re non era dei migliori.

«Gli obiettivi militari sono stati raggiunti, maestà, nei tempi prefissati» esordì il conte, «però abbiamo avuto complicazioni non previste.»

«Le complicazioni non previste, nell'arte militare, si chiamano errori» replicò il re, guardando dritto davanti a sé, con voce alquanto tagliente, «sentiamo dunque queste complicazioni.»

«Una parte delle truppe si è abbandonata ad eccessi, i baroni da cui dipendevano alcune delle nostre unità erano là per saccheggiare, non solo per condurre una campagna di guerra, come ordinato da vostra maestà.»

«Prenderemo gli opportuni provvedimenti, quando il visconte de Morvillier sarà in grado di sottopormi un dettagliato rapporto, con i nomi e i fatti, minuziosamente descritti. Ciò che ora deve essere considerato da parte di tutti è che il re e il regno si trovano in una pericolosa situazione di debolezza nei confronti del papa. Abate Suger, ci delinei la situazione.»

Naturalmente chiunque si fosse trovato al suo posto, avrebbe esordito con un soddisfatto — come da noi largamente previsto... — ma non era questo, per certo, lo stile di Suger.

«Mio re, il cattolico regno dei Franchi dell'ovest non può e non deve essere in urto col papato. Noi, in materia religiosa, non abbiamo mai approvato le concezioni di indipendenza dal papa dei Franchi dell'est. Quelle popolazioni si sono costituite in impero e l'impero ha condotto, contro Roma, estenuanti lotte per le investiture dei propri vescovi. Noi, no. Non vedo ragioni per abbandonare la nostra linea e auspico vivamente una soluzione politica del nostro attuale problema.»

«Proseguite, dunque. Quali sono le vostre proposte?»

«Col permesso di vostra maestà, vorrei fare presente che naturalmente ho esaminato l'intera questione con i vostri consiglieri, qui presenti, e chiedo il permesso di dare la parola al *jureconsultus* von Isenburg.»

«Che parli» autorizzò il re.

Toccava a me:

«Maestà, poiché conosco le due realtà storiche cui ha accennato l'abate Suger, vorrei dire che mentre il suddito germanico si sente in primo luogo legato al suo imperatore, percependo spesso il papato come entità lontana, se non ostile, i sudditi di vostra maestà sono generalmente fedeli al proprio re nelle vicende terrene, ma ritengono altrettanto fortemente che il papa abbia potestà assoluta sulle loro anime. Quindi a Vitry sono morti ingiustamente tremila sudditi vostri e, nello stesso tempo, tremila sudditi del papa.»

Il re si voltò verso di me, guardandomi fissamente, e perdendo per la prima volta la sua postura distaccata e ieratica.

«Continuate...» ordinò con voce incerta, come se gli avessi mostrato una prospettiva inaspettata.

«Dico questo perché ponendo le cose in questa luce, si comprendono meglio le decisioni del Santo Padre. Ora, si dice, occorre rimediare. Bene, devo precisare che non ci sono argomenti giuridici, in questo caso, da opporre alle decisioni papali, che rispondono essenzialmente a logiche proprie della teologia. Il signor visconte de Morvillier potrà confermare che in altre situazioni storiche paragonabili, l'unica strada percorribile fu quella del pentimento.»

De Morvillier, chiamato in causa, precisò:

«Concordo con *maître* von Isenburg. Direi di più, del pentimento e dell'espiazione, come egli vorrà certamente spiegare.»

«Sì» ripresi io, «precisamente, queste sono le parole giuste: pentimento ed espiazione. E cerco conforto nell'opinione dell'abate Suger, quando affermo che a mio parere l'unico uomo che ci può trarre d'impaccio è il reverendissimo Bernard de Clairvaux.»

Suger esibì un'espressione, come di uomo colpito da una frusta in pieno volto. Divenne paonazzo, sembrò volere prendere la parola, invece poi tacque e si concesse due lunghi respiri. Riprese rapidamente il controllo di sé.

«Bernardo» mormorò assorto, «eh, sì, Bernardo. Benché la cosa mi pesi, e molto, devo convenire col consigliere giuridico che la sua proposta appare la più promettente. Bernardo non si accontenterà di vuote parole e di vane promesse, sire. Lo conosco molto bene. Ma se lo convinceremo delle nostre buone e sincere intenzioni, se egli si terrà certo della saldezza della nostra fede e del nostro pentimento, farà sì che l'interdetto venga tolto. Il papa non gli dirà di no. Nessuno può dire di no a Bernardo su temi di fede, neppure il papa, per quanto strano possa sembrare.

Avallo quindi il suggerimento di *maître* von Isenburg.»

«E voi, de Morvillier, cosa ci dite?» intervenne il re.

«Concordo pienamente, sire.»

«Come procederemo dunque?»

«Chiederò a Bernardo di venire a Saint-Denis per incontrare i reali di Francia» rispose Suger, «mi sembra un compromesso dignitoso. L'abate verrà a Parigi, ma il re e la regina si recheranno da lui. A Saint-Denis chiederemo il suo aiuto, e l'aiuto di Dio.»

Inaspettatamente Eleonora prese la parola:

«Il re di Francia e la regina, e duchessa d'Aquitania, devono andare incontro ad un abate del nostro regno?» chiese con un tono di voce, in cui l'orgoglio si mescolava all'incredulità.

«Pentimento ed espiazione, mia regina, queste sono le parole da non dimenticare» replicò a voce bassa Suger.

«Il consiglio è giunto al termine» dichiarò il re.

Aveva una voce sofferente.

Faceva freddo nella sala delle riunioni private di Saint-Denis, dove Suger aveva fatto allestire un lungo tavolo coperto di una tovaglia bianca. L'alba cominciava appena a schiarire le vetrate che davano luce alla sala. C'era lui, l'abate, poi de Morvillier e io. Nessuno dei monaci quel mattino era al lavoro. Solo alcuni conversi si affaccendavano vicino al grande camino, e lo alimentavano di continuo con grandi quantità di legna ben secca, che ardeva vigorosamente.

L'ambiente doveva esser almeno tiepido per ospitare la riunione, aveva raccomandato Suger.

Facemmo le nostre ultime considerazioni sulla linea da seguire e poi lentamente ci avviammo, per una scala a chiocciola e lungo uno stretto corridoio, verso una piccola porta che dava sul transetto di sinistra della cattedrale. Seguimmo Suger verso la sacrestia, dove vestì i paramenti sacerdotali. Bernardo era arrivato la sera prima e aveva chiesto di iniziare l'incontro con una messa. All'ora stabilita, il re con il suo segretario particolare, e la regina, con la sua dama di compagnia, entrarono da una porta secondaria della navata laterale. I reali si avviarono verso una cappella appartata, dove il padre confessore di corte li confessò. Bernardo attendeva in preghiera, inginocchiato di fronte alla scalinata che conduceva all'altare maggiore. Qui Suger, circondato da alcuni monaci, si stava apprestando a celebrare la messa. I reali si appressarono a Bernardo e scambiarono brevi cenni di saluto, in perfetto silenzio. De Morvillier e io prendemmo posto sulle sedie della seconda fila. Iniziò la funzione con un canto sacro di ventiquattro monaci, dodici per parte, che avevano preso posto sugli scranni del coro. Lo ricordo come un canto molto triste. Al momento dovuto Bernardo ricevette la comunione da Suger, ma non il re e la regina. In quanto scomunicati, era stato loro permesso di accedere alla confessione, ma non all'ostia consacrata. Poco dopo la fine della messa, ci ritrovammo tutti nella sala di riunione.

Suger introdusse il tema della riunione e Bernardo non lo interruppe mai. Ogni tanto mi guardava, con aria meditabonda. Il re e la regina, tacevano. Mi ricordo il pallore di Eleonora e l'aria afflitta del re. Poi venne la volta di Bernardo.

«Il mio caro confratello Suger mi chiede dunque di prendere atto della contrizione del re e del suo pentimento per il grave vulnus inferto al popolo di Dio dalle sciagurate vicende che si sono svolte recentemente in terra di Francia. Pentimento che, mi viene assicurato, si estende anche alla irragionevole condotta del potere reale contro la volontà papale, per quanto riguarda una nomina vescovile. Pentimento che include poi la biasimevole condotta che concerne l'annullamento illegale di un certo matrimonio e l'assalto ingiustificato contro una città il cui *dominus* è caro al papa. Ho compreso bene?»

«Di tutti questi atti ed azioni, io e la regina, ci pentiamo profondamente.»

Così il re rispose alle domande di Bernardo.

«Mi si chiede anche di farmi latore presso il papa di tali sentimenti di pentimento. Prima di impegnarmi a questo passo, vorrei chiedere se il giureconsulto reale von Isenburg, che ho l'onore di conoscere personalmente, aveva informato le vostre maestà dell'incoerenza giurisprudenziale delle vostre azioni.»

Luigi VII emise un sospiro, prima di rispondere, che parve quasi un lamento. A voce bassa, quasi stesse soffrendo, rispose.

«In fede mia lo ha fatto e non lo abbiamo ascoltato. Anche di ciò ci pentiamo.»

«A Luigi VII, re dei Franchi dell'ovest e a Eleonora di Aquitania, regina dei Franchi dell'ovest, io Bernardo di Chiaravalle, vostro umile suddito e servo del Signore, prometto che perorerò la vostra causa presso il Sacro Soglio, ma devo portare al papa, oltre al vostro pentimento, che giudico sincero, anche fatti concreti. Voi prometterete, con giuramento nelle mani del mio confratello abate Suger, che stimolerete, organizzerete e guiderete una santa schiera di armati, i quali partiranno alla volta della Palestina, con l'impegno di liberare il Sepolcro di Cristo dalle mani dei Turchi infedeli. Posso anticiparvi che lo stesso impegno è stato assicurato pochi giorni fa, a me personalmente, dall'imperatore del Sacro Romano Impero, Corrado III Hohenstaufen di Germania.»

Prese la parola Suger:

«Venerato confratello, vi ringrazio, anche a nome del re e della regina. Raccoglierò io stesso i loro giuramenti.»

«Bene. Ho adesso un'altra richiesta, che proviene direttamente dal papa e di cui io mi faccio latore. Per esaudire tale richiesta devo conferire con la regina privatamente, ma sua maestà ha la facoltà di farsi assistere durante il colloquio da un testimone di suo gradimento.»

Eleonora si era alzata. Vestiva un abito di colore scuro, molto semplice. Non portava gioielli, se non una croce d'oro sul petto. I capelli del colore del miele, erano raccolti in due trecce, avvolte sulla nuca e fermate da alcune spille. Sembrava più una penitente che una regina, ma la vidi comunque bellissima.

«Chiedo che assista al colloquio il nostro *jureconsultus*.»

Ero sbalordito, ma non lo diedi a vedere. Mi ero alzato a mia volta. Suger, impassibile, disse che ci avrebbe preceduti verso il suo studio privato, dove il colloquio avrebbe potuto svolgersi in tutta tranquillità e riservatezza. Il re non si era alzato, e vicino a lui rimase de Morvillier.

Bernardo non ci mise molto ad arrivare al punto. E ci arrivò assai duramente, senza gran riguardo per la diplomazia.

«Duchessa Eleonora, la vostra condotta è stata severamente giudicata dal papa. E massimamente non è stata gradita la vostra ingerenza nelle cose politiche di Francia. Il re non può seguire i capricci di una donna.»

«Rinnovo la mia professione di pentimento» rispose Eleonora, con umiltà, ma senza mostrare segni di debolezza.

«Ne prendo atto, ma non è tutto. Il papa giustamente si domanda perché non viene dato un erede al trono di Francia.»

Eleonora arrossi violentemente. Mi guardò come per cercare aiuto, poi rispose con voce ferma.

«Il re non chiede spesso di fruire dei miei favori e di trarre diletto dalle mie grazie.»

Aveva adesso negli occhi quell'espressione di sfida, che le avevo visto durante il nostro primo incontro. Bernardo si rabbuiò. Il tema era bruciante, per il sant'uomo.

«Potete precisare meglio?»

«Certamente: sua maestà dedica molto più tempo ai digiuni, alle penitenze e alle preghiere, che all'accudire il talamo.»

«Capisco. Che ne pensa il consigliere von Isenburg, da uomo di mondo?»

«Il nostro re è molto devoto. Credo che voi stesso, dall'alto della vostra immensa autorità morale, eccellentissimo abate, possiate parlare al re e convincerlo che tra i suoi doveri verso

Dio non vi è solo la preghiera, ma anche il dovere di dare un erede al trono. E fargli presente che Dio stesso lo ha favorito, facendogli dono di una regina, meglio della quale non si potrebbe desiderare, per conseguire questo lodevole compito.»

Mentre pronunciavo queste parole, guardavo Eleonora e fui certo di vederle fugacemente apparire sul volto, un accenno di sorriso divertito, tosto represso.

Bernardo mi aveva ascoltato attentamente, e quindi riprese la parola.

«Il vostro pentimento e il vostro appoggio alla santa spedizione a Gerusalemme, Eleonora, vi apriranno le porte del perdono papale e non solo: Iddio stesso vi mostrerà il suo favore, facendovi coronare il vostro desiderio di maternità.»

Il pio abate aveva concluso la sua missione.

Mentre ci avviavamo all'uscita dallo studio, dove ci attendeva la dama di compagnia della regina, Bernardo mi mormorò una frase, che ancora oggi mi suona alquanto misteriosa. Un complimento? Un velato avvertimento?

«Von Isenburg, a voi Dio ha dato la grazia di dire cose sgradevoli in modo gradevole. Apprezzo questa vostra capacità. Fatene buon uso.»

Ci ritrovammo tutti, dopo questo colloquio, nella sala delle riunioni. Bernardo chiese un incontro col re, per il giorno successivo a palazzo e, ricevutane assicurazione, lasciò la sala.

I segretari particolari raggiunsero la coppia reale e prima di andarsene, Eleonora mi disse:

«Consigliere von Isenburg col permesso del re domani vorrei vedervi per definire ciò che dovrò fare per adempiere al giuramento di sostenere la spedizione invocata dal papa. Penso che dovrò raccogliere truppe e comandanti nei miei feudi in Aquitania e altrove. Desidero essere assistita da voi in queste contingenze.»

Il re si rivolse a me.

«Von Isenburg, vi autorizziamo fin d'ora a compiere quanto la regina vi chiederà.»

I sovrani e il loro seguito lasciarono l'abbazia e Suger invitò me e de Morvillier a restare.

«Signori consiglieri, mentre naturalmente il re affiderà al siniscalco di Francia l'organizzazione degli aspetti militari di questa spedizione, tocca a noi studiare e tracciare il quadro di riferimento politico e che Dio ci assista. Sarà fondamentale poter al più presto disporre di informazioni precise su chi, dei principi cristiani, parteciperà all'impresa e chi, tra questi, si sentirà vincolato da un giuramento di fedeltà al nostro re. In particolare credo che, fuori dalle terre di Francia, dovremo ottenere informazioni di prima mano sulle intenzioni dell'imperatore Corrado III di Germania, e dei Normanni di Sicilia, che sono di certo la più potente forza militare in Italia. Parleremo di tutto ciò in una riunione che convocherò nei prossimi giorni. Ora andate e che Dio sia con voi.»

Correva l'anno 1143 di Nostro Signore Gesù Cristo. Poche settimane dopo queste cose che ho narrate, mi giunse la notizia della morte di Abelardo e ne fui profondamente rattristato.

VII

Ero a casa mia, seduto in giardino, in una comoda sedia di vimini intrecciati. Una domenica che mi ero lasciata libera da impegni.

Nel tardo mattino, l'aria era mite, sentivo cinguettare gli uccellini. Tra poco mi sarebbe stato servito un *prandium* leggero a base di pollo arrosto, insalata dell'orto, un po' di frutta. Avevo deciso di mangiare all'aperto, sotto il pergolato.

Volevo riflettere e stavo riflettendo.

In primo luogo Eleonora. Devo riconoscere che questa donna esercitava su di me un fascino eccezionale, e non parlo della regina, ma proprio della donna, giovane e bella, con la quale ero entrato in contatto diretto per la prima volta in vita mia, nei giorni precedenti. Su di lei già allora circolavano storie poco edificanti, che la dipingevano come troppo libera e disinibita, prona ai richiami dei sensi, e le si attribuivano diversi amanti. Ma io ero, a priori, disposto a ritenere tutte queste chiacchiere pure maldicenze, dettate dall'invidia. Mi sentivo, nel profondo dell'animo, suo difensore, contro tutto e contro tutti, pronto a servirla. E ad amarla, secondo i canoni dell'amor cortese, cioè senza ambire veramente a possederla, che l'idea stessa mi sembrava folle, ma aspirando massimamente al fatto che lei sapesse del mio puro amore. E da ciò traesse compiacimento.

Pensavo che la faccenda della scomunica si sarebbe risolta presto e bene. La mia idea di affidare le cose nelle mani di

135

Bernardo era sicuramente vincente: nessun predicatore fanatico di guerre sante, come lui era, avrebbe potuto mettere insieme forze sufficienti senza coinvolgere il re di Francia e la regina, la quale inoltre aveva, di suo, valorosi comandanti e truppe in Aquitania. E quindi il papa avrebbe revocato l'interdetto, eccome! Veramente, se avessi avuto il dono della preveggenza, non sarei stato così ottimista, scordandomi che la natura umana spesso è testarda e che la testardaggine nei potenti diventa addirittura insana spavalderia, con conseguenze spesso deleterie. Ma di questo avrò il tempo di parlare.

Confesso che al momento mi preoccupava di più la richiesta della regina di essere accompagnata da me a Poitiers, cioè nella più fastosa delle capitali del suo ducato. Questo implicava che avremmo passato molto tempo insieme, forse parte di questo tempo senza nessuno nei pressi e mi sarebbe stato difficile, temevo, nasconderle in quei momenti ciò che provavo per lei, e i turbamenti che la sua vicinanza inducevano nel mio animo. Ma allo stesso tempo non potevo non pensare alle conseguenze che le promesse fatte a Bernardo avrebbero provocato a corte e nel regno. Il re e la regina assenti, il siniscalco Raoul di Vermandois avrebbe certamente preso la reggenza, affiancato da Suger, e questo in un certo senso mi tranquillizzava. Ma l'assenza dell'imperatore Corrado dalla terre del Sacro Romano Impero, poteva aprire scenari più inquietanti, con i principi e i baroni feudali sempre a ordire trame di rivolta... poteva l'Occidente rimanere privo per anni dei suoi maggiori reggitori?

Nel cortile d'onore del Palazzo reale erano state approntate quattro carrozze: quella della regina e una per il suo seguito. Poi una per me e un'altra per i bagagli. La dama di compagnia della regina, la contessa Alice di Richemont e la cameriera personale attendevano presso la carrozza reale; io, il mio scrivano e il mio valletto, stavamo in piedi vicino alla nostra carrozza.

Cinquanta cavalieri della guardia, al comando di un capitano, erano pronti a scortarci durante il viaggio.

Improvvisamente ogni brusio tacque: era arrivata la regina, accompagnata dal maestro di cerimonie. Salì sulla sua carrozza, seguita dalle due donne. Io feci lo stesso col mio seguito, i cocchieri erano già in serpa. Le guardie montarono a cavallo e si aprì il grande portone del palazzo. Il capitano si avvicinò al dignitario, attendendo l'ordine di partire, quando inaspettatamente si riaprì il portello della carrozza regale e ne scese la contessa di Richemont. Il cerimoniere si precipitò verso di lei, si scambiarono poche parole, poi si diresse, quasi di corsa, verso la mia carrozza e mi comunicò che la regina desiderava parlarmi. Scesi, alquanto imbarazzato, e mi presentai alla sovrana.

«Salga, giureconsulto reale, salga, la prego. Abbiamo molte cose di cui parlare, non è vero?»

Aveva un tono che definirei allegro, se non avessi timore di sembrare irriverente, come di persona che non si dà gran pensiero delle formalità e dell'etichetta di corte.

«Viaggiare con vostra maestà è per me un grande onore.»

«Orsù dunque, bando agli indugi, salite e partiamo, finalmente!»

Mi trovai così seduto di fianco alla cameriera personale,

una donna sui trent'anni, dall'aria compunta. Di fronte a me la regina, al suo fianco la contessa.

Fu dato l'ordine di partire, il trombettiere suonò il suo corno, il capitano si collocò al fianco sinistro della carrozza reale, venticinque guardie ci precedettero e venticinque ci seguirono. Il viaggio verso Poitiers era cominciato.

«Abbiamo dunque la fortuna di potere parlare privatamente col nostro consigliere giuridico. Signor von Isenburg, devo però prevenirvi che la vostra regina, in quanto donna, è anche curiosa, e prima di affrontare questioni di stato, vorrebbe sapere qualcosa di voi. Ditemi allora, raccontatemi qualcosa della vostra vita.»

Dovetti fare appello a tutto il mio autocontrollo per non mettermi a balbettare.

«Mia signora, sono nato in Sassonia nell'anno di grazia 1116, regnante l'imperatore Enrico V, re di Germania, imperatore del Sacro Romano Impero. Mio padre mi mandò a Parigi nel 1136 a completare la mia educazione e perché conseguissi il dottorato in giurisprudenza, cosa che avvenne due anni fa. Vivo dunque in terra di Francia da sette anni.»

«Siete giovane, signore, e ricoprite un alto ruolo a Corte. Mi congratulo. D'altra parte su di voi ho udito sempre e solo positivi giudizi e ampie lodi, da parte di illustri sudditi del regno.»

«Vi ringrazio, il vostro apprezzamento mi confonde.»

«E ditemi, vi sentite quindi più germanico o più francese?»

«Come vostra maestà…»

«Basta con questa maestà, in privato siete autorizzato a

chiamarmi per nome!»

Avrei voluto avere un secchio d'acqua gelata, per versarmelo sul capo ed essere certo di non sognare.

«Non mi sarà facile, credetemi, ma non posso disobbedire a un vostro ordine... dunque Eleonora, come voi sapete solo di recente si comincia a parlare di Francia, il vostro consorte desidera essere chiamato re dei Franchi dell'ovest, mentre io appartengo ai popoli sottomessi ai *Reges Francorum Orientalis*, sono quindi un Franco dell'est. Che altro vi posso dire, siamo tutti Franchi, questa è la verità, e io non posso dividere il mio animo in due, ma da anni ormai sento di appartenere, per scelta, se non per nascita, all'ovest.»

«Come parlate bene, *maître* von Isenburg... mi si dice che conoscete anche la mia lingua, il provenzale, la lenga d'òc.»

Decisi di continuare la conversazione in questo idioma.

«Così è, Eleonora, ho fatto molti sforzi per impararla e temo di non avere conseguito grandi risultati.»

«Al contrario, siete molto abile nella mia parlata, da ciò che odo. E ditemi, siete sposato?»

Col tempo mi sarei abituato al fatto che la regina non avesse alcuna considerazione per le forme dell'etichetta e per la convenienza degli argomenti, ma allora era la mia prima esperienza di colloquio con lei, e faticavo a nascondere la mia confusione e la mia sorpresa.

«No, maestà, voglio dire, no Eleonora.»

«Come mai?»

«Non frequentavo ancora fanciulle da marito quando lasciai la Germania e, a Parigi, non ho fatto che studiare, né d'altra parte ero introdotto in ambienti dove avrei potuto convenientemente cercare moglie.»

«Siete dunque vergine?» mi chiese con un riso argentino, portandosi la mano davanti alla bocca.

Mi guardai in giro, sperduto. La cameriera era rossa come i semi del melograno e la contessa si sventagliava furiosamente, per nascondere l'imbarazzo. Ma evidentemente per Eleonora le loro presenze erano assolutamente irrilevanti.

«E dunque?» incalzò.

Decisi che dovevo stare al gioco, non c'era altra scelta.

«No, Eleonora, non sono vergine.»

«Donne compiacenti, mercenarie?»

«Sì.»

«Un bell'uomo come voi troverà a Poitiers damigelle di ottima ascendenza, che saranno liete di accettare il vostro corteggiamento, ve lo assicuro. La mia corte d'amore non vuole vedere uomini infelici per pene amorose, signore. A meno che non decidano di essere dei *troubadours*.»

«Temo di non capire…»

«Ebbene, sappiate che il *troubadour* ama solo il sogno della donna amata. A lei dedica le sue canzoni e le sue poesie, di lei esalta le magnifiche virtù, per il suo rifiuto di concedersi egli si danna, ma in realtà non vorrebbe mai che il suo amore ideale e sublime si abbassasse al livello della carne, mi comprende von Isenburg?»

«Credo di sì, Eleonora.»

«Tutti i miei trovatori, che io amo e proteggo, a Poitiers come a Bordeaux, mi amano follemente e mi dedicano meravigliose canzoni, ma da loro la mia virtù non ha nulla da temere!»

Rise ancora, allegra, e la vista della sua bella bocca ridente mi trasmise un senso di straordinaria felicità.

Il viaggio proseguì, lentamente, secondo il piano prestabilito. Le strade erano abbastanza in ordine e c'erano dei buoni tratti di *chaussées*, di strade lastricate. Un drappello di guardie e di nobili era partito il giorno precedente, per predisporre tutto ciò che era necessario per le soste che, prima di arrivare a Poitiers, sarebbero state due: Orléans e Tours.

Nella prima di queste città sostammo in un palazzo di proprietà reale. L'arcivescovo Amberto, nel 1108, aveva consacrato Luigi VI, suocero di Eleonora, nella cattedrale di Orléans: una delle poche incoronazioni dei reali di Francia che non si fosse svolta a Reims.

Quando il viaggio riprese, dopo due giorni di sosta per riposare, percorremmo una decina di miglia con le carrozze, poi tutto il convoglio fu caricato su quattro chiatte fluviali, sulle quali percorremmo quasi tutto il restante tratto fino a Tours, navigando lungo la Loira. Una parte delle guardie abbandonò i cavalli e prese posto sulle chiatte, mentre il resto del drappello proseguì lungo la strada che costeggiava il fiume. La corrente era abbastanza vivace e ci trascinava con buona velocità verso la meta.

A Tours, fu messo a nostra disposizione per la sosta il castello dei conti di Anjou.

Il giorno dopo, una domenica, fu officiata, in onore della regina, una messa solenne nella cattedrale, alla quale parteciparono tutti i membri della nostra spedizione, guardie comprese, e i nobili della città.

Arrivammo finalmente a Poitiers. Erano trascorsi sedici giorni dalla nostra partenza da Parigi. Siccome eravamo tutti molto stanchi, ognuno si diresse rapidamente verso il proprio alloggio. Il palazzo dei duchi d'Aquitania era magnifico, di grandi proporzioni, costruito su pianta quadrata, con un grande cortile d'onore all'interno, e altri due cortili più piccoli, coltivati a giardino con magnifici fiori e con fontane, circondati da loggiati, sui quali dava la torre di Maubergeonne, che ospitava gli appartamenti di Eleonora.

Mi sembrò di cogliere nell'intera architettura e nelle decorazioni, una nota araba, come se il progettista avesse avuto esperienza delle corti di Granada e di Cordoba, delle quali avevo avuto modo di ammirare alcune raffigurazioni.

Il giorno dopo Eleonora mi fece convocare nel suo studio privato. In quell'occasione conobbi *maître* Ragenfrido, maggiordomo di palazzo, un guascone arrogante, dallo sguardo torvo, che non si curò affatto di nascondere la sua ostilità preconcetta nei miei confronti.

Era evidentemente assai irritato dal dovere partecipare a quel colloquio. Aveva una cinquantina d'anni e, tra l'altro, sapevo che aveva seguito i corsi di Martinus Gosius, della scuola di Irnerio a Bologna.

Eleonora ci presentò.

«Siete assai giovane, caro confratello» mi disse con un tono nel quale colsi una certa vena ironica.

«La giovinezza purtroppo è uno stato provvisorio, come

ognuno può ben sperimentare su se stesso.»

«La mia duchessa e vostra regina mi ha or ora informato che dovremo definire l'apporto dell'Aquitania e delle sue contee, in termini di uomini e mezzi, a questa sconsiderata faccenda di muovere guerra agli arabi e ai turchi.»

«Di questo si tratta infatti, maître Ragenfrido, essendo questo il mandato che ho ricevuto dal re di Francia. Mi corre tuttavia l'obbligo di correggere una vostra affermazione di poc'anzi. Sua altezza reale Eleonora d'Aquitania è la mia, ma anche la vostra regina, stante il fatto che l'Aquitania e le sue contee sono vassalle di Luigi VII...

«Voi certamente saprete...» iniziò con tono irritato il maggiordomo di palazzo.

«Perdonatemi» lo interruppi, «non ho finito. I territori di cui parliamo sono giuridicamente vassalli del re dei Franchi dell'Ovest, che risiede a Parigi. Che poi di fatto abbiano sempre goduto di notevole indipendenza, non pregiudica lo stato di diritto. Inoltre il matrimonio della duchessa Eleonora con Luigi dei Capetingi, porterà anche sostanzialmente queste terre alla corona di Francia, quando sarà re il futuro erede.»

«Signori, signori!» si intromise la regina, che aveva sul viso l'espressione un po' preoccupata e un po' divertita, che ha una mamma quando vede i suoi bambini litigare, «Signori, avrete certamente modo di dissertare su questi temi e di esibire la vostra preparazione giuridica, in altra sede. A me queste disquisizioni poco interessano, tanto sia qui a Poitiers che a Parigi, si fa e si farà quello che voglio io. Ora dobbiamo semplicemente assistere il re nell'onorare l'impegno che ha

143

sottoscritto con il papa. Corre l'anno 1143. L'abate Suger mi ha detto, e la notizia è stata confermata da Bernard de Clairvaux, che entro tre o quattro anni l'imperatore del Sacro Romano Impero sarà pronto a partire con le sue armate. Noi non possiamo essere da meno.»

Era evidente che a Ragenfrido pesava molto non potere continuare nella sua polemica litigiosa, ma ad Eleonora non poteva disobbedire, e si ricacciò in gola il magma di parole che era sicuramente pronto ad eruttare.

«Dunque, duchessa, a parte ciò che potrà fare l'Aquitania» iniziò a bassa voce il consigliere, «dobbiamo fare in modo di ottenere tutto il possibile dai nostri confederati e vassalli. La Guascogna, il Poitou, la Saintonge, l'Anjou, il Limousin, il Périgord, l'Angouléme, l'Alvernia. Se c'è una croce da portare, che la portino i vassalli e, per quanto possibile, cerchiamo di tenere fuori l'Aquitania da questa faccenda.»

«Faccenda che voi, consigliere, avete con poca prudenza definita sconsiderata, poco fa. Il papa, il re di Francia, l'imperatore di Germania fanno dunque cose sconsiderate, secondo voi?»

Eleonora era intervenuta con calma; all'inizio pensavo che fosse irritata con Ragenfrido, ma non era così. Come avrei avuto occasione di constatare numerose volte in futuro, la duchessa nelle discussioni, non lasciava trasparire alcuna forma di dispetto o di dissenso. Non so se fosse autocontrollo o mancanza di passione polemica, ma aveva sempre il tono di volersi informare, più che contestare, come spinta da curiosità e voglia di capire.

«Ogni reggitore di regni e di imperi può fare cose sconsiderate, se non antepone l'interesse dello Stato a tutto il resto» affermò cupo il testardo Ragenfrido, «e, in fede mia, in queste avventure in terra d'Oriente io non vedo nessun vantaggio né interesse, sia per quanto riguarda l'Aquitania che il regno di Francia. E neppure per la Germania, quanto a questo. Se è guerra di conquista, allora lo si dica e ci si spieghi cosa e perché dovremmo conquistare. Se è solo per consolidare gli incerti obiettivi della prima cosiddetta Guerra Santa, quella del 1095, per intenderci, ebbene forse al papa farà comodo instaurare dei regni cristiani e cattolici in quelle terre, per contrastare la chiesa scismatica di Bisanzio, per ricacciare indietro l'Islam o per altri suoi motivi, ma a noi che ce ne cale? Non ci si venga a turlupinare con questa storia del santo sepolcro. Tutti sappiamo che nostro Signore Gesù Cristo è salito al Cielo, chi dunque è tanto stolto da volere conquistare un sepolcro vuoto? Solo predicatori fanatici, che in mala fede o per genuina stupidità e follia, sono gli strumenti degli interessi papali.»

Cominciavo ad apprezzare l'ostico Ragenfrido. Mi resi conto che stava esprimendo in termini assai rudi i pensieri che io trattenevo nell'intimo della mia mente.

Intervenne Eleonora, dopo qualche istante di silenzio.

«Cosa dice il consigliere reale?»

«Onestamente devo ammettere che il confratello Ragenfrido esprime opinioni che non mi sono del tutto estranee, ancorché egli si esprima in forma un po' veemente.
Ma ciò che dice contiene un intrinseco nocciolo di verità.»

Mi concessi una breve pausa, per poi continuare, mentre vedevo i lineamenti corrucciati del volto di Ragenfrido distendersi alquanto. Non si aspettava certamente la mia approvazione.

«Tuttavia, maestà, devo ricordare che alcune sfortunate circostanze hanno portato voi e il vostro consorte in una complessa situazione di conflitto con il papa e che tal condizione è stata autorevolmente dichiarata nociva e pericolosa, sia per il regno che per il ducato. Occorre quindi che si dia seguito agli impegni presi con Roma. Detto questo, devo confermare a maître Ragenfrido la condivisione del suo punto di vista e che, se non incombessero certi obblighi ineludibili, mi schiererei con lui per consigliare le vostre maestà dal guardarsi bene di farsi coinvolgere in questa guerra, in terre così lontane, dove i rischi sono ben chiari e i vantaggi assai incerti.»

Eleonora si rivolse al suo consigliere, come se si attendesse da lui un commento alle mie parole.

«Il mio giovane confratello ha l'arte di porre le proprie argomentazioni con grazia, arte che ammetto essere in me alquanto carente. E uso adesso l'aggettivo giovane non con intenti sarcastici, come poco fa, ma con genuina ammirazione per il suo corretto discernimento.»

Mi aveva fatto capire che apprezzava, e non poco, il fatto che mi fossi schierato al suo fianco. Continuò:

«E dunque sia, diamo il nostro contributo a questa balordaggine.

Suggerisco di dimostrare la nostra partecipazione alla santa causa con denaro e, in secondo luogo con un'armata. Il denaro non ci manca, ma non dissanguiamo le nostre terre. Poi, come ho già detto, forziamo i nostri vassalli a fornire il grosso delle truppe. In terzo luogo facciamo in modo di far partire, tra i nobili, le teste calde e i sediziosi, quelli che tramano sempre nell'ombra per conquistare benefici per sé, a scapito del ducato. L'ultima mia raccomandazione è di pretendere che venga eletto un solo comandante in capo, al quale affidare l'intera responsabilità delle operazioni militari. Quella che si va preparando è una coalizione e sarebbe grave sciagura se ognuno dei capi delle varie armate decidesse, sul campo di battaglia, cosa fare e cosa non fare, senza perseguire un piano comune.»

«*Maître* von Isenburg?»

«Mia regina, raramente mi è capitato di sentirmi così perfettamente d'accordo con le idee espresse da un interlocutore.»

«Molto bene. Dunque si proceda lungo le linee da voi tracciate, consigliere Ragenfrido. Credo che suggerirò al re di inviare il consigliere von Isenburg in Germania, con un'ambasciata per l'imperatore al fine di presentare la nostra richiesta di eleggere, di comune accordo, un unico comandante, come da voi suggerito. Signori, la riunione è conclusa.»

Eleonora si alzò e rapidamente lasciò lo studio.

Ragenfrido e io ci apprestammo a raccogliere le nostre carte.

«Von Isenburg, voi che avete la fortuna di potervi muovere altrettanto bene in Francia e in Germania, usate ogni argomento per far sì che anche l'imperatore comprenda la necessità di unificare il comando. E anche gli obiettivi: che almeno vi sia una visione chiara quanto alla scopo della guerra. Io li conosco bene questi nobili europei, avidi e ignoranti, degni capi delle loro soldataglie. Come nella prima Guerra Santa, quando si trovano sul campo, ognuno mira ad accrescere la propria gloria, per usare il loro linguaggio; in realtà ad arraffare, saccheggiare, stuprare e massacrare. E c'è un'unica cosa che consola arabi e turchi dei massacri subiti, ed è quella di massacrare, a loro volta, quanti più cristiani possano.»

«È dunque vero che laggiù le cose vadano così male?»

«Vero. Male, e andranno peggio. Ogni successo non può e non potrà che essere effimero. Questi imbecilli fomentatori di sante guerre non sembrano rendersi conto che i turchi selgiuchidi sono guerrieri valorosi, che combattono in casa loro e che hanno un enorme retroterra alla spalle in cui ritirarsi e da cui contrattaccare. La stessa cosa si può dire degli arabi di tutti i loro dannati califfati: guerrieri che al naturale coraggio uniscono il fanatismo della loro fede, che promette grandi delizie *post mortem* a chi cade in nome di Allah. E anch'essi possiedono immensi entroterra a sud e a ovest, lungo le coste africane. E noi cristiani, che retroterra abbiamo?»

«L'impero bizantino a nord, direi. Non sono forse cristiani, sia pure di diversa specie, e nostri alleati?»

«La loro specie è quella di gran figli di meretrice. Sventura a chi affida le proprie sorti a un tale alleato. No, il nostro retroterra non è una terra, ma il mare. Il mare Mediterraneo. Lì ci ricacceranno e annegheremo tutti.»

«Siete pessimista, confratello Ragenfrido.»

«Alla mia età lo sarete anche voi.»

Eleonora, il giorno seguente, mi fece pervenire un invito a partecipare ad un evento di corte: una tenzone poetica tra giovanissimi trovatori alle prime armi. Arbitri della contesa sarebbero stati lei stessa, e i famosissimi Jaufré Rudel e Marcabrun.

Ebbi così l'occasione di conoscere questi poeti e cantori, di cui molto allora si parlava. Il primo mi parve un gentiluomo, assai compreso del proprio ruolo di poeta di riferimento dei giovani trovatori, che a lui si ispiravano per il *trobar* classico, quel genere che era stato iniziato proprio dal nonno di Eleonora, Guglielmo IX d'Aquitania. Il tema dell'amore era toccato sempre in chiave di dedizione alla donna amata, a cui il poeta si sottoponeva anima e corpo, quasi in un rapporto di vassallaggio. Un amore che, in polemica con Ovidio, non aveva bisogno di *remedia*.

Il Marcabrun, al contrario, mi sembrò una specie di gaglioffo, malalingua e petulante, veramente fastidioso per il suo voler continuamente criticare tutto e tutti. Comunque l'avvenimento fu un grande successo, ed Eleonora fu con entusiasmo elogiata e festeggiata, per la sua iniziativa, da tutti i nobili di corte. Quando, verso la metà del pomeriggio, fu servita la cena, io fui invitato al tavolo della duchessa, insieme alla sua dama di compagnia, a Jaufré Rudel e al vincitore della tenzone poetica, un giovane trovatore di nome Bernard de Ventadorn, allora un adolescente, avrà avuto sì e no tredici, quattordici anni, che sembrava non riuscire a capacitarsi di quanto gli stava succedendo e pareva perennemente sul punto di cadere in deliquio.

«Vi stupirete, consigliere, della mancanza a questo tavolo del nostro Marcabrun» disse Eleonora rivolta a me, con quella sua aria un po' ironica che ormai le conoscevo bene.

«Infatti è così, altezza reale» mormorai io, che peraltro ero ben contento dell'assenza di quel tale.

«Ha voluto partire per la Castiglia, nella penisola iberica. Mi ha detto che Alfonso VII, re di quelle terre, lo attendeva impaziente. Se si fosse trattato di un altro, per punirlo di questa impertinenza, lo avrei fatto gettare in qualche segreta per una settimana a pane e acqua, poco pane e poca acqua, tanto per insegnargli un po' di buone maniere, ma con il Marcabrun è inutile. Si è già fatto buttare fuori dalla corte di Parigi dal re mio sposo, ma lui è incorreggibile.»

«Posso chiedervi, signora, di cos'altro lo rimproverate, oltre alla mancanza di riguardo per avere voluto partire a tutti i costi?»

«Jaufré, abbiate la compiacenza di volere esporre al signor von Isenburg le strane attitudini del vostro confratello Marcabrun.»

Jaufré Rudel si agitò alquanto a disagio sulla sedia e sembrava essere in difficoltà per trovare le parole adatte alle circostanze.

«Il signor Marcabrun è poeta valoroso» attaccò un po' incerto, «ma a volte si fatica a considerarlo un vero membro dei *troubadours*. Egli ironizza sconvenientemente sulla purezza di cuore di noi cantori dell'amor cortese e ci accusa con durezza di linguaggio di essere in verità dei libertini che cercano di sedurre dame virtuose, non spiritualmente, ma sì, devo proprio usare questa parola, carnalmente e di questo basso vocabolo mi scuso con la mia signora duchessa. Insomma dei lupi, vestiti da agnello...»

«Ciò non sia mai!» trovò la forza di esclamare costernato il giovane Bernard, «solo *l'amor de lonh* è degno di un trovatore.»

«Oneste parole, in fede mia, signor de Ventadorn, che vi fanno onore» gli fece eco Eleonora che sembrava molto divertita dalla conversazione, e voi, giureconsulto reale, che ne pensate di questa situazione?»

Captai il tono ironico della sua voce: evidentemente sottoporre una questione di siffatta intrinseca vacuità a me, conosciuto per essere poco incline alle vanità della corte, fosse pure la severa corte di Parigi, e figuriamoci dunque nella mondana corte di Poitiers, doveva sembrarle una deliziosa facezia.

«Ebbene mia regina» risposi stando al gioco con aria assai seria e compunta, «dal punto di vista dello *jus romanus*, come dottamente sottolineato dallo stesso Irnerius della scuola di Bologna, dobbiamo distinguere l'*intentio* dalla *stipulatio*. La prima non è punibile, se non interviene il secondo termine. Quindi il poeta che canta la sua dama, pur esprimendo desiderio amoroso o forse addirittura vera e propria concupiscenza, non facendo poi seguire l'atto all'*intentio*, non è punibile. Gaius è intervenuto autorevolmente su questo punto, confortato anche dall'opinione di Ulpianus, là dove dice: "*Itaque sicut ipsa stipulatio concepta est, ita et intentio formulae concipi debet"*, cioè a dire che l'*intentio* della formula deve corrispondere esattamente al tenore della *stipulatio*. Nel caso poi di *stipulatio* incerta, lo stipulante dovrebbe agire con l'*actio ex stipulatio* incerta, la cui *intentio* deve essere diretta al *quidquid rem dare facere oportet*. Si tratta in definitiva di valutare se la *rem*, la cosa, viene data oppure no.»

Feci una breve pausa ad effetto.

«Diversamente stanno le cose per lo *jus canonicus*, dove già nell'*intentio* si intravede chiaramente la radice del peccato, che va immediatamente contrastato con bagni gelati, autoflagellazioni ed eventualmente l'uso di un corsetto doloroso da indossare, il greco κιλίκιον, il cilicio insomma.»

Eleonora scoppiò in una risata irrefrenabile che attrasse verso il nostro tavolo l'attenzione di tutti i presenti:

«Signor von Isenburg, voi avete il dono di farmi divertire più di tutti i giullari del regno messi insieme e la mia ammirazione per la vostra arguzia è sconfinata. Per premiarvi di averci reso partecipi della vostra erudizione giuridica, siete invitato ad accompagnarmi nella mia cavalcata mattutina, domani all'alba.»

Credo in quel momento di essere diventato l'uomo più invidiato d'Aquitania con tutte le sue contee. Fu a quel punto che un servo porse a Jaufré la sua viella ed egli intonò una sua bella canzone, accompagnandosi con lo strumento:

Quan lo rossinhol el follos
Dona d'amor e'n quier e'n pren
E mou son chant jauzent joyos
E remira sa par soven

E'l riu son clar e'l prat son gen,
Pel novel deport que-y renha,
Mi vai grans joys al cor jazer.

Misi alla prova la mia conoscenza dell'occitano, traducendo i versi mentre li ascoltavo: "Quando l'usignolo tra le foglie/dona amore e lo richiede e lo riceve/e felice intona il suo canto di gioia/e di continuo rimira la sua compagna/e i ruscelli sono limpidi e rigogliosi i prati/per la nuova felicità che regna/una grande gioia m'inonda il cuore."

Jaufré ci dilettò col suo canto per una buona ora, poi Eleonora fece un cenno alla dama di compagnia, che si alzò e tornò dopo un istante con il maggiordomo al suo fianco. Questi declamò, con voce stentorea:

«Signore e signori, la regina si ritira.»

Tutti si alzarono in piedi e si inchinarono, mentre Eleonora lasciava la sala.

Andavamo al piccolo trotto, in una magnifica campagna dolcemente collinare, delimitata da boschi a perdita d'occhio, mentre il disco del sole cominciava a mostrarsi quasi completamente alla nostra sinistra. Un drappello di guardie ci precedeva e un altro ci seguiva. Eleonora, che di solito cavalcava da sola, mi aveva voluto al suo fianco.

La contessa di Richemont, con il maestro d'equitazione e il maestro d'armi, cavalcavano alquanto distaccati, dietro di noi.

«Posso chiedervi una cosa, Eleonora?»

«Naturalmente, von Isenburg, dite.»

«Quel tale Marcabrun, quando pone in dubbio l'assenza di

istinti fisici, diciamo così, nei cantori dell'amor cortese, insinua falsità o c'è forse un fondamento di vero nelle sue illazioni?»

«Vi propongo un patto, consigliere. Come sapete dovrò prima o poi sciogliere il mio voto e partire per la Terra Santa. Voi illustratemi in breve cos'è successo fino ad ora in questi pellegrinaggi armati o guerre sante che siano. Confesso di saperne assai poco. E io vi svelerò tutti i segreti del *trobar* amoroso.»

Fu così che lasciandoci condurre dalle cavalcature più che imporre loro una direzione, trattenuto il trotto per un quieto passo, mi trovai nelle vesti di tutore di storia con la regina di Francia. Avrei voluto, in quel momento, avere le conoscenze di de Morvillier. Mi impegnai comunque per fare una narrazione concisa, ma sufficientemente completa. Iniziai dunque con il raccontare che la cristianità aveva dapprima cominciato a ritenere ingombrante e pericolosa la presenza degli arabi in Europa, segnatamente in Sicilia e in Spagna.

E continuai:

«A cacciare i musulmani dalla Sicilia ci avevano pensato, tra il 1061 e il 1091, i duchi normanni. E dal secolo scorso avvengono incessanti attacchi e contrattacchi tra cristiani e Arabi in Spagna. I regni cristiani del nord contro i califfati del sud; occorre dire però che da quando i Franchi, con Carlo Martello nel 732, e vorrei citare anche il vostro avo Guglielmo VIII, sono intervenuti in appoggio ai cristiani iberici, le sorti del conflitto sembrano segnate. Credo sia solo questione di tempo, ma i mori verranno costretti a lasciare l'Iberia.»

«Capisco... parlatemi ora dunque della Terra Santa, sono avida di sapere. Anzi no... prima galoppiamo fino alla villa di Beauvoir, dove ho fatto allestire il necessario per una colazione. E lì potremo continuare tranquillamente la nostra conversazione.»

Così dicendo lanciò impetuosamente in avanti la propria cavalcatura. Era un'amazzone provetta e io confesso che faticai non poco a tenerle dietro. Più tardi, all'ombra di una grande quercia, mentre consumavamo un'assai appetitosa merenda, ripresi il discorso interrotto.

«Tutto cominciò col famoso discorso di papa Urbano II a Clarimontis, in Alvernia, nel 1095. Al collegio ce lo fecero imparare a memoria, a suon di digiuni serali per chi non si applicava. Sono ancora in grado di ricordarlo. Eccolo. *"Gens Francorum, gens transmontana, gens, sicuti in pluribus vestris elucet operibus, a Deo electa et dilecta, tam situ terrarum quam fide catholica, quam honore sanctae Ecclesiae, ab universis nationibus segregata: ad vos sermo noster dirigitur vobisque nostra exhortatione protenditur...* Popolo dei Franchi, popolo d'oltre i monti, o popolo, come riluce in molte delle vostre azioni eletto ed amato da Dio, distinto da tutte le nazioni sia per la collocazione del vostro paese che per l'osservanza della fede cattolica e per l'onore prestato alla Santa Chiesa, a voi si rivolge il nostro discorso e la nostra esortazione. Vogliamo che sappiate quale lugubre motivo ci abbia condotto nelle vostre terre; quale necessità vostra e di tutti i fedeli ci abbia qui attirati. Ci è stata segnalata una grave notizia dal territorio di Gerusalemme e di Costantinopoli, e più di una volta è giunta a noi; e cioè, che il popolo del re di Persia, gente tanto diversa da noi, popolo del tutto estraneo a Dio, stirpe dal cuore incostante e il cui spirito non fu fedele al signore, invase le terre di quei cristiani e le devastò col ferro, colle rapine e con gl'incendi, e ne ha in parte condotti prigionieri nel loro paese e in parte li uccise con miserevole morte; e distrusse le chiese di Dio dalle fondamenta e altre le usò al rito del suo culto. Abbattono gli altari dopo averli vergognosamente profanati, circoncidono i cristiani e il sangue della circoncisione o lo spargono sopra gli altari o lo gettano nelle vasche battesimali; e a quelli che vogliono condannare a una morte vergognosa, perforano l'ombelico, strappano i genitali, li legano a un palo e, percuotendoli con sferze, li conducono in giro, sinché, con le viscere estirpate, cadono a terra prostrati. Altri fanno bersaglio alle frecce dopo averli legati a un palo; altri, fattogli piegare il collo, assalgono con le spade e provano a troncare loro la testa con un sol colpo. Che dovrei dire della nefanda violenza verso le donne, della quale è peggio parlare che tacere?»

«Che cose orribili mi elencate, Consigliere!»

«Perdonatemi, ma queste parole aiutano a comprendere come il discorso abbia infiammato gli animi dei presenti e come queste fiamme di sacro sdegno avviluppassero rapidamente l'intera Europa. Il discorso prosegue poi con questi toni apocalittici, concludendo con una chiamata generale a vendicare l'onta subita dai Cristiani, con promesse di salvezza dell'anima garantita per tutti coloro che avessero risposto alla chiamata.»

Continuai quindi a declamare l'ultima parte del discorso,

nella quale si esortano i principi e il popolo a correre alle armi. Eleonora si tacque per un po' di tempo, come a volere comprendere appieno le parole appena udite.

«Un discorso nel complesso terribile per certi versi e impressionante per la veemenza dell'esortazione!» esclamò.

«Davvero. E la cosa più strana è che non c'è alcuna certezza che Urbano II abbia pronunciato proprio quelle frasi. Il fatto è che non c'è alcun testo scritto di questa orazione, come se il papa avesse parlato a braccio, sotto la spinta dell'emozione e della circostanza. I testi che ci sono pervenuti in forma scritta sono tutti di molto posteriori e sono almeno cinque, dei quali quelli di Foucher de Chartres e di Robert le Moine hanno almeno il merito di avere come autori persone che erano state presenti all'evento. Gli altri tre testi sono stati compilati ancora più tardi, in base a tradizioni orali e in base a versioni tramandate nel tempo, sempre meno precise. Comunque alla fine la Chiesa ha estrapolato un testo, diciamo così ufficiale, che è quello che vi ho appena esposto. Sta di fatto che il discorso accese gli animi oltre il dovuto. Quanto il papa era stato attento a porre limiti alla partecipazione a quell'impresa, tanto più teste calde, avventurieri, farabutti d'ogni specie e mentecatti, si infiammarono per organizzare e comandare la santa missione o almeno parteciparvi.»

«Cosa intendete dire?»

«La prima spedizione regolare e su vasta scala fu quella che si svolse tra il 1096 e il 1099: il papa vi pose a capo spirituale il vescovo di Le Puy, Ademaro di Monteil, e vi partecipò il fior fiore dell'aristocrazia europea, seguiti da vassalli e subordinati. Le file di questa compagine armata furono ingrossate da schiere di comuni pellegrini.

Ma prima di questa spedizione, che comunque conseguì, tra gli altri risultati territoriali, anche la conquista di Gerusalemme, vi furono altre due spedizioni assolutamente insensate. La prima viene ricordata col nome di "pellegrinaggio dei poveri", un'accozzaglia di contadini, donne, fanciulli, diseredati in cerca di fortuna, cavalieri privi di possedimenti, come Gualtiero-senza-averi. Costoro si radunarono sotto la guida di un pazzoide, detto Pietro l'Eremita. Non apparteneva alla comunità ecclesiastica e l'appellativo di eremita gli era stato attribuito solo perché girava a dorso d'asino, vestito di stracci. Al grido di *deus le vult*, Dio lo vuole, si mise alla testa, dopo la Pasqua del 1096, di queste schiere, prive di ogni disciplina militare, alla volta di Costantinopoli. Più o meno negli stessi mesi alcuni signori tedeschi, tra i quali un certo Volkmar con diecimila seguaci, un altro di nome Gottschalk, degno discepolo di Pietro l'Eremita, forte di altri diecimila uomini, e il conte Emich von Leisingen con altre truppe, decisero di mettersi in marcia anche loro verso Costantinopoli, seguendo più o meno il percorso della marmaglia di Pietro l'Eremita. Ciò che accomunò queste spedizioni di disperati, di fanatici e di veri e propri briganti e assassini, fu lo sterminio delle comunità ebree incontrate sul loro cammino e la spoliazione dei villaggi e delle città, per procurarsi il cibo necessario al loro sostentamento.»

«Ma è orribile... non era certo questo che voleva il papa!»

«Credo proprio di no, e neppure il clero e la nobiltà, che

cercarono in ogni modo di proteggere gli ebrei. Ma Worms, Magonza e Ratisbona furono teatro di massacri contro di essi.

Comunque è istruttivo seguire le vicende dei tre masnadieri germanici: il frate laico Volkmar si acquartierò dapprima a Praga, dove si dedicò a fare strage della comunità ebraica locale e poi si diresse verso l'Ungheria, probabilmente contando di ripetere in quelle terre le prodezze contro gli ebrei. Ma re Colomanno d'Ungheria, che già aveva sperimentato gli effetti del precedente passaggio sulle sue terre delle bande di Pietro l'Eremita e di Gualtiero-senza-averi, mandò ad accoglierli il proprio esercito che li sterminò tutti. Sembra non ci siano stati superstiti e lo stesso Volkmar scomparve per sempre. Il prete Gottschalk, a sua volta, dopo essersi dedicato coi suoi quindicimila "pellegrini" a uccidere ebrei a Ratisbona, si presentò poco dopo al confine ungherese. Colomanno all'inizio permise loro di entrare e diede disposizioni che fossero riforniti, a patto che si comportassero in modo civile, ma poiché la canaglia cominciò ben presto a dedicarsi come al solito a furti e a saccheggi, furono tutti uccisi dai soldati ungheresi i quali, evidentemente, si erano stancati di sopportare quella feccia umana che di continuo si presentava ai confini. Solo Gottschalk e pochi altri riuscirono a salvarsi con la fuga, ma furono riacciuffati e giustiziati.

A breve distanza di tempo arrivarono le orde di Emich von Leisingen, il più numeroso e il meglio armato dei gruppi che si erano presentati fino a quel momento alle soglie dell'Ungheria. Prima di allora si erano dilettati per alcuni mesi a massacrare ebrei in varie città tedesche e non si erano trattenuti dal dare l'assalto a palazzi vescovili e castelli di cristiani che osavano difendere i giudei.

Fu loro rifiutato il permesso di attraversare il Danubio e l'unico ponte disponibile fu presidiato dall'esercito magiaro. Ma Emich non si diede per vinto, fece costruire un ponte di fortuna, penetrò in Ungheria e pose addirittura l'assedio alla città di Wieselburg, per saccheggiarla e procurarsi vettovagliamenti. A questo punto re Colomanno perse definitivamente la pazienza, marciò contro l'armata di Emich e la annientò. Solo Emich con alcuni cavalieri riuscì a fare ritorno in Germania con una fuga ignominiosa.

La spedizione di Pietro l'Eremita invece, giunta a Costantinopoli, si rese invisa all'imperatore Alessio I, che astutamente li lasciò transitare per levarseli di torno, sapendo che, una volta in Anatolia, i turchi selgiuchidi avrebbero insegnato loro i vantaggi di starsene a casa propria. Il 21 ottobre del 1096 l'esercito del sultano Kilij Arslan li sterminò quasi tutti: su venticinquemila cristiani, se ne salvarono solo tremila.»

«Ben gli sta» esclamò convinta Eleonora, «e quindi che lezione devo trarre da tutto ciò, in occasione della prossima spedizione?»

«In primo luogo che l'improvvisazione non porta a nulla e che se i pellegrinaggi armati sono solo una copertura per invasioni di saccheggio e razzia, il risultato è quello conseguito da Pietro l'Eremita e dai suoi degni compari: più di cinquantamila cristiani partiti al grido "Dio lo vuole", diventarono in breve tempo cinquantamila cadaveri. Ma oggi il problema è che le conquiste della prima spedizione, diciamo così, organizzata su basi militari più serie, si stanno rivelando aleatorie. I regni e i principati cristiani del Medio Oriente vacillano o sono già caduti. La contea di Edessa è ora in mano turca. I capi militari della prima spedizione erano divisi tra di loro e miravano solo a ricavare benefici personali, senza avere una visione unitaria degli scopi dell'impresa e degli obiettivi da raggiungere. Come ha giustamente osservato maître Ragenfrido, occorre unificare il comando, individuare obiettivi realistici, raggiungerli e mantenerli. Ogni diversione deve esser evitata. Ricordiamoci che combattiamo in terre altrui. Checché ne dica il papa.»

«Consigliere von Isenburg, voi avete reso un prezioso servigio alla vostra regina» mi rispose Eleonora con un tono alquanto malizioso, «che ora deve sdebitarsi, mantenendo la sua promessa di ricambiare la vostra dotta esposizione storica e politica, con un'altrettanta dotta esposizione dei principi dell'amor cortese e dell'arte che la rappresenta: la poesia e la musica dei *troubadours*.»

«Ardo dal desiderio di ascoltarvi, mia signora e regina.»

Il sole era alto ormai nel suo arco meridiano e sapevo che tra poco avremmo preso la via del ritorno. Ma per nulla al mondo avrei rinunciato alle spiegazioni di Eleonora.

«Come vi ho detto, i trovatori, che a Parigi chiamano *trouvères* e al vostro paese *minnesänger*, cantano in vari modi e stili l'amore per la loro dama, che deve essere sposata e quindi virtualmente irraggiungibile. Gli antagonisti sono dunque il marito, ovviamente, e le malelingue pettegole e invidiose, i *lauzengiers*. L'amore non corrisposto è quindi sentito come vera sofferenza fisica e sentimentale, ed è quello che propriamente ispira la loro poesia.»

«Quindi il Marcabrun è un malevolo calunniatore!»

Eleonora mi guardo con il suo sguardo ironico, enigmatico.

«Consigliere, consigliere, un uomo di mondo e così prudente come voi siete, oltre che molto attraente e virile, se me lo consentite, e pertanto non sprovveduto a fronte dei capricci delle belle donne, non dovrebbe gettarsi a capofitto nel cogliere l'implicazione più evidente del contesto di cui discutiamo... vediamo, dunque, come potrei porre la questione. Cominciamo col dire che l'aspirante amante non gioca solo e sempre lo stesso ruolo nei confronti dell'amata, ci sono, per così dire, avvicinamenti progressivi del rapporto.»

«Davvero?»

«Sì, all'inizio lo spasimante non osa manifestare il suo amore ed è quindi un *feignedor*. Mai poi, alla fine, spinto dalla passione, trova il coraggio di esternare il suo sentire, ed eccolo diventare un *prejador*. La dama all'inizio lo ignora, gli fa addirittura credere di disprezzarlo, ma pian piano, commossa della sua dedizione, consente ad ascoltarlo. Eccoci, dunque, in presenza di un *entendedor*.»

«E poi?» interrogai, assolutamente affascinato da ciò che andavo imparando.

«E poi il nostro innamorato, se è fortunato, diventa *drutz*, cioè è ricambiato.»

«*Drutz*? Ma allora...»

«Ancora una volta, signore, non saltiamo alle conclusioni. Ricambiato, sì, ma con che moneta? Be', certo direi monete di gran valore: la prima è quella che consente allo spasimante di veder il corpo nudo dell'amata.»

«Non credo alle mie orecchie... ciò che dite mi turba e mi affascina.»

«La seconda moneta, d'oro zecchino, è di gran lunga più seducente: il *drutz* viene ammesso a giacere con l'amata, viene cioè sottoposto all'*asag*, nella nostra lingua occitana, cioè all'*essai* dei francesi, alla prova. All'assaggio.»

«All'assaggio... alla prova di cosa, in nome di Dio?»

«Alla prova del sesso: tutto è consentito, escluso l'amplesso, mio caro giureconsulto. Una prova suprema, per un maschio degno di questo nome, non è vero? Riconoscerete infine che la più debole di noi, può tenere in pugno il più focoso dei nostri cantori, o no?»

La duchessa ordinò che si apprestassero i drappelli per il ritorno a Poitiers. Cavalcammo vicini, e in silenzio, fino al castello. Non c'era *studium* al mondo, dove un giovane uomo avrebbe potuto imparare le cose che io avevo appreso da quella magnifica donna, per la quale io sentivo il cuore in tumulto agitarsi nel petto.

Concludo adesso questa parte del mio narrare. Avevo accennato che sarei tornato sul tema delle poco edificanti vicende di Raoul de Vermandois e di Petronilla.

Il 1143 fu un anno di estenuanti trattative tra il re, con noi consiglieri, Bernardo e il papa, e Teobaldo di Blois, conte di Champagne.

Intanto devo dire questo: Raoul che in un primo tempo, pressato da ogni parte per estromettere Petronilla dalla sua vita, quasi che tutti i mali del regno fossero imputabili alla loro condotta, in un primo tempo cedette, si allontanò dall'amata e ciò lo sollevò dalla scomunica. Ma non durò a lungo, la passione riprese il sopravvento e fu ben presto chiaro a tutti che i due avevano ripreso le loro consuetudini matrimoniali. La scomunica li fulminò per la seconda volta.

Restava sul tavolo la scomunica al re e l'interdetto al regno. Malgrado innumerevoli e autorevoli mediazioni, tra le quali quella del vescovo di Soissons, Joscelin de Vierzy, voluta dallo stesso Bernardo e del vescovo di Auxerre, per la parte di Teobaldo, l'accordo non si trovava. Seppi direttamente da Bernardo che aveva scritto numerose lettere a papa, chiedendogli di fare un primo passo, togliendo la scomunica ai reali, rinviando il sollevamento dell'interdetto a quando tutta la complessa trattativa fosse giunta in porto. Ma non ci fu modo: io mi feci l'opinione che Innocenzo II volesse provare, per una volta, che per quanto potente fosse Bernardo, il papa era lui e faceva di testa sua. Forse gli si era un po' indurita la cervice per l'età e difatti morì il 24 settembre del 1143. A questo punto tutti domandarono l'arbitrato del successore, Celestino V, e si verificò, col nuovo papa, una svolta chiara verso la volontà di pervenire a una ragionevole soluzione. Ci fu una riunione a Corbeil, in presenza del re, di Bernardo, di Suger e del vescovo di Auxerre e una seconda riunione a Saint-Denis, alla quale presenziò anche Eleonora, che chiese a Bernardo di pregare per lei affinché potesse avere un figlio. Eravamo ormai vicino alla conclusione dei nostri sforzi e, finalmente, nel 1144 fu firmata la pace. L'interdetto era stato ritirato, la scomunica ai reali annullata, il re richiamò le sue truppe dalla Champagne, ai tre vescovi fu ritirata la sospensione e infine Pierre della Châtre riebbe il vescovato di Bourges: l'intero contenzioso sembrava infine ricomposto.

La scomunica a Raoul e a Petronilla non sarebbe più stata ritirata fino alla morte della prima moglie di Raoul. Solo allora il suo matrimonio con Petronilla fu ritenuto valido dalla Chiesa. Quella di Raoul e di Petronilla è stata, devo ammetterlo, una grande storia d'amore e di passione ma, alla fine, tutte queste vicende, guerre e stragi comprese, si rivelarono, come spesso accade, futili e inutili.

Nel 1151 divorziarono Raoul e Petronilla. Nel 1152 divorziarono il re e la regina e nello stesso anno morì Raoul. L'anno successivo morì Petronilla.

Sic transit gloria mundi.

VIII

Mentre scrivo queste pagine, mi lascio spesso trasportare alquanto in avanti nel tempo, quasi sopraffatto dall'accavallarsi dei ricordi, e ciò richiede che talvolta debba riprendere la narrazioni da qualche anno addietro, come in questo caso, in cui è d'uopo che riferisca del mio incontro ad Aquisgrana con Corrado III Hohenstaufen.

Ero in viaggio, nell'aprile del 1146, con il visconte François de Morvillier e i nostri valletti-segretari. Come al solito c'erano tratti di strada abbastanza ben lastricati ed altri che erano poco più che mulattiere, ma fin dall'inizio del viaggio notai che la carrozza sulla quale viaggiavamo, un tiro a quattro, era inusualmente confortevole, anche a velocità alquanto elevate. Chiesi a de Morvillier se condivideva la mia impressione, e lui mi rispose:

«Hai perfettamente ragione, Ulderico. In effetti questa carrozza è arrivata a Parigi da pochi giorni, dono personale di re Géza II d'Ungheria ai nostri sovrani, e incorpora un principio costruttivo nuovo: le ruote sono attaccate ad un telaio rigido, dal quale si dipartono quattro ganci ricurvi, costruiti con acciaio da lama di spada, assai flessibili, e l'abitacolo nel quale ci troviamo è come sospeso, tramite cinghie di cuoio, a tali ganci. Il risultato è, come ti sei reso conto, un notevole smorzamento dei sobbalzi. Spero che i nostri artigiani a Parigi, ai quali abbiamo mostrato questo veicolo, siano in grado di apprendere questa nuova tecnica costruttiva, a beneficio delle nostre povere schiene.»

«Mi sembra un'idea assai intelligente… mi domando, François, quanti progressi si potranno fare nei campi della fabbricazione di oggetti negli anni a venire. Il provveditore di corte mi ha parlato di nuovi coloranti per tessuti, nuovi telai per tessere lana, canapa e lino, e questa nuova fibra, il cotone, che arriva, portata dai veneziani, dall'Egitto. E di tante altre novità nel campo della lavorazione dei metalli, nella quale sembrano eccellere i bulgari e i turchi.»

«Certamente l'antichità ha fatto grandi scoperte in tutti i campi delle attività pratiche, dall'edilizia alla lavorazione dei più svariati materiali. Poi c'è stato un rallentamento, quasi un oblio del sapere relativo alle arti manuali, ma sono d'accordo con te, anch'io noto, nella nostra società, un fermento nuovo, in questi ambiti.»

Così piacevolmente chiacchierando col mio dotto amico, affrontavamo giorni e giorni di viaggio. Eravamo diretti ad Aquisgrana dove in quel tempo il re germanico Corrado III, duca di Franconia, del casato degli Hohenstaufen, teneva corte. Avevamo pianificato un viaggio di dodici giorni, il che implicava di mettersi in viaggio ogni giorno di buon mattino, per potere coprire la tratta prevista e poter interrompere il viaggio al primo accenno di calar del sole. Erano territori abbastanza ben presidiati, ma per gran parte coperti di foreste, nelle quali non era prudente di certo avventurarsi col buio, anche se eravamo accompagnati da un drappello di sei guardie a cavallo. Nelle nostre previsioni eravamo stati un po' ottimisti, in realtà per raggiungere la nostra meta, di giorni ce ne vollero quattordici, ma nel complesso fu un viaggio piacevole e istruttivo. Dapprima ci dirigemmo decisamente a nord, attraverso la Piccardia, puntando su Amiens, di cui ricordavo i famosi tessuti di lana, molto fine, e tinti in azzurro con l'impiego di un succo estratto da un arbusto che cresce nella regione.

Da Amiens, piegando nettamente verso est, ci dirigemmo a Saint-Quentin, e poi a nord-est, in direzione di Valenciennes, marca di frontiera dell'impero germanico. Le tappe successive furono Liegi e infine la nostra destinazione finale, Aquisgrana. Non avemmo mai difficoltà di ordine burocratico, in quanto ben provvisti di lasciapassare, rilasciati a Parigi, naturalmente, ma anche dall'amministrazione imperiale, con obbligo per tutti di prestarci assistenza e favorire in ogni modo il nostro viaggio. Durante il percorso trovammo sempre alloggio presso vassalli del nostro re o di Corrado, che provvidero con animo ben disposto alle nostre necessità.

Non ho ancora menzionato il fatto che, circa due mesi prima di lasciare Parigi per la mia missione, avevo affidato a un messo reale in partenza verso alcune destinazioni in Germania, una lettera per mio padre a Hildesheim. Lo mettevo a parte del mio viaggio, inclusa la data di partenza, e gli chiedevo se avesse l'opportunità di recarsi a sua volta ad Aquisgrana: tenendo presente che la distanza tra Parigi e Aquisgrana è in pratica eguale a quella tra Hildesheim e la medesima città, avremmo avuto la possibilità di incontrarci, percorrendo, ciascuno di noi, una metà del tragitto complessivo. Mio padre mi rispose che non si sarebbe lasciato sfuggire

l'occasione e che mi avrebbe atteso a Düren, l'antico Marco-
durum, un borgo nei pressi di Aquisgrana, ospite nella proprietà di un suo vecchio amico, il conte Stolberg.

Insomma, un viaggio che si preannunciava interessante sia
sul piano professionale, che personale. Con i consiglieri di
Corrado si trattava di predisporre gli accordi, sia globali che
di dettaglio, sulla partenza del pellegrinaggio armato in Terra
Santa dei Franchi dell'est e dell'ovest, valutando attentamente
l'apporto di altri re e principi cristiani e, soprattutto, cercare
di definire le funzioni di comando della spedizione, come non
si era stancato di raccomandare *maître* Ragenfrido. E poi l'incontro con mio padre: io ero molto affezionato a lui e sapevo
di essere ricambiato, ancorché nei suoi modi un po' severi. Era
la prima volta che mi rivedeva nella mia veste di consigliere
reale e sapevo che ciò gli avrebbe procurato un enorme piacere. Inoltre devo aggiungere che il viaggio, disagevole che
fosse, come tutti i viaggi, aveva il pregio di consentirmi lunghe conversazioni con de Morvillier, uomo di cui ammiravo
grandemente la vasta erudizione, così come la piacevole arguzia con cui esponeva i suoi punti di vista. All'inizio del viaggio
— stavamo attraversando la Piccardia — ricordo che parlò a
lungo di Raoul IV de Crépy, conte di Vermandois, siniscalco
di Francia, lo sposo di Petronilla d'Aquitania, sorella di Eleonora, del quale ho già accennato precedentemente.

«Eccoci, dunque, nelle terre degli antichi galli Viromandui,
sottomessi da Cesare e proprio dai Viromandui deriva il nome
che fu dato, nel IX secolo, alla contea de Vermandois. Oggi il
conte di questi possedimenti è il nostro *sénéchal de France*.»

169

«Uomo alquanto impulsivo» arrischiai.

«Molto impulsivo. Ma devo dire che Suger e io siamo quasi sempre riusciti, nelle questioni politiche, a fargli accettare soluzioni ragionevoli, distogliendolo dai suoi propositi così spesso bellicosi. D'altra parte è sempre stato uomo fedelissimo alla corona, sia sotto il re Luigi VI, sia con il nostro attuale re, e di ciò dobbiamo essergli grati, in questi tempi in cui i vassalli si lasciano spesso tentare da interessi personali, piuttosto che impegnarsi a servire con fedeltà il regno. Ma negli affari di cuore, e segnatamente nella vicenda che lo ha visto protagonista con Petronilla d'Aquitania, è irremovibile. Come sai è appena nata la loro prima figlia, Elisabetta ed egli non intende assolutamente ripudiare la nuova moglie per riconoscere, come legittima sposa, Eleonora de Blois. Che altri guai ci aspettano?»

«Be', Raoul de Vermandois e Petronilla hanno collezionato la loro seconda scomunica. Che altro può succedere?»

«Siamo alla vigilia della nuova spedizione alla volta di Gerusalemme. Immagino che il nostro re sia, nel profondo del suo cuore, assai irritato per questo accanimento contro il cugino germano Raoul e la sorella di Eleonora. Non vorrei che si lasciasse trascinare da altre azioni impulsive.»

«Non sappiamo cos'abbia in animo di fare Innocenzo II. Sembra che neppure Bernardo riesca a convincerlo di trovare una soluzione. Voglio dire una soluzione diplomatica e coerente con la situazione politica. D'altra parte non credo proprio che il re si possa permettere una seconda scomunica, ergendosi a paladino della coppia illegittima.»

«La tua analisi è molto lucida. E quindi?»

«Quindi, se l'amore tra Raoul e Petronilla è impenetrabile a qualsiasi considerazione, diciamo così, diplomatica, ebbene vivranno da scomunicati.»

«Che strano destino», mormorò pensoso il mio compagno, «forse non sai che una vicenda molto simile si è già consumata, il secolo scorso, nella famiglia dei conti di Crépy e di Vermandois.»

«No, per la verità.»

«Credo, comunque, che tu sappia che il nostro Raoul è figlio di Ugo I, detto il Grande, conte di Valois e di Adelaide di Vermandois. E che Ugo era figlio del defunto re di Francia Enrico I e di Anna di Kiev. Suo fratello maggiore, diventò re di Francia col nome di Filippo I, dopo un periodo di reggenza di Anna, durante gli anni in cui Filippo era ancora un ragazzo.»

«Sono cose di cui ho sentito parlare un po' approssimativamente, in verità, non ho seguito corsi di storia molto approfonditi… Anna di Kiev, dimmi qualcosa di lei, per favore.»

«Anna Yaroslavna di Kiev, figlia del granduca Yaroslav il Saggio e di Ingegerd, sorella del re Olof Skötkunung di Svezia. Una donna magnifica: quando arrivò a Parigi, nel 1051, fece scalpore e non si parlava d'altro che della sua straordinaria bellezza. Quindi l'affascinante Anna, è la nonna di Raoul, mi segui?»

«Certamente, François…» risposi, desideroso che continuasse la sua narrazione. Quell'uomo era in grado, come nessun altro, di spalancare la mia mente sul passato. De Morvillier ebbe un subitaneo guizzo di divertimento, sul suo volto di solito così compassato.

«Ti voglio dire, per inciso, che la bellezza delle donne del territorio dei Rus' di Kiev era argomento di conversazione, alquanto piccante e sconveniente, occorre ammetterlo, già nei secoli scorsi. Il grande e terribile Attila, re degli Unni, *flagellum dei*, non sopravvisse alla prima notte di nozze con Krimhilda, detta Ildiko, una gota, una fanciulla in fiore, dagli occhi cerulei e dalle lunghe chiome bionde, anche lei di quelle terre così fortunate in quanto a bellezze muliebri! Ma sto divagando e torno dunque al punto.»

De Morvillier si concesse una lunga sorsata d'acqua da un piccolo otre che portavamo con noi e che rifornivamo d'acqua fresca quanto più spesso fosse possibile.

«In un ramo collaterale del casato capetingio di Vermandois, a cui appartiene l'attuale *sénéchal de France*, cioè il casato di Valois, Vexin e Amiens, nacque nel 1038 un Raoul III. Ebbene questo Raoul III, conte di Valois, sposò in prime nozze Adèle de Bar-sur-Aube, poi in seconde nozze una tal Haquenez, di cui si sa poco o niente, e infine, ripudiata Haquenez su pretesto di adulterio, sposò Anna di Kiev, l'ancora giovane e bellissima vedova di re Enrico I. Il guaio fu che la povera Haquenez non stette al gioco, non voleva passare da adultera e si rivolse, per avere giustizia, al suo vescovo. Costui si consultò con i suoi confratelli e insieme decisero di rimettere la cosa nelle mani del papa, Alessandro II. Il papa non ci pensò due volte, e nel 1064 scomunicò la coppia, ritenendola illegittima. Quindi le stesse ragioni che hanno indotto Innocenzo II a scomunicare Raoul e Petronilla indussero, quasi un secolo fa

Alessandro II a scomunicare la nonna di Raoul e il suo secondo marito, che il destino ha voluto si chiamasse pure lui Raoul. Una ben strano concatenarsi di circostanze.»

«E cosa fecero gli scomunicati di allora?»

«Niente. Se ne infischiarono e vissero insieme, finché la morte di Haquenez non pose fine alla scomunica.»

«Penso che sarà esattamente questa la condotta che Raoul e Petronilla seguiranno.»

«In che senso?»

«Nel senso di infischiarsene» conclusi io quietamente.

Il viaggio proseguiva, piacevolmente come era iniziato, in gradevoli conversari, spesso stimolati dai ricordi che i luoghi attraversati accendevano nella mente del mio incomparabile compagno di viaggio.

Aquisgrana ci accolse verso l'ora sesta di un giovedì. Un drappello di guardie imperiali si era aggiunto al nostro e, così scortati, giungemmo al palazzo di Corrado.

Mi colpì, durante l'attraversamento della città, l'attività frenetica nelle strade e, lungo di esse, il continuo susseguirsi di cantieri edili. Non che Parigi apparisse come una città inoperosa, tutt'altro ma, al confronto, Aquisgrana ne usciva vincente. Botteghe in cui ferveva l'attività si aprivano lungo le vie che stavamo percorrendo, e carri carichi di ogni genere di derrate andavano e venivano lungo la strada principale che entrava in città da sud e che portava, secondo la mappa in nostro possesso, al centro della città, dominato dall'imponente palazzo imperiale con a fianco la Santa Cappella, una magnifica

173

chiesa che Carlomagno aveva fatto costruire contemporaneamente alla sua reggia, la prima *sedes Franctiae*. Una grande distesa coltivata si intravedeva alla nostra destra e mi ricordai che mio padre mi aveva una volta descritto questa particolarità di Aquisgrana, di avere cioè la principale fattoria agricola della regione quasi nel centro della città, così da assicurare senza problemi l'approvvigionamento di alimenti freschi ai cittadini.

Giungemmo finalmente al palazzo e qui fummo accolti con grande ossequio dal ciambellano di corte, che dopo essersi informato sul nostro stato di salute e sull'andamento del viaggio, ci fece accompagnare ai nostri alloggi. Ci raccomandò di riposare perché il giorno dopo, domenica, saremmo stati presentati al re e agli alti dignitari. Ci informò anche che dopo la presentazione, avremmo partecipato, con il re e la sua famiglia, alla messa privata nella Santa Cappella, mentre i lavori diplomatici veri e propri sarebbero iniziati il lunedì successivo.

Avemmo il tempo di far sistemare dai valletti i nostri bagagli e di rinfrescarci, quindi ci fu servita a metà pomeriggio, un'abbondante cena, a base di verdure fresche e di frutta, che facevano da contorno ad un ottimo pasticcio di rognone di capretto con verza acida. Ne approfittai per chiedere a de Morvillier lumi su una questione che non mi era chiara:

«François, avrai certamente notato che il ciambellano, parlando di Corrado III, non diceva imperatore, ma re, e la cosa mi sorprende.»

«L'appellativo è corretto… vedi la storia personale di Corrado è molto intricata e io stesso ho dovuto applicarmi non poco per avere un quadro d'insieme chiaro. Se non t'annoio te ne posso parlare.»

«Ma certo, ti ascolto con grande interesse.»

«Corrado è stato il primo re tedesco della casata Hohenstaufen di Svevia e nacque nel 1093. Suo padre fu Federico I di Svevia. Nel 1125 Corrado deteneva il titolo personale di duca di Franconia e, in quell'anno morì Enrico V del Sacro Romano Impero, ultimo imperatore del casato Salico. Questi, che non aveva eredi diretti, aveva indicato Corrado come proprio successore. Tuttavia gli elettori dei grandi ducati di Sassonia, Svevia, Franconia e Baviera, decisero infine di eleggere Lotario II, Duca di Sassonia del casato dei Supplinburger, che venne incoronato ad Aquisgrana il 13 settembre 1125.

Corrado resistette fino al 1135, ma poi capì che per il momento non gli conveniva esacerbare il suo conflitto con Lotario. Attese quindi fino al 1137, quando la morte tolse dalla scena Lotario. Fu allora eletto re di Germania e dei Romani a Coblenza nel 1138, ma veramente non fu mai coronato imperatore e si è sempre fregiato solo di quel titolo. Anche se la questione mi sembra molto formale, poiché per buona sostanza Corrado III è, a tutti gli effetti, l'imperatore del Sacro Romano Impero.»

«E sai chi è destinato a succedergli?»

«Come sai ci sono due potenti galli nel pollaio tedesco... i Welfen, legati al Vaticano e gli Staufer o Hehenstaufen, signori del castello di Weiblingen, fieri sostenitori della preminenza del potere temporale dell'imperatore...»

«Welfen, Weiblingen, quelli che i miei amici italiani chiamano Guelfi e Ghibellini» mormorai, «ma scusami, ti ho interrotto, continua, ti prego.»

«Be', per quanto riguarda la successione, girano voci: chi dice che Corrado designerà suo figlio Enrico, che però è ancora un bambino; altri sono certi che designerà il nipote, Federico, il figlio di suo fratello Federico II. Questa potrebbe essere una scelta vincente, perché Federico, essendo al contempo un Hohenstaufen da parte di padre e un Welfen da parte di madre, potrebbe avere la forza per pacificare le due fazioni. C'è anche chi sostiene che potrebbe avanzare pretese Enrico di Baviera, del casato Welfen. Ma ti ripeto, sono voci, staremo a vedere.»

Il giorno successivo, di buon mattino, fummo formalmente presentati a Corrado. Era un uomo alto e asciutto, dall'aspetto vigoroso, ma dall'aria afflitta. Non era lontano dai cinquanta anni di età. Il viso, scavato e dominato dagli occhi azzurrissimi, era incorniciato da una chioma di capelli biondo rossicci. Vicino a lui, seduto su un trono dorato alquanto modesto, stavano in piedi numerosi dignitari dell'impero. Il maestro di palazzo gli consegnò le nostre credenziali, che il re scorse rapidamente, poi ci gratificò con un breve discorso di benvenuto. Ci chiese di seguirlo alla Cappella Palatina, dove avremmo assistito alla messa e alzatosi si diresse colà con passo risoluto, seguito dalla corte e noi ci accodammo.

Dopo la funzione religiosa seguì una buona colazione nella sala dei banchetti, più sostanziosa di quella che eravamo soliti consumare a Parigi, con frutta, uova, costine di maiale abbrustolite, aringhe affumicate e un denso latte acido che non avevo mai assaggiato e che lo scalco si compiacque di spiegarmi essere un nuovo prodotto, la cui tecnica di fabbricazione era stata importata dalla Bulgaria; il tutto era accompagnato da una birra leggera, chiara, di poca gradazione alcolica. Corrado sedeva al centro di un lato lungo dell'imponente tavolo conviviale e non profferì parola, il che implicava che nessuno era autorizzato a conversare.

Dopo la colazione fummo accompagnati in quella che dedussi essere la sala del consiglio reale e prendemmo posto ad un tavolo quadrato.

De Morvillier e io fummo fatti accomodare ad uno dei lati, il re da solo sul lato opposto e lungo gli altri due lati i dignitari di corte, che ci furono presentati dal maestro palatino: Ottone di Frisinga, comandante generale dell'esercito imperiale, un giovanissimo nipote di Corrado, Federico (che sarebbe passato alla storia col nomignolo di Barbarossa, ma che allora di barba ne aveva ben poca), Ottokar duca di Stiria, un legato del duca di Sassonia Enrico, che si guadagnò poi l'appellativo di Enrico il Leone, un legato del duca di Baviera Enrico d'Austria, il legato papale Anselmo di Havelberg e qualcun altro che ora non rammento più.

Il re prese la parola e ci ringraziò di essere venuti da così lontano per un consulto, in vista dei preparativi per la seconda Crociata, poi si rivolse a de Morviller, parlando un discreto latino, ancorché fortemente impregnato dell'accento germanico.

«Signor visconte la fama della vostra dotta competenza nelle materie storiche è giunta fin qui da Parigi e mi compiaccio altamente di avervi ospite a questo consiglio. Ma prima di entrare nel vivo della discussione, desidero scambiare alcune parole col vostro giovane giureconsulto» e qui adottò, con alquanto stupore dei presenti, la lingua germanica, «dunque signor von Isenburg, vengo a sapere che voi siete di stirpe nostra, parlate la nostra lingua, e siete di fatto nostro suddito. Ditemi qualcosa di voi.»

«Tutto ciò che vostra maestà afferma è assolutamente vero. Ho lasciato la terra di mio padre quasi dieci anni orsono per seguire gli studi a Parigi. Poi le vicende della vita hanno fatto sì che il re di Francia mostrasse la benevolenza di volermi come assistente giuridico del visconte de Morvillier. Sembra quasi un segno del destino che mi trovi qui oggi, mandato dal re dei Franchi dell'ovest a conferire col re dei Franchi dell'est, sul tema della missione militare in Terra Santa, che le loro maestà hanno promesso al papa, su consiglio del sant'uomo Bernard de Clairvaux.»

Mentre pronunciavo queste parole, in tedesco, mi accorsi che il segretario di de Morvillier, che conosceva la mia lingua, le traduceva mormorando all'orecchio del suo capo e mi sembrò di cogliere un'ombra di sorriso sulle labbra del mio amico.

«Ah, Bernardo!» Corrado era tornato al latino, «Bernardo... vorrei chiarire subito signori che non è affatto nel mio interesse intraprendere prossimamente una spedizione militare in quelle terre lontane. Come i miei consiglieri sanno, ho problemi interni con alcuni feudatari riottosi, ho problemi con le popolazioni slave al confine ed era mia ferma intenzione scendere in Italia per giungere ad una soluzione di compromesso con i Comuni italiani e spingermi poi fino a Roma, per esaudire un'altra richiesta di Bernardo e cioè di sostenere il pontefice contro i normanni di Sicilia, mentre il papa da parte sua mi aveva promesso l'incoronazione imperiale. Ma come è ormai chiaro, non ci sarà incoronazione a Roma, se non accetterò l'invito alla crociata e sono quindi vincolato a due cose che si ostacolano a vicenda.»

Tacque brevemente e poi riprese, con tono che mi parve meno sereno di prima.

«Questo Bernardo ha un eloquio irresistibile... ho provato a fargli presente che la spedizione da lui così propugnata con tanta veemenza ci faceva correre rischi mortali in cambio di vantaggi assai incerti. Ma no, niente da fare. La caduta della contea di Edessa andava vendicata. Va bene. Ma perché devono essere i Franchi o i Germanici a vendicarla? Inoltre i miei vassalli dell'est sono molto più inclini, in tema di crociate, a prendere le armi per cristianizzare gli slavi, piuttosto che andare a cercare guai in Terrasanta. E poi, chiedo a voi, von Isenburg, quali erano i fondamenti giuridici della prima crociata, parlo di quella vera, non di quella degli straccioni o dei banditi. Che mi rispondete?»

«Maestà, certamente l'autorità papale ha messo il suo sigillo di legalità sulla spedizione armata per la liberazione dei luoghi santi dai miscredenti, ma...»

«Ma?»

«Ma per certo i territori che erano stati conquistati da turchi e arabi, e tra questi i luoghi del Santo Sepolcro, appartenevano allora e appartengono oggi *de jure* all'imperatore di Bisanzio, al quale infatti avrebbero dovuto essere restituiti, ovvero occupati dai principi cattolici, ma con giuramento di vassallaggio ai bizantini.»

«E invece?»

«E invece i principi latini, come li chiamano i bizantini, si tennero le terre conquistate e vi eressero i propri regni, contee e principati» risposi un po' preoccupato dalla piega che stava prendendo quella specie di interrogatorio.

«Vedete dunque tutti qual è la vera situazione» sbottò il re alzando la voce, «quella che doveva essere una spedizione armata di carattere religioso si è volta in una guerra di conquista e di spoliazione ai danni dell'imperatore di Bisanzio al quale, per inciso, ho avuto l'onore di affidare in sposa mia cognata, Berta di Sulzbach. Ora ci si chiede di cavare dai guai i principati latini che sono caduti o stanno cadendo in mano turca o araba. Ebbene, dico io, che facciano ciò che devono fare. Il bastione naturale della cristianità contro gli islamici è Bisanzio: ebbene che tutti questi vagabondi che sono andati a fondare i loro dominii in Anatolia e in Medio Oriente, senza avere la forza di difenderli, facciano atto di sottomissione all'imperatore Manuele e col suo potente aiuto, che sono certo non mancherebbe, si tolgano i loro nemici di dosso!»

Lo sfogo irato di Corrado lasciò tutti senza parole, mentre il re fissava corrucciato ognuno di noi, come a volere penetrare nelle nostre menti e cogliere la nostra vera opinione.

Il legato papale Anselmo di Havelberg osò riprendere per primo la parola:

«Sire, ciò che dite è ben vero, d'altra parte non possiamo dimenticare la bolla di papa Eugenio III, *Quantum praedecessores*, indirizzata nel dicembre dello scorso anno personalmente al re Luigi VII, chiedendo l'aiuto dei Franchi per vendicare la tragica presa di Edessa da parte dei Turchi. E sappiamo che Luigi è stato ormai definitivamente convinto dall'abate Bernardo con la sua straordinaria orazione pasquale di quest'anno nell'abbazia di Vézelay, a prendere la croce. Vero è che Luigi lo deve fare, per via della scomunica che lo aveva colpito, ma prima di Vézelay i suoi vassalli erano riluttanti, però oggi... oggi sono tutti con lui e tutti i Franchi dell'ovest sembrano pronti a partire...»

«Lo so, lo so. Bernardo a Natale ha predicato anche nella cattedrale di Spira e in quell'occasione non ha mancato di ripetere le sue pressioni su di me. Bene, staremo a vedere. Oggi prendiamo il partito, anche se ancora spero di no, di considerare che la Germania metterà in campo un'armata d'oltremare e che io la guiderò, quando sarà il momento, a riconquistare Edessa. Voglio che mi venga fatto un piano operativo ragionevole e che mi vengano descritte le forze in campo, alleati, nemici ed amici. Ci ritroveremo qui, fra tre giorni, e mi aspetto di avere, per la parte di competenza di ciascuno di voi, le informazioni che ho chiesto.»

La riunione era finita, i partecipanti se ne andarono e io seguii de Morvillier nei nostri appartamenti.

«Cosa ne pensi?» mi chiese François con tono preoccupato.

«Non ci vedo chiaro, ti confesso. Il nostro re e la nostra regina sembrano in preda a grande entusiasmo, come se si trattasse di fare una bella passeggiata in terre esotiche, ma loro sono giovani e un po' incoscienti. Ma Corrado ha la saggezza che mezzo secolo di vita dà agli uomini che hanno la fortuna di arrivare a quell'età e non è affatto entusiasta, come hai visto. Mi sembra molto difficile che tra i due si stabilisca quella concordia di intenti che sarebbe, come sappiamo, grandemente desiderabile.»

«Hai perfettamente ragione, Ulderico. D'altra parte dobbiamo dar corso alle richieste di Corrado, raduniamo dunque le nostre carte nello studio che ci è stato messo a disposizione, e vediamo di capire cosa ci aspetta, cioè a dire quali saranno, presumibilmente, le forze in campo.»

«Che Iddio ci ispiri» risposi incerto.

Dopo molte ore di lavoro, avendo consultato tutti i dispacci dei nostri legati in Spagna, in Italia, in Inghilterra, in Gerusalemme e documenti similari che la cancelleria di Corrado ci aveva messo a disposizione, nonché i rapporti delle nostre spie in campo nemico che avevamo raccolto nei mesi precedenti, fummo in grado di stilare un documento ragionevolmente completo e ispirato comunque alla maggior prudenza.

«Riassumiamo dunque la situazione e prepariamoci ad argomentare con Corrado i nostri punti» disse infine con aria stanca de Morvillier, «è chiaro che il grosso delle forze cristiane sarà costituito dalle armate francesi e tedesche. È altrettanto chiaro che i nemici più temibili saranno i turchi selgiuchidi, comandati dall'*atabeg* di Mosul Nur ad-Din, il conquistatore di Edessa. Gli arabi fatimidi del Cairo non sono da sottovalutare, ma sono molto divisi tra di loro e, per di più, in contrasto con i turchi. La dinastia buride di Damasco, per quanto musulmana, è in contrasto con la dinastia degli zengidi, a cui appartiene il comandante dei selgiuchidi Nur ad-Din e potrebbe essere un utilissimo alleato del regno di Gerusalemme. Truppe di sostegno ai cristiani verranno da altre parti d'Europa, dall'Inghilterra, da Barcellona e da Castiglia, dalla Baviera e dalla Borgogna e ancora da altre nazioni minori, ma non siamo oggi in grado di determinarne la consistenza, così come non è facile determinare la forza effettiva delle truppe musulmane che proverranno dal nord dell'Africa e dalla Spagna almoravide. Restano dunque da valutare tre grandi forze la cui partecipazione, o meno, al conflitto potrebbe far pendere l'ago della bilancia dall'una o dall'altra parte e sono l'impero bizantino, l'impero selgiuchide di Persia, con il gran sultano Ahmed Sanjar e il suo vassallo di Rum, il sultano Mesud I e infine Ruggero II, il grande re normanno che regna sull'Italia meridionale e la Sicilia.»

«Se posso dirti il mio parere» commentai, «non farei alcun conto sull'impegno militare di Manuele di Bisanzio. L'imperatore sa bene, dopo la prima crociata, che fiducia si possa accordare ai cristiani d'Occidente.»

«Lo so, ma non farti sentire a dire queste cose in giro» rispose sorridendo il mio amico.

«Mentre» seguitai, «non avrei dubbi che i selgiuchidi persiani possano fornire un forte sostegno a Nur ad-Din. E infine Ruggero II: questo è il vero punto interrogativo. Il normanno ha combattuto e sconfitto più volte il papato, fino a costringere un papa a incoronarlo re di Sicilia e del sud Italia. Non credo che gli appelli alle armi di Eugenio III e della sua sirena Bernardo di Chiaravalle trovino qui orecchie molto attente. Inoltre Ruggero ha sottratto ai Bizantini i ducati di Puglia e di Calabria e questi non hanno mai mancato di fomentare sollevazioni nel regno e di sovvenzionare i nemici di Ruggero.»

«Per non parlare» intervenne de Morvillier, «dell'infelice faccenda del progetto di matrimonio, andato in fumo, tra il figlio di Ruggero, il duca di Puglia, che porta lo stesso nome del padre e la figlia dell'imperatore Giovanni Comneno di Bisanzio.»

«Ricordo che la faccenda lasciò aspri rancori tra i due regni... però non possiamo dimenticare che Ruggero II è un re cristiano, che ha scacciato i musulmani dalla Sicilia e che infine è stato incoronato dal papa, sia pure obtorto collo, ed elogiato da Bernardo. Per non parlare delle notizie che ci hanno appena raggiunto, sull'assalto vittorioso, concluso con la conquista di Tripoli, da parte di una grande flotta normanna in Africa.»

«Capisco il tuo punto di vista, Ulderico, e lo condivido. Una spedizione capeggiata da Ruggero II, sarebbe quasi sicuramente votata al successo, perché se il valore non fa certo difetto ai Franchi, questa virtù è anche presente al massimo grado nei Normanni. Ma credo che Ruggero, uomo assai intelligente, condivida del tutto l'idea di uomini altrettanto intelligenti, come il nostro abate Suger e Ragenfrido di Aquitania, e io credo anche il tuo imperatore Corrado: e cioè che questa crociata sia un'impresa stolida e sbagliata, instillata forse da Dio stesso nella mente di uomini troppo ambiziosi per punirli della loro arroganza.»

«Amen» conclusi io a bassa voce.

La successiva riunione con re Corrado fu più lunga della prima e occupò un'intera giornata. I suoi capi militari esposero le proprie strategie. Si discusse poi a lungo sugli itinerari da seguire per giungere in Terra Santa e sulle date di partenza. Gran tempo fu poi impiegato per predisporre le ambascerie da inviare in Ungheria e a Bisanzio, per preannunciare i transiti attraverso le terre di quei sovrani e le richieste di sostegno e di vettovagliamento. Poi venne il nostro turno e noi riportammo le opinioni che sulla prossima campagna aveva il nostro re Luigi, nonché le considerazioni politiche che avevamo maturato nei giorni precedenti, in particolare sulla posizione che avrebbe potuto tenere la corte di Palermo. Corrado ci ascoltò con interesse e, con mia sorpresa, ancora una volta si rivolse a me in tedesco.

«Giureconsulto von Isenburg, siamo rimasti assai colpiti dalle vostre considerazioni sulla posizione di Ruggero d'Altavilla. Confesso di non avere, prima d'ora, visto le cose nella prospettiva da voi indicata. Ebbene, desidero informarvi che chiederò al re di Francia di inviarvi come legato speciale alla corte di Palermo per sondare le vere intenzioni di Ruggero II, del quale ho capito l'importanza strategica dopo la vostra esposizione. Ci congratuliamo della vostra perspicacia, consigliere, che fa onore alla nostra nazione.»

Ricordo che arrossii fortemente all'udire lodi così esplicite provenire da Corrado di Hohenstaufen.

Il giorno seguente ebbi finalmente l'occasione di incontrare mio padre che, nel frattempo, era giunto a Düren. L'occasione fu per me oltremodo felice e mi fece un enorme piacere presentare al mio genitore François, il quale non mancò di tessere i miei elogi, cosa di cui mio padre fu palesemente compiaciuto. Naturalmente la conversazione, davanti ad un ricco pranzo offerto dall'ospite di mio padre, il conte Stolberg, scivolò sulle questioni politiche del momento, tra le quali il nuovo appello del papa a prendere la croce e partire per l'oriente, era naturalmente il tema principale.

Mio padre ci ascoltò con interesse, pose molte domande e alla fine disse:

«Signori miei, nell'augurare le migliori fortune ai vostri sforzi per aiutare i nostri principi a conseguire una stabile vittoria, mi permetto in tutta modestia di offrire un consiglio. Cercate aiuti in tutta la cristianità e massime presso uomini valorosi ed esperti di battaglie, come nella fattispecie Ruggero d'Altavilla. Ma non fate conto sui bizantini. Essi hanno un'astuta propensione a offrire aiuti non richiesti e a negare quelli invocati urgentemente.»

La storia dei molti anni successivi, di cui sono stato testimone, dimostrò che mio padre era uno che sapeva vedere lontano.

IX

A Parigi, agli inizi d'estate del 1146, la corte era in gran subbuglio. Notizie attendibili giunte da Roma, davano per certo che la caduta della contea di Edessa in mano ai turchi, nel Natale del 1144, e le atrocità contro i cristiani che ne seguirono, avrebbero indotto il papa a indire una nuova santa guerra contro gli infedeli, quella che sarebbe passata alla storia come Seconda Crociata. E infatti, se la memoria non mi inganna, fu proprio il primo giorno di dicembre del 1145 che Eugenio III rese pubblico il suo appello ai cristiani d'occidente.

Si era sparsa ormai la voce che il re e la regina avrebbero partecipato insieme alla spedizione. Mentre per il re era cosa normale che si facesse accompagnare dai suoi vassalli e gentiluomini di corte, la partecipazione della regina era una novità assoluta. Quando poi si seppe che Eleonora desiderava avere un suo seguito di dame, *troubadours* e artisti, si scatenò una poco nobile gara per assicurarsi un posto nell'eletta schiera, mentre negli ambienti di corte si intensificò una feroce campagna di malcelate critiche alla regina.

Io però non mi interessai molto di queste faccende, perché Suger mi aveva informato del mio nuovo incarico alla corte di Palermo e, questa volta dovevo sbrigarmela da solo, dato che de Morvillier era trattenuto a Parigi, per espressa volontà del re, dagli impegni concernenti i preparativi per la Crociata. Inoltre mi trovai sommerso di lavoro per presentare le argomentazioni giuridiche che sarebbero state usate dalla Corte di

Giustizia reale, in una serie di processi pendenti e che concernevano dispute territoriali tra potenti vassalli del re e alcune grandi abbazie di Francia.

Questioni, come si può capire, delicatissime e in cui si doveva usare la massima diplomazia, da una parte, ma anche un'inattaccabile posizione di diritto dall'altra, per evitare ricorsi diretti al re o al papa, ricorsi che era prudentissimo cercare di evitare.

Mentre i nostri messaggeri recavano le ambasciate a Ruggero e io non potevo fare altro che attendere le risposte, per stabilire la data della mia partenza, ebbi il tempo di preparare i documenti per le cause in corso e infine riuscii a organizzare il mio viaggio. La partenza fu fissata verso il giugno 1146. Il percorso prevedeva di raggiungere Marsiglia per via di terra e fluviale, proseguendo poi per mare verso Roma e Napoli, e infine Palermo. Gli ambasciatori di Ruggero II furono prodighi di consigli e assicurarono la massima collaborazione per facilitare il mio viaggio.

A Roma avrei dovuto informare il papa che il re di Francia aveva intenzione di indurre anche Ruggero II a prendere la croce, e vista la situazione diplomatica tra la Santa Sede e la corte di Palermo, era sembrato opportuno coinvolgere fin da subito il papa nell'iniziativa.

Devo a questo punto chiarire che quando parlo di viaggio a Roma sto usando un'espressione imprecisa: in realtà il mio viaggio sarebbe stato in direzione di Roma, ma dove avrei di fatto incontrato il pontefice era un punto assai dubbio. La città eterna era nel caos. Papa Lucio II era morto in circostanze tragiche, ucciso dalla folla inferocita, il 15 febbraio 1145 e nello stesso giorno si era riunito il conclave nella chiesa di S. Cesario al Palatino, dal quale uscì papa Pietro Bernardo de' Paganelli, col nome di Eugenio III. Ma Roma era in mano ai rivoltosi repubblicani i quali, sotto lo stimolo delle predicazioni di Arnaldo da Brescia, un religioso fanatico radicale ostile al clero "ricco e corrotto" e al potere temporale dei papi, avevano istituito il libero Comune. La carica di prefetto pontificio era stata abolita e il Comune era retto da un patrizio, a cui il Senato della città aveva conferito ampie deleghe. Il papa appena eletto non riuscì ad accedere alla basilica di S. Pietro per la consacrazione e decise quindi di fissare la sua sede a Viterbo. Le informazioni disponibili al momento della mia partenza nel settembre di quello stesso anno, dicevano che erano in corso serrate trattative per sbloccare la situazione, anche perché pendeva su Roma la minaccia di interdetto papale. Comunque, mi dissi, da qualche parte il papa l'avrei trovato, dopo tutto!

Prima della partenza Eleonora volle vedermi. La cosa mi stupì, perché la regina era ormai prossima al parto che avrebbe dato il primo erede della corona e negli ultimi mesi si era ritirata nei suoi appartamenti e non riceveva quasi nessuno.

«Quale piacere rivedervi, mia regina.»

«La vostra regina è un po' affaticata, ma sta bene. Il corpo sta bene, la mente assai meno. Avvicinatevi, che vi veda meglio. Mi sembrate in buona salute, signore.»

La stanza era in penombra; Eleonora era seduta su una poltrona ricoperta di cuscini.

Mi sedetti accanto a lei. Il viso, di solito così luminoso e dall'espressione vivace, sembrava come oscurato da una pena segreta.

«Qualcosa vi angustia, mia signora?»

«Sì Ulderico, qualcosa mi angustia. Ma mi sembra di avervi autorizzato a chiamarmi per nome, in privato.»

«È vero, ma in verità non osavo... è passato tanto tempo.»

«Il tempo, il tempo... la mia vita da ragazza in Aquitania è volata come una brezza veloce che agita un campo di papaveri, e qui, in questo cupo palazzo, il tempo non passa mai. Sai Ulderico che mi sono sposata, per la precisione mi hanno fatto sposare, a quindici anni e mi chiedo: che ne sa della vita una ragazzina di quindici anni? Però il principe mi piaceva, con quel suo carattere un po' chiuso e quell'aria seria in volto. Pensavo che col tempo sarebbe cambiato, stava a me farlo divertire e fargli scoprire il lato allegro della vita, mi dicevo. Ma non fu così: il carattere del principe, divenuto re, si incupì vieppiù. Non credo ami il proprio destino, Luigi. Non ambiva a divenire re. La morte prematura del fratello gli ha imposto questo passo, che egli considera un gravoso fardello. Forse una vita votata alla meditazione religiosa, all'ombra di una delle nostre grandi abbazie, sarebbe stata a lui assai più congeniale. Ma che vale parlarne, i fatti sono fatti. Adesso porto in grembo la sua progenie, e voi sapete che solo le esortazioni del papa per il tramite di Bernardo, l'hanno spinto a ingravidarmi. Le dolci tenzoni amorose non sono frecce al suo arco, questo devo confessarvi, giureconsulto! Ma ditemi di voi, che accade là fuori? Come si sta preparando la santa spedizione? Sapete che ho deciso di partecipare, ho fatto voto, è vero, ma non è solo per questo. Ho voglia di viaggiare, di vedere, di apprendere cose nuove e sentire musiche e provare sapori diversi!»

«Vi capisco... ti capisco, Eleonora e mi dà pena il non vederti felice. Io sono in partenza per Roma e per la Sicilia, in missione diplomatica. Per ciò che attiene alla spedizione a Gerusalemme, posso dirti questo: sono tornato da poco dalla corte di Corrado III di Germania. L'impero parteciperà in forze, così come il nostro re. Ma i tempi di preparazione sono lunghi, e ancora numerosi principi e condottieri devono confermare il loro impegno. Non credo di sbagliarmi di molto dicendoti che prevedo la partenza l'anno prossimo, diciamo nella prima metà del 1147.»

«Così tardi! Davvero speravo in tempi più brevi. E dimmi ora dei tuoi prossimi viaggi, dei tuoi programmi.»

«Il tema centrale è convincere Ruggero II d'Altavilla a unirsi alla spedizione, ma l'argomento è assai complesso... i Normanni sono visti male a Bisanzio, poiché non fanno mistero di volere prendere il posto dei greci in quelle terre. E poi il papato, *obtorto collo*, deve accettare che tutto il mezzogiorno d'Italia sia assoggettato al re normanno, ancorché tutti sappiano che in realtà la santa sede rivendica quei possedimenti. Ma neppure Bernardo è riuscito a spuntarla con Ruggero... il papa certamente sarà timoroso che conquiste normanne in Medio Oriente rafforzino ancora di più la posizione di Ruggero e questo stato di cose spiega il mio andare a Roma prima, in Sicilia poi.»

«Capisco…» mormorò, poi come attraversata da un subitaneo pensiero, continuò, «senti Ulderico, perché non ti associ a noi nella spedizione a Gerusalemme?»

«In fede mia non vi avevo mai pensato, mia regina! Non saprei… il re, tu stessa, Suger e de Morvillier possono disporre della mia persona e del mio tempo…»

Eleonora si alzò e si avvicinò a me, e a mia volta mi alzai precipitosamente dalla sedia sulla quale ero accomodato. Lei mi prese il viso tra le mani, avvicinò le sue labbra alle mie e mi inebriò con un tenero bacio.

«Non è la regina a chiedere, è una donna.»

«Non partirai senza di me, Eleonora, te lo prometto.»

Ero assai turbato e chiesi congedo. Lei me lo accordò, mentre un sorriso enigmatico le errava sul viso.

Venne dunque il giorno della partenza e puntammo su Lione. Viaggiavo con la stessa carrozza con la quale ero andato ad Aquisgrana con de Morvillier, accompagnato dal mio segretario e da un valletto che sedeva a cassetta con il conducente.

Per andare a Roma via terra esistevano alcune alternative: una era l'attraversamento delle Alpi, attraverso i valichi del Moncenisio, del Monginevro o del Gran San Bernardo, scendendo dall'altro versante in Val d'Aosta.

L'altra da Lione proseguiva verso sud, fino al mare. Di qui si poteva proseguire lungo la litoranea, l'antica via Aurelia romana, per Genova, una strada che veniva però ritenuta poco sicura. Oppure ci si poteva imbarcare a Marsiglia per un porto italiano, volendo fino a Civitavecchia, quindi praticamente alle porte di Roma.

Le antiche strade consolari, abbandonate per secoli, erano praticamente andate in rovina, ma in quegli anni finalmente venivano sia pur lentamente riparate, riadattate e rimesse in funzione, sotto la potente spinta sia dell'esigenza del commercio tra città e nazioni, un'attività che stava modificando profondamente le abitudini di vita e la stessa compagine sociale dell'Europa, sia del numero sempre crescente di pellegrini che compivano i loro viaggi devozionali verso i principali santuari, e naturalmente verso Roma e la Terra Santa.

Decidemmo comunque di prendere la via di mare. La Provenza era divenuta nel 1032 un feudo germanico, con la sconfitta di Rodolfo III di Borgogna da parte di Corrado il Salico. Occorre ricordare che i Conti di Provenza avevano mantenuto un'ampia autonomia, comunque fu su precisa richiesta dell'imperatore tedesco Corrado III di Hohenstaufen, che avevo incontrato pochi mesi prima, che il conte di Provenza Ramon Berenguer II ci mise a disposizione, per tutta la durata dell'ambasceria, un'ottima galea con equipaggio e scorta armata.

Le acque antistanti la Corsica e la Sardegna erano spesso infestate da pirati saraceni e prima di partire ci informammo sulla situazione. Ma ricevemmo dal comandante del porto notizie abbastanza confortanti. Le potenze che dominavano su quelle acque, come Genova, Pisa, la Francia stessa, conducevano un costante pattugliamento di quei mari, con navi armate: recentemente molti navigli dei predoni erano stati attaccati e distrutti, rendendo la navigazione più sicura.

Ad un certo punto del viaggio verso Marsiglia, non lontano da Lione, diedi al vetturino le istruzioni per raggiungere la locanda nella quale avevo incontrato Margaretha. Non mi ero dimenticato di lei. Quando entrai nella locanda non c'erano avventori, era ancora presto: lei era in faccende, rassettando tavoli, panche e sgabelli. Quando mi vide mi guardò sbalordita, la bocca aperta, come se fossi stato una visione soprannaturale.

«Voi!»

«Te lo avevo promesso.»

«Pochi mantengono le promesse.»

«Faccio parte dei pochi. Sono in viaggio per Roma e proseguirò poi per la Sicilia. Sei ancora dell'idea di recarti laggiù?»

«Per certo, sì signore. Voglio solo dirvi che anch'io manterrò le mie promesse.

«Lavorerò per te, ti farò da mangiare, ti laverò i panni. Potrai fare l'amore con me, se ne avrai voglia...» mormorai con un sorriso.

«Proprio così, questo ho promesso e questo manterrò.»

«L'ultima parte non è obbligatoria. Diciamo meglio: se ne avrò voglia io e se ne avrai voglia tu.»

«Ne ho voglia subito» disse lei a bassa voce, avvampando di rossore alle gote.

«Io e il mio seguito ci fermeremo qui per la notte.»

Presi possesso del mio alloggio e, dopo il pranzo, ero stanco e volevo riposare. Me ne stavo dunque semi-sdraiato sul pagliericcio, e lasciavo vagare la mente, come incapace di imprimere ai miei pensieri un corso preciso. La notte ormai non era lontana e sapevo che Margaretha mi avrebbe raggiunto. La prospettiva di una notte d'amore con lei mi infondeva nelle membra un piacevole languore, non lo nego. Ma nello stesso tempo mi sembrava di macchiarmi di una grave colpa... oh, non pensate che fossero scrupoli di natura religiosa, non sono mai stato granché sensibile ai catechismi moralistici che dipingevano la donna come l'istrumento del demonio per corrompere l'uomo, no, la questione era un'altra. La questione era Eleonora, la duchessa d'Aquitania, la regina di Francia... questa donna sublime, impossibile da conoscere e da avvicinare per il comune mortale, questa donna ineffabile, mi aveva baciato e ancora sentivo sulle labbra la sensazione di un fuoco inestinguibile. Non era stato un bacio passionale, ma neppure un casto bacio di commiato. Era un bacio che suggellava un invito e implicava una promessa. Come poteva dunque un uomo che aveva ricevuto un tale suggello d'amore, concepire desideri lussuriosi per un'altra creatura femminile, quando gli era stata mostrata la via gaudiosa del più alto, puro ed esaltante amore che si potesse concepire? Stava di fatto, però, che cotali desideri lussuriosi io li provassi, eccome, nella loro interezza! Ahimè, non albergava nel mio cuore il limpido e disinteressato amore dei *troubadours*, pensavo sconsolato, quando un altro più imprudente e impudente pensiero mi attraversò la mente: forse la regina, afflitta come ben sapevo da un re distratto, ne aveva fin sopra i capelli di amanti eterei e astratti e provava un naturale desiderio — era pur sempre una donna, no? — un naturale desiderio, mi dicevo, di una presenza maschile attiva, concreta, soddisfacente. E io? Be', anch'io avevo bisogno di presenze concrete: sognare un amore sublime e virtuale era una cosa, ma altra cosa era palpeggiare i seni esuberanti di Margaretha. Non confondiamo i piani della natura, che ci ha predisposti per l'una e l'altra esperienza, conclusi soddisfatto della mia sintesi logica, e mi rilassai in attesa della mia procace compagna.

Il mio segretario, il signor Vivés non esternò alcuna sorpresa quando Margaretha si aggiunse alla comitiva: gliela presentai come governante addetta al mio guardaroba. Era un bravo giovane, che aveva studiato nell'abbazia di Suger, con l'idea di intraprendere la via del sacerdozio, ma poi la vocazione non l'aveva sostenuto. Suger non se la prese a male e non era uomo da disfarsi di un giovane che sapeva leggere e scrivere con perizia, solo perché la fede non l'aveva sorretto fino in fondo. Egli sapeva bene che la fede è un dono di Dio, ma un buono scrivano era merce più rara a trovarsi di un sant'uomo.

Il viaggio proseguì senza incidenti di rilievo e infine ci imbarcammo come previsto. Furono caricati anche i cavalli e la carrozza. La traversata si svolse tranquillamente anche se con una certa lentezza, a causa dei venti assai deboli in quel periodo e, dopo lo sbarco a Civitavecchia, riprendemmo il viaggio via terra. Di lì, percorrendo un tragitto di una cinquantina di miglia, giungemmo abbastanza agevolmente, poco dopo l'alba, fino alle porte di Roma, presso il lago di Bracciano.

Come da programma, fummo accolti nella residenza di un nobile francese, cugino del re, il marchese Lacelot d'Aguillon, che viveva ormai da molti anni in Italia e svolgeva di fatto le mansioni di ambasciatore francese presso la Santa Sede.

L'accoglienza fu degna delle credenziali di cui disponevamo. Gli consegnai immediatamente una lettera privata che il re gli aveva indirizzato, cosa che sembrò procurargli grande piacere e mi ringraziò della premura.

Il nostro ospite era un uomo sulla cinquantina, assai colto, vedovo da qualche anno, e appassionato di antichità archeologiche, cosa questa che credo fosse all'origine della sua scelta di vivere vicino a Roma. Ci concesse il tempo di sistemarci nei nostri alloggi e di riposarci. Io chiesi che la mia fantesca fosse alloggiata non troppo lontano da me e generosamente il marchese fece mettere a disposizione due camere, una per Margaretha e una per il signor Vivés al piano immediatamente superiore al mio.

D'Aguillon mi fece l'onore di invitarmi a una ricca colazione, che apprezzai molto perché ero alquanto affamato. Una cesta di pane, caldo di forno, accompagnava delle anguille marinate nell'agresto, con alloro ed erbe odorose, zuppa di farro con bocconcini di carne di maiale e cacio di capra insaporito con foglie di menta e poi ottima frutta ben matura. Il vino bianco, fresco e profumato, proveniva dai colli circostanti.

Terminato il pasto, mi invitò nel suo studio privato.

«Immagino ci siano molte cose di cui vorrete parlarmi» mi

disse con un benevolo sorriso.

«Sì, marchese, infatti. Molte cose mi sono oscure in merito a questo incontro con Sua Santità e spero di essere da voi illuminato. Come saprete sono latore di richieste reali per Ruggero d'Altavilla in merito alle forze che i regni cristiani potranno mettere in campo, ma la formulazione di tali richieste richiede di essere certo del pensiero del papa su questi temi.»

«Farò del mio meglio, giureconsulto! Ci incontreremo domani mattina e vi metterò a parte dei più recenti sviluppi della situazione a Roma.»

Prima di partire per la città eterna, avevo affidato a un messo reale diretto a Napoli una missiva per Moniot, informandolo delle date del mio viaggio e delle varie destinazioni, esprimendo la mia più viva gioia per avere la possibilità di incontrarlo, dopo un lungo periodo di separazione. Quel giorno mi pervenne la sua risposta, dove mi informava di avere completato il suo corso di studi e di avere ottenuto l'abilitazione alla professione di medico.

Affermava inoltre perentorio che se avessi dovuto per qualsiasi ragione modificare il mio itinerario e cancellare la sosta a Napoli, dovevo immediatamente informarlo e sarebbe venuto lui stesso a Roma per incontrarmi. Fortunatamente non avevo nessuna intenzione di evitare Napoli, per la buona ragione che proprio da lì avrei dovuto imbarcarmi per Palermo e immaginai con intenso piacere il momento in cui avrei rivisto il mio caro amico. Anche Antonius aveva concluso il suo tirocinio di architettura e si era trasferito da Parigi a Bologna, dove era stato invitato come assistente del primo architetto da una nobile famiglia locale, che voleva la propria torre, dopo che le famiglie Asinelli e Garisendi si erano costruite le loro, verso porta Ravegnana.

Accarezzavo il progetto di compiere una deviazione su Bologna, durante il viaggio di ritorno a Parigi, per incontrarlo. Mi trovai così a riflettere, quasi forzato a farlo da questa catena di ricordi che quella mattina andava dipanandosi nella mia mente, sull'importanza dell'amicizia e su come i legami che si formano negli anni giovani, assumano via via una connotazione insostituibile del proprio vissuto, una componente inestirpabile della memoria. Avevamo adesso, ognuno di noi, nuovi incarichi e nuove responsabilità... ma cosa avrebbe mai potuto sostituire i ricordi gioiosi delle sere in taberna, a gozzovigliare, cercando i favori, al minor costo possibile, di femmine di moderata virtù che immancabilmente frequentavano i luoghi bazzicati dagli studenti?

D'Aguillon fu di parola e il mattino successivo mi invitò nel suo studio privato. Sul sobrio tavolo di noce massiccio che fungeva da scrittorio, aveva sistemato vari rotoli in pergamena e altri fogli di carta spessa, che mi colpirono per la loro inconsueta bianchezza e compattezza. Il mio ospite si accorse del mio interesse e commentò:

«Magnifica vero? La fabbricano a Fabriano, in Italia, non lontano da qui, piccoli artigiani che hanno il segreto di trasformare, si dice, un certo tipo di legno in questi fogli dove si può agevolmente scrivere e anche cancellare, se necessario, per riscrivere in caso di errore. Io trovo questo materiale assolutamente straordinario.»

«Se ho capito bene, come fogli di papiro, ma più facili da produrre, meno costosi...»

«Vero, e penso anche assai più facili da produrre della pergamena. Lo deduco dal fatto che negli ultimi anni la qualità della carta è migliorata e i prezzi sono scesi, cosa che indica chiaramente che il metodo di produzione deve essere conveniente e probabilmente ancora migliorabile.»

«Le confesso, signore, che sono assolutamente affascinato da queste novità che sempre più spesso i liberi artigiani delle nostre città ci presentano in ogni campo, dai tessuti ai metalli, dagli attrezzi da lavoro e da viaggio, agli oggetti di uso quotidiano. Sono convinto che li muova un grande ingegno e che non cesseranno di stupirci negli anni a venire.»

«Lo credo anch'io. Permettetemi intanto di darvi come piccolo omaggio, in segno di stima personale, un pacchetto di questi fogli, che sono certo saprete apprezzare in tutta la loro bellezza e utilità. E adesso a noi: permettetemi di esporvi, come promesso, la situazione, la più aggiornata possibile.»

«La prego, sarò ascoltatore attentissimo, vi assicuro.»

D'Aguillon cominciò la sua esposizione e man mano che si addentrava nella narrazione dei fatti antecedenti e degli sviluppi in corso, mi resi conto che aveva un singolare dono di concisione e di chiarezza espositiva.

«Vedete, *maître* von Isenburg, questa attuale situazione di caos che sta sconvolgendo Roma, ha naturalmente origini storiche e sociali che ci sono note, in primo luogo l'insofferenza dei nuovi ceti emergenti, i borghesi, gli artigiani, i cittadini liberi e la piccola nobiltà, verso il potere temporale dei papi e lo strapotere dell'alta nobiltà.»

«Quindi le stesse ragioni che hanno condotto all'indipendenza delle città del nord Italia» commentai.

«Esattamente. Solo che nel nostro caso si muovono attori che hanno incrociato le loro vite in molteplici vicende di tipo personale, negli anni passati, e che ora stanno, per così dire, scaricando sulla città eterna, talvolta in modo postumo, le loro ostilità reciproche, sorte dalle tante vicende che li hanno visti così spesso contrapposti. Parlo di tre papi, Celestino II, Lucio II ed Eugenio III. E del loro antagonista politico, Arnaldo da Brescia, mentre, sullo sfondo, campeggiano Bernardo di Chiaravalle e Abelardo.»

«Conosco solo per fama i primi quattro, ma non ho mai incontrato i papi, né Arnaldo, però Bernardo e Abelardo li ho incontrati e conosciuti personalmente. Bernardo mi aveva proposto di diventare suo assistente e Abelardo lo conobbi che era già vecchio e malato, poco prima che morisse. Fu per me un'esperienza straordinaria, che resterà per sempre impressa nei miei ricordi.»

«E dunque capirete come dall'incontro e scontro di tali personalità, possano sprizzare scintille! Lo scontro cominciò al Concilio di Lens, convocato per valutare le dottrine di Abelardo e di Arnaldo, considerate eretiche da Bernardo. E a difendere Arnaldo da Brescia fu inviato come legato del papa Innocenzo II, proprio Guido Ghefucci da Castello, che sarebbe poi divenuto papa col nome di Celestino II, succedendo a Innocenzo. E Guido Ghefucci, immaginate un po', era stato allievo proprio di Pietro Abelardo. Ma prima di essere elevato al sacro soglio, Guido Ghefucci fu legato in Moravia e Boemia, dove accolse e protesse Arnaldo da Brescia, che nel frattempo Bernardo era riuscito a far cacciare dalla Francia.»

«Che mirabile intreccio di destini! Immagino il disappunto di Bernardo...»

«Mah... non credo, il nostro grande monaco sa sempre quando conviene fermarsi. Celestino gli serviva per far togliere l'interdetto a Luigi e a Eleonora, com'era stato pattuito e come voi sapete bene. Un atto che naturalmente solo il papa poteva compiere e che fu di fatto compiuto per esplicita richiesta di Bernardo. Proprio nei giorni delle sua elezione a pontefice, Roma era nel pieno dell'insurrezione popolare del 1143 e Celestino poté esercitare le sue funzioni solo sotto la protezione dell'alta nobiltà romana che ovviamente era rimasta fedele al papato. Mori poco dopo, nel marzo del 1144. Gli successe Lucio II che si trovò a fronteggiare una situazione ancora più grave del suo predecessore. Il libero comune di Roma aveva messo radici, ed era chiaro che il non riconoscimento dell'autorità temporale e territoriale del papa era la base politica della sua stessa esistenza. Lucio II si rivolse per aiuto al nemico normanno Ruggero II e all'imperatore Corrado III, ma i due non mossero un dito. Lucio non si dette per vinto e, fatto inaudito, raccolse le poche truppe di cui ancora disponeva e guidò l'assalto al Campidoglio, dove aveva sede il Senato della Repubblica Romana. Ma il popolo intero reagì con violenza, alcuni cardinali furono uccisi e il papa stesso, colpito alla testa da una pietra, morì qualche giorno dopo.»

«L'eco di questi tristi avvenimenti è giunto a Parigi e ne ero informato.»

«Ancor meglio, cosicché sarete in grado di afferrare meglio la situazione attuale. Alla morte di Lucio fu eletto papa Eugenio III, il papa ora regnante. I tumulti continuavano e al nuovo papa i rivoltosi impedirono persino di accedere in S. Pietro per la consacrazione. A soffiare potentemente sul fuoco della rivolta era nel frattempo giunto in città Arnaldo da Brescia che incitò i cittadini ad abolire la carica di prefetto pontificio, togliendo così di mano al papa lo strumento con cui esercitava il suo potere temporale. E così siamo arrivati ai nostri giorni. È di poco fa la notizia che le case di prelati e cardinali sono state prese d'assalto e devastate dalla folla.»

«Siamo dunque in piena insurrezione popolare e, per di più, vittoriosa. Dove si trova ora il papa?»

«Dopo l'elezione, decise di recarsi al monastero di Farfa per la consacrazione e poi ha eletto a propria sede Viterbo. Credo che colà potrete incontrarlo.»

«Quali prospettive vedete, marchese?»

«A breve non penso che il papa possa riprendere il controllo di Roma. Mi risulta che certe trattative siano in corso, tra le grandi famiglie romane di parte pontificia e i rappresentanti del popolo, ma credo che gli animi siano troppo esacerbati, per ora. Mi sembra più probabile che il papa si tenga fuori Roma, per avere libertà d'azione. Sono certo che il nostro re sarà sempre disponibile ad accoglierlo e a proteggerlo in Francia, e sono ancora più sicuro che Eugenio III cercherà ancora il sostegno di Ruggero II e di Corrado III di Germania.

Ma fermiamoci ai fatti di oggi... non mi piace fare il mago indovino.»

«Naturalmente. Credete che sia possibile organizzare un nostro incontro col pontefice?»

«Contate su di me. Metterò in moto le mie conoscenze e sono certo di riuscirvi entro qualche giorno al massimo.»

«Oso porvi un'altra richiesta, e dichiaro subito che non ha a che vedere con alcun compito che mi sia stato affidato, ma nasce da puro interesse personale: c'è qualche possibilità di incontrare Arnaldo? E ve lo chiedo solo se il soddisfare la mia richiesta non comporterà difficoltà e fastidi per voi, marchese.»

«Non vedo grandi problemi... sarà certo meno difficile incontrare Arnaldo che vedere il papa, in questi giorni!»

Il papa ci diede udienza nel suo studio privato, nel palazzo vescovile di Viterbo. Era un uomo piuttosto alto, di corporatura sottile, dal viso pallido e dallo sguardo ispirato. Lo accompagnava la fama di uomo molto pio e devoto, cresciuto nella rigida disciplina dei cistercensi.

Era del resto amico, ed era stato discepolo, di Bernard de Clairvaux, il fondatore della maggior abbazia dell'Ordine. Ci ricevette, assai cortesemente e in modo non protocollare, in piedi, porgendoci l'anello da baciare. Io cedetti il passo a d'Aguillon e mi inginocchiai per secondo davanti al pontefice.

Il papa prese per primo la parola.

«Credo di immaginare il motivo della vostra vista, ambasciatore, e la presenza del consigliere reale mi conferma che la mia intenzione di bandire una nuova spedizione in Terra Santa sta forse trovando attuazione.»

D'Aguillon mi fece cenno di prendere la parola.

«Infatti di questo si tratta, Santità» risposi, «il nostro re ha fatto voto, insieme alla regina, di rispondere all'appello e già si prepara a mantenere l'impegno. Naturalmente è questione della massima importanza sapere a priori quanti e quali principi cristiani si assoceranno all'impresa. Io mi sono recato di recente in Germania, per saggiare l'orientamento dell'imperatore e al fine di porre le basi per la collaborazione militare con il nostro re. Ora, lasciando Roma, andrò a Palermo per lo stesso motivo di fondo: sapere cosa intende fare Ruggero d'Altavilla. Ma Luigi non intende sollecitare aiuti che possano dispiacere al papa.»

«Apprezziamo l'amore filiale del vostro re, signore. Tutti i contributi sono utili e graditi, ma è inutile nascondersi che le forze più poderose, il nerbo del nostro sforzo militare, è costituito dai Franchi, dell'est e dell'ovest, a cui si dovrebbe di buon diritto aggiungere Bisanzio. Ma sulla effettiva partecipazione di quest'ultimi, nutro dubbi. L'esperienza della passata spedizione non ha lasciato nei Greci buoni ricordi. Quindi vedremo. Ho inviato dei legati alla corte bizantina, per cercare di stabilire un patto di alleanza e di assistenza, in caso di guerra. Il vero punto dolente è Ruggero II. Come certamente saprete gli ultimi anni hanno visto un'inaudita ostilità tra il normanno e il papato. Il nostro fido Bernardo di Chiaravalle ha speso ogni energia per coalizzare eserciti contro di lui, ma l'uomo appare invincibile. Devo però riconoscere che non fa uso smodato della forza e la sua potenza è tale che, in passato, dopo ogni sconfitta è risorto, e dopo ogni vittoria non ha abusato del proprio vantaggio. I nostri interessi sono stati spesso, e ancora in parte sono, assai divergenti, ma non posso non riconoscerlo come un buon cristiano, che ha consolidato la santa fede in terre un tempo dominate dagli infedeli. Inoltre è indubbiamente un valoroso e un grande condottiero in guerra: se deciderà di unire le sue forze agli eserciti dell'Occidente, sia il benvenuto e gli confermeremo solennemente la sua potestà reale sulle terre che già oggi domina. Se vorrà espandere il suo regno su terre conquistate agli arabi e ai turchi, non ci opporremo. Ma non tollereremo che si spinga ad attaccare Bisanzio: l'equilibrio tra i cristiani d'occidente e d'oriente non deve essere turbato.»

La conversazione proseguì nella disamina di altre opzioni e di possibili apporti di ulteriori forze cristiane all'impresa. Alla fine dell'udienza, d'Aguillon concluse:

«Queste sono dunque le vostre indicazioni, Santo Padre e sono certo il consigliere von Isenburg a queste si atterrà nei suoi prossimi colloqui a Palermo.»

«Mi sento assolutamente impegnato alla linea da voi tracciata, Santità» tenni a confermare.

«Ebbene andate dunque in pace, e che Dio vi aiuti.»

X

Il sole cominciava ad essere alto all'orizzonte, la temperatura dolce e gradevole. Ero seduto nel patio della villa d'Aguillon e il padrone di casa mi spiegava come a Roma fosse normale avere giornate soleggiate, dal gradevole tepore, fino a tutto ottobre e anche oltre.

Stavamo consumando una colazione a base di uva bianca, fichi e certi salumi assai gustosi che provenivano dalle masserie circostanti, con focacce appena sfornate. Il marchese si rivolse verso di me, dicendo:

«La notte porta consiglio, dicono. A voi che consiglio ha portato, von Isenburg?»

«Ho avuto la netta impressione che il Santo Padre, pur sperando nell'apporto militare di Ruggero, in realtà non ci creda molto.»

«Be', i precedenti non sono incoraggianti» commentò d'Aguillon con un mezzo sorriso.

«Che intendete dire?»

«Ammettiamo che sia un aneddoto, una leggenda, una diceria... comunque si tramanda che Ruggero I, il padre del Ruggero che voi tra non molto incontrerete, abbia risposto in modo assai sgarbato al messo del papa Urbano II.»

«Sgarbato?»

«Ebbene sì. Alle richieste dell'ambasciatore di partecipare con il suo esercito alla prima Crociata, si dice che abbia emesso un sonoro peto, abbandonando la sala delle udienze.»

«Spero che il figlio abbia migliorato le proprie maniere!»

«Ve lo auguro! Ma ecco mi sembra che i visitatori che attendevamo siano ormai nei pressi.»

In quel momento arrivò al galoppo uno degli uomini della guardia del marchese, annunciando che tre uomini chiedevano di potere entrare nella proprietà.

«Conducete qui il monaco Arnaldo e accompagnate la sua scorta e le loro cavalcature alle stalle, che possano riposare e rifocillarsi» ordinò il padrone.

D'Aguillon aveva molto cortesemente esaudito la mia richiesta di potere incontrare in privato Arnaldo da Brescia, lontano da presenze indiscrete.

«Non sapevo che viaggiasse con una scorta» mormorai al marchese, mentre già il nostro ospite stava raggiungendoci camminando di buona lena.

«Le grandi famiglie romane fedeli al papa lo vedrebbero volentieri defunto» mormorò. Nel frattempo Arnaldo si era unito a noi.

«Pace e bene, signori.»

«Pace e bene a voi, reverendo monaco. Grazie per avere accettato il mio invito. Vi presento *maître* Ulderico von Isenburg, giureconsulto della scuola di Guillaume de Conches, consigliere del re di Francia Luigi VII e suo inviato in missione diplomatica.»

Arnaldo si volse verso di me. Era un uomo piuttosto alto, a metà dei suoi cinquant'anni, dal volto ascetico, lo sguardo intenso di chi si ritiene inviato da Dio per un alto compito.

«Sono onorato di conoscervi, anche se purtroppo sono debitore al vostro re per le molte sofferenze che ha voluto infliggermi.»

«Il re non sempre può adeguare i suoi atti alla propria volontà. Le ragioni politiche a volte hanno il sopravvento. Posso però dirvi, per quel che vale, che personalmente sono dispiaciuto per i provvedimenti che vi hanno colpito. Ho insistito con l'amico d'Aguillon per incontrarvi personalmente. E devo dirvi che tale desiderio era sorto in me già quattro anni fa, quando ebbi la fortuna di conoscere e colloquiare con Abelardo, che mi parlò assai bene di voi.»

«Voi avete conosciuto Abelardo!»

«Sì, l'ho incontrato a Cluny, quando già vecchio e malato, era ospite di Pietro il Venerabile.»

«Sono commosso nel sentirvi parlare del mio maestro. Ditemi dunque signore, cosa vi ha spinto a questo incontro?»

«Sinceramente devo dirvi, reverendo monaco, che sono mosso da una curiosità umana e intellettuale. Io so che dopo gli anni di Parigi, di ritorno a Brescia avete cominciato la vostra focosa predicazione contro il clero cattolico, accusandolo di bramosia di potere e di ricchezze. Avete attaccato il vostro vescovo ed era chiaro a tutti che col vescovo attaccavate il papa. Il vostro atteggiamento vi ha fruttato l'espulsione dall'Italia sancita dal Concilio Lateranense II del 1139, quello stesso che emise la prima sentenza di condanna di Abelardo per eresia. Poi il concilio di Sens dell'anno successivo diede ragione a Bernardo che ottenne da re Luigi la vostra espulsione dalla Francia.»

«Siete bene informato, *maître* von Isenburg.»

«Fa parte dei miei compiti a Corte essere informato. Infatti so anche che, lasciata la Francia, siete stato ospite in Boemia del legato pontificio in quella nazione, Guido di Castello, il futuro papa Celestino II. Anche lui un allievo di Abelardo.»

Arnaldo sollevò il viso che aveva tenuto fino ad allora abbassato, come immerso in sue riflessioni, ed esclamò:

«Un grande papa, un sant'uomo. Con lui la chiesa di Roma poteva ritrovare la strada smarrita, la strada della santità e della povertà. La strada dello spirito e della carità. E non ebbe paura di difendermi al Concilio di Sens, anche se questo gli costò l'ostilità del gran teologo Bernardo, che Dio lo perdoni.»

«E adesso fra' Arnaldo siete a Roma, fomentando con passione la rivolta popolare, che se io comprendo bene non è precisamente contro il papa, ma contro il potere temporale dei papi. È così?»

«Sì, è così. Il popolo vuole il libero comune, come le grandi città del nord. Celestino è morto e io so che il nuovo papa Eugenio III è un uomo pio, dalla vita ascetica, un cistercense austero. Lui, amico del confratello Bernardo di Chiaravalle, se lo ritrovò contro, quando i cardinali lo elessero papa. E sapete perché, giureconsulto? Perché Bernardo lo riteneva troppo "semplice" e "innocente", che nel linguaggio del grand'uomo non sono virtù, ma colpe. Inaudito!»

Il marchese d'Aguillon prese la parola:

«Arnaldo, Eugenio III vi concesse il perdono, se non rammento male, consentendovi di rientrare a Roma. Ciò, tuttavia, non vi impedisce di predicare contro il papato, mi sembra.

Potete spiegarmi questa che mi appare come una contraddizione?»

«Per certo. Io non predico contro Eugenio III. Io predico contro il potere temporale del papato. Io e i miei seguaci sosteniamo che il papa ha da occuparsi delle questioni spirituali e del bene delle anime. Il popolo deve avere il diritto di darsi le sue leggi e i suoi governanti.»

«Ma non temete di essere scomunicato, o che su Roma possa calare l'interdetto o, infine, non temete per la vostra stessa vita?» intervenni io.

«Sì, signore, temo queste cose. Ma noi traiamo la nostra forza da Colui che portò la croce.»

In quel momento compresi che la determinazione di colui che mi stava di fronte non era scalfibile da nessuna argomentazione né aperta ad accettare alcun consiglio. Mi dichiarai ammirato dalla sua dichiarazione di fede e misi termine al colloquio. Ma non potei fare a meno di pensare che Arnaldo avrebbe presto incontrato, purtroppo, una fine iniqua.

Arrivò il momento della partenza.

D'Aguillon ci mise a disposizione un buon mezzo di trasporto, dotato di un tiro a due cavalli. Era un carriaggio un po' rozzo, certamente meno confortevole della carrozza di de Morvillier, ma insomma ci si poteva adattare. La decisione di non utilizzare la carrozza reale derivò dal consiglio del nostro ospite: non era opportuno dare troppo nell'occhio. Evitammo di entrare in città e, aggirando Roma da est, ci immettemmo nell'antica Via Latina in direzione sud. La nostra destinazione era Capua, un importante crocevia da cui si poteva raggiungere rapidamente Napoli, oppure proseguire per Salerno verso la Basilicata e la Calabria, oppure piegare a est verso Bari e Brindisi, nella Puglia. Da Roma a Capua un tempo si sarebbe scelta la Via Appia, *regina viarum*, e non la più vetusta via Latina. Ma la via migliore, per scarsità di manutenzione, era diventata difficile da percorrere, molti ponti erano crollati e si dovevano guadare i corsi d'acqua. La Latina era più semplice, seguiva un percorso naturale. Così percorremmo l'Appia nei tratti migliori, ripiegando sulla Latina quando conveniente.

Sostavamo senza difficoltà in buone locande, che erano sorte lungo i percorsi che da Roma portavano a Brindisi, lungo i quali un flusso ininterrotto di pellegrini transitava per recarsi in Terra Santa. Il viaggio durò cinque giorni e lo ricordo con piacere. L'accoglienza che ci veniva riservata nei luoghi di sosta era all'altezza del nostro stato, i letti confortevoli, il cibo buono. E non posso non citare, tra le bellezze del viaggio, le notti con Margaretha, una donna magnifica che sapeva come far felice un uomo giovane come me, pur conservando sempre, con molta dignità, quell'atteggiamento rispettoso, in pubblico, che il suo ruolo le assegnava.

Finalmente fummo a Napoli. La città era assolutamente splendida, e il golfo antistante la incoronava di un diadema azzurro d'acqua e di cielo. Avevo avuto, da viaggiatori alla corte di Parigi, delle narrazioni sulla città vesuviana, ma la realtà era di gran lunga superiore ad ogni descrizione.

Una scorta predisposta dal Conte Palatino, del casato dei

Lauretello, ci attendeva alla porta posta sulla via Appia, proveniente da Capua, per condurci alla residenza reale, il Castello che sorgeva su di un isolotto, detto del Salvatore. Il conte di Lauretello mi ricevette, gentile ed affabile, dando disposizione perché il mio personale e i cavalli trovassero adeguato alloggio.

«Vi porgo i saluti del nostri sovrano Ruggero e i miei personali, giureconsulto von Isenburg» esordì amabilmente.

«I miei saluti ed ossequi a voi, *comes palatii*. Che non suoni come critica al mio re Luigi, ma io certamente dalle mie stanze del palazzo reale a Parigi, non godo di una vista altrettanto straordinaria quanto la vostra, signore.»

«Vi devo confessare che anch'io talvolta, affacciandomi da queste finestre, non riesco a capacitarmi di come la natura sia stata così generosa con questa città.»

Il conte si informò della mia salute, del viaggio e mi dichiarò la sua completa disposizione ad accontentare ogni mio desiderio.

«Credo che una nave sia stata predisposta per condurci a Palermo» mi informai.

«Così è, tutto è stato organizzato per disposizioni giunte dalla Corte.»

«Molto bene. Penso che partiremo tra alcuni giorni. Però vorrei profittare di questa breve sosta per compiere una visita di Napoli, e in secondo luogo per recarmi a Salerno, dove devo incontrare una persona, un vecchio amico che mi è molto caro.»

«Non vi è alcun problema. Penso che oggi vorrete riposarvi

e domani organizzerò la visita alla città, alla quale, col vostro consenso, vorrei accompagnarvi personalmente.»

«Ne sarei onoratissimo.»

«In secondo luogo penso che, quando vorrete partire, potrei dare istruzioni al comandante della nave di fare scalo a Salerno, prima di continuare per Palermo, così da risparmiarvi un viaggio via terra di andata e ritorno da Napoli.»

«Un'ottima idea, conte e ve ne sono grato. Dovrei dunque, fissata la data della partenza, inviare una missiva al signor Moniot de Coincy, un dottore della Scuola Medica di quella città, che mi attende.»

«Non vedo in questo alcun problema. Salerno dista solo un quarantina di miglia, un messaggero può andare e tornare in giornata.»

«Vi ringrazio ancora, la vostra assistenza mi è preziosissima.»

Il giorno dopo il conte palatino mi fece compiere una visita della città, di cui ritengo nella memoria, oltre le naturali bellezze del golfo, delle sue isole, dei suoi palazzi e dell'entroterra dominato dal minaccioso Vesuvio, ritengo dicevo, come ricordo interessantissimo, il porto. In esso si svolgeva un'incessante, intensa attività. Navi giungevano e partivano in continuazione, scaricando e caricando merci. Talvolta per il gran affollarsi di imbarcazioni, alcune dovevano mantenersi alla fonda, fuori dal porto, in attesa di un posto libero sulle banchine,

«Cosa alimenta questi frenetici traffici?» interrogai stupito.

«Di tutto. Dal pesce salato proveniente dal Mare Baltico, al sale di Lüneburg. Tessuti, armature e spade da Milano, tutte merci che vengono imbarcate a Genova. Spezie dall'Africa e dall'India. Lana inglese. Tessuti prodotti ai quattro angoli della terra, che qui si incrociano, scambiati di Paese in Paese. Cereali e farina. Olio e vino. Pellicce dalla Sarmatia, provenienti dal Mar Nero. Minerali di rame, di stagno e di piombo dalla Spagna e dai Balcani. Unguenti e profumi dall'Egitto. Oro e argento. E schiavi moreschi. Di tutto vi dico, di tutto.»

«Immagino che altre città marinare italiane come Genova, Venezia o Pisa vi facciano un'accanita concorrenza.»

«Per certo. Ma tra le altre cose, gioca a nostro vantaggio il fatto che da quando il nostro re Ruggero ha ripulito i mari del sud Italia dai pirati saraceni, le nostre rotte sono più sicure di molte altre. Quei banditi hanno dovuto andarsi a cercare basi assai più lontane di prima, fino alle Baleari e oltre le colonne d'Ercole. E anche lì non sono più al sicuro.»

«E quali sono le leggi che regolano il prelievo dei dazi doganali?»

«Poche, semplici, non vessatorie, come nello stile di Ruggero. Le navi pagano i diritti di portolania, di scalo e di ancoraggio, a seconda dei casi. Le merci pagano dazi, in entrata e in uscita a seconda di tabellari dettagliati. I miei baglivi si incaricano di fare rispettare queste leggi, che del resto in verità ben pochi sconsiderati cercano di aggirare.»

«Una circostanza insolita, direi, vista la generale riluttanza a pagare le tasse nel resto d'Europa.»

«Credo che dipenda da due fattori. Il primo è che, come ho già detto non c'è taglieggiamento, né esosità, e le tariffe sono chiare...»

«E il secondo?»

«Il secondo deriva dalla circostanza che gli introiti dell'attività portuale vanno ad appannaggio esclusivo del tesoro privato reale. Pertanto frodare i dazi significa *de jure e de facto* frodare il re. Il che può portare facilmente a pendere da una corda.»

«Logico e consequenziale, caro conte» commentai, colpito dalla semplicità e dall'indubbia efficacia di quel precetto giuridico.

Durante l'escursione il conte mi rammentò i recentissimi accadimenti del ducato e della presa di potere sulla città di Ruggero II.

«Voi rammenterete che Napoli ha cessato di essere un ducato autonomo con la conclusione dell'assedio vittorioso alla città del 1137, condotto da Ruggero II. L'ultimo duca era stato Sergio VII, che venne ridotto allo stato di vassallo del re normanno di Sicilia. Per uno strano gioco della storia e del destino, Sergio VII morì in battaglia combattendo per Ruggero II, proprio colui che l'aveva destituito. Dopo la morte del duca, Ruggero mi affidò le cure del ducato, ormai annesso alla corona di Palermo, nominandomi conte palatino, *comes palatii*, che nel linguaggio comune è stato semplificato in *compalatium*, praticamente un plenipotenziario del re. Patriziato e clero della città hanno, per buona sostanza, perso ogni autonomia politica anche se, in verità, Ruggero favorisce i nobili, lasciando intatti i loro patrimoni e possedimenti.»

«Il conte de Morvillier, lo storico reale, mi aveva delineato questa situazione che voi avete appena compiutamente illustrato, ma per la verità non rammentavo le circostanze della morte, tragicamente paradossale, del duca Sergio.»

«*Statutum est hominibus semel mori*», commentò con aria fatalistica il mio accompagnatore, «fu stabilito che l'uomo muore una volta sola, anche se in questo caso forse Sergio morì due volte.»

Sulla banchina del porto di Salerno, verso la metà mattina, vidi Moniot che si sbracciava in saluti al mio indirizzo. Ero ansioso di scendere dalla nave per corrergli incontro.

«Moniot, amico mio!»

Ci abbracciammo felici.

«Sei ancora il mio amico Moniot o ti devo chiamare dottore?» scherzai.

«Se mi chiami dottore, ti chiamerò *jureconsultus*, dannato leguleio!»

Moniot fece cenno a uno stalliere che teneva per le briglie due mule. L'uomo si avvicinò con gli animali.

«In breve tempo arriveremo a casa mia, non lontana dalla Scuola.»

Mentre si trotterellava verso casa, fianco a fianco, cominciammo a raccontarci tutte le vicende occorse durante il tempo della nostra separazione. Non era, in fondo, passato gran tempo, riflettei, eppure quante cose accadono in pochi anni nella vita, meritevoli di essere riferite a un amico lontano! Quando arrivammo a destino, mi parve che il tempo del tragitto fosse fuggito in un attimo.

«Eccoci nella mia modesta casa.»

«Ma è magnifica, caro amico. E che bel giardino!»

«Coltivo personalmente verdure e frutta. Tu sai le mie abitudini a tavola.»

«Mi sono spiritualmente preparato al digiuno penitenziale.»

«Per te farò qualche eccezione. La mia fantesca ha preparato agnello al rosmarino e aglio, con cipolle al forno.»

«Iddio te ne renderà merito, fratello.»

Le ore passavano veloci e alla fine accettai con piacere l'invito di Moniot a fermarmi per la notte. L'inserviente fu mandato al porto con un mio scritto, indirizzato al capitano della nave, nel quale gli comunicavo che la partenza era rimandata al giorno successivo.

«Moniot, mi sembra di averti raccontato più vicende mie di quanto tu abbia fatto con le tue.»

«Di sicuro, Ulderico, la tua vita è ben più interessante e movimentata della mia. Qui studiamo e sperimentiamo, la Scuola è una specie di convento di clausura e certo le cose che facciamo non sono così interessanti per chi non pratica la nostra arte.»

«Al contrario, io sono assolutamente affascinato dal nuovo sapere, dalle nuove scienze. Cerco di tenermi informato sulle recenti scoperte degli antichi volumi greci e latini, che ci giungono in versione araba e che vengono sempre più spesso tradotti nella nostra lingua.»

«È vero. Molti studiosi sono all'opera. Gerardo da Cremona, come forse saprai, si è trasferito a Toledo dove ha potuto accedere alle biblioteche del Califfato di Cordova, e sta compiendo magnifiche traduzioni da Aristotele a Tolomeo. Anche qui da noi si lavora molto sulle traduzioni degli antichi testi di medicina. C'è molto, troppo forse, da scoprire e da comprendere...»

«Dimmi qualcosa di queste vostre ricerche.»

«Ti ricorderai che per completare il mio dottorato, quando lasciai la Francia, dovevo, tra l'altro, eseguire una sezione anatomica del cadavere. Naturalmente l'ho compiuta, sotto la guida del mio maestro, e da allora lo studio dell'anatomia mi ha conquistato.»

«Mi sembra che la Chiesa non veda di buon occhio queste pratiche...»

«Come al solito: oscurantismo e ignoranza. Ma qui a Salerno, almeno per ora, siamo liberi di compiere le nostre ricerche, e ti garantisco che i risultati sono inquietanti.»

«Cosa intendi dire?»

«Vedi noi sezioniamo in modo scientifico uomini e animali. Ambedue morti, naturalmente, non impressionarti. Il maiale è un ottimo soggetto di studio e anche le pecore. Recentemente un dotto arabo, proveniente da Palermo, ci ha portato una scimmia che è stata uccisa e sezionata. Ebbene da tutto ciò emerge una... come dire, una uniformità di base, una inaudita serie di similitudini tra l'uomo e il mondo animale, sia nelle specie maschili che femminili. Capisci cosa significa?»

«Non ne sono certo...»

«È come se, per fare un esempio che il nostro amico Antonius apprezzerebbe, un architetto avesse eseguito il progetto di una proto-costruzione, dalla quale, con opportune varianti, fosse possibile edificare palazzi, cattedrali, castelli, case, ville…, ognuna diversa dall'altra, ma con un gran numeri di elementi in comune, come le porte, le finestre, i pavimenti, le architravi, i tetti e le fondamenta. Mi segui?»

«Credo di sì.»

«Allora mi chiedo: come è possibile tutto ciò? Come è possibile che bocca, denti, esofago, stomaco, intestino e ano di un caprone siano sostanzialmente uguali per funzioni, e molto simili per aspetto anatomico, a quelle di un uomo? O di una scrofa? O di una scimmia? E che la stessa cosa possa dirsi di tutte le altre parti degli esseri viventi che studiamo, dallo scheletro al cervello?»

«Non ne ho la più pallida idea.»

«Già, come tutti del resto. Io credo che questa situazione abbia a che fare con un altro fatto, evidente ma misteriosissimo, e cioè che da una cagna nascono cani, da una gatta nascono gatti e dalle donne nascono gli umani e, così via… dalle femmine di ciascuna specie nascono cuccioli della stessa specie. C'è un nesso, ne sono sicuro, ma non ho modo di provare nulla. Possiamo ritenerci fortunati che qui a Salerno, abbiamo almeno potuto renderci conto di questi fenomeni, senza finire sul rogo.»

«Non avere premura… se, come dici, la Chiesa è contraria a questi studi, prima o poi arriveranno anche i roghi.»

«Spero per allora che di me non sia rimasto più niente da bruciare.»

Eravamo in navigazione da oltre ventiquattro ore per Palermo. Il mare era solcato da onde lunghe trasversali, che impartivano all'imbarcazione un fastidioso dondolio. Qualcuno a bordo si sentiva male.

Margaretha mi aveva raggiunto nella mia cabina.

«Tra pochi giorni saremo a Palermo.»

«Sì Ulderico. Non posso crederci, i sogni a volte si avverano.»

«Senti: io penso che sarò bene accolto dal gran re e di riuscire a stabilire con lui un buon rapporto personale, tale da consentirmi di potergli chiedere un favore. Ma non posso prometterti niente, in questo momento.»

«Lo capisco bene. Decidi tu per il meglio. Io ho bisogno di informazioni su mio padre e mio zio. La prima e più importante informazione è di sapere se sono ancora vivi. In questo caso, dove si trovano. Poi cercherò il modo di raggiungerli.»

«Ti confermo tutto il mio aiuto.»

«Grazie. Sei un uomo... diverso, sì diverso dagli altri uomini. La vita delle donne sarebbe più facile se ci fossero al mondo molti uomini come te.»

L'attirai a me. Margaretha sapeva di buono, di sapone e di lavanda. Le sue vesti e il suo corpo erano sempre puliti, assai più di quanto si potesse dire di molte nobildonne di corte.

Il capitano, alle prime luci dell'alba, mi mandò un marinaio con un messaggio: aveva bisogno di vedermi. Lo raggiunsi sul ponte di comando.

«Eccomi, signore.»

«Temo complicazioni, ambasciatore.»

«Di che si tratta?»

«Le mie vedette hanno avvistato una nave che ci segue da tempo, a poche miglia. Una nave più veloce della nostra, con buone probabilità una nave pirata.»

«Corriamo pericoli?»

«È possibile.»

«Cosa si può fare?»

«Se ci attaccano ci difenderemo. La nostra scorta armata è costituita da soldati normanni scelti, che fanno parte della guardia reale. Ad ogni modo con questi maledetti pirati non si può mai dire: l'idea di un ricco bottino o di catturare prigionieri importanti per chiedere riscatti in oro, li carica di una furia indicibile.»

«Vi siete già trovato in simili frangenti?»

«Sì, più di una volta. Con l'aiuto di Dio questi cani saraceni li abbiamo sempre gettati in pasto ai pesci, ma non si può mai sapere... ogni attacco fa storia a sé.»

«Sono pronto a combattere e difendere la nave, insieme ai vostri uomini, capitano.»

«No, perdonatemi. Le disposizioni che ho ricevuto dal grande ammiraglio Giorgio Rozio in persona mi obbligano a chiedervi di non esporvi. Il re ha dato ordini tassativi. Dovete arrivare a Palermo. Vivo.»

«Mi permetterete almeno di difendermi se qualche pirata tentasse di tagliarmi la gola» ribattei con un sorriso.

«Naturalmente, signor von Isenburg. Ma qualcosa mi dice che il nostro amato re Ruggero provi un intenso desiderio di vedervi...»

«Che significa?»

«Che Ruggero, Iddio sempre lo protegga, non è uomo da vedere frustrati i propri desideri. Quindi, francamente, non vorrei essere nei panni di quei figuri che ci danno la caccia.» Aveva parlato con un tono strano, tra il profetico e il compiaciuto.

«Veramente, non capisco» mormorai confuso.

Non potei trattenere un'esclamazione di stupore, perché quasi nello stesso momento in cui il capitano aveva pronunciato le sue ultime parole, vidi tre potenti galee a tutta velatura e spinte dalla forza di tre ordini di remi, precipitarsi verso il vascello corsaro. I ladroni cercarono disperatamente una via di fuga, ma la morsa delle tre navi da battaglia, che innalzavano il vessillo degli Altavilla, si strinse su di loro. Catapulte lanciarono bordate di fuoco greco e proiettili di grosso calibro. La nave pirata, con la carena sfondata in più punti ed in preda alle fiamme, si inclinò su un fianco e cominciò ad inabissarsi. Gli occupanti che riuscirono a gettarsi in acqua prima dell'affondamento, furono sterminati da nugoli di frecce scagliati dagli infallibili arcieri reali. In pochi minuti era tutto finito. Le tre galee ci circondarono, due ai fianchi ed una a prua e in formazione riprendemmo la rotta verso Palermo.

«Adesso ha capito?» mi chiese il capitano con un ghigno.

Palermo mi apparve nella luce dorata del pomeriggio mediterraneo e subito mi prese il cuore. Palazzi magnifici e chiese imponenti spiccavano in un panorama di orti rigogliosi, e giardini magnificamente coltivati di aranci e limoni.

Il porto fremeva di attività, ancor più di Napoli. Appena sbarcati, fummo accolti dal capo del cerimoniale, che si presentò come inviato dal re per accompagnarci a palazzo. Una carrozza era pronta a partire. Margaretha e il signor Vivés furono alloggiati in una dipendenza del palazzo e io fui condotto nel mio appartamento della reggia. L'eunuco che mi stava accompagnando mi informò che avevo tutto il tempo di riposarmi e di riprendermi dalle fatiche del viaggio.

Un bagno caldo mi attendeva nelle terme palatine, e fui accudito da schiave moresche assai servizievoli, ma assolutamente silenziose. Opinai che le regole del palazzo impedissero loro di parlare con gli stranieri. Mi rendevo conto di essere arrivato nel cuore del potere normanno del sud. Questa stirpe di guerrieri apparentemente invincibili, partiti dalle sperdute lande nevose dell'estremo nordeuropeo avevano conquistato un regno in Francia, avevano sottomesso le popolazioni dell'Inghilterra, si erano spinti all'estremo sud dell'Europa costituendo il più potente regno in Italia dai tempi dell'Impero Romano. Dominavano una parte del nord Africa e non nascondevano le loro mire espansionistiche verso l'impero di Bisanzio.

All'indomani io, Ulderico von Isenburg, *jureconsultus* e ambasciatore del re di Francia, mi sarei trovato di fronte al più grande dei condottieri normanni: Ruggero II d'Altavilla, re Ruggero per i cristiani, il sultano Rujari per gli islamici di Sicilia. Quella notte mi addormentai a fatica ed ebbi un sonno agitato e popolato da strani sogni che mi spaventarono, ma dei quali non ricordai assolutamente nulla.

XI

Fui accompagnato nell'Aula verde, un ambiente aperto riccamente decorato, ricco di piante e fiori, antistante la strada privata reale che dai giardini e dagli edifici che formano la reggia, porta alla cattedrale. Il sole si era levato da non molto.

Mi ricevette il re, circondato dai suoi dignitari, ai quali fui presentato dal maestro palatino: per primo l'*amiratus amiratorum* Giorgio Rozio d'Antiochia, di origini bizantine, il capo delle forze armate, il grande ammiraglio. Sapevo che questa denominazione, *amiratus*, derivava dall'arabo *amir*, che in quella lingua ha il medesimo significato e questo fu il primo segno che percepii di quei profondi legami che allacciavano in Sicilia la comunità cristiana a quella musulmana. Ruggero governava di fatto due popoli che coabitavano nella stessa nazione: gli arabi sconfitti non erano stati massacrati ed espulsi dall'isola, ma erano stati soltanto posti in posizione subalterna. Ruggero si era mostrato lungimirante nel ritenere presso di sé le migliori menti arabe del regno e a trarre vantaggio dalla cultura e dal grande sapere degli islamici. Una politica di tolleranza assai sgradita ai vescovi e al papato, devo precisare.

Sono passati tanti anni, e non di tutti la mia mente ricorda i nomi. Rammento che venni poi presentato ad Abdullah ibn Muhammad al-Idrisi, già famoso allora col nome semplificato di Idrisi, il grande cartografo arabo che godeva dell'incondizionata ammirazione del re. Erano anche presenti alla riunione il protonotario, capo della cancelleria e altri cinque ministri del regno, consiglieri personali di Ruggero, tra i quali ricordo il capo dell'amministrazione finanziaria, la *Dohana*. Tra gli altri presenti v'erano il *qadì*, in rappresentanza della comunità araba e due letterati, 'Abd al-Rahmān di Butera, poeta e cantore di corte e Hugo Falcandus, storico del regno. Ruggero prese la parola:

«Io e la mia corte rendiamo onore al re di Francia e al suo ambasciatore, il giureconsulto, il nobile Ulderico von Isenburg. Egli conosce il latino, le lingue dei Franchi dell'est e dell'ovest e la lingua dei Provenzali, il che certamente riempirà di gioia il nostro poeta 'Abd al-Rahmān, che si è applicato coscienziosamente allo studio dell'idioma dei trovatori. Si parli dunque, in sua presenza, il latino. Ho voluto riunire la mia corte, signor ambasciatore, perché quanto voi ci comunicherete sia noto a tutti e, nel momento delle decisioni, io possa avvalermi del parere dei miei consiglieri e amici. Parlate dunque, vi ascolteremo attentamente.»

«Nobile sire, illustri ministri e consiglieri. Esprimo la mia gioia di essere arrivato sin qui sano e salvo, dopo un lungo viaggio, non scevro di pericoli, dai quali mi ha salvato, lo dichiaro con riconoscenza, l'illuminata preveggenza e l'infinita potenza del vostro amato sovrano.»

Feci una pausa, per verificare se le mie parole venissero ben comprese da tutti. A corte si parlavano comunemente l'arabo e il greco, ma mi resi conto che anche il latino era ben corrente in quei luoghi.

«Come credo si sappia, prima di intraprendere il viaggio

verso Palermo, ho conferito in Germania con sua maestà Corrado III, e poi, a Roma, con sua santità Eugenio III. Vengo dunque, col permesso del re, alla mia ambasceria.»

«Proseguite» disse brevemente Ruggero.

«Il papa e i re d'Europa ritengono intollerabile che la contea cristiana di Edessa sia stata attaccata, devastata e sottoposta a inaudite crudeltà da parte di eserciti che combattono in nome dell'Islam. Non solo: ma tutti i regni cristiani d'oriente, compresa Gerusalemme, sono sottoposti ad aggressioni e minacce. In seguito a tale stato di cose, il papa ha bandito una seconda guerra santa e ha incaricato Bernardo di Chiaravalle di diffondere la predicazione in favore della chiamata alle armi per questa grande impresa.»

Tacqui per lasciare spazio a eventuali domande. Prese la parola Giorgio Rozio:

«Posso chiedere al signor ambasciatore se già vi sono adesioni alla chiamata e in tale caso, quali?»

«Per certo: mi permetto di citare in primo luogo Luigi di Francia, e Corrado del Sacro Romano Impero. I regni di Portogallo, Castiglia, Barcellona e León. Il regno d'Inghilterra con la Normandia. I vassalli del re di Francia, tra i quali spicca il ducato d'Aquitania. Il regno di Gerusalemme. Gli ordini militari dei Templari, l'Ordine Teutonico e i Cavalieri Ospitalieri. Abbiamo fondati motivi per credere che l'imperatore bizantino Manuele I Comneno non negherà il suo appoggio.»

«Vi ringrazio delle informazioni, signore.»

«Un mio dovere, ammiraglio. Vorrei adesso, col permesso del re, proseguire con una valutazione politica dell'impresa alla quale siamo chiamati dal Santo Padre.»

Notai che Ruggero si mosse sulla sua sedia, volgendosi più direttamente verso di me, come per non volere perdere una parola di quanto andavo dicendo.

«Parlate, von Isenburg.»

«Ho parlato di atrocità contro i cristiani perpetrate da musulmani. Tuttavia affermo che i prìncipi cristiani hanno sufficiente discernimento per distinguere tra religioni e popoli.»

Notai che il *qadì* di Palermo alzò la testa quasi di scatto.

«Intendo dire, precisamente, tra Arabi e Turchi. Arabi musulmani ed europei cristiani hanno spesso convissuto pacificamente sulle sponde del Mediterraneo. Le religioni di questi popoli si basano in parte sugli stessi libri sacri e condividono, fin dai primordi, l'idea di un unico Dio, onnipotente e misericordioso. E questa idea è stata portata ai due popoli da due profeti, unici e irripetibili, Gesù e Maometto. Ci sono state guerre, vittorie e sconfitte da una parte e dall'altra, ma ci sono anche prove di reciproco rispetto e di pacifica convivenza, come è ben dimostrato in questa splendida isola di Sicilia. Quindi dobbiamo chiederci: chi sono i Turchi? Turchi selgiuchidi, si fanno chiamare, in quanto si professano discendenti di un certo Seljük, vissuto intorno all'anno 1000. Essi hanno conquistato la Persia fondando un impero, e hanno installato in Anatolia le orde di nomadi Turcomanni, giunti in Persia al seguito dei Selgiuchidi. Di là l'atabeg Zengi, comandante della regione anatolico-mesopotamica chiamata Jazira, comprendente le città di Aleppo, Mossul e Harrān, ha sferrato i suoi attacchi feroci contro Edessa. Ci dobbiamo chiedere, ripeto, chi sono questi Turchi, o Persiani, o Turcomanni? Essi, ci dice Bernardo di Chiaravalle, sono l'Anticristo, orde mongole selvagge che si sono riversate dalle lontane steppe dell'Asia verso le nostre porte di casa, come sette secoli fa l'unno Attila. Essi sono il nuovo flagello di Dio ed è nostro dovere combatterli e ricacciarli là da dove sono venuti. Ancorché convertiti all'Islam, essi non fanno parte per stirpe, sangue e storia, dei popoli del Libro. L'Europa intera si interroga se i gloriosi normanni di Sicilia e d'Italia, si uniranno all'impresa. E con questo ho concluso, nobile re Ruggero e nobili signori.»

Il visir fece un cenno. Giovani e belle fanciulle entrarono in quel momento portando brocche di acqua fresca, profumata al limone e alla rosa. Dopo la mia arringa, bevvi avidamente un bicchiere di quell'acqua così buona.

«Signor ambasciatore» intervenne Ruggero, «abbiamo ascoltato con vivo interesse le vostre appassionate argomentazioni, che verranno opportunamente valutate. Sciogliamo ora la riunione e partecipiamo alla Santa Messa nella Cappella Palatina. Seguirà quindi un convivio, durante il quale sarà possibile a tutti rivolgere domande all'ambasciatore. Noi, *jureconsultus*, ci incontreremo privatamente, all'ora nona, nel mio appartamento privato.»

La torre Gioaria, in arabo *al-jawhariyya*, l'ingioiellata, la rifulgente, era una delle tre torri volute da Ruggero per riadattare e ammodernare l'antica rocca su cui sorgeva il nuovo palazzo reale. In questa torre si trovava lo studio privato del re, nel quale si tenne il nostro incontro.

Ruggero era un uomo alto, massiccio, dalla carnagione chiara, gli occhi azzurri, barba, baffi e capelli di color del rame. Non si faceva alcuna fatica ad immaginarlo con la spada in mano, a combattere le sue innumerevoli battaglie. Aveva vinto spesso e talvolta era stato sconfitto. Ma con una forza e una volontà sovrumana era sempre riuscito a rialzarsi e a continuare nella sua impresa di riunificare la Sicilia e tutto il mezzogiorno d'Italia in un grande e potente regno, su cui ormai dominava incontrastato. Potenti coalizioni nemiche di imperatori e papi non erano riuscite ad avere ragione della sua forza sovrannaturale.

«Sediamoci qui, a questo tavolo, ambasciatore. Ho fatto portare acqua e frutta, né ancelle né servitori interromperanno il nostro colloquio. E neppure quei dannati eunuchi ficcanaso potranno mettere il loro orecchio dietro le porte, per captare i nostri discorsi. Le mie guardie arabe alla base della torre hanno l'ordine di tagliare la mano sinistra e le orecchie a chiunque cerchi di penetrare questa torre senza un mio personale lasciapassare, quando vi risiedo io»

«Un sicuro deterrente, in fede mia» mormorai sorridendo.

«Infatti. Mi ha molto colpito il vostro discorso, questa mattina. Astuto e prudente, considerando che la mia corte è mezza araba. I veri nemici sono i Turchi, questo è il vostro messaggio, se non erro, e quindi si lascia una porta aperta ad una intesa, o quantomeno ad una tregua, col mondo arabo.»

«Avete perfettamente inteso ciò che volevo dire, grande re.»

Ruggero tacque, pensoso, e non interruppi le sue meditazioni.

«Qual è la vostra opinione sulle guerre cristiane in Asia minore e in Medio Oriente, quelle già combattute e quelle che si vogliono oggi combattere?»

Questa volta fui io a prendermi una breve pausa di riflessione, prima di rispondere.

«Sire, col vostro permesso, la domanda si presta a risposte alquanto articolate. Possiamo prendere in considerazione le guerre dei cristiani ortodossi bizantini contro i Turchi e dovremmo concludere che sono state mal condotte, con la tremenda sconfitta subita dall'impero di Bisanzio nella battaglia di Manzikert di pochi decenni fa, ad opera del Gran Sultano di Persia Alp Arslan.»

«Concordo con la vostra valutazione. Che altro?»

«Poi naturalmente dovrei parlare delle spedizioni militari più vicine a noi, quella cosiddetta dei poveri istigata da Pietro l'Eremita, o quella dei tedeschi condotta da signori tedeschi senza scrupoli, per non dir di peggio. Ed infine la grande spedizione a cui parteciparono molti membri della più alta nobiltà europea, che condusse alla creazione degli Stati cristiani di Edessa, Antiochia, Gerusalemme e Tripoli in Palestina e in Siria. Ma, grande re, a questo punto vi chiedo umilmente di accettare il fatto che come ambasciatore del re di Francia, che si appresta ad una nuova guerra in quelle stesse terre, non sono veramente libero di rispondere alla vostra richiesta di esternare la mia opinione.»

«Molto giusto, *jureconsultus*, e voi ora confermate la fama di uomo dotto e prudente che vi ha preceduto alla mia corte.

Ma come ho detto, queste mura, per grazia di Dio, non hanno orecchie e ciò, se lo vorrete, vi consentirà di essere aperto con me, senza avere nulla di cui temere, parola di re Ruggero d'Altavilla.»

Mi stava fissando diritto negli occhi.

«In questo caso non ho difficoltà ad ammettere che sono molto perplesso su queste vicende. In Aquitania, durante un incontro *maître* Ragenfrido, il consigliere della mia regina Eleonora, ha mostrato il più vivo disappunto di fronte alla richiesta del re di fornire truppe e comandanti. Corrado III è ostile all'idea, ma non può permettersi di dispiacere al papa, Luigi è legato da un voto. E i piccoli devono accodarsi ai grandi. Nessuno ci vuole andare, ma alla fine tutti dovranno andarci. E questa è l'anticamera di un disastro, a mio parere, perché se è difficile vincere una guerra a cui si partecipa con convinzione, diventa quasi impossibile farlo quando si parte in campagna malvolentieri.»

«Un'analisi impietosa, von Isenburg.»

«Le analisi pietose non portano a nulla, come voi ben sapete, grande re. L'impresa del 1095 portò alla conquista di Gerusalemme, è vero, e alla costituzione di potentati cristiani in quelle terre, ma la stessa situazione odierna mostra che i risultati di allora si stanno mostrando effimeri. Ma soprattutto, ciò che mi turba è la miope visione politica che ispirò quella spedizione. Non fu precisata quella separazione concettuale che ho cercato di mettere in evidenza questa mattina, e cioè la distinzione tra Arabi e Turchi. Tutti infedeli, tutti miscredenti, tutti forse meritevoli di venire sterminati in nome del vero

Dio. Ma non si è mai tentato da parte dei cristiani, di valutare politicamente la situazione di conflitto tra Arabi e Turchi, dove chiaramente anche gli Arabi erano in una situazione di grave pericolo di fronte all'espansionismo turco, e non si deve dimenticare che quando Gerusalemme era sotto il controllo arabo, non c'erano mai stati incidenti tra musulmani e i *nasrani*, come loro chiamano noi cristiani. Mi sembra chiaro che si poteva operare più accortamente, se si fosse almeno tentato di stringere non dico un'alleanza, ma almeno un accordo, un patto con gli Arabi a danno dei Turchi. Cosa che andrebbe a maggior ragione fatta oggi, con i primi che rischiano di perdere il califfato d'Egitto a vantaggio dei secondi e che hanno ottime ragioni per diffidare dei selgiuchidi.»

«Apprezzo la vostra visione e l'acuta analisi del problema. Ma a mia volta desidero, sempre in via confidenziale, esporvi la mia visione. Io sono un normanno, popolo di vocazione guerriera, come ben sapete. Siamo partiti da fredde e inospitali terre del nord, allora ci chiamavano Vikinghi, e abbiamo conquistato un bel pezzo di Francia, l'Inghilterra, la Sicilia e tutto il meridione d'Italia. Io credo che sia possibile riproporre, sotto il dominio normanno, un nuovo impero erede del grande Impero Romano, che comprenda l'Italia, l'impero bizantino d'oriente e una parte del Medio Oriente, dell'Asia minore e del nord Africa. Perdonatemi, ma io credo che il cosiddetto Sacro Romano Impero germanico sia una costruzione concettualmente erronea. Non si può governare il Mediterraneo e le terre bagnate da questo mare, standosene ad Aquisgrana e mandando di tanto in tanto qualche esercito a combattere nella penisola. I Normanni sono in posizione di trattare alla pari con il Papato e di trovare un accordo con la chiesa di Roma. I Normanni sono in posizione di trattare con i califfati arabi e di trovare un accordo con i musulmani. La mia storia personale è la prova di quanto sto dicendo.»

«Re Ruggero, la vostra è una grande e sorprendente concezione politica del mondo, di fronte alla quale sono ammirato. Ne deduco che...»

«Ne deducete che non parteciperò alla santa guerra? Ebbene sì, la vostra deduzione è esatta, poiché io penso che questa guerra sia un errore colossale, come precisamente pensava mio padre quando fu invitato a partecipare alla prima spedizione. Naturalmente, fuori da questa stanza, quando riceverete, signor ambasciatore, la mia risposta ufficiale, i termini saranno più diplomatici.»

«Naturalmente» mormorai.

«Ebbene dunque, basta politica per oggi, vorrei sapere qualcosa di voi von Isenburg! Siete sposato?»

«No, sire...»

«Siete autorizzato, in privato, ad evitare titoli regali. Chiamatemi Ruggero.»

L'uomo non cessava di stupirmi.

«Ruggero, no, non sono sposato.»

«Gli eunuchi di palazzo riferiscono che viaggiate con un segretario e con una donna di grande bellezza, ufficialmente una guardarobiera. Forse un po' troppo bella, per limitarsi a questo ruolo. È forse la vostra concubina?»

Il gran re Ruggero non difettava certo di rude franchezza.

«Sì, Ruggero, giacciamo talvolta insieme e ci diamo reciproco diletto. Ma la donna del mio cuore è altrove e per una serie di circostanze che non mi sento di riferire, non posso né potrò mai averla. Tuttavia quella che vi hanno indicato come guardarobiera, il cui nome è Margaretha, mi è molto cara. Lei è di stirpe normanna... è una storia lunga, non vorrei annoiarvi.»

«Scherzate? L'unica cosa che mi annoia sono i sermoni troppo lunghi in chiesa, non certo le storie di belle donne e per di più normanne!»

«Margaretha è nata in una famiglia di piccoli proprietari terrieri, in Normandia. Ad un certo punto il padre Jarr e lo zio Sven, fratello minore del padre, ebbero sentore delle vostre grandi imprese militari qui in Italia e lasciarono la loro terra per arruolarsi nei vostri eserciti, in cerca di fortuna. E non fecero ritorno.»

«Interessante, continuate.»

«La madre si risposò. Lei fu messa in convento, dove ricevette una buona educazione. Parliamo di una donna, non di famiglia nobile, che sa correntemente leggere e scrivere, incredibile.»

«Davvero.»

«Però il convento non le era congeniale, così le monache la misero a servizio di una importante famiglia di Rouen, da cui dovette fuggire per sfuggire alle attenzioni di un cuoco che voleva convincerla a praticare la prostituzione. Quando la incontrai faceva la serva in una locanda nei pressi di Lione. Si era messa in testa di raggiungere il padre e lo zio nel sud

235

dell'Italia, senza avere la più pallida idea di dove si trovassero, ammesso che fossero ancora vivi.»

«Coraggiosa, occorre ammettere.»

«L'ho pensato anch'io. Così ebbi l'impulso di prometterle che se un giorno avessi viaggiato verso queste terre, sarei passato a prenderla e l'avrei accompagnata fin qui, cercando di aiutarla nel suo intento.»

«Cosa non si farebbe per una bella donna!» esclamò il re, «questa storia piacerà senz'altro al nostro poeta di corte, dovrete raccontargliela, ne ricaverà una canzone incantevole. Intanto se mi date il nome della famiglia di Margaretha, incaricherò il *visir* di fare condurre ricerche da parte del connestabile, addetto all'anagrafe militare dell'*amir* Rozio. Nel frattempo, se la cosa vi conviene, la ragazza potrà restare ospite al palazzo, fin quando saranno esperite le necessarie ricerche, anche dopo la vostra partenza, ambasciatore.»

«La vostra generosità è pari al grande nome che portate, Ruggero d'Altavilla. Il nome della famiglia di Margaretha, mi risulta essere quello dei Rudbek di Caen.»

Ruggero prese nota del nome che gli avevo dato e si tacque. Poi, come colpito da una decisione improvvisa, riprese a parlarmi.

«Sapete, *maître* Ulderico, io ho avuto un matrimonio che mi ha reso felice. Elvira di Castiglia mi ha dato sei figli, prima di morire nel 1135, lasciandomi in una profonda tristezza e disperazione. Deve sapere, von Isenburg, che la regina Elvira era figlia del re di Castiglia Alfonso VI e di Isabella di Siviglia, la sua quinta moglie. E sa chi era mia suocera? Il suo vero nome era Zaida ed era una principessa musulmana di Siviglia, figlia dell'Emiro di Denia Ahmad I, che aveva sposato la figlia del re di Siviglia, al-Mutamid. Come vede nei miei figli scorre anche sangue arabo. Non è questo un segno del destino? Comunque, da allora non mi sono più risposato, ma dovrò farlo, prima o poi... il destino mi ha tolto due dei miei quattro figli maschi. Vorrei avere altri eredi, per la verità. Mi sentirei più tranquillo per le sorti del regno.»

«Spero che Dio esaudisca i vostri desideri, Ruggero.»

«Ed io vi auguro che il vostro amore segreto, possa un giorno emergere alla luce del sole, Ulderico.»

Quella sera stessa feci condurre Margaretha nei miei appartamenti e le comunicai le belle notizie. Lei era splendida, bellissima in un abito elegante, truccata e acconciata secondi i dettami della moda. Evidentemente il re aveva dato disposizioni in proposito e ancora oggi mi stupisco che un uomo così duro e implacabile in battaglia e in politica, potesse avere tanta sensibilità di fronte a una donna indifesa, che cercava di ritrovare il proprio padre. Inoltre con grande magnanimità aveva assicurato a Margaretha la possibilità di vivere a corte almeno fino a quando fosse stato possibile reperire notizie certe riguardanti suo padre e suo zio.

Lei mi concedette una notte d'amore che non dimenticherò mai.

Ero sulla via del ritorno. La nave, scortata da vascelli militari, stava facendo rotta su Napoli. Me ne tornavo a Parigi dopo avere ricevuto un cortese, ma fermo diniego ufficiale da

Ruggero, di partecipare all'imminente crociata. La mia missione diplomatica era fallita, ma non avevo nulla da rimproverarmi. Le carte del destino erano già state scritte. Inoltre l'essere entrato in confidenza col grande Ruggero mi riempiva d'orgoglio: era un uomo che mi affascinava e del quale condividevo molte visioni politiche.

Sarei andato da Napoli a Roma via terra, e poi dopo avere conferito con il marchese d'Aguillon, era mia intenzione proseguire verso Parigi, con un'adeguata scorta, usando la carrozza di corte francese che avevo lasciato a Roma. Però volevo anche passare per Bologna e incontrare Antonius. Me ne stavo quindi nella mia cabina studiando le mappe. La via maestra sarebbe stata senza dubbio la via Flaminia fino ad Ariminum e poi a Bologna lungo la via Emilia.

A Roma rividi con grande piacere l'ambasciatore d'Aguillon, che mi accolse con la consueta cortesia.

«Caro von Isenburg, che gioia rivedervi sano e salvo! Quali nuove?»

«Ruggero si nega all'impresa. Ho una lettera sigillata per il nostro re, della quale conosco a memoria il contenuto: con forbito linguaggio diplomatico, si comunica che il regno normanno non farà parte delle potenze cristiane che intendono muovere guerra ai musulmani. Augura ogni fortuna eccetera, eccetera. In privato però mi ha illustrato il suo pensiero con un linguaggio un po' meno forbito.»

«Che intendete dire?»

«Mi ha detto: se ne avete occasione dite al papa e a quel figlio di puttana di Bernardo di Chiaravalle che nessun

Altavilla si lascerà mai invischiare nelle loro assurde crociate. E che se deciderò di muovere il mio esercito e la mia flotta sarà per andare a tirare la barba a quel debosciato di imperatore di Bisanzio. Parole un po' ruvide, marchese e mi scuso per averle riferite senza veli.»

«Ci mancherebbe altro, siamo tra uomini. Devo convenire, parole un po' ruvide, voi dite. Direi che ruvide non è una parola abbastanza ruvida» mi rispose sorridendo.

Giungemmo a Bologna verso l'ora sesta. Mi rivolsi a Vivés e al valletto, dicendo loro che avevo un gran appetito e che, entrati in città, si dessero da fare per trovare una buona locanda, rinomata per la qualità del cibo. Entrammo da Porta Ravegnana, ma a questo punto si verificò un imprevisto. Il comandante del corpo di guardia venne verso la nostra carrozza e salutò militarmente. Aprii lo sportello della carrozza per chiedergli cosa stesse succedendo:

«Che accade, capitano?»

«Nobile ambasciatore, ho avuto l'ordine di scortarvi fino al Palazzo dei Consoli, dove sarete degnamente ricevuti. Un messo a cavallo proveniente da Roma ci ha prevenuti del vostro arrivo.»

«Ne sono onorato, capitano, ma per la verità questa era intesa come una visita privata, col solo scopo di incontrare un vecchio amico, sulla via di Parigi, che è la mia meta finale. D'altra parte non posso certo sottrarmi alla cortesia dei vostri ospitali reggitori, quindi procedete secondo le consegne ricevute.»

Uno dei soldati della guardia montò a cassetta per prendere le briglie e un drappello di quattro armigeri si affiancò ai due cavalieri che ci avevano accompagnato per tutto il viaggio, secondo le disposizione di d'Aguillon. Il capitano prese posto in carrozza con me.

Ci rimettemmo in marcia ed ebbi modo di osservare la città, che mi apparve subito molto bella. Costruita in mattoni rossi e con i tetti in coppi altrettanto rossi, brillava di riflessi rosati nel sole limpido di quel pomeriggio del tardo autunno. Con mia sorpresa mi resi conto che era una città d'acqua, con fiumi e canali che scorrevano per ogni dove, intersecandosi e diramandosi in un sistema fluviale che era solcato da chiatte e imbarcazioni, cariche di merci. Lungo i canali più esterni scorsi, in lontananza, numerosissimi mulini. Mi ripromisi di chiedere lumi sul complesso sistema di acque interno della città, se ne avessi avuto più tardi l'opportunità.

Ci fermammo di fronte a un palazzetto di ottima fattura, non lontano da una piazza che mi fu detto essere la piazza del mercato. Fui ricevuto in una sala del consiglio, non grande e sobriamente arredata. I due consoli, dei quali purtroppo ormai mi sfugge il nome, sedevano a un capo del tavolo che occupava il centro della sala. Il più anziano prese la parola:

«Signor ambasciatore, porgiamo i nostri ossequi al re di Francia e alla vostra persona. Siamo altamente onorati di riceviervi. Vi chiediamo inoltre di perdonare se non possiamo offrire altro che le modeste strutture del Comune per ospitarvi, pregandovi di rammentare che la nostra città sta lentamente e faticosamente affrancandosi dal dominio degli imperatori germanici d'oltralpe, per costruire la propria indipendenza civica.»

«Ancorché tedesco di origine, come probabilmente saprete, simpatizzo con la vostra causa. Penso che mentre gli imperi hanno bisogno di un forte governo centrale, le singole città debbano godere, per svilupparsi nel benessere e nell'ordine, di una notevole dose di autonomie amministrative.»

Era una risposta, mi rendevo conto, un po' contorta, nel senso che in parte si contraddiceva, ma non potevo dire di più, se non volevo ufficialmente approvare il fatto che la città si era ribellata, dando alle fiamme il palazzo del vicario imperiale. Il grave episodio era avvenuto nel 1114, alla morte di Matilde di Canossa, rappresentante ufficiale del Sacro Romano Impero in Italia. Enrico V non aveva raso al suolo la città, come ci si sarebbe potuti aspettare, ma anzi l'aveva perdonata. Nel 1116 aveva decretato una serie di concessioni in campo giuridico ed economico, che di fatto segnarono l'inizio del libero Comune. Comunque la mia risposta sembrò avere accontentato i miei ospiti. Mi furono presentati alcuni nobili e maggiorenti locali e ci trasferimmo quindi in una sala dove era stato approntato un ricco banchetto. Mi concessero il posto d'onore tra i due consoli ed ebbi così l'occasione di chiedere molte informazioni sulla storia della città, che aveva antichissime origini, addirittura anteriori alla storia di Roma. Mi fu spiegato che a fondare la città era stato un popolo misterioso, conosciuto dai dotti come gli Etruschi. Non dimenticai la mia curiosità a proposito dei corsi d'acqua e così venni a sapere che non solo il sistema di canali era collegato ai vicini fiumi Reno e Savena, ma addirittura si era dato mano alla costruzione del Canale Navile, con l'ambizioso progetto di collegare la città al fiume Po.

Ricordo ancora, di quel pranzo, i deliziosi involtini di pasta che racchiudevano un saporito ripieno di carni e spezie profumate, cotti in un ottimo brodo di cappone e di manzo.

«Ci inchiniamo riverenti dinnanzi al più potente uomo di Francia» proclamò Antonius a gran voce, in mezzo alla piazza, mentre correva verso di me per abbracciarmi. Aveva una sopraveste lunga oltre le ginocchia, impolverata, piena di schizzi di calce e gesso. Da una sacca che gli pendeva al fianco, spuntava una specie di gran compasso di legno.

«Che il diavolo ti porti, Antonius, sembri uscito da una fornace.»

«Be', in parte è vero... i mattoni li fabbrichiamo qui, sul cantiere»

«Come ti vanno le cose, amico mio? Che piacere rivederti!»

«La tua visita mi fa felice, Ulderico. Le cose? Vanno bene, c'è un sacco di lavoro da fare in questa città, mi sto facendo un nome.»

«Mi congratulo con te... e cosa progetti?»

«Torri.»

«Torri?»

«Proprio. In questa città, da quando due nobili famiglie si sono fatte costruire le loro torri private, nel centro della città, tutte le famiglie importanti ne vogliono una. E non parlo di torrette di guardia, accidenti, parlo di torri, da sessanta a novanta metri, mica scherziamo!»

«Ma non dirmi…»

«Giuro. A Bologna ormai se non hai la tua torre non sei nessuno, capisci? Io le so progettare e costruire bene. Sono l'uomo giusto nel posto giusto, ecco cosa sono, e guadagno anche un sacco di soldi.»

«E come li spendi?»

«Beh, sai com'è, sono giovane, abbastanza famoso, mi sono fatto una magnifica casa e ricevo molto.»

«Ricevi? E chi, di grazia?»

«Donne, belle donne.»

Stava ridendo di cuore, di fronte alla mia espressione stupefatta.

«Ulderico, sono donne magnifiche. Sai di qui sono passati conquistatori d'ogni sorta, dai Galli ai Romani, dagli Ungari ai Longobardi, dai Goti agli Unni. Si è mescolato molto sangue, ma c'è un substrato, un ingrediente segreto che rende le donne di queste terre inimitabili.»

Aveva assunto una buffa aria da cospiratore.

«Di cosa demonio stai parlando, vecchio pazzo?»

«Io, scavando con i miei uomini le fondamenta di una torre, molti metri sotto il livello della strada, ho trovato un sarcofago.»

«Romano?»

«No. Molto più antico. Ricoperto di una scrittura che nessun vivente conosce, che assomiglia al greco come caratteri, ma che non è assolutamente comprensibile.»

«Ma cosa c'entra con le donne, in nome di Dio?»

«Vengo al punto. Sul coperchio di marmo del sarcofago è

riprodotta, a figura intera, in dimensioni reali, una donna adagiata su un fianco, dal seno perfetto, dal corpo flessuoso, riccamente drappeggiato, la schiena appoggiata a cuscini ricamati, con un braccio levato in segno di saluto. Ulderico, è bellissima. Il suo viso è arcano, dai lineamenti che ricordano le femmine dell'oriente e le donne di questa città, in fede mia, assomigliano a questa figura misteriosa.»

«Dov'è ora questa meraviglia?»

«Dove vuoi che sia? L'ho fatta portare in casa mia, sistemata nell'ingresso. Mi serve come pietra di paragone. Quando invito una ragazza a casa, posso subito fare un confronto e se la fanciulla regge il confronto, so che varrà la pena di sedurla.»

«Antonius Armaforti, vedo già le fiamme dell'inferno danzare tra i tuoi capelli.»

«Ne riparleremo quando non avrò più capelli.»

Il giorno successivo Antonius mi accompagnò nella sede dello Studium di Irnerio. Il grande maestro era morto nel 1125, lasciando in eredità alla città e al mondo una grande scuola giuridica, la prima scuola giuridica a carattere universitario del mondo occidentale, che aveva riscoperto e riportato in auge il diritto romano: una vivida luce nel buio dell'incerto *jus* del nostro secolo.

Incontrai per primo Ugo, uno dei quattro discepoli di Irnerio. Mi presentai a lui, qualificandomi come laureato della Scuola di Parigi, diretta da Guglielmo di Conches. Mi accolse assai benevolmente e mi onorò di una lunga conversazione, in merito ai progressi che lo *studium* andava facendo sui codici latini che si andavano man mano recuperando. Poi volle farmi incontrare anche alcuni suoi colleghi: fu così che feci la conoscenza di Bulgarus, di Martinus Gosia e di Jacobus, nomi che insieme a quello di Ugo sarebbero diventati famosi in tutti i regni europei, come i *quatuor doctores*. Ricordo ancora oggi quell'incontro con commozione e nostalgia.

Quando finalmente rimisi piede a Parigi, ringraziai Iddio di avermi fatto tornare a casa. Il viaggio era stato molto lungo ed ero veramente stanco. A corte trovai un misto di contentezza, mescolata con un po' di delusione. La regina aveva partorito senza problemi e stava bene. Ma era nata Maria, una femmina. Il trono era ancora senza eredi.

L'argomento di gran lunga più importante, di cui tutti parlavano, era l'imminente crociata.

XII

La Contea di Edessa cadde nelle mani dell'*atabeg* Zengī nel dicembre del 1144. Vi fu una riconquista di breve durata da parte del conte Joscelin II, ma nel 1146 la contea venne definitivamente conquistata dal figlio di Zengī, Nūr al-Dīn ibn Zengi, che i latini chiamarono Norandino. Le notizie, vere o esagerate che fossero, sulle atrocità compiute dai Turchi sui cristiani, infiammarono l'Occidente. Bernardo di Chiaravalle si lanciò in predicazioni violentissime contro gli infedeli, arrivando persino a teorizzare il malicidio, un'interpretazione alquanto ardita delle Sacre Scritture e del pensiero dei Padri della Chiesa. Questa teoria giustificava l'uccisione degli infedeli, in quanto non si uccideva l'uomo, ma il male che era in lui, che si manifestava contro i veri credenti del vero Dio.

Quello della cristianità, naturalmente.

Così confortati, i veri credenti risposero in massa all'appello di papa Eugenio III che nel 1145 con la bolla *"Quantum praedecessores"*, chiamò la cristianità alle armi. Alla loro testa si posero in prima fila Corrado III di Germania e Luigi VII di Francia.

Nei primi mesi dell'anno del Signore 1147 l'Europa fu percorsa da un vento di guerra che la squassò come un uragano scuote la foresta. Gli eserciti si radunarono: a Vézelay i francesi, a Metz i tedeschi. Altre armate si concentrarono a nord-est della Germania, per attaccare gli slavi pagani di Livonia, una vera e propria crociata separata che fu nota come la crociata dei Venedi, o Wenden nella mia lingua madre. I baroni tedeschi avevano argomentato che dopotutto gli infedeli ce li avevano alle porte di casa e non era necessario andarseli a cercare tanto lontano; l'imperatore Corrado autorizzò, Bernardo sostenne il loro punto di vista e finalmente il papa acconsentì alla spedizione, garantendo tutti i relativi privilegi.

Infine fiamminghi, frisoni, normanni e inglesi si imbarcarono per la Terra Santa, ma la loro avventura non andò oltre il Portogallo, dove aiutarono il re di quelle terre a scacciare i mori da Lisbona.

Le armate tedesche, forti di oltre ventimila uomini, si mossero per prime, nel mese di maggio, seguendo i corsi del Reno e del Danubio, attraversando l'Ungheria e proseguendo poi lungo i Balcani in direzione di Costantinopoli, che raggiunsero in settembre.

L'armata francese si mosse solo in giugno e mi duole qui riconoscere che gran parte del ritardo rispetto ai tedeschi fu dovuto agli impedimenti causati da Eleonora e dal suo enorme seguito di dame, ciascuna oberata di enormi carichi di elegante abbigliamento e a loro volta accompagnate da stuoli di ancelle e serve. Cercai con tatto di far presente alla regina che non si andava ad una festa, ma lei mi rispose ridendo che non sono le belle donne ad andare alle feste, ma al contrario le feste ad andare dove ci sono belle donne. Il concetto era al di là delle mie capacità dialettiche e reputai saggio lasciar perdere. Comunque, quando Dio volle, riuscimmo a metterci in marcia e seguimmo esattamente il percorso di Corrado.

Tra le nostre forze mancava in quel momento l'esercito di Provenza, al comando di Alfonso di Tolosa, che aveva scelto di partire più tardi, in agosto, per via di mare. Inoltre gli armati di Savoia, Auvergne e Monferrato avevano scelto di attraversare l'Italia, quindi di imbarcarsi a Brindisi per il porto di Durazzo e da là marciare verso Costantinopoli.

Il re e i suoi feudatari maggiori, a cavallo, erano in testa alle colonne in marcia, mentre la regina, io, la dama di compagnia e il mio segretario, nella carrozza reale, eravamo a capo dei convogli che trasportavano il seguito femminile.

Dove io dovessi collocarmi nel corso della marcia, era stato uno dei tanti motivi di disaccordo tra il re e la regina. Eleonora mi voleva con sé e il re pretendeva che io rimanessi insieme al suo seguito privato. Alla fine fu raggiunto un compromesso: sarei rimasto nella carrozza con la regina e due volte al giorno avrei cavalcavo in testa alla colonna, per conferire col re, preparare le ambascerie e spedire i messi per prevenire le autorità dei Paesi che avremmo attraversato del nostro arrivo. Luigi, sotto questo aspetto era molto scrupoloso, e non voleva guadagnarsi la fama di predone crociato che aveva marchiato i comandanti delle precedenti spedizioni in Asia Minore e che, come venimmo a sapere poi, si stavano guadagnando i germanici di Corrado che ci precedevano.

Così come era accaduto il mese precedente con i tedeschi, anche a noi si accodarono migliaia di, diciamo così, devoti pellegrini, in realtà molti di loro sbandati, grassatori, omicidi, banditi, furfanti di ogni risma, che vedevano nell'avventura in Oriente un'occasione di riscatto o forse più semplicemente, di razzia. Il tragitto nelle terre di Germania non presentò particolari problemi: una serie di città bene organizzate si snodava davanti a noi e non c'erano difficoltà a procurarci il necessario vettovagliamento. Passammo così Metz, Worms, dove si unirono a noi alcuni contingenti normanni e inglesi, Würzburg, Ratisbona e Passau, distanti tra di loro circa tre giorni di viaggio e da qui, in cinque giorni raggiungemmo un sobborgo di Vienna allora di poco conto, ma che negli anni in cui scrivo mi risulta che si sia sviluppato come sede di una importante guarnigione militare. Il margravio d'Austria, Adalberto di Babenberg, fu molto generoso nel metterci a disposizione abbondanti scorte di cibo e di altri rifornimenti, cosicché il giorno successivo ci rimettemmo in marcia, raggiungendo verso sera il confine con l'Ungheria. Seguimmo per un certo tratto il corso della Drava, cercando di tenerci lontani dalle paludi che erano in quei luoghi assai estese. Poi raggiungemmo il Danubio e lo costeggiammo fino alla capitale ungherese. Fui sorpreso dal constatare, lungo il grande fiume, l'intenso traffico fluviale, costituito da ampie imbarcazioni che trasportavano merci di ogni genere.

Il re Géza di Ungheria ci accolse con grande benevolenza e fu palesemente contento di constatare che la regina usava la carrozza che egli stesso aveva donato. Devo qui riferire di un episodio che le cronache hanno poi tramandato in modo distorto e non corrispondente a verità. Si è detto infatti che ci furono contrasti tra Luigi e Géza per via di una faccenda interna dell'Ungheria, e cioè che Luigi avrebbe in qualche modo favorito un individuo che intendeva usurpare il trono magiaro. Ecco brevemente i fatti: nel 1112 il re d'Ungheria Colo-manno aveva sposato Eufemia di Kiev, figlia del gran principe Vladimir II di Kiev. Ma pochi mesi dopo ella fu colta in fla-grante adulterio, il re divorziò immediatamente e la rispedì al padre. A Kiev, comunque, Eufemia diede alla luce, come usa dire, il figlio della colpa, che fu battezzato col nome di Boris. Naturalmente Colomanno rifiutò di riconoscerlo come pro-prio figlio. La linea di successione al trono di Ungheria passò per Stefano II, Béla II e il nostro Géza II. Ed è qui che l'intra-prendente Boris, ormai adulto, cominciò ad avanzare pretese sul trono. Nell'aprile del 1146 Boris occupò la fortezza di Pozsony, presto riconquistata dalle truppe di Géza, ma a quel punto Enrico II d'Austria appoggiò apertamente Boris, il che costrinse il re a uscire in campo aperto, infliggendo il giorno 11 settembre una severa sconfitta ad ambedue. Il testardo Bo-ris si rifugiò a Kiev, dove però riprese a tramare contro Géza e in Ungheria tutti si aspettavano di vedere ricomparire il gio-vanotto alla testa di qualche armata nemica. Su questo tema ci fu una riunione nella capitale Pest, alla quale mi fu chiesto di partecipare. Il mio re chiese a Géza se poteva essergli in qual-che modo utile in relazione alle trame del ribelle, ma questi e i comandanti militari che partecipavano all'incontro si mo-stravano titubanti sul da farsi, tenendo conto che re Géza aveva sposato Euphrosyna, figlia di Mestislav I Vladimiro-vich, gran principe di Kiev.

«Quel Boris, gran figlio di meretrice, prima attacca il mio regno e poi alla mala parata, scappa a gambe levate dai suoi parenti a Kiev» tuonò furibondo Géza, «e io cosa posso fare?

Non posso fare guerra a mio suocero, per stanare quel topo rognoso!»

Luigi lo lasciò sfogare, poi in tono pacato gli disse:

«Re Géza, permettetemi un suggerimento. Partecipa con me alla spedizione un dotto giureconsulto, una testa fina, maestro nel trovare il bandolo di ogni matassa, che è oggi qui presente. Vorrei presentare *maître* von Isenburg, mio consigliere personale. Chiedo di consentire al signor von Isenburg di esprimere il suo parere sulla vicenda.»

«Che parli, per certo!» esclamò impaziente Géza.

«Signori sono molto onorato della fiducia che mi viene accordata. Pur non possedendo ancora tutti i dettagli della questione, mi sentirei di affermare che il giovane Boris, come tutti i giovani, aspira a onori, gloria e possedimenti. In questo momento egli indirizza queste energie, per se stesse non deplorevoli, verso un obiettivo deplorevole, e cioè attaccare il regno d'Ungheria. Proponiamogli dunque, tramite ambasciata a Kiev, di unirsi alla santa causa, azione nobile che gli procurerà precisamente le cose che va cercando, invece di farsi rompere le ossa dagli invincibili guerrieri magiari.»

Ci fu una lunga pausa, durante la quale nessuno parlò, poi Géza pose una domanda:

«E se rifiuta?»

«I vostri ambasciatori, preso nota del rifiuto, si recheranno dal gran principe e gli diranno che se non vi consegna Boris, vivo o morto, gli ungheresi attaccheranno Kiev. Mestislav, vostro suocero, ha fama di principe saggio e valuterà positivamente il fatto che a Boris viene offerta un'alternativa onorevole. Lo costringerà ad aggregarsi alla crociata, anche perché, a ciò che mi risulta, nessuno in Europa ambisce di avere l'esercito ungherese in casa propria.»

Géza per la prima volta quel giorno sorrise.

«Luigi, vi do seimila soldati bene addestrati, se mi lascerete in cambio *maître* von Isenburg.»

«Eh, caro Géza, con tutto l'affetto che ho per voi, questo proprio non posso farlo. In primo luogo, per averlo, ho dovuto vincere le proposte di Bernard de Clairvaux, e voi sapete di che sto parlando. In secondo luogo la regina non me lo permetterebbe mai. Il mio consigliere è diventato il suo.»

Due settimane dopo questo colloquio, Boris di Kiev si unì, con un manipolo di suoi seguaci, alla santa crociata e fu posto da Luigi sotto stretto controllo, in modo che non potesse in alcun modo lasciare la spedizione.

L'attraversamento dell'Ungheria richiese quindici giorni e finalmente giungemmo in Bulgaria, dove il primo centro abitato che incontrammo fu la fortezza di Belgrado. Da qui puntammo verso un grosso villaggio, chiamato Branicevo. La nostra meta successiva era la città di Naissós, che raggiungemmo dopo cinque giorni di viaggio tra colline dolcemente ondulate, coperte di boschi e di terreni fertili, dove però non c'era evidenza di agricoltura. Naissós segnava il punto del nostro ingresso nei territori bizantini.

Da qui in avanti, addentrandoci nelle terre dell'impero, cominciarono a sorgere attriti e fastidi con le popolazioni locali, che a quanto pareva non avevano gradito molto razzie e imposizioni da parte dei germanici passati per quelle terre poche settimane prima.

Eleonora era di buon umore. La fine della gravidanza e la ripresa delle sue consuetudini di vita l'avevano fatta rifiorire e splendeva di tutta la sua bellezza.

«Consigliere, sapete che il mio amato *troubadour* Jaufré Rudel si è unito alla spedizione?» mi interpellò Eleonora con aria spensierata.

«L'ho sentito dire, ma non ho idea in quale punto della carovana si trovi, mia regina.»

«Oh, sarà tra gli ultimi... ha avuto molte esitazioni alla partenza. Mi aveva chiesto il permesso di partecipare, io ne ho parlato al re, il quale come al solito si è molto irritato e così, proprio per questo, ho concesso l'autorizzazione.»

Mi guardò con una luce di malizia che le brillava negli occhi.

«Vorrei che si facessero ricerche, signor von Isenburg, amerei che Jaufré viaggiasse poco discosto da noi.»

«Provvedo subito.»

Feci un cenno al capo delle guardie di scorta, riferendogli l'ordine della regina e il capitano diede le necessarie disposizioni.

«Ditemi, consigliere, cosa ci aspetta, quali popoli troveremo, com'è la situazione nei luoghi in cui siamo diretti?»

«Altezza reale...»

«Giureconsulto, come già in occasione del nostro viaggio in Aquitania, vi dispenso, in presenza di persone di fiducia quali sono i nostri accompagnatori, di usare titoli nel rivolgervi a me. Eleonora andrà benissimo.»

«Ai vostri ordini, Eleonora. Dunque, la situazione dicevate… ebbene come il visconte de Morvillier mi ha dottamente chiarito prima della partenza, non bisogna commettere l'errore di pensare che tra la prima spedizione del 1096, quella che portò alla costituzione delle contee, dei principati e dei regni cristiani in Oriente e la caduta di Edessa, che ci spinge oggi a questa impresa, tutto sia filato liscio. Al contrario, sono stati anni di continui scontri tra la cristianità e i musulmani.»

«Quali musulmani?»

«Per buona sostanza i Turchi, Eleonora. Turchi, Turchi Oghuz, Turcomanni, Turchi selgiuchidi, Turchi del Sultanato di Rum, c'è chi li chiama Persiani… hanno tanti nomi, ma nessuno sa di preciso da dove vengano. De Morvillier mi ha detto che secondo sue informazioni dovrebbero essere genti originarie di quelle vaste terre che giacciono a nord della Persia e della Bactriana, tra la Cina e un mare interno che i Romani chiamavo Caspium e gli antichi greci chiamavano Oceano Ircano. Popoli di razza bianca, spinti a sud verso la Persia da invasioni mongole, ma che si sono anche mescolati ai mongoli, proprio come le orde mongole di Attila si mescolarono e si sciolsero tra le popolazioni bianche della Sarmatia e dell'Ungheria.»

«Si sciolsero, significa che le donne bianche generarono figli con i mongoli, vero?»

«Ecco sì, si tratta di questo…»

«Consenzienti?»

«Ne dubito.»

«Stuprate?»

«Temo di sì.»

L'argomento non mi piaceva, sapendo che andavamo a combattere i turchi accompagnati dalle più attraenti dame del regno, e feci del mio meglio per sviare l'interesse di Eleonora da quegli argomenti imbarazzanti.

«Però, d'altra parte, quando si parla di miscredenti, la gente intende gli Arabi, anche se ai nostri giorni l'espansione araba si è praticamente fermata.»

«Ma non l'espansione islamica, mi sembra di capire» osservò acutamente la regina.

«Infatti. Gli invasori arabi sono stati fermati in Sicilia dai Normanni e tra Spagna e Francia dai Franchi. A est l'impero di Bisanzio si è rivelato un ostacolo insormontabile. Quindi l'Europa non è diventata araba. E ai giorni nostri sono gli arabi ad essere sotto attacco dai loro stessi correligionari turchi, che gli Arabi avevano islamizzato nei secoli precedenti.»

«Tutto ciò è molto interessante, signor von Isenburg... sapete che ho uno zio nelle terre verso le quali siamo diretti?»

Questi improvvisi cambiamenti di argomento nelle conversazioni con Eleonora erano comuni, e ormai mi ci ero abituato.

«Sì, Eleonora... il fratello di vostro padre, Raimondo di Poitiers. Se ricordo bene, divenne principe di Antiochia per matrimonio con Costanza, la figlia ed erede di Boemondo II, principe di Antiochia e di Alice di Gerusalemme...»

«Ricordate bene. E ricordate anche quanti anni aveva Costanza quando sposò mio zio?»

Il tono di voce era davvero impertinente. Io lo ricordavo, eccome, ma decisi prudentemente di vedere dove la regina volesse andare a parare.

«Non ne sono affatto sicuro.»

«Aveva dieci anni. Capisce, giureconsulto? Dieci anni. E io quindici, quando andai sposa al gran principe di Francia, e lo trasformai in duca di Aquitania. In questo ottimo mondo cristiano si usano le bambine, signor mio, per conquistare terre, ducati, principati e regni.»

Il tono di voce era basso, ma le parole dure come pietre. Non avevo mai visto Eleonora così irritata, prima di allora. Lei tacque e io rispettai il suo silenzio. Poi riprese:

«Comunque mio zio è un uomo valoroso. E un gran bell'uomo!» esclamò ridendo.

Aveva ritrovato di colpo il suo buon umore.

«Sapete, von Isenburg, Raimondo è veramente un uomo affascinante, ottimo conversatore. Non è portato per le lettere, al contrario di mio padre, ma è un protettore dei letterati e grande ammiratore delle *chansons de geste*. Ardo dal desiderio di incontrarlo.»

«Il cammino è ancora molto lungo, Eleonora, e mi farà piacere se avrete la bontà di raccontarmi altre vicende della vostra nobilissima famiglia.»

In quel momento un ufficiale della Guardia venne a comunicarci che per il momento non era stato possibile rintracciare, tra le moltitudini che seguivano la spedizione, il trovatore Jaufré Rudel, ma che le ricerche sarebbero continuate.

Ritornando al nostro viaggio, ricorderò come fu a Branicevo che cominciammo ad assaporare gli inganni e la malafede dei Greci. Il cambio era assurdamente sfavorevole: questi ladroni pretendevano il nostro ottimo denaro in cambio della loro moneta locale, una divisa di poco conto. Poi a complicare le cose si aggiunse anche il pessimo comportamento dei Germani che ci precedevano, violenti e attaccabrighe. Quando giungemmo alle città di Sofia, Filippopoli e Adrianopoli, ad esempio, le porte delle città ci furono chiuse in faccia e gli acquisti seguivano questa procedura: dovevamo mettere il denaro in ceste calate dalle mura e con lo stesso sistema ci venivano consegnate le vettovaglie. Naturalmente questo metodo imponeva ritardi e comunque non era in grado di assicurare il necessario per sfamare le moltitudini che ci seguivano, le quali, in preda alla fame, si diedero a razziare e a saccheggiare. Inutile dire che tutto ciò non favoriva certo la nostra marcia attraverso i territori dell'impero.

Ma infine, a Dio piacendo, verso metà ottobre giungemmo a Costantinopoli. La città si presentò ai miei occhi in una luce incantata, dall'alto del colle che digradava dolcemente verso la costa. Nella luce del tramonto splendevano i tetti in rame delle basiliche e magnifici palazzi punteggiavano la città, lungo il mare che, a un certo punto, sembrava dividersi in due rami: il primo, maggiore, proseguiva verso est e l'altro, più piccolo, risaliva verso nord, insinuandosi profondamente nell'abitato. Mura poderose circondavano la capitale bizantina e con nostra sorpresa la porta d'ingresso era sbarrata e presidiata da un vasto schieramento di armati a cavallo. Sugli spalti sovrastanti le mura notammo preoccupati la presenza di centinaia di arcieri.

Fu impartito dal re l'ordine di fermarci. Io mi feci portare un cavallo e galoppai in testa alla colonna, raggiungendo Luigi. I suoi vassalli maggiori lo circondavano e due ali di cavalieri facevano ala da ambo i lati, pronti ad ogni evenienza. Il re stava conferendo con i comandanti militari, quando mi scorse e mi fece cenno di avvicinarmi.

«Consigliere, cosa ne pensate di questo schieramento di armati? Non mi sembra un accoglimento amichevole da parte di questa infida città!»

«Maestà, ritengo che sia opportuno l'invio di un ambasciatore, accompagnato da un esiguo drappello di uomini, per parlamentare e chiarire cosa sottenda il loro atteggiamento.»

«Concordo col vostro prudente consiglio, von Isenburg. Siate voi stesso l'ambasciatore e fatevi accompagnare da quattro gentiluomini, senza corazza e armati di sola spada cerimoniale.»

Eseguii dunque le disposizioni di Luigi e mi presentai a quello che sembrava il capo dei cavalieri schierati davanti alla porta. Portava un elmo conico ed era ricoperto di una lunga cotta in maglia d'acciaio.

«Sono Ulderico von Isenburg, consigliere del re Luigi di Francia. Porto un'ambasciata.»

«Siate il benvenuto consigliere. Sono il comandante delle guardie variaghe. Vi prego di seguirmi, ho il compito di condurvi dal maestro di palazzo del nostro imperatore Manuele I Comneno.»

Sotto una tenda eretta nei pressi feci così la conoscenza del maestro palatino. Si presentò per primo.

«Il mio nome è Tarasio di Calcedonia, *dromos logoteta* del palazzo imperiale. L'imperatore mi incarica di porgere il più caloroso benvenuto al vostro sovrano» esordì l'uomo, dal volto pacioso, del quale però si facevano notare gli occhi assai penetranti e mobilissimi. Sapevo che l'equivalente della sua carica in occidente corrispondeva più o meno a capo del cerimoniale o ciambellano.

«Ulderico von Isenburg, *jureconsultus in utroque iure*, consigliere di re Luigi. In primo luogo chiedo perdono per il mio greco assai imperfetto, signore. Ho studiato la vostra lingua, ma non ho avuto molte occasioni di praticarla.»

«La stessa cosa posso dire io del mio latino, quindi faremo così, se vi aggrada: voi parlerete greco e io la lingua di Roma, la cosa risulterà in tal modo reciprocamente giovevole. Vi ascolto.»

«Il nostro re viene in pace, come in pace abbiamo attraversato i territori che separano la Francia da questi luoghi. Il re desidera sostare brevemente nella vostra città, rifornire le truppe, e ripartire al più presto per portare soccorso ai cristiani minacciati dai Turchi.»

«Che Dio protegga la vostra impresa, signore.»

«Vi ringrazio, ciambellano... il nostro re e i nostri comandanti si chiedevano la ragione della presenza di tanti uomini armati, schierati al nostro arrivo a Costantinopoli. »

«Sapete, consigliere, dall'anno del signore 1096 a oggi, cioè a dire negli ultimi cinquantuno anni, molte armate si sono presentate alle nostre porte, tutte col nobile scopo di combattere i miscredenti, naturalmente, ma non sempre il loro comportamento è stato altrettanto nobile. Così il nostro imperatore ha imposto alcune regole, allo scopo di preservare l'ordine nell'impero e massime nella capitale. Mi comprendete?»

«Credo di sì... di che regole si tratta?»

«Oh, molto semplici in verità! I nobili e i cavalieri e i soldati regolari, che rispondono a un comandante militare, sono i benvenuti. Gli altri, la moltitudine di esaltati, vagabondi, rapinatori e tagliagole stanno fuori. Nella sua immensa generosità l'imperatore ha dato disposizione acciocché costoro siano sfamati, ma per recarsi in Terra Santa dovranno aggirare la capitale, recarsi sulla costa e da qui saranno traghettati sull'altra sponda.»

«Comprendo il punto, ciambellano. Permettetemi di riferire al mio re queste informazioni.»

«Vi attendiamo qui con la risposta, consigliere.»

Come mi aspettavo Luigi, nell'apprendere la posizione dell'imperatore al riguardo della nostra spedizione, all'inizio si mostrò offeso e irritato, arrivando a chiedere ai capi militari e a ai vassalli se non ritenessero opportuno penetrare in città con la forza. Mi ci volle un po' di tempo ma, anche grazie all'intervento di alcuni comandanti più prudenti, tra i quali si distinsero quelli di Aquitania, di Provenza e di Borgogna, riuscii a ricondurlo alla ragione e a fargli accettare gli ordini dell'imperatore. Furono emanate le necessarie disposizioni, l'esercito si mise in marcia per entrare in città e la turba di pellegrini fu tenuta fuori dai nostri stessi cavalieri, che non esitarono, quando necessario, a passare a fil di spada i facinorosi e i più scalmanati.

Ero ritornato da Eleonora e la ragguagliai sugli ultimi avvenimenti.

«Così entriamo in Costantinopoli!» esclamò con gioia di bambina, «ho sempre pensato a questa città come a un luogo magico, dove accadono le cose come nelle favole, quelle che mi raccontava mio padre.»

«Eleonora, non solo entriamo, ma visiteremo la città e i suoi luoghi sacri, guidati personalmente dall'imperatore Manuele e saremo suoi ospiti a palazzo. Un onore assolutamente straordinario: ho saputo che l'armata germanica è giunta in questi luoghi il 10 settembre e che Corrado e il legato papale, cardinale Theodwinus non sono stati nemmeno ricevuti da Manuele, il quale si è invece adoperato assai energicamente per far sì che i tedeschi si togliessero di torno e passassero in Asia Minore il più rapidamente possibile. A Corrado fu solo concesso di incontrare brevemente sua cognata, l'imperatrice Irene.»

«Von Isenburg, vorrei chiedere il vostro parere su una cosa che mi incuriosisce. Perché non ci siamo imbarcati in Francia, con le nostre armate, e non abbiamo raggiunto questi luoghi con la nostra flotta? Avremmo potuto evitare di essere seguiti da tutti questi straccioni, avremmo potuto fare una visita di cortesia all'imperatore e poi, con le nostre stesse navi, avremmo potuto sempre via mare, raggiungere i luoghi in Asia Minore, che desideriamo raggiungere.»

«È vero, Eleonora, avremmo potuto. Ma c'è un problema, che si chiama Ruggero II d'Altavilla. Ruggero, come sapete ha rifiutato ogni coinvolgimento nelle guerre contro gli islamici e non nasconde invece di avere ambizioni sui territori dell'Impero Romano d'oriente. Egli ci vede quindi come alleati di Bisanzio e quindi suoi nemici, dato che ha dovuto combattere duramente per strappare ai Greci la Puglia. Inoltre siamo alleati di Corrado di Hohenstaufen, mortale nemico di Ruggero, in quanto il tedesco è alleato del papa contro i Normanni.»

«E quindi...»

«E quindi le rotte marittime per i regni cristiani in Asia Minore sono sotto tiro della flotta di Palermo. E penso, signora, che probabilmente Ruggero non avrebbe esitato un momento ad attaccarci: non per affondarci o farci prigionieri, ma semplicemente per impedirci di passare e costringerci a tornarcene da dove eravamo partiti. Persino i pirati saraceni hanno dovuto soccombere di fronte ai suoi ammiragli.»

Credo sia opportuno che, qui giunti, i miei ricordi si soffermino un po' più a lungo sui giorni che trascorremmo a Costantinopoli. Manuele si comportò da ospite perfetto, facendo alloggiare nel suo stesso palazzo il re e la regina e i vassalli più importanti. Io, su richiesta di Luigi, fui alloggiato in un edificio che faceva parte del complesso palatino e mi fu messa a disposizione ogni sorta di servigi e comodità.

Il giorno successivo Manuele in persona ci accompagnò a visitare la capitale. Ci imbarcammo dapprima su una nave elegantemente addobbata e costeggiammo la parte più meridionale della penisola sulla quale sorge Bisanzio. Il *dromos logoteta* fungeva da guida e andava via via illustrandoci i mirabili edifici che scorrevano dinnanzi ai nostri occhi. Nel punto più a sud della nostra escursione vedemmo un enorme complesso architettonico noto come il Magnum Palatium, *Mega Palation* per i greci, residenza degli imperatori romani fin dal quarto secolo che comprendeva l'ippodromo e un secondo complesso palatino, il Palazzo del Boukoléon, residenza privata, da Teodosio in avanti, dei membri della famiglia imperiale.

Risalimmo poi in parte il grande estuario che divide in due parti la città, noto come il Corno d'Oro. Sulla sponda occidentale si stendeva il quartiere di Pera, sede di una colonia dei genovesi, che se ne servivano come base d'appoggio per i loro traffici verso oriente, e ci fu spiegato che l'antico nome greco di Pera era Sykais Peran, cioè il campo dei fichi sull'altra sponda.

Approdammo e in processione raggiungemmo la cattedrale di Santa Sofia, dove fu celebrata la messa con il sontuoso cerimoniale greco-ortodosso: era passato poco meno di un secolo da quando si era consumato il Grande Scisma del 1054 tra la Chiesa cattolica e la Chiesa greco-ortodossa. Dopo la cerimonia religiosa, ancora per via d'acqua, tornammo al Palazzo delle Blacherne, la residenza dell'imperatore. Da qui, appena fuori le mura, ci fu fatto visitare il Philopation, una villa immersa nel verde e luogo di caccia degli imperatori bizantini, in mezzo a fitti boschi.

Ma il momento culminante della giornata fu costituito dal pranzo serale. Nella grande sala dei banchetti, illuminata a giorno da innumerevoli torce e candelieri, era stata approntata una grande tavola a forma di ferro di cavallo, imbandita di vasellame d'oro, bicchieri e coppe di fine cristallo e trofei di fiori e frutta fresca. Ad ognuna delle dodici porte d'ingresso stazionavano due guardie variaghe, imponenti per statura e sfarzosa uniforme da cerimonia. I valletti assegnarono i posti a tavola secondo il protocollo, calcolai che fossimo una cinquantina di ospiti. I quattro posti centrali dell'arco formato dal ferro di cavallo erano ancora liberi: il *dromos logoteta* annunciò con voce stentorea che il basileus Manuele I con la regina di Francia, Eleonora d'Aquitania e il re di Francia con l'imperatrice Irene stavano facendo il loro ingresso nella sala. Ci alzammo tutti in piedi. I trombettieri fecero squillare le note dell'inno imperiale e i reali presero posto. Ancora una volta il *dromos logoteta* fece udire la sua voce, per informare i presenti che stava entrando il patriarca di Costantinopoli Michele II Curcuas. Costui si presentò davanti al *basileus* è impartì la benedizione ai sovrani e a tutti i presenti. Poi se andò, di dove era venuto. A questo punto il *logoteta* venne a sedersi accanto a me e mi rivolse un cenno di saluto, mentre lo *scalcus*, maestro dei conviti, dava ordine perché il pranzo fosse servito. Allo stesso tempo entrò un gruppo di sei musici, che si disposero su un basamento tra due colonne della sala con i loro strumenti, e iniziarono a suonare. Ancelle entrarono con il vino, un bianco profumato dal vago sentore resinoso, fresco e gradevole al palato. I reali stavano parlando fra di loro e con il *mega logoteta,* in occidente verrebbe chiamato gran cancelliere, che sedeva alla sinistra dell'imperatore. Immediatamente accanto sedeva il *megas domestikos,* comandante dell'esercito.

Il vino e l'atmosfera conviviale ben presto sciolsero le lingue e interessanti conversari si intrecciarono tra i commensali.

Ebbi modo di osservare più da vicino Manuele I Comneno: era un bell'uomo, alto e di gran portamento, assai affabile e gentile. Fui colpito dal suo magnifico abbigliamento: maglia e calze in seta color porpora rivestivano le parti visibili delle braccia e gambe, mentre tutto il resto del corpo era coperto da una veste lunga quasi fino a terra, intessuta di fili d'oro e d'azzurro, a formare un motivo geometrico a base di quadrati regolari. Ai piedi calzari in seta rossa e sul capo una corona intessuta d'oro a forma di calotta, sormontata dalla croce greca, con pendenti di pietre preziose ai lati del viso. L'imperatrice Irene, nata Berta di Sulzbach, era una mia compatriota, cognata di Corrado, il che mi fece riflettere che l'armata tedesca doveva avere molto irritato l'imperatore con il proprio comportamento, se questi si era addirittura rifiutato di ricevere il cognato di sua moglie.

Mi rivolsi al mio vicino:

«Signore, ricordo il nostro incontro alle porte di Costantinopoli e ho molto apprezzato le vostre delucidazioni durante la visita di oggi.»

«Sono onorato di esservi stato utile, così come lo sono di esservi seduto accanto. Sapete», continuò sorridendo, «essendo mio compito conoscere tutti coloro che accedono alla presenza dell'imperatore, posso affermare di avere informazioni su di voi.»

«Spero non troppo negative» risposi ricambiando il sorriso.

«Oh no, per certo. Anzi ci è giunta la vostra fama di uomo prudente e lungimirante. Ancorché circoli, negli ambienti ecclesiali europei, una non sempre velata manifestazione di diffidenza per un vostro presunto spirito di libertà nei confronti della *Sancta Auctoritas*.»

«Non è presunto, *logoteta*, non è presunto. Hanno ragione loro, devo convenire.»

«Interessante. Questo piacerà a Manuele Comneno.»

«Che intendete dire?»

«Il nostro imperatore non è quel che si dice un baciapile, signore. Avete visto che lo stesso patriarca, eseguite le sue funzioni benedicenti, non si è fermato al nostro convivio.»

«Infatti, vi confesso che la cosa mia aveva alquanto stupito. A Parigi, pensate, *in absentia regis*, vi sono due reggenti: uno è il conte Guglielmo II di Nevers e l'altro Suger di Saint-Denis, un abate... degnissima persona, s'intende.»

«Be', qui è diverso. Manuele i preti li vede volentieri in chiesa, ma non ama averli intorno nelle sue attività civili, mi capite?»

«Perfettamente. E devo aggiungere sommessamente che la cosa mi trova del tutto consenziente: credo che occorra nel mondo cristiano una maggiore distinzione di ruoli, tra fede e governo. *Reddite quae sunt Caesaris Caesari et quae sunt Dei Deo*: l'ha detto il figlio di Dio, non uno qualunque.»

Tarasio assentì pensoso.

«Sapete» continuò poi il mio commensale, «i nostri prelati hanno accettato con riluttanza la nomina ad imperatore di Manuele. Ed egli li ricambia di egual moneta. Immaginate che per la processione dell'incoronazione, dal palazzo reale a Santa Sofia, ha invitato anche un sultano selgiuchide.

Una vera provocazione, no?» commentò divertito.

«In effetti...»

«E allo stesso tempo, per non far torto a nessuno, lo si accusa anche di essere troppo aperto verso il papato. Il fatto è che se c'è una cosa che lo diverte è farsi spiegare da qualche dotto teologo le ragioni del Grande Scisma tra Roma e Bisanzio: non quelle politiche, che sono chiare a tutti e che riguardano la supremazia, pretesa dal papa, della la Chiesa di Roma sui patriarcati orientali, i quali naturalmente rifiutarono. No, gli piace proprio la parte teologica e le acrobazie mentali per dare dignità divina a una disputa molto mondana. Alla fine della spiegazione sorride soddisfatto, e consiglia invariabilmente lo sbigottito sant'uomo di farsi visitare da un medico. Manuele, sia detto per inciso, ama molto la medicina, e la pratica anche, con competenza.»

«Devo dirvi che quando studiavo la questione, nello studium di Guglielmo di Conches, le mie reazioni non furono molto dissimili. Mi dicevo, com'è possibile sostenere che una questione in ambito trinitario, basata sull'inserimento nel testo del Credo niceno-costantinopolitano della frase *qui ex patre (filioque) procedit*, con o senza il termine *filioque*, possa spaccare la cristianità in due, proprio mentre la minaccia dell'Islam si fa più pressante? Mi fu spiegato che per la chiesa di Roma lo Spirito Santo procede dal Padre e per la consustanzialità del Figlio col Padre, il Figlio è Dio, come il Padre, pertanto non occorreva specificare oltre. Per la chiesa d'Oriente invece si doveva specificare che lo Spirito Santo procede dal Padre "e" dal Figlio, ecco il senso del famoso *filioque*, come se fossero due entità distinte. Scoprii con incredulità che le differenti opinioni su questa sottilissima e assurda disputa, facessero sì che interi popoli cristiani si separassero da altri popoli cristiani, maledicendosi l'un l'altro. Ma allora ero giovane e non avevo capito quello che il vostro imperatore ha capito benissimo e cioè che la cristianità era già spaccata in due, da tempo. La disputa teologica, come avete ben detto voi, *logoteta*, è stata una sovrastruttura, un espediente per dare sostanza religiosa a una questione di puro potere. Certo che per i cristiani di un secolo fa, vedere papa Leone IX ed il patriarca Michele I Cerulario scomunicarsi a vicenda, non deve essere stato molto edificante!»

Tarasio di Calcedonia annuiva pensoso, mentre io andavo esponendo i miei ricordi e le mie considerazioni; dall'espressione del volto intuivo che era in sintonia con i miei pensieri.

Si avvicinò in quel momento al nostro lato del tavolo un'infinita processione di servitori che recavano grandi vassoi di portata, dai quali venne riversata nei nostri piatti una ricchissima varietà di cibi deliziosi, mentre in seguito altri servi provvedevano a ritirare e a sostituire in continuazione i piatti contenenti avanzi di cibo.

Giunsero dunque in tavola piatti di pesce, di carne e di selvaggina. Il pane era lievitato, come avevano insegnato a fare gli antichi egizi. Ricordo pasticci d'anatra, di pernici e di quaglie. Pesce persico e tonno. Sarde marinate all'agresto e alle erbe odorose. Anguille arrostite con composta di mele. Un piatto assai gustoso, chiamato "coda grassa": venni a sapere essere la coda di un particolare tipo di pecora. Questa coda, straordinariamente grossa, veniva cotta in umido lentamente, fino a farla diventare tenerissima. E poi pesciolini fritti con lenticchie, quindi formaggi, qui chiamati *anthotiro* e *kefalintzin*, serviti con gamberi di fiume lessati. E ancora piatti di carni, bollite e arrostite, manzo, maiale, capretti, e lepri e fagiani. Molte portate venivano accompagnate dal condimento per cui Bisanzio è sempre stata famosa, il *garum*, una salsa di pesce fermentato. Il mio dotto vicino mi spiegò che, secondo la ricetta speciale di corte, si partiva per la preparazione da alici, sarde, cefali, comprese le teste. Una volta eviscerato il pesce, lo si riduceva a pezzetti, si aggiungeva molto sale, aglio, sedano, menta, alloro, semi di finocchio e pepe. Un poco di vino fermentato e poi a riposare in cantina per un mese. Il pesce così si decomponeva, si disfaceva e il tutto diventava liquido. Si filtrava ed ecco pronto il garum. Devo però confessare di non andarne pazzo. Per i miei gusti è troppo forte, ancorché lo si usi in gocce. Potrei continuare a lungo, enumerando le portate, ma la memoria mi fa difetto, tanta era l'abbondanza, e quindi non voglio continuare oltre: dirò solo che in tutta la mia ormai lunga vita, non ho mai partecipato a un altro banchetto neppure lontanamente comparabile a questo. Tra quel profluvio di cibi e di bevande non mi fu facile continuare la conversazione col mio vicino, ma riuscii comunque a porgli una domanda che mi stava a cuore.

«Signore, sono stupito dalla musica che odo… non è musica sacra, non è la musica dei nostri trovatori… è assai colta e articolata e suonata con strumenti classici, ma non riesco a classificarla.»

«Lo credo bene, consigliere, questa è musica greca del decimo secolo, una musica pagana, creata e suonata per divertire e stupire. Una musica gioiosa, una musica del nostro *ethnos*, del nostro popolo. Lei lo vede, è suonata con strumenti che non si vedono in chiesa, i liuti, i *tambouras*, i *kémané*, le viole. La gerarchia religiosa la vede come il fumo negli occhi, e ha tentato in ogni modo di proibirla, ma tant'è: a Manuele I Comneno, che Dio ce lo preservi, piace, e tanto basta.»

Infine arrivò il momento dei dolci e delle torte col miele. Con l'inizio di questo servizio, entrarono i sala un gruppo di odalische, vestite in veli colorati e succinti, a piedi nudi e con tamburelli. Erano fanciulle di grande bellezza, alte e snelle, dalle chiome lucenti, del colore di rame. Danzavano, con conturbante sensualità, al suono di nuove musiche che gli orchestrali tenevano i serbo per lo spettacolo.

«Che magnifico vedere» esclamai, non riuscendo a staccare gli occhi dalle forme sinuose delle danzatrici, «di dove vengono?»

«Sono circasse, vengono dalle terre del Caucaso.»

«Schiave?»

«No. Un dono del gran sultano di Persia, anzi dovrei dire un prestito. Egli gratifica l'imperatore con l'invio periodico di gruppi di queste magnifiche danzatrici. Le ragazze ne sono felici, perché una volta tornate tra i Persiani, il fatto di avere danzato alla corte di Costantinopoli viene considerato un grande titolo di merito. Come vede, consigliere, non è detto che con i nemici ci si debba sempre e solo scannare ad ogni costo.»

«Un uomo potrebbe facilmente perdere la testa per una di queste bellezze» commentai soprappensiero, pentendomi subito di ciò che mi era sfuggito di bocca.

«In questa città la testa potreste perderla in via definitiva, solo se foste condannato a finire sotto la spada del boia. Poiché questo non è il vostro caso, cercheremo di fare in modo che una volta perduta, possiate poi ritrovarla la vostra testa, caro amico.»

Con questa fase misteriosa, si congedò e andò a fare uno dei suoi annunci.

«Onorevoli ospiti, ora il *Basileus* e la *Basilissa* si leveranno dalla tavola e con i reali di Francia si ritireranno nella Loggia Privata. Sei porte di questa sala saranno aperte e le loro eccellenze potranno disporre di sale con divani, tavole imbandite di dolciumi e bevande rinfrescanti, quindi potrete continuare a piacere i vostri conversari, mescolandovi come più vi piace. Tutti in piedi, prego!»

I sovrani si alzarono e uscirono, preceduti dal *dromos logoteta*, e seguiti da uno stuolo di servitori, mentre tutti si inchinavano.

Io per tutta la serata avevo cercato di osservare Eleonora, per quanto possibile, senza dare nell'occhio. Indossava un abito semplicemente stupendo, ed era la più bella, di gran lunga, di tutte le dame presenti. Conversava affabilmente con Irene e con alcune altre dame, appartenenti alla famiglia imperiale, sedute accanto a lei. Solo una volta incrociò il mio sguardo e mi parve di scorgere, sulle sue labbra, un fugace sorriso di affettuosa complicità.

Ma forse stavo semplicemente sognando.

Presi ad aggirarmi tra un salotto e l'altro, intessendo conversazioni più o meno interessanti qua e là, sia con gli alti dignitari di corte, che con i principi francesi. Mi fece piacere conversare nella mia lingua con alcuni nobili tedeschi, della corte di Corrado, che erano rimasti a Costantinopoli in qualità di ufficiali di collegamento. Essi mi informarono che l'armata imperiale germanica, arrivata a Costantinopoli il 10 settembre, ne era partita non molti giorni dopo, debitamente rifornita dai bizantini e non senza avere prima dato origine, come al solito, a schermaglie e a dissidi con i greci. Era circolata la voce che grandi armate nemiche si stavano ammassando in Anatolia, e che il momento era propizio per un attacco, affinché i musulmani non facessero in tempo ad organizzarsi. Questo bastò perché i tedeschi si lanciassero a testa bassa verso la guerra. Poiché eravamo al sei di ottobre, calcolai che l'esercito di Corrado doveva ormai essere ben penetrato in Asia Minore e che presto avremmo dovuto ricevere notizie sull'andamento delle operazioni. Comunque seppi anche che Corrado si era rifiutato di fare atto di vassallaggio all'imperatore Manuele, per le terre che avesse conquistato ai Turchi, durante la sua campagna militare.

Fu a questo punto che accadde un fatto che non mi sarei mai aspettato: Tarasio di Calcedonia si avvicinò e mi disse che ero desiderato nella Loggia Privata.

«Io?»

«Voi, signore» rispose imperturbabile, «vi prego di seguirmi. Ricordatevi che potete rispondere all'imperatore, se richiesto di farlo, ma se dovete parlare alla Basilissa, dovete aspettare la mia autorizzazione.»

«Se no?» mormorai.

«La pena per questo tipo di infrazione è relativamente lieve. Taglio della lingua.»

«Un'inezia, infatti. Sapete, *logoteta*, sono stupefatto di constatare che presso di voi nulla, per quanto riguarda le procedure cerimoniali, venga lasciato al caso. Tutto è regolato con incredibile precisione...»

«Consideri signore che ben due dei nostri imperatori, Costantino VII Porfirogenito e Niceforo II Foca, ci hanno tramandato un testo per noi fondamentale, noto presso di voi come *De ceremoniis aulae byzantinae*, che fornisce i più minuziosi dettagli sull'etichetta di corte. Ma ora andiamo. Siamo attesi.»

Un tavolo rotondo e basso, ricolmo di dolci e di frutta, era circondato da quattro poltrone, all'apparenza assai morbide e ricoperte di prezioso tessuto dorato, sulle quali sedevano i sovrani. Fu sistemata una sedia vicino a Manuele, che mi invitò ad avvicinarmi e a sedermi.

«Il vostro re parla bene di voi, ma non fateci gran conto, noi re siamo famosi per mentire spesso.»

«Spero meno dei consiglieri, altezza imperiale.»

Si mise a ridere.

«Ah, questa me la devo ricordare! Mia moglie Irene, nata Berta di Sulzbach, proviene dalle vostre terre e mi ha espresso il desiderio di scambiare una conversazione con voi, nel suo idioma.»

Conservai un perfetto silenzio. Il *dromos logoteta* disse:

«Che *maître* von Isenburg parli all'imperatrice.»

«Sono a vostra disposizione, altezza imperiale.»

L'imperatrice si lanciò in un torrenziale discorso, e nel suo dolce germanico di Baviera, mi subissò di domande sull'Europa, mi disse che le mancava la sua patria, che le mancava sua sorella Gertrude, la sposa di Corrado III e via dicendo. Le risposi sempre prontamente, le parlai della mia visita ad Aquisgrana, lei volle saper di mio padre e infine si rivolse a Eleonora ed esclamò:

«Siete fortunata Eleonora, ad avere al vostro fianco un consigliere tanto cortese.»

«Ed ora, signor von Isenburg» intervenne Manuele, «col permesso del re, vorrei chiedervi di intrattenervi con me su alcuni argomenti.»

Luigi mi guardava con aria benevola.

«Vorrei informarvi che il cognato di mia moglie, Corrado, si è rifiutato di esaudire una mia richiesta che mi sembra invece molto giusta e corretta. Dato che le terre in Anatolia, in Siria e in Palestina appartenevano al mio impero e che i Turchi me le hanno sottratte con la guerra, ribadisco il concetto che se queste terre verranno riconquistate dai crociati con il mio aiuto, esse dovranno tornare sotto la mia potestà. Non dico, badate bene, in mio possesso, bensì sotto la mia potestà. Ad esempio i principi cristiani che le governeranno, dovranno fare atto di sottomissione e divenire miei vassalli. Che ne pensate?»

«Questa era la anche la posizione del vostro predecessore Alessio I. Ma mi sembra che, anche tra chi si impegnò in questo senso, in realtà le promesse furono largamente disattese e ognuno tenne per sé ciò che si era conquistato.»

«Così è. E Corrado non ha nemmeno perso tempo a fare promesse. Ha detto semplicemente di no. Ora vorrei chiedervi, come esercizio teorico naturalmente, quale sarebbe il vostro consiglio se chiedessi al vostro re di sottoscrivere un tale accordo?»

Luigi alzò di scatto la testa e si mosse a disagio sulla poltrona. Eleonora mi guardava con quello sguardo tra il divertito e l'ironico che le conoscevo così bene, e capivo benissimo che era curiosa di vedere come mi sarei districato in quella difficile circostanza. Irene sembrava pensare ad altro. Un maledetto colpo basso, ma non potevo non rispondere. Questi greci, pensai. Forse è vero che c'è un fondo di spirito maligno nel loro animo, come sosteneva Luigi.

«Basileus, in linea di diritto non si può negare che la vostra richiesta sia fondata. Un riconoscimento vi è dovuto se terre, che erano vostre, vengono riconquistate da eserciti stranieri, però con il vostro aiuto determinante. E non si può non riconoscere che riceva un aiuto determinante chiunque voglia andare a combattere in Asia Minore, passando dal vostro territorio e ricevendo sostegno in truppe, vettovagliamento e supporto logistico dal vostro esercito. Quindi la richiesta è legittima. Ma mi permetto di segnalare che andrebbe esercitata gran cura nel considerare a chi la richiesta vada posta. Si può porla per certo a coloro che materialmente conquistano, col vostro aiuto, un territorio appartenuto in passato all'Impero Romano d'oriente e si apprestano a farne un proprio possedimento personale, regno o principato o contea che sia. In questo secondo caso la giurisprudenza non può che corroborare la coerenza della vostra richiesta, in quanto un beneficio ottenuto dalla collaborazione tra due soggetti, deve essere equamente ripartito tra i due collaboranti. Direi qui che un trattato di vassallaggio tra il reggente e l'imperatore, sia un concetto equo di ripartizione del beneficio.

Ma diverso è il caso di un re. Il re non solo emana le leggi, ma come dice il grande Giustiniano nel proemio del *suo Corpus iuris civilis* deve ad esse per primo essere fedele — *Imperatoriam maiestatem non solum armis decoratam, sed etiam legibus oportet esse armatam, ut utrumque tempus et bellorum et pacis recte possit gubernari et princeps Romanus victor existat non solum in hostilibus proeliis, sed etiam per legitimos tramites calumniantium iniquitates expellens, et fiat tam iuris religiosissimus quam victis hostibus triumphator* — l'imperatore non solo deve esser dotato di valore militare, ma anche di leggi, per potere rettamente governare.

Ciò detto non possiamo però dimenticare che una legge sovrasta tutte le altre nel dirigere l'opera dei re, ed è il bene dello Stato: concluderò dicendo che un re è libero di accettare o non accettare qualsiasi proposta o richiesta gli venga fatta, in accordo o in disaccordo con la giurisprudenza, quando egli segua il principio sovrano, che discende direttamente dal suo diritto divino di regnare, che ho sopra indicato. La stessa cattedra di Bologna, fondata dal grande giurista Irnerio e faro del diritto in Occidente, appoggia il principio — *princeps legibus solutus est* — il regnante non risponde ad alcuna legge. S'intende, leggi umane, non certo alle leggi divine, mi permetto di aggiungere.»

Manuele mi osservava senza parlare, Luigi si stropicciava soddisfatto la barba.

«Una dotta elaborazione *jureconsultus*, voi avete una straordinaria capacità di fare apparire nero il bianco e viceversa. Adesso mi è chiaro quello che i miei informatori mi hanno riferito, in merito all'interesse del grande Bernard di Clairvaux nei vostri confronti. Una vecchia mente intricata che voleva avvalersi delle forze di una giovane mente intricata.»

Scoppiò a ridere, con quel suo riso fanciullesco e contagioso.

«Bene, vorrei passare ora al secondo argomento, e cioè Ruggero II di Sicilia. Il mio ottimo amico Luigi mi ha informato della vostra ambasciata a Palermo. Naturalmente le mie spie mi hanno già da tempo fatto rapporto, ma questo resta tra di noi.»

Era uno strano tipo di imperatore, gli piaceva scherzare. Nel mio Paese gli imperatori non scherzavano mai. Però devo ammettere che Manuele mi piacque fin da allora.

«Dunque, consigliere, ditemi qualcosa di Ruggero.»

«*Basileus*, sono onoratissimo della fiducia che sembrate riporre nel mio giudizio, e cercherò di non deludervi. Dunque, come è ovvio, su Ruggero II si potrebbero spendere ore di discorsi, perché il personaggio è poliedrico, un grande re e un grande condottiero e quindi, in proporzione, grandi sono le sue virtù e grandi i suoi difetti. Ma non credo siano gli aneddoti che vi interessino, quanto i suoi orientamenti politici.»

«Avete colto il punto» disse, osservandomi intensamente.

«Ecco, parlando di punto, il punto è che Ruggero è vostro nemico. Come è nemico di Corrado di Germania. Come è nemico del papa. Potreste aspettarvi un attacco armato da lui anche domani.»

Mi guardò, sorpreso forse dalla mia franchezza.

«Perché siete così certo di quanto dite?»

«*Basileus*, c'era una volta l'Impero Romano. Costituito, per buona sostanza, di Italia, Francia, Spagna, parte dell'Inghilterra, Germania, Sarmatia, Balcani, Grecia, Asia Minore e Nord Africa. Oggi potentati separati e autonomi. Chi riuscisse a portare il suo dominio su più di uno di questi territori potrebbe a buon diritto proclamarsi l'unico erede del grande impero dei latini. Ma c'è un problema: l'erede morale e storico esiste già, e siete voi. Quindi Ruggero, che domina metà Italia e buona parte del Nord Africa, non può non pensare che, se riuscisse a conquistare Costantinopoli e il vostro impero, il gioco sarebbe fatto. Egli sarebbe, di fatto, il nuovo sacro imperatore romano, con buona pace di Corrado III.»

«Ma il papato...?»

«Oh, quanto a questo non avrei dubbi! Si accorderebbe con lui, Roma diventerebbe ancora una volta la capitale dell'impero e insieme costringerebbero Francia e Germania ad accettare questo nuovo ordinamento, che le vedrebbe nel ruolo di semplici province. Con gli arabi Ruggero ha ottimi rapporti e riuscirebbe, a mio parere, a imporre, per via di accordi e trattati o, se occorresse, con la forza, una *pax romana* ai musulmani. Vedete dunque, *basileus*: un nuovo Augusto si materializzerebbe nel mondo.»

Manuele restò silenzioso per alquanto tempo.

«Luigi, il vostro consigliere è forse un negromante, vede il futuro e parla con la Pitia di Delfo?»

«Non credo» rispose Luigi ridendo, «ma ha due doti, per certo: ragiona ed è astuto. Un tranquillo e astuto ragionatore.»

«Devo pensare al modo di portarvelo via!»

XIII

Mi ero ritirato da poco nel mio appartamento, quando sentii bussare discretamente alla porta. I candelabri erano ancora accesi e mi stavo preparando per il letto. Ero per la verità alquanto sorpreso, non aspettavo visite. Dissi di entrare e vidi avanzare verso di me una figura femminile, avvolta in un'ampia cappa di colore scuro. Quando entrò nel cono di luce del candelabro più prossimo al letto, mi accorsi con grande stupore che era una delle odalische, quelle che avevano danzato in presenza dell'imperatore dopo il banchetto. Mi sorrise, rivolgendomi la parola in un discreto greco.

«Signore, il *dromos logoteta* mi ha fatto sapere che avete apprezzato molto le nostre danze e che avete mostrato ammirazione per le nostre grazie. Egli ha pensato che forse vi avrebbe recato diletto conoscere personalmente una di noi, e mi ha fatto l'onore di scegliermi per questo alto incarico.»

Con queste parole, svolse con un elegante movimento la cappa che l'avvolgeva, svelandomi il suo magnifico corpo, coperto di tenui veli variopinti. Calzava delle pantofole d'oro, con la punta rialzata e rivolta all'indietro, e le braccia e i capelli erano adornati con monili d'oro di squisita fattura.

«Il *dromos logoteta* mi ha istruito di farvi perdere la testa, ma non in via definitiva» mi disse sorridendo, «davvero non so cosa volesse veramente intendere, ma mi ha detto che voi avreste capito.»

«Sì, io capisco» dissi attirandola a me in un impeto di passione sensuale così intensa, che mi sembrava di essere avvolto dalle fiamme. Trascorremmo un tempo lunghissimo, che non saprei quantificare, in giochi amorosi così brucianti, e così singolari, quali nessuna donna in occidente mi aveva mai fatto delibare. Quando il desiderio di riposo prese il sopravvento, giacendo rilassato vicino alla mia compagna, le chiesi:

«Dimmi di te, come ti chiami, da dove vieni?»

«Il mio nome è Zhanshir della tribù di Tanachouk. Vengo, come le altre ragazze, dalla Circassia, una terra lontana, oltre il Ponto Eusino, che noi chiamiamo Mar Nero. I nostri uomini sono soldati valorosi e noi donne siamo considerate assai desiderabili dal Gran Sultano di Persia. Ecco perché il nostro popolo fornisce ai persiani guerrieri e danzatrici. Noi ragazze veniamo portate in giovane età a Isfahan, dove veniamo istruite nell'arte della danza. Ci viene insegnata anche la lingua greca, almeno a livello elementare.»

«Non soffri per essere così lontana da casa?»

«A volte. Però la vita a Isfahan è meno dura che tra i monti del Caucaso e poi... questa possibilità di venire a Costantinopoli, quando mai l'avrei avuta se non fossi un'odalisca dello Shah?»

«Capisco il tuo punto. Mi sei molto piaciuta, sai Zhanshir? C'è qualcosa che posso fare per te?»

Lei tacque per qualche momento, poi mi rispose:

«Sì, nobile signore... forse voi avete il potere di farmi restare qui a Costantinopoli un po' più a lungo. Mi piace questa città. Se no, tra poco dovrò ritornare in Persia.»

«Farò tutto il possibile, te lo prometto.»

Ripartimmo di lì a poco. Erano passate quasi due settimane dal nostro arrivo a Bisanzio e proprio allora i Bizantini ci diedero la notizia di una strepitosa vittoria di Corrado sui Turchi. Luigi e i suoi comandanti si agitarono moltissimo, presi dal timore che l'imperatore germanico si arrogasse tutto il merito del successo e facesse bottino solo per sé ed i suoi. Furono dati frenetici ordini per la partenza e purtroppo, così facendo, come dirò poi, cademmo in una trappola dei Greci: evidentemente, avevano deciso che per i Franchi fosse giunta l'ora di partire. In realtà, come appresi in seguito, Corrado aveva riportato alcuni successi limitati in combattimenti di poco conto, successi che vennero gonfiati ad arte dai Bizantini per indurci a toglierci di torno.

Si rimise in moto l'esercito, a cui si accodò l'accozzaglia di "pellegrini". E poi i carriaggi con le vettovaglie, i rifornimenti, le attrezzature d'assedio e tutto il seguito delle dame e dei dignitari. Eravamo stati tutti traghettati al di là del mare; ora l'Europa era alle nostre spalle e davanti a noi si apriva l'Asia infinita, la cui estrema propaggine verso occidente era costituita dal mitico *Outremer*, le terre cristiane di Anatolia, dalla contea di Edessa al Principato Armeno di Cilicia, dal Principato di Antiochia alla Contea di Tripoli, e infine, il Regno della fatale Gerusalemme, alle quali gli Occidentali erano giunti, al termine del loro *passagium ultramarinum*, come furono all'inizio chiamate le spedizioni in Terrasanta. Noi però di mare non ne avevamo visto affatto, mi venne da pensare, se si eccettuava la breve traversata del Bosforo.

Il giorno 26 ottobre, mentre ancora si stava faticosamente

organizzando la logistica della nostra spedizione e di fatto non avevamo compiuto grandi progressi verso sud, giunsero dei messi con i cavalli quasi morti di stanchezza per la lunga galoppata senza soste e ci portarono notizie terribili, che lasciarono tutti attoniti ed in preda a cupi presagi: l'annunciata grande vittoria di Corrado era stata un'invenzione dei Bizantini e, al contrario, l'imperatore tedesco era caduto in un'imboscata e si era salvato a stento con una piccola parte della sua cavalleria, mentre il suo esercito era stato sterminato dai Turchi. I sopravvissuti alla strage, erano stati fatti prigionieri e avviati verso i mercati di Bagdad e d'Isfahan, per essere venduti come schiavi. Una tragedia inconcepibile. Il nostro re decise di fermarsi e di montare il campo dove ci trovavamo, dato che eravamo ancora in territorio bizantino e quindi relativamente al sicuro. Occorreva fare il punto della situazione, raccogliere più informazioni e decidere la condotta militare da lì in avanti.

Nei giorni successivi riuscimmo a farci un'idea più chiara su quanto era accaduto. Poco prima del nostro arrivo a Costantinopoli l'esercito germanico era stato traghettato sull'altra sponda e, fornito di guide della Guardia Variaga, era arrivato abbastanza velocemente fino a Nicea, un'importante città fortificata che, dopo essere caduta in mano turca nel 1077, era stata restituita a Bisanzio nel 1097 con la vittoria dei cristiani della prima Crociata.

Qui Corrado aveva deciso di dividere l'armata in due corpi di spedizione. Il minore, al quale furono aggregati i "pellegrini", al comando di un fratellastro dello stesso Corrado, il vescovo Ottone di Frisinga, proseguì la marcia verso

Gerusalemme lungo la costa, cioè a dire in terre dell'impero prima e in terre dei domini cristiani poi. Egli si mise invece alla testa del corpo di spedizione principale e decise di penetrare nei territori del sultanato selgiuchide d'Iconio, sfidando così apertamente i Turchi.

Quando venni a sapere questi particolari avrei voluto strapparmi i capelli per la disperazione: dopo tutto il gran parlare di comando unificato, di piani comuni, di concertazione con i principati cristiani di *Outremer*, ecco che Corrado si era gettato in un'impresa scriteriata, senza consultarsi con nessuno. E per cosa? Avrei giurato che la molla di tale azione folle era solo l'avidità di gloria e di saccheggio, da non dovere spartire con nessuno. Il risultato fu che l'armata tedesca, partita baldanzosa senza alcuna predisposizione logistica, si trovò ben presto a corto di acqua, in territorio nemico. Quando giunsero in vista di un piccolo fiume, nei pressi di Dorylaeum, i comandanti decisero di piazzare lì il campo, per fare riposare uomini e animali. I soldati, lasciate le armi, corsero all'acqua. Lo stesso fece la cavalleria. I cavalieri si avviarono al fiume, per dissetarsi e abbeverare i cavalli.

Nel mezzo di quella che per i nostri era diventata una scampagnata, i Turchi al comando del sultano Mesud I, attaccarono. Ne seguì un massacro. I Germanici non ebbero alcuna possibilità di riorganizzarsi in una formazione difensiva, né tantomeno di contrattaccare. Corrado a stento riuscì a fuggire a Nicea, con circa duemila cavalieri al seguito, il suo esercito fu annientato e l'intero campo conquistato come bottino dal nemico. Questa fu l'ingloriosa fine della spedizione dei miei connazionali, dovuta alla più stupida azione militare che io abbia mai visto in vita mia.

Noi arrivammo a Nicea nei primi giorni di novembre. L'incontro con Corrado e con quel poco che rimaneva del suo esercito, fu particolarmente penoso e, per me in particolare, data la mia origine germanica, anche alquanto umiliante. Corrado era in uno stato di cupa depressione e a stento riuscì a reprimere la propria disperazione, quando si trovò faccia a faccia con Luigi. Aveva salvato la vita per un soffio, e aveva anche rischiato di perdere l'amato nipote Federico I, allora un giovane di venticinque anni, che sarebbe poi divenuto noto alla storia col nome di Federico Barbarossa.

Devo dire, per la verità, che Luigi non mosse rimproveri né critiche, che anzi fece di tutto per rincuorare l'infelice compagno di spedizione, sollecitandolo ad unire la sua cavalleria, scampata al disastro, alle forze francesi e a continuare insieme l'impresa, in attesa di ricongiungerci alle truppe di Ottone, preservando il suo ruolo e il suo prestigio di imperatore. Comunque la si voglia vedere, resta il fatto che da quel momento la Crociata divenne una spedizione francese. Non che questo, come narrerò poi, fosse comunque un evento così benefico per l'esito finale.

Riprendemmo dunque il cammino, quello che chiamerei un tranquillo trasferimento in territorio bizantino e quindi al riparo da scorrerie turche. Le scorte erano abbondanti, le strade abbastanza agevoli e, toccando nell'ordine Prusa, Pergamum e Smyrna giungemmo, verso il Natale del 1147, a

Ephesus. Durante il viaggio ebbi modo di avere interessanti conversazioni con Eleonora, la quale mi raccontò, con l'impertinenza e il gusto del divertimento che la distinguevano, un po' di cronache provenienti dagli ambienti del Palazzo bizantino.

«Sai, consigliere von Isenburg, che se ne raccontano di storie interessanti al Palazzo delle Blacherne?»

«Dimmi Eleonora, mi incuriosisci» risposi io passando subito al tu, per evitare di essere rimproverato come al solito.

«Quando per Giovanni II Comneno si avvicinò l'ora della morte, di quattro figli che aveva avuto gliene rimanevano solo due, Isacco e Manuele. Infatti il primogenito Alessio morì per una febbre contratta durante una spedizione militare nella regione di Attalia...»

Si interruppe e mi chiese:

«Proprio dalle parti di dove dovremo passare noi, vero?»

«Così è.»

«Boh, speriamo in bene» commentò Eleonora con una buffa espressione fatalistica sul viso, «comunque il secondogenito Andronico e il terzogenito Isacco furono incaricati di riportare in patria le spoglie del fratello morto. Ma anche Andronico soccombette alla stessa malattia di Alessio.»

«Una maledizione biblica...»

«Infatti. Nel 1143 Giovanni stesso, che si trovava in Cilicia per una campagna militare, temporaneamente sospesa per il sopraggiungere dell'inverno, si ammalò gravemente per una ferita accidentale, durante una partita di caccia. Si spense in tre soli giorni, ma prima di morire decise che Isacco non era adatto a regnare e nominò suo successore il più giovane dei figli, quarto in linea di successione. Il giovane Manuele, aveva venticinque anni, era già molto sveglio, si dice a corte, intelligente e non conformista.»

«Immagino che quest'ultima qualità a Costantinopoli non sia vista particolarmente di buon occhio.»

«Alla morte di Giovanni, ci furono in effetti delle resistenze. Il clero non gradì la decisione del padre e i nobili bizantini osteggiavano apertamente Manuele. Ma quest'ultimo pensò e agì rapidamente. Poiché si trovava in Cilicia, diede ordine di costruire un monastero dove era morto il padre e di trasportarne le spoglie fino a Costantinopoli. Nel frattempo ordinò al *megas domestikos* Giovanni Axuch, comandante generale dell'esercito e fedelissimo di Giovanni II, di recarsi alla capitale, dove la notizia della morte dell'imperatore non era ancora giunta, con il compito di arrestare il fratello Isacco, detentore delle chiavi del tesoro e delle insegne imperiali, e per buona prudenza anche lo zio, fratello del padre, di nome Isacco pure lui.»

«Non è tipo da perdere tempo, il nostro Manuele!»

«Proprio no. Axuch fece quello che gli era stato ordinato. Dopo l'arresto dei due Isacco, si presentò al clero radunato in Santa Sofia, e detto in poche parole, se li comprò tutti, i preti riottosi.»

«Cosa vuoi dire?» esclamai sorpreso.

«Promise che se avessero espresso il consenso alla propria incoronazione, ogni anno sarebbero state donate cento piastre d'argento alla basilica e il nuovo imperatore avrebbe nominato patriarca un religioso gradito al clero.»

«Molto abile, devo riconoscere.»

«Così tutto andò per il verso giusto: Manuele ebbe l'incoronazione solenne nella basilica di Santa Sofia e il nuovo patriarca fu nominato nella persona di Michele II Curcuas, del monastero di S. Michele Arcangelo di Oxeia.»

«E i due Isacco?»

Eleonora sorrise:

«Sapevo che me lo avresti chiesto, a te piacciono i particolari. Bene, normalmente sarebbero stati strangolati, in una notte senza luna…»

«E invece…?»

«Invece, dato che non costituivano più un problema, Manuele li fece liberare e se li dimenticò. Questo è degno di un gran re, non ti sembra?»

Eleonora sembrava divertita dal suo ruolo di storico e soprattutto ero certo che le piaceva quell'inversione di ruoli, le piaceva, questa volta, essere lei che spiegava gli avvenimenti a me.

«E dimmi Eleonora, come è visto ora l'imperatore a Palazzo?»

«Come al solito mormorii, pettegolezzi, malumori… ma non congiure, né complotti. Manuele è amato dal popolo come lo era suo padre, e la sua posizione politica e militare è troppo forte perché qualcuno pensi di attaccarlo.»

«Però mi è stato detto che il clero continua a scandalizzarsi per il suo comportamento. Non approvano la sua disponibilità a cercare un'intesa con la chiesa di Roma, e poi non gli perdonano di avere invitato un sultano turco selgiuchide a partecipare alla processione che, dopo l'incoronazione, portò il neo-imperatore da Santa Sofia alla reggia.»

«Ah, quella del sultano turco la trovo un'idea geniale, un colpo di teatro fantastico... e d'altra parte in linea con la politica dei bizantini, vero Ulderico? Con i Turchi guerra e pace, uso della forza e trattati di non aggressione. Molto abile... non trovi? Ma poi c'è dell'altro: il clero disapprova anche la vita privata dell'imperatore.»

«Che vuoi dire?»

«Eh, qui le malelingue del palazzo si sono scatenate: si dice che Berta di Sulzbach, poi diventata imperatrice Irene, sia donna molto pia e devota, e sottragga tutto il tempo che una donna dovrebbe dedicare alle cure del proprio corpo, per dedicarlo alle cure religiose. Poca acqua e sapone e molta acqua santa. Manuele comunque fece il suo dovere, rendendola gravida due volte e ne nacquero due femmine, Maria e Anna. Per il resto se la tiene stretta, perché costituisce la sua privata garanzia di alleanza con Corrado del Sacro Romano Impero, un alleato indispensabile per difendersi dai Normanni di Ruggero II.»

«Solo per questo?»

«Sì, perché in quanto al resto sembra che l'imperatore sia molto attivo con nobili gentildonne bizantine e anche con affascinanti straniere.»

Pronunciando queste ultime parole, mi sembrò che Eleonora mi lanciasse uno sguardo strano, tra l'ironico e l'indagatore, che mi mise un po' a disagio.

«Affascinanti straniere?»

«Si dice che tra i vantaggi che gli derivano dalla sua posizione di sostanziale non belligeranza con i Turchi oghuz, i Turcomanni di Teheran e di Isfahan, egli coltivi, con questi popoli, interessanti scambi commerciali... seta, spezie, tappeti, metalli e pietre preziose, splendide danzatrici circasse...le avrai di certo notate durante il banchetto. Si dice che siano grandi amanti, oltre che grandi ballerine e che, se si accompagnano ad un uomo che sappia dar loro piacere, esse lo ricambino con prestazioni paradisiache.»

Mi sentii all'improvviso come un uomo che si trovi su di un erto pendio, scivoloso e infido.

«Esse ricercano dunque il piacere per se stesse?»

«Ulderico, tutte le donne ricercano il piacere per se stesse, solo che gli uomini non lo sanno, nessuno glielo ha mai insegnato. Gli uomini vogliono il piacere dalle donne, ma non si curano di ricambiarlo, il che è male, perché anche le donne possono godere di un intenso piacere sessuale. Lo sapevi?»

Cercai disperatamente di nascondere il mio imbarazzo.

«Ecco, io... io non credo di avere la preparazione sufficiente per discettare di tale tema... la donna fu creata sottomessa all'uomo... lo stesso Tommaso d'Aquino ci dimostra che sotto certi aspetti secondari, l'immagine di Dio che si trova nell'uomo non si trova nella donna: infatti l'uomo è il principio e il fine della donna, come Dio è principio e fine di tutte quante le creature. Quindi l'apostolo Paolo, dopo aver detto che l'uomo è immagine e gloria di Dio, mentre la donna è gloria dell'uomo, e a dimostrazione di ciò, aggiunge che infatti non l'uomo deriva dalla donna, ma la donna dall'uomo...»

«Giureconsulto, credi forse di intrappolarmi il cervello con le tue dotte elucubrazioni? Ebbene, non te lo permetterò» continuò ridendo, «perché ora mi devi una risposta.»

«Dunque, per l'appunto, tornando alla tua domanda, non mi è difficile credere che nelle donne sia presente il desiderio sessuale, come nell'uomo, altrimenti non si spiegherebbe perché dovrebbero concedersi al maschio, al di fuori della legittima aspirazione a procreare... però ciò non implica che in esse sia presente lo stesso impulso irrefrenabile a raggiungere il culmine del piacere che nell'uomo segna la conclusione del rapporto carnale. Tant'è vero che esistono rimedi naturali contro la libidine femminile, che non sono noti per l'uomo.»

«Ma davvero? E sarebbero?»

«Be', il famoso medico donna della Scuola Salernitana, la grande Trotula de Ruggiero ci dice che, cito a memoria quanto mi ha riferito il mio amico medico della stessa Scuola, Moniot de Coincy, "... ci sono donne cui non sono consentiti rapporti sessuali, vuoi perché hanno fatto voto di castità, vuoi perché sono legate dalla condizione religiosa, vuoi perché sono rimaste vedove. A certune, infatti, non è consentito di cambiare condizione e poiché, pur desiderando il rapporto sessuale, non lo praticano, sono soggette a gravi infermità. Per esse, dunque, si provveda in questo modo: prendi del cotone imbevuto di olio di muschio o di menta e applicalo sulla vulva. Nel caso che tu non disponga di quest'olio, prendi della trifora magna e scioglila in un po' di vino caldo e applicalo sulla vulva con un batuffolo di cotone o di lana. Questo, infatti, è un buon calmante e smorza il desiderio sessuale placando dolore e prurito.»

Ci eravamo fermati ormai da tempo per un periodo di sosta ed Eleonora aveva fatto scendere dalla carrozza i nostri compagni di viaggio. Si avvicinò a me, con movenze conturbanti e avvicinò le labbra alla mio viso:

«Ulderico, una notte vi inviterò a tenermi compagnia e vi dimostrerò che non basterebbe tutta la menta dell'Aquitania per farmi passare la voglia di trarre da voi godimento!»

Scoppiò a ridere e discese, ancora ridendo, dalla carrozza, lasciandomi in uno stato di profonda confusione e, devo aggiungere, di lacerante agitazione dei sensi.

Giunti che fummo ad Ephesus, poco prima del Natale del 1147, si sparse la notizia che Corrado si era ammalato e aveva deciso di tornare a Costantinopoli. Venni in seguito a sapere che colà giunto, l'imperatore lo accolse assai benevolmente e lo curò personalmente. Il che prova che Manuele non aveva nulla contro Corrado, solo temeva le soldataglie che lo accompagnavano; dato dunque che le soldataglie erano state uccise, o imprigionate dai Turchi, non c'era più alcun motivo per cui non dovesse dimostrarsi cordiale verso il cognato.

Dei messi ci raggiunsero per comunicarci che Corrado, una volta ristabilitosi, avrebbe raggiunto la Terra Santa via mare e che pertanto non dovevamo attenderlo, ma ci saremmo rivisti a Gerusalemme. Evidentemente di viaggi via terra in Anatolia, ne aveva avuto abbastanza.

Pochi giorni dopo la partenza di Corrado, riprendemmo la

marcia verso Antiochia, che era la nostra meta ma, come ben presto tutti ci accorgemmo, la passeggiata era finita. Poco dopo avere lasciato Ephesus fummo attaccati dai Turchi, ma i nostri si batterono bene e riportammo una netta vittoria. Poi un tremendo uragano spazzò dapprima i nostri accampamenti e perdemmo uomini ed equipaggiamenti, trascinati via dall'inondazione. Il cammino naturale, e più sicuro sarebbe stato certamente lungo la costa, fino ad Attalia. I comandanti militari, per accorciare il cammino decisero invece di tagliare attraverso una zona montuosa e raggiungemmo così con grandi sforzi Laodicea al Lico. Era il gennaio del 1148, faceva freddo e scoprimmo che la città era priva di ogni risorsa alimentare: non c'era alcuna possibilità di procurarsi rifornimenti. La prospettiva da affrontare era quella di attraversare una seconda catena montuosa, con poche scorte e con i guerriglieri turchi che tendevano agguati per ogni dove. Non v'erano alternative e affrontammo la marcia. Lungo la via giacevano i corpi in decomposizione dei pellegrini e dei soldati che al seguito di Ottone di Frisinga avevano percorso quelle stesse strade poche settimane prima. Venimmo poi a sapere che, come al solito, i pellegrini erano stati in gran parte sterminati dai Turchi e che solo una parte degli armati erano riusciti a raggiungere Attalia. Ai disastri si aggiungevano disastri e il morale dei nostri era assai basso, mentre gli attacchi di disturbo della cavalleria turca si facevano sempre più frequenti.

Ma le nostre sofferenze non erano giunte al termine: durante la traversata dei monti Cadmos, verso la fine di gennaio, accadde un disastro inimmaginabile, dovuto forse, ma non ne sono sicuro, all'irrazionale stupidità di un nostro comandante, Geoffrey de Rancon, vassallo di Eleonora, proveniente dal Poitou. Le cose andarono così: giungemmo, quasi al tramonto, con le avanguardie aquitane, alle quali era aggregato il convoglio di Eleonora e dame al seguito, in vista di un altipiano sul quale avremmo dovuto stabilire l'accampamento, secondo le disposizioni del re, ma questo Geoffrey, contro ogni logica militare, decise di montare il campo a fondovalle.

Per la verità egli in seguito si giustificò dicendo che uomini e animali erano sfiniti, l'ora tarda e inerpicarsi lungo i fianchi dell'altopiano con i carriaggi dei bagagli femminili sarebbe stato troppo arduo. Sta di fatto che, quando il grosso dell'armata giunse, Luigi in testa, sull'altopiano, non trovarono il campo allestito, né le difese predisposte. Le avanguardie erano accampate nella valle, assolutamente inutilizzabili in caso di attacco. E per l'appunto i Turchi attaccarono subito dopo. Fummo massacrati. Solo il sopraggiungere delle tenebre ci salvò da una disfatta totale. Il re stesso dovette nascondersi tra un gruppo di alberi, circondato dalla sua guardia personale, per sfuggire alla morte. I Cavalieri Templari, l'ordine religioso-militare fondato da Bernard de Clairvaux, a difesa dei pellegrini sulla via di Gerusalemme e di tutti i Luoghi Santi accorsero in nostro aiuto. All'alba eravamo riusciti a riconcentrare le truppe e a trovare una certa coesione, che evidentemente convinsero le scarse forze Turche a desistere dall'attacco. L'episodio turbò gravemente Eleonora e la mise in severo imbarazzo, perché Geoffrey de Rancon era un suo comandante.

La regina in persona lo degradò e lo rispedì con disonore in Europa.

Trovato così il capro espiatorio, fu deciso di affidare l'avanguardia dell'esercito ai Templari. Essi, al comando del loro Gran Maestro Évrard des Barres, giurarono di non rifuggire mai dalla battaglia: sotto la loro guida esperta completammo infine la traversata dei monti, e a metà febbraio giungemmo ad Attalia, dove ci ricongiungemmo con i superstiti germanici di Ottone di Frisinga. A quel punto Luigi comprese che continuare per via di terra sarebbe equivalso a farci distruggere tutti dai Turchi i quali, senza sfidarci in campo aperto, e impiegando drappelli di cavalieri incuranti della morte e di non grande consistenza numerica, tendevano continuamente agguati che ci infliggevano sempre pesanti perdite, poiché noi eravamo in marcia e non in assetto di battaglia.

Fu così presa la decisione di continuare per mare. Fu richiesto al governatore bizantino di Attalia di allestire rapidamente una flotta, sulla quale si imbarcarono Luigi, il seguito e quanti più cavalieri fosse possibile trasportare. Questa prima parte dell'armata giunse ad Antiochia il diciannove marzo dell'anno 1148. Il resto fu accampato fuori da Attalia, sotto la costante minaccia della guerriglia turca. I crociati chiesero di potere entrare in città, ma il governatore rifiutò, per la semplice ragione che la città non poteva contenerli tutti. Altre navi furono allestite e con queste un secondo contingente di comandanti e cavalieri salpò per Antiochia. La fanteria e i soliti disgraziati pellegrini disarmati, furono lasciati indietro con l'ordine di sbrigarsela da soli e di raggiungere Antiochia a piedi. Durante la marcia furono continuamente attaccati dai Turchi: i soldati riuscirono in qualche modo a difendersi e circa la metà di loro ce la fece ad arrivare ad Antiochia. I pellegrini, al solito, furono tutti massacrati e nessuno accorse in loro aiuto.

Come Dio volle Luigi ed Eleonora erano giunti ad Antiochia. Oltre a noi del seguito, c'erano tutti i cavalieri che avevano potuto imbarcarsi mentre i superstiti della fanteria che avevamo lasciato ad Attalia, cominciarono ad arrivare, in gruppi sparsi, nelle settimane successive. Lo zio di Eleonora, il principe di Antiochia Raimondo di Tolosa, ci accolse con grande sfarzo e cortesia. Eleonora appariva ora felice: Antiochia era la prima vera grande città che incontravamo, dopo Costantinopoli e la grande città era l'unico ambiente dove Eleonora poteva vivere con gioia. Ci furono banchetti e feste, allietate anche dai canti del *troubadour* Jaufré Rudel, che era ricomparso come per incanto, mentre durante tutta la marcia da Costantinopoli ad Antiochia, era stato dato per disperso. Stranamente Eleonora non se n'era data gran pena, ma ora stavo cominciando ad intravvedere la verità. Avrei scommesso che il languido cantore si era imbarcato a Bisanzio, naturalmente a spese della regina, ed era giunto ad Antiochia da tempo, dove ci attendeva fresco e riposato.

Ma la serenità durò per un tempo assai breve: finite le feste e i convenevoli, emersero le difficoltà politiche tra Raimondo e re Luigi e tra questi e gli altri signori degli Stati cristiani della zona. Raimondo fece la sua proposta a Luigi: unire le forze ed attaccare Aleppo, la roccaforte turca dalla quale era partito l'attacco vittorioso contro Edessa, con le conseguenti stragi di cattolici che tanto efficacemente aveva descritto papa Eugenio. Onestamente mi sembrò che la richiesta di Raimondo fosse più che lecita, visto che proprio la rovinosa caduta di Edessa in mano ai Turchi, con le atrocità che ne seguirono, fu il *primus movens* della spedizione. Joscelin de Courtenay, della contea di Edessa, che aveva perso la sua capitale e aveva dovuto ritirarsi nella città fortificata di Turbessel, a ovest dell'Eufrate, naturalmente appoggiò entusiasticamente l'iniziativa e molti nobili europei, soprattutto quelli più vicini ad Eleonora, si dichiararono favorevoli, giungendo persino a compiere puntate esplorative nell'area di Edessa per saggiare lo forze turche. Ma Luigi tentennava. A complicare le cose ci si mise anche Raimondo II di Tolosa, conte di Tripoli il quale, prima di Edessa, richiese che fosse attaccata Montferrand, una cittàfortezza della contea che era stata conquistata da Zengi, l'atabeg turco di Mosul e di Aleppo.

Anni prima Zengi aveva posto l'assedio a Montferrand e Foulque V d'Anjou, re di Gerusalemme, era sopraggiunto in soccorso del giovane Raimondo di Tripoli, ma ambedue furono sconfitti dall'*atabeg*, che li rinchiuse prigionieri proprio in Montferrand. Furono in seguito liberati, all'arrivo della notizia che un esercito cristiano stava arrivando da Gerusalemme in loro aiuto, però era chiaro che al bellicoso Raimondo questa storia non era andata giù. Così re Luigi si rese conto che per accontentare l'uno, doveva scontentare l'altro, e il suo carattere perennemente indeciso fece sì che al momento non prendesse alcuna decisione. Accampò scuse, disse che doveva ancora attendere la fanteria in marcia da Attalia, e in fondo era chiaro che al pio re non importava nulla delle beghe dei Franchi di Siria e che egli voleva andare a Gerusalemme, per compiere qualcosa di veramente grande in campo religioso, oltre che militare.

Ma si trovava sotto assedio: non solo i principi cristiani lo sollecitavano a fare questo o quello, ma la stessa Eleonora era furiosa con lui e lo accusava di non aiutare né Raimondo d'Antiochia, lo zio della regina, in quanto Aquitano, né Raimondo di Tripoli, in quanto del Poitou, cioè comunque suddito di Eleonora. E, probabile aggravante agli occhi di Luigi, suddito di quello stesso Poitou a cui apparteneva il colpevole Geoffrey, che aveva quasi portato l'armata francese alla rovina sui monti del Cadmos, durante la marcia di trasferimento da Laodicea al Lico verso Attalia.

Eleonora mi teneva quasi sempre con sé, cosa che irritava tremendamente Luigi, il quale però non osava sfidare apertamente la regina, ordinandomi di restare presso di lui. Non ero affatto felice di quella situazione, anche per via di certi sensi di colpa che mi serpeggiavano in petto. Spesso Eleonora si intratteneva con lo zio, uomo assai affascinante e di poco maggiore d'età; ciò diede la stura a innumerevoli maldicenze e basse insinuazioni, della cui falsità mi rendo solennemente testimone.

Spesso ero presente alle loro conversazioni. Parlavano tra di loro in occitano, la *lenga d'òc* che ormai i franchi non erano più in grado di comprendere, cosa che aggiungeva rabbia alle loro frustrazioni.

«Raimondo, il mio augusto consorte ci porterà alla rovina. Non lo sopporto più!» esclamava la regina con tono stizzito.

«Cara nipote, non so che dirti. Le ho provate tutte per convincerlo, ma non c'è verso. Lui vuole andare a Gerusalemme.» «Ma cosa ci deve fare a Gerusalemme non capisco! Non è lì che il papa ci ha detto di andare a combattere, Gerusalemme non è sotto attacco, è qui a Edessa, ad Antiochia, a Tripoli che i cristiani sono in pericolo! Gli si è rammollito il cervello, oltre al resto?» sibilò velenosamente.

«Che dirti mia cara? Cosa ne pensa il tuo consigliere?»

«Che ne pensate, von Isenburg?»

«Mia regina, il re attraversa un periodo di forte incertezza. Stranamente il Santo Padre gli ha detto di liberare Edessa e di ricacciare i Turchi da dove sono venuti, ma egli spinto dalla sua fede, che evidentemente sovrasta le disposizioni papali, vuole andare a Gerusalemme. A che fare, vi chiedete. Credo a pacificare la propria anima: il pellegrinaggio religioso ha preso il sopravvento sulla spedizione militare.»

«Voi, mio prezioso consigliere, siete sempre in grado di chiarirmi le cose. Ma in pratica: che fare?»

«Ho saputo che Corrado di Germania, ormai guarito, è già arrivato per nave ad Acri, non lontano dalla Città Santa. Ho anche saputo che il Patriarca di Gerusalemme è in arrivo ad Antiochia per conferire col re. Il mio avviso è di attendere l'esito di questo colloquio, prima di prendere qualsiasi decisione.»

«Ebbene, così sia» concluse Eleonora, «e voi, consigliere,

siete pregato di raggiungermi nei miei appartamenti.»

Di lì a poco, mi ritrovai al cospetto con la regina.

Era calma, sorridente, sembrava che su di lei l'irritazione potesse cedere facilmente il posto alla serenità, con la stessa facilità con cui l'onda morbida può cancellare, sulla riva del mare, le diseguaglianze della sabbia.

«Mio fedele, la vostra presenza mi dà gioia. Cogliamo dunque quest'occasione per stare un poco insieme, fino al tramonto e a pranzare con i buoni cibi che le cucine di mio zio sfornano doviziose.»

«Sono incantato dalla tua proposta. Eleonora.»

«Ti devo dire una cosa: il tuo imperatore è un imbecille e il mio re è un cretino. Siamo in buone mani, nevvero?»

«Mio Dio, Eleonora! Tu sai di lettere e di poesia, di musica e di arte... ma sulla diplomazia siamo un po' carenti, ti pare?»

«Non ho scelto di fare la diplomatica, ma la regina. E mi piace dire quello che penso» mi rispose con un bel sorriso.

Giunsero i servi con la cena, accompagnata da un buon vino rosso. Quando, al primo calar della sera, finimmo di consumare il nostro pasto, alquanto frugale, Eleonora mi invitò a sedermi vicino a lei, sul divano riccamente tappezzato con sete multicolori della più fine fattura.

«Mi piaci molto, Ulderico... se ti avessi conosciuto prima, ti avrei voluto con me a Poitiers e non averi mai sposato quel tanghero che ho sposato, ahimè!»

«Le vostre parole mi turbano, Eleonora.»

«Mi piace vedervi turbato... vediamo se possiamo avere il piacere di vedervi ancora più turbato...»

Così dicendo si alzò e si liberò della veste e del corsetto.

«Dovreste cercare di imitarmi, non vi pare, *jureconsultus*?» Usò quel suo mirabile modo di parlare, tra l'ironico e l'affettuoso che l'avevano resa famosa presso tutte le corti d'Occidente. In breve ci trovammo nudi nel suo letto, frementi di passione e consumammo un'indescrivibile notte d'amore.

Fulcherio di Angoulême, Patriarca di Gerusalemme, ebbe dunque un lungo colloquio con il mio re, ed il risultato fu che Luigi decise di muovere immediatamente l'armata verso Gerusalemme, dove lo attendeva Corrado.

Eleonora e Raimondo erano assolutamente furiosi. Durante un colloquio tra il re e la regina, al quale fui richiesto di assistere, mi resi conto che la frattura tra i due era ormai insanabile.

«Ti informo che non condivido nessuna delle tue scelte» gli disse freddamente Eleonora, «e pertanto, non potendo essere questa la situazione tra il re e la regina, darò inizio alla richiesta di divorzio appena sarò tornata nelle mie terre.»

«Tu non andrai da nessuna parte» ritorse furiosamente il re, «ma verrai con me a Gerusalemme!»

«Te lo puoi scordare, io sono padrona di fare ciò che più mi aggrada. Resterò qui in attesa della prima nave in partenza per la Francia.»

Con queste parole, pronunciate con un tono di calma glaciale, Eleonora lasciò il gabinetto reale.

«Voi vedete consigliere, la regina è intrattabile. Ma saprò piegarla al mio volere, parola di Luigi di Francia.

Queste sono piccole questioni che saranno regolate. Ditemi, piuttosto, che ne pensate della spedizione?»

«Maestà, mi sento stranamente confuso. Siamo ad Antiochia, vi si chiede di fare una cosa o l'altra, o meglio tutte e due, comprendo il vostro dilemma, ma voi infine decidete per una terza opzione, e cioè di andare a Gerusalemme dove vi attende l'imperatore. Posso chiedervi quali sono i vostri progetti?»

«A parte di andare a Gerusalemme, non sono certo di nulla. Cosa mi suggerite?»

«In questo caso non c'è, a mio avviso, altra cosa da fare che, una volta colà giunto, convochiate un concilio generale, al quale dovranno partecipare oltre beninteso il re di Francia e l'imperatore di Germania, tutti i principi e tutti i nobili, e gli alti prelati che hanno interesse in queste terre. Dovrà essere decisa una linea d'azione comune, finalmente, e si dovrà dare uno scopo preciso e un obiettivo certo a questa spedizione! Non potete caricarvi tutto questo immane fardello sulle sole vostre spalle, mio re!»

Il re stette silenzioso per alquanto tempo, come se gli avessi rivelato chissà quale arcano e avesse bisogno di tempo per comprendere appieno il senso delle mie parole.

«Come di consueto il vostro consiglio mi è prezioso, von Isenburg. Farò precisamente ciò che mi avete appena delineato.»

Quella stessa sera il re mosse per Gerusalemme, con tutta l'armata che ancora gli restava, dopo avere fatto mettere sotto scorta Eleonora dalla sua guardia personale, per condurla, virtualmente prigioniera, con sé verso la Città Santa.

Partii con gli altri, questa volta da solo, a cavallo. Cupi pensieri mi agitavano la mente, interrotti solo dal ricordo della mia notte d'amore con Eleonora, una notte che mi appariva vieppiù circondata dalle nebbie dell'irrealtà, quasi a farmi dubitare che fosse mai realmente esistita.

La situazione, mi dicevo, era dunque questa: dopo che schiere di ambasciatori e consiglieri si erano scaraventati per ogni dove in Europa e in Oriente, per cercare di tessere una strategia comune tra i partecipanti alla santa Crociata; dopo decine di migliaia di morti; dopo sofferenze inaudite; dopo spese folli che stavano dissanguando regni ed imperi cristiani, dopo tutto ciò un'intera armata, con i suoi supremi condottieri, si trovava in un punto della costa del mare Mediterraneo, a mille e mille miglia dalla patria, e nessuno sapeva di preciso a fare cosa.

Una bella soddisfazione.

XIV

Il ventiquattro giugno 1148 ad Acri, una città a circa cinquanta miglia a nord di Gerusalemme, si tenne un Concilio per decidere finalmente quali erano i veri obiettivi della crociata. Vi partecipò il fior fiore della nobiltà d'Europa e, come dirò poi, solo una parte di quella dell'*Outremer*, cosicché tutti, me compreso, s'illusero che da tanta congrega uscisse una decisione giusta, saggia e lungimirante. Invece ne uscì la più grande idiozia di tutta la crociata, che pure di idiozie ne aveva già visto una ricca collezione. Ma procediamo con ordine.

L'assise si componeva, per così dire, di tre corpi distinti, che potremmo rappresentare come i francesi con il re Luigi, i germanici con l'imperatore Corrado e i re e principi locali, in primo luogo re Baldovino III di Gerusalemme e la madre Melisenda, fino a quel momento reggente in nome del figlio che però, adesso ormai diciottenne, scalpitava per avere pieni poteri. In questo terzo gruppo di convenuti al concilio brillavano per la loro assenza i principi e i conti del nord, i quali furiosi contro Luigi, come abbiamo visto, non lo avevano seguito a Gerusalemme. V'erano nel gruppo, in compenso, oltre al patriarca di Gerusalemme, ben sette tra arcivescovi e vescovi locali. Completavano la schiera un gruppo di nobili minori e, a buon titolo, Robert de Craon, Gran Maestro dei Cavalieri Templari e Raymond de Puy, Gran Maestro dei Cavalieri Ospitalieri. Con Luigi si presentarono Godefroy de La Rochetaillée, vescovo di Langres, il cardinale Guido Bellagi, legato pontificio, Arnulfo, vescovo di Lisieux e inoltre una schiera di nobili francesi, vassalli del re. Corrado era accompagnato da Ottone, vescovo di Frisinga, Stefano di Bar, vescovo di Metz, Enrico I di Lotaringia, il vescovo di Toul e il vescovo Theodwin, legato pontificio.

Tra i laici: il duca di Baviera e margravio d'Austria Enrico II Jasomirgott, il duca di Svevia, Federico III, Guglielmo V marchese di Monferrato e molti altri di cui ora non ricordo il nome. Ricordo invece un pensiero di allora: tra i personaggi più influenti del concilio, vi erano quattordici cardinali, patriarchi, arcivescovi e vescovi. Francamente in un consesso che doveva prendere decisioni eminentemente militari, mi sembrarono un po' troppi. Dagli interventi che udii, mi fu presto chiaro che ai condottieri presenti, del mandato papale di liberare Edessa non importava nulla e ancor meno importava degli Stati cristiani del nord. In qualche modo riuscii ad afferrare il filo dei loro contorti ragionamenti: la crociata era stata un disastro e tornare in Europa con quel fardello di insuccessi sulle spalle, avrebbe esposto tutti i partecipanti alle critiche più acerbe. Occorreva un successo militare. Occorreva la dimostrazione di avere assolto un grande impegno morale e religioso. Occorreva recuperare, sotto forma di un favoloso bottino, le ingenti ricchezze sperperate per niente fino a quel momento. La risposta a tutte queste impellenti istanze era una sola: Damasco.

Pian piano, come sotto l'influsso di un comune sentire, tra i partecipanti al consesso emerse la decisone più sbagliata: attaccare Damasco. Si sostenne che la città, retta dall'*atabeg* turco

Mu'în-al-Dîn Unur, della dinastia buride, un alleato di Gerusalemme, che non aveva mai creato problemi ai cristiani e che anzi si era difeso con valore dall'attacco dell'*atabeg* Zengi di Aleppo, si sostenne, dicevo, che potesse essere pericolosa, data la vicinanza, per la Città Santa. L'importanza dell'impresa sul piano religioso era rappresentata dal fatto che proprio in quella città era avvenuta la conversione al cristianesimo di Paolo di Tarso, e ancora oggi mi domando che senso avesse quella constatazione in relazione all'opportunità di attaccare Damasco. Quanto poi al ricco bottino, bene qui la cosa era chiarissima: la città da conquistare era molto ricca e i predoni cristiani avrebbero ottenuto un grande successo. Eleonora era ancora tenuta segregata e non poté, almeno pubblicamente, difendere il punto di vista dello zio Raimondo e cioè di attaccare Edessa e i Turchi al nord della Siria; però io sapevo che privatamente non mancava di biasimare Luigi per la sua condotta politica e militare, il che non aveva altro risultato che far viepiù infuriare il re. Il quale, lo dico per inciso, in quei giorni raramente chiese il mio parere, forse temendo che avessi motivi di critica per la sua posizione, il che dimostra che egli ormai fosse come invaso da una specie mania ossessiva, centrata sulla difesa di Gerusalemme (che in quel momento non era attaccata da nessuno) e sulla conquista di Damasco.

Nel frattempo era giunta ad Acri, via mare, una nuova spedizione proveniente dalla Linguadoca e dalla Provenza, sotto il comando del conte di Tolosa Alfonso Giordano, il quale ad ogni buon conto e tanto per dimostrare una volta di più, se ce ne fosse bisogno, le profonde divisioni in campo cristiano, fu avvelenato a Cesarea, sulla via per Gerusalemme. L'assassinio fu accreditato al conte Raimondo II di Tripoli, il quale aveva buone ragioni per temere che il nuovo arrivato, di cui era nipote, potesse avere rivendicazioni sulla sua contea.

Comunque, imbaldanziti dall'arrivo di forze fresche, e dal fatto che ormai anche tutte le truppe superstiti francesi e tedesche provenienti per via di terra fossero finalmente arrivate, Luigi, Corrado e Baldovino riorganizzarono l'armata e, a metà luglio si misero gagliardamente in marcia per Damasco. Non si deve credere che fossero forze troppo deboli per l'impresa, al contrario si trattava di un esercito di oltre cinquantamila uomini bene equipaggiati, la più grossa coalizione militare cristiana che si fosse mai vista a Gerusalemme e comandate dai loro massimi reggitori: tuttavia bastarono quattro giorni perché l'impresa fallisse con ignominia su tutta la linea. Io non partecipai alla spedizione e rimasi presso la corte gerosolimitana.

Venni a sapere dell'andamento delle operazioni militari da messi che facevano la spola tra le due città. Il primo giorno l'assedio a Damasco, condotto da ovest, sembrò conseguire qualche successo, ma il giorno dopo una energica sortita degli assediati costrinse i Franchi sulla difensiva. Malgrado tutto, il vantaggio rimase ai cristiani, sennonché il terzo giorno sembra che Luigi e Corrado si facessero convincere da certi baroni siriani, giunti sul posto e presentatisi come esperti di quei luoghi, a spostare la direttrice d'attacco da ovest a est. Altre voci accreditarono in seguito che quel consiglio disastroso venne dai comandanti di Gerusalemme, che si fecero corrompere da un tesoro in monete d'oro offerto dai Turchi di Damasco, tesoro che si rivelò poi una truffa, perché le monete erano in realtà di bronzo dorato. A parte queste ipotesi più o meno fantasiose, resta il fatto che decisione più improvvida non si sarebbe potuta prendere, perché così facendo i Crociati si esposero agli attacchi dei rinforzi turchi accorsi da Aleppo su richiesta degli assediati, trovandosi, per di più, in una zona priva d'acqua e di cibo. Era ormai chiaro che non solo non si sarebbe presa Damasco, ma si stava correndo il rischio di rimanere accerchiati, così i Franchi, in rotta e subendo gravissime perdite, tornarono sconfitti a Gerusalemme.

Era il 28 luglio del 1148 e quel giorno finì miseramente la seconda Crociata.

I risultati furono veramente catastrofici: Edessa e la sua contea furono perdute per sempre, i rapporti tra Parigi e Costantinopoli furono dominati, da lì in avanti, dalle recriminazioni e dalle accuse reciproche di tradimento, e Gerusalemme perse il suo unico alleato nella regione, con l'aggravante che ormai Damasco era alla mercé del nuovo dominatore selgiuchide di Aleppo, Nûr Al-Dîn della dinastia zengide noto in occidente come Norandino. Inoltre la spaccatura tra i cristiani del nord e del sud dell'Outremer divenne insanabile e si spezzò la comunanza ideologica e politica tra la nobiltà europea e la nobiltà dei regni cristiani d'oriente. C'era di che essere contenti.

Avevo potuto vedere in quei giorni una sola volta Eleonora

corrompendo le guardie che la tenevano sotto sorveglianza nei suoi appartamenti. La trovai malinconica, assorta in pensieri evidentemente cupi. Sentivo l'imbarazzo di non sapere come trattare la regina, poiché i tempi bui che stavamo vivendo facevano apparire del tutto inopportuno che io mi avvicinassi a lei come amante e del resto non potevo assumere nei suoi confronti un comportamento distaccato e ufficiale. Lei capì il mio stato d'animo e con la sua consueta grazia mi tolse d'impaccio:

«Mio caro amico, sembra che la sventura ci sovrasti.»

«Eleonora, ditemi come state, come vi sentite...»

«Cosa posso dirvi? Nulla è andato come avrebbe dovuto. Di sconfitta in sconfitta le nostre armate si sono come sbriciolate... e per cosa? Per niente. Mi si dice che ci stiamo ritirando da Damasco.»

«Ve lo confermo. E voi, voi cosa farete ora?»

«Ho tre propositi precisi in mente: tornare a Parigi, divorziare da Luigi e rientrare in Aquitania.»

«Siamo dunque a questo punto.»

«Non c'è altra soluzione. Voi certo mi capite, Ulderico: non solo vengo di fatto trattata come una schiava, e questo mi è assolutamente intollerabile, ma, cosa ancor più grave, ho perso ogni rispetto e considerazione per Luigi. Egli sembra ormai incapace di scorgere la giusta via: non si rende conto che per il papa, per Bernardo e per tutti i vescovi d'Europa, sarà oltremodo facile liberarsi di ogni responsabilità per avere fomentato questa disgraziata avventura, dicendo: ecco, avete disobbedito, vi avevamo dato il mandato di liberare Edessa e di scacciare i Turchi da quelle terre e voi avete fatto tutt'altro. La sconfitta è il castigo divino, la vostra giusta punizione!»

«Non posso che essere d'accordo con quanto dite, Eleonora. Ditemi, cosa posso fare per voi?»

«Aiutatemi a organizzare la mia partenza in modo che io possa imbarcarmi con il mio seguito, senza il re. Comprate nave ed equipaggio, se sarà necessario. Il mio tesoriere vi fornirà il denaro che occorre. Se poi il re, tornando con un'altra nave, vi dispenserà dall'accompagnarlo, sarò felice di avervi a bordo con me.»

«Farò tutto quello che mi ordinate, Eleonora.»

Corrado lasciò Gerusalemme all'inizio di settembre. Le sue navi fecero rotta per l'Europa, ma ad un certo punto furono raggiunte dalla richiesta di Manuele di avere l'imperatore tedesco suo ospite a Costantinopoli e Corrado cambiò quindi i suoi piani facendo rotta per quella città. Fu in quell'occasione che i rapporti tra tedeschi e bizantini tornarono ottimi, evidentemente in funzione anti-normanna, facendo fronte comune contro Ruggero, il quale ormai da tempo aveva dato il via ad una serie di attacchi navali contro i Greci e la loro flotta, fino al punto di occupare Corfù e altre città della costa, giungendo a bombardare Costantinopoli stessa con proiettili incendiari.

I Francesi si dileguarono da Gerusalemme alla spicciolata, pagandosi passaggi su qualsiasi nave fosse disposta a riportarli in patria: Veneziani, Pisani, Genovesi e chiunque disponesse di una flotta fece affari d'oro. Ci fu chi decise di restare in Outremer, dato che non aveva niente da perdere e niente da ritrovare al proprio Paese. Ci furono migliaia di soldati che non si ripresero dalle ferite e semplicemente morirono a Gerusalemme, *ad maiorem Dei gloriam.*

Alla fine rimasero nella Città Santa il re, la regina, le loro guardie della scorta e i loro seguiti personali, tra cui malauguratamente anch'io. Ricordo quei giorni come un incubo: Luigi si era chiuso in se stesso e non parlava con nessuno. Aveva dato disposizioni perché ad Eleonora venisse ridata libertà d'azione, ma non la frequentava, né le rivolgeva la parola. Nessuno sapeva cosa fare, in quello strano autunno del 1148: lo stesso re di Gerusalemme, che ci ospitava, sembrava avere perso ogni interesse verso di noi e si occupava di tutt'altro. D'altra parte senza ordini del re non c'era nulla che si potesse fare, se non aspettare. Ma aspettare cosa?

All'inizio di ottobre mi fu riferito che un mercante turco convertito al cristianesimo, proveniente da Costantinopoli, chiedeva di incontrarmi.

«Grazie di avermi ricevuto, nobile signore» mi disse in un buon francese.

«Chi siete e cosa volete?» gli risposi un po' diffidente, non sapendo dove volesse andare a parare. Era un uomo alto e asciutto, sui quarant'anni, dal viso serio e intelligente.

«Conduco i miei commerci in queste terre, compro e vendo di tutto e tratto con Bizantini, Turchi, Arabi e Normanni poiché ho il dono di parlare le loro lingue. So anche un po' di persiano.»

«Mi congratulo. Comprendo i vostri traffici con i cristiani, ma non mi spiego quelli con i Turchi.

Siete un convertito, quindi a rigore dovrebbero tagliarvi la testa.»

«Ben detto, signore, ma i miei compatrioti sanno che quando fui catturato dai Bizantini, avevo diciotto anni, mi fu concessa la scelta tra la morte e la conversione, e io scelsi quest'ultima. Però sanno anche qual è il vero Dio che alberga nel mio animo.»

«E quale sarebbe, di grazia?»

«L'unico vero Dio, il vostro, il mio e quello degli infelici ebrei. Il Dio del Libro, che non può essere diverso a seconda della geografia, non credete?»

«Debbo convenire che il vostro è un interessante punto di vista. E a cosa debbo la vostra visita, signor...?»

«Sono stato ribattezzato Deodatus.»

«Bene, Deodatus, ditemi dunque.»

«Mi manda una persona dal palazzo dell'imperatore, a Bisanzio. Mi ha detto di avere un debito di gratitudine nei vostri confronti, poiché avete graziosamente esaudito un suo vivo desiderio.»

«Non comprendo di che si tratta...» lo interruppi, alquanto confuso.

«Ho un messaggio da Zhanshir di Tanachouk, una fanciulla incantevole, in fede mia!» esclamò, con un brillio negli occhi.

«Sì, ricordo, mi chiese di intercedere presso il *dromos logoteta*, per consentirle di trattenersi a palazzo e di non essere rispedita in Persia, cosa che io ottenni senza gran difficoltà. E cosa mi manda a dire la bella Zhanshir?»

«Una cosa di grande importanza, mi ha detto, e che vi sarà utile.

Dunque, ha saputo in confidenza, durante un momento di intimità col *megas domestikos*, che navi bizantine sono pronte a salpare per catturare il re e la regina di Francia, quando lasceranno Gerusalemme, per portarli a Costantinopoli. Formalmente come ospiti, in realtà come prigionieri, per costringerli ad allearsi con i Germanici e i Greci stessi, contro Ruggero di Sicilia.»

«Questa informazione è assai preziosa, Deodatus. Dovrò un giorno, se possibile, sdebitarmi con la vostra informatrice, ma con voi vorrei sdebitarmi subito. Cosa posso fare per voi?»

«È un grande onore per me rendere un servigio a un gentiluomo del vostro rango e non vi chiedo nulla... o forse sì, un'informazione.»

«Ditemi.»

«Le nobildonne di corte, nelle città che io visito, siano esse arabe o bizantine, turche o persiane, chiedono con insistenza le acque profumate francesi, che sono così delicate e ricche di aromi floreali, assai diverse da quelle orientali. Mi domando se tramite i vostri buoni uffici potessi aggiudicarmi qualche partita di questi rari prodotti, che so essere riservati alle più grandi dame di Francia.»

«Farò in modo che la vostra richiesta sia accontentata, Deodatus, cercando aiuto in questo senso presso la regina stessa. Ed ora io vorrei avere il vostro consiglio su di un'altra questione.»

«Ditemi, vi prego.»

«Sento il desiderio di apprendere altre lingue.

313

Il latino e il greco, il franco e il provenzale, il germanico, mi sono note. Ma credo che sarà importante, negli anni a venire, conoscere almeno i rudimenti dell'arabo, del persiano, del turco... che potete dirmi? Io mi aspetto di passare ancora molto tempo a Gerusalemme, il nostro re Luigi ha fatto intendere che per ora non desidera tornare in Francia. Vorrei occupare utilmente il mio tempo. Conoscete forse dei maestri in questa città?»

«Per certo, saprò indicarvi dei buoni maestri per quanto vi sta a cuore. Tornerò alla reggia domani e vi darò le necessarie indicazioni.»

Chiesi udienza al re, che mi venne accordata per il giorno successivo. Luigi sedeva davanti ad un tavolo ingombro di rotoli, nel suo studio privato.

«Entrate ed accomodatevi, von Isenburg. Stavo esaminando i dispacci da Parigi. I miei reggenti stanno facendo molto bene, i vassalli non creano problemi, non ci sono guerre, il popolo è tranquillo. Si direbbe che io sia assolutamente inutile in quella città, e così per il momento staremo qui.»

Aveva una strana fissità nello sguardo e parlava con voce bassa, come se non si stesse rivolgendo a nessuno in particolare.

In quel momento credetti che non fosse lontano dal perdere la ragione. Oggi so che in realtà non era così, ma certamente l'esito di quella disastrosa spedizione, per la quale aveva messo in gioco tutto il suo prestigio, dovette essere un colpo tremendo per lui.

«Ebbene consigliere, cosa vi porta di fronte a me?»

«Maestà, ho avuto notizie riservatissime da Costantinopoli.

Si sta architettando, da parte dei Bizantini, il vostro sequestro e quello della regina, quando sarete in navigazione verso la Francia.»

«Senti, senti... e a quale scopo?»

«Mi è stato detto che vi si vuole costringere a muovere guerra a Ruggero il normanno, in alleanza con Corrado di Germania e a Manuele stesso.»

«Ma davvero?»

Il tono della sua voce era ironico, quasi sprezzante.

«E voi credete a queste fanfaluche, von Isenburg! Dov'è finita la vostra proverbiale astuzia?»

«Maestà, ho ritenuto opportuno riferirvi quanto ho appreso da fonte che ritengo affidabile» risposi un po' seccato da quell'atteggiamento, «sarete naturalmente voi a trarne le corrette conclusioni.»

«Consigliere, io non crederei a quelle serpi di Costantinopoli, neppure se mi assicurassero che il sole sorge all'alba e cala al tramonto. Come chiamano i Greci il loro imperatore?»

«Basileus, maestà.»

«Ebbene sappiate che Isidoro da Siviglia definisce basiliskos il re dei serpenti, temibile per il suo soffio velenoso e per il suo sguardo mortale. Una curiosa assonanza, vero von Isenburg?»

Decisi che era meglio lasciar perdere.

«Vero, maestà, non ci avevo pensato.»

«Ecco, dunque, guardatevi dal soffio velenoso del basileus.

Grazie per la vostra premura, ad ogni modo.»

Luigi si immerse nuovamente nelle sue letture, il colloquio era finito e me ne andai. Ma in cuor mio ero convinto che Zhanshir non si sarebbe prestata a farmi arrivare false informazioni, consumando un vile tradimento nei miei confronti e decisi di prendere alcune misure prudenziali. Il giorno seguente rividi Deodatus che mi diede i nomi di alcuni maestri di lingue e i recapiti per poterli contattare. Io lo ringraziai e a mia volta gli consegnai una lettera di Eleonora, destinata al suo profumiere personale in Provenza, in cui si autorizzava la consegna di acque profumate preparate secondo le formulazioni riservate alla regina. Deodatus si profuse in ringraziamenti e io ne approfittai per porre una mia richiesta:

«Deodatus, si tratta di cosa molto delicata. Vi chiedo se avete modo di fare recapitare segretamente a Palermo, una mia lettera diretta alla cancelleria reale.»

«Di certo, signor von Isenburg, per voi questo ed altro.»

«Nessuno ne deve sapere nulla e non deve cadere in mani estranee.»

«Me ne rendo conto. Non temete.»

«E occorre chiedere se c'è risposta; in questo caso essa dovrebbe essere recapitata a me.»

«Naturalmente.»

«C'è un premio per questo servigio.»

«Il mio premio è di esservi utile, signore. Io stesso debbo imbarcarmi per Palermo tra quattro giorni, su una nave che fa parte di un convoglio veneziano di galee grosse. Dalla Sicilia, sbrigati gli affari, faremo ritorno ad Acri.

Preparate la lettera e non preoccupatevi d'altro.»

Ero così riuscito a informare Ruggero delle trame bizantine ed ero certo che il gran Re avrebbe trovato il modo di sventarle. Dovevo solo attendere la risposta. Il viaggio comportava, tra andata e ritorno, un percorso di almeno duemiladuecento miglia, il che significava, in condizioni favorevoli, almeno due mesi di navigazione, ai quali andavano aggiunti i giorni di sosta a Palermo. Feci conto prudenzialmente di avere una risposta da Ruggero entro tre mesi. Avevo tutto il tempo per dedicarmi a studiare il persiano, e l'arabo e il turco... e se Luigi continuava così, con la testa fra le nuvole, forse anche il cinese.

Il mio maestro era un dotto persiano di nome Firēdūn che prestava la sua opera alla corte di Baldovino, re di Gerusalemme, come traduttore dei dispacci diplomatici tra quel regno e i sultanati turchi di Rom e di Persia che facevano parte dell'impero selgiuchide, una dinastia turca che aveva soppiantato quella dei califfi abbasidi. Mi trovai subito inviluppato in una gran confusione:

«Maestro, scusate la mia impreparazione, ma non riesco a fare chiarezza nella mia mente. Perché parliamo di Persia, se in realtà si tratta di un sultanato turco selgiuchide?»

«Consigliere, la storia della Persia è assai lunga e complessa e risale alla notte dei tempi. Vi furono re persiani che combatterono contro i greci prima e poi contro i romani. Forse avete udito menzionare Ciro, Cambise, Dario, Serse, i grandi re achemenidi... venne in seguito la dominazione di Alessandro il grande e al suo impero ellenistico subentrò in seguito quello dei Parti, che vide il rifiorire della letteratura persiana. E poi la dinastia persiana dei sasanidi, che ripristinò la religione di Zoroastro: l'impero sasanide terminò con le sconfitte subite da parte dei Bizantini prima e degli Arabi della dinastia omayyade poi. Ci furono altre dominazioni, a volte persiane e a volte arabe, finché arrivarono i Turchi: i ghaznavidi prima, i selgiuchidi dopo.»

«Che vicende complesse!»

«Così è, signore. Ora pur essendo io persiano di stirpe devo riconoscere che i turchi selgiuchidi hanno costituito un grande impero, che si estende dal Mediterraneo all'India, quasi ricomponendo quello che fu il massimo impero di Alessandro il Macedone. E in questo impero, dove il turco funge da lingua franca, hanno larga parte l'arte, la poesia, l'architettura, la scienza e la cultura in generale; un impero in cui popoli diversi, arabi, turchi e persiani, convivono nel nome del loro Allah e di Maometto, il profeta. Un giorno spero avrete l'occasione di visitare almeno alcune delle loro grandi opere, come la Nizāmiyya di Baghdad, la più grande scuola di tutto l'Islam e la Moschea del venerdì di Isfahan, un'opera mirabile.»

«Maestro Firēdūn, ciò che voi dite è molto chiaro e molto interessante. Vi ringrazio per le vostre spiegazioni. Ma, perdonatemi, non ho potuto fare a meno di notare che avete usato l'espressione "nel nome del loro Allah e di Maometto, il profeta", non si tratta quindi del vostro dio e del vostro profeta?»

«Siete un ascoltatore attento, giureconsulto.

È vero, ma vi prego, che resti un segreto tra di noi, io sono un seguace del verbo di Zoroastro, il grande profeta di noi Persiani. Ma a volte occorre piegare il capo e fingere, quando regimi che non comprendono il valore della libertà religiosa, impongono una mostruosità morale e giuridica come il culto unico, con pene e tormenti per chi non aderisce.»

«So ben poco di Zoroastro, purtroppo.»

«È stato il profeta che ha svelato ai Persiani il dio unico, creatore increato dell'universo, Ahura Mazda. Zoroastro è il suo nome in greco, ma nella lingua persiana Avestan, era chiamato Zarathustra.»

«E quando visse e dove predicò?»

«Visse molti secoli fa. I teologi e gli storici disputano su molte date e su molti luoghi. Ma nella mia famiglia, di generazione in generazione, si è sempre sostenuto che egli nacque mille anni prima della venuta del profeta ebreo Gesù. E che la sua famiglia fosse quella degli Spitāma. Quanto al suo luogo di nascita, mio nonno mi disse che egli era del nord-est dell'Iran, ma che...»

«Scusatemi se v'interrompo... cosa significa Iran?»

«Era l'antico nome della Persia... significa, nella nostra lingua madre, la terra degli Ariani, i nostri antichi progenitori... ecco vi stavo dicendo, il nonno affermava che non era veramente possibile essere più precisi, anche se molte province persiane si disputano l'onore di avergli dato i natali.»

«Qual è l'essenza del culto di Ahura Mazda?»

«Non è troppo complicata: sappiamo che la sua creazione, *asha*, è stata affidata al Principio Positivo, Spenta Mainyu ed è basata sulla verità e sull'ordine, in opposizione alla menzogna e al caos, *druj*, che è generato dal Principio Negativo Angra Mainyu.

Ahura Mazda è un dio trascendente e la sua immanenza tra gli uomini è affidata ai due Princìpi che vi ho detto e a rappresentanti minori, gli Amesha Spentas, i Munifici Immortali, ipòstasi dei vari momenti della creazione. Vi sono inoltre figure subordinate, gli Yazatas, i Meritevoli di Adorazione, a loro volta ipòstasi degli aspetti morali e fisici della creazione.»

«E il suo insegnamento?»

«Questa è la parte più importante della nostra religione: Ahura Mazda dice agli uomini che sono liberi di comportarsi come vogliono, ma che se perseguono il bene, la verità e la giustizia, la creazione giungerà al suo momento culminante, con il trionfo sul male. Allora il tempo avrà fine e i morti ritorneranno a vivere e continueranno, sulla base delle loro esperienze passate, a combattere per il trionfo del bene in un mondo perfettamente spirituale.»

«Quindi la vita è un tempo di passaggio, in cui si può materialmente lottare per il bene, se ho inteso correttamente.»

«Così è.»

«Mi sembra di capire che la vostra religione ad un certo punto sia stata cancellata o forse solo costretta a nascondersi...»

«Sì, ciò avvenne quando i musulmani conquistarono la Persia. Per la verità non sterminarono i credenti di Ahura Mazda ma, lentamente, sottoponendoli a piccole o grandi angherie, a leggi ingiuste e a tributi insopportabili, forzarono i Persiani a convertirsi all'Islam e moltissimi lo fecero. Ma Zarathustra vive ancora nel nostro popolo, credetemi!»

«Me ne compiaccio, maestro Firēdūn. Vi assicuro che se c'è una cosa che detesto, questa è il proselitismo, per non parlare delle conversioni forzose. Mi piacerebbe avere ancora l'opportunità di parlare con voi di questi argomenti, spero presto. Ma ora vi prego di dirmi come pensate di impostare i miei nuovi studi.»

«Signor von Isenburg, io di fronte al vostro encomiabile desiderio di apprendere una lingua orientale, mi permetto di suggerirvi il turco. Sarà l'idioma che vi condurrà più lontano e che vi darà le maggiori possibilità di capire e di essere capito, da qui fino all'India. Il mio metodo d'insegnamento si basa largamente sulle parole e sulle frasi, imparate, memorizzate e ripetute molte volte, fino a conseguire la corretta pronuncia. Le sottigliezze grammaticali e il controllo della scrittura seguiranno in modo naturale, proprio come il bambino impara ben presto dalla madre a parlare e a capire, e solo in seguito impara a leggere e a scrivere.»

«Mi affido a voi, maestro Firēdūn. Da parte mia ci metterò il massimo zelo.»

In dicembre accaddero diverse cose notevoli. In primo luogo mi recai al bazaar di Gerusalemme ad attendere una carovana di mercanti che giungeva da Isfahan, con un carico di tappeti. Mi avvicinai ad uno di essi e gli chiesi timidamente e con qualche incertezza, in turco, se capiva il turco. Mi guardò stranito e mi disse di sì. Allora, sempre parlando la sua lingua, trattai l'acquisto di un tappeto molto bello che, mi disse, arrivava da Bukhara. Concluso che ebbi la compra, mi sentii molto fiero di me stesso per la mia abilità linguistica. Il secondo avvenimento fu il ritorno di Deodatus. Venne subito a trovarmi e mi consegnò una missiva col sigillo di Ruggero, che aprii e lessi con impazienza. Diceva: "Caro von Isenburg, il mio cancelliere mi ha consegnato la vostra lettera e condivido appieno le vostre apprensioni. Ma non temete: ho dato ordini all'*amir* affinché le rotte che dall'*Outremer* portano in Europa siano pattugliate e sorvegliate. Le mie spie in Gerusalemme mi informeranno sulla partenza dei sovrani di Francia, quando ciò accadrà, un evento che di certo non potrà passare inosservato. Saremo pronti ad intervenire, per ogni evenienza. Vi saluto con la cordialità che mi ispira il ricordo del nostro non lontano incontro, vostro Ruggero."

Da parte mia avevo concluso un contratto con un armatore genovese che navigava regolarmente tra la sua città ed Acri, Alessandria, gli scali della *wilāya* o governatorato di Ifriqiyah, cioè a dire l'Africa del nord, con capitale al-Qayrawān, e poi Palermo e Napoli, con una flotta di ottime navi da trasporto. Una volta concordato il prezzo, si dichiarò disposto a far viaggiare, con una o più navi, qualsiasi numero di passeggeri per qualsiasi porto del Mediterraneo, bastava che ciò venisse richiesto con un preavviso di almeno quindici giorni. Il passaggio di Eleonora era così assicurato. Quanto a Luigi non mi chiese niente ed io non feci niente, in attesa di ordini che non vennero mai. Luigi voleva evidentemente fare tutto da solo.

Il tempo passò così, ad aspettare Dio solo sa cosa.

Venne gennaio, febbraio... io vedevo di tanto in tanto Eleonora, che sembrava essersi fatta di pietra. Se ne stava per conto suo, con i suoi vassalli più fedeli e le sue dame di compagnia, rifiutandosi categoricamente di veder Luigi, il quale d'altra parte sembrava essersi rassegnato al fatto di dover rinunciare alla sua regina.

Nell'attesa, mi applicavo coscienziosamente allo studio del turco.

Marzo, aprile... finalmente Luigi di Francia uscì dalle sue nebbie mistiche e come invasato da una forza soprannaturale, cominciò ad impartire ordini per la partenza. Immediata, pretendeva che fosse, come se la terra avesse improvvisamente cominciato a bruciargli le suole degli stivali. Mi ordinò di accompagnare la regina e prese il mare con il suo seguito, dicendomi che ci saremmo rivisti a Parigi.

Pochi giorni dopo la partenza del re, Eleonora con tutti i suoi accompagnatori, salì a bordo della nave genovese. Io fui l'ultimo ad imbarcarmi: dovevo prima salutare il mio maestro, al quale chiesi di prendere in considerazione la possibilità di raggiungermi a Parigi, come insegnante e come segretario. Mi rispose che ci avrebbe riflettuto.

XV

Il mare occupa il mio cuore e affascina la mia mente. Per me, nato tra pianura e montagna, dove dominano i verdi e i bruni, quando non è il bianco della neve, o il rosso dei campi di papaveri, la grande distesa azzurra evoca orizzonti irraggiungibili e però mi pongo sempre la stessa domanda: sono veramente irraggiungibili? Anche lasciando i porti della Provenza ci si schiudono davanti agli occhi orizzonti perduti nell'eterna lontananza, ma poi si scopre che non è così: incontriamo la Corsica, la Sardegna, la grande Sicilia e l'immensa Africa... perché non dovrebbe essere così anche per l'oceano? Non può non esserci qualcosa, oltre l'elusiva linea dell'orizzonte.

«Ulderico, a cosa pensate?»

Eleonora si era avvicinata a me sul ponte di prua e non mi ero accorto del suo arrivo. Trasalii.

«Pensavo al mare che con la stessa acqua, in perpetuo fluire e rifluire, bagna tutte le terre, quelle note e quelle ignote.»

«Chi c'è, nelle terre ignote?»

«Forse animali sconosciuti, ma certamente, oltre ad essi, uomini e donne come noi. Vestiti in modo diverso, che parlano lingue diverse, ma che per certo amano e soffrono, odiano e sperano, perdonano e puniscono, così come noi.»

«Cosa sperano?»

«Quello che speriamo noi: di traversare il tempo della vita

con maggior gioia che dolore. Di procreare figli sani, ai quali potere assicurare un futuro migliore del nostro. Di terminare la vita serenamente, senza troppa sofferenza.»

«Come sei malinconico oggi, Ulderico.»

«A volte mi succede. Forse più spesso, quando sono per mare. Anche tu oggi hai il viso un po' triste, regina.»

«Ebbene sì, lo confesso, sono in apprensione per via del mio Jaufré Rudel. Scomparso, introvabile.»

«Pensate che sia morto?»

«Mio Dio, no... però chi può dirlo? Gerusalemme è diventata una città infida per i Franchi. E ho anche sentito delle strane voci.»

«Vuoi parlarmene?»

«Ebbene, sembra che il grande poeta che con le donne, resti tra noi consigliere, è sempre stato un gran citrullo, si sia innamorato perdutamente della regina di Gerusalemme, Melisenda. Vi rendete conto? Una donna bellissima e assai potente, che non credo proprio abbia tempo da perdere con un *troubadour* provenzale.»

«Melisenda» mormorai io, «*filia regis et regni Jerosolimitani haeres*, figlia del re ed erede del regno di Gerusalemme.»

«Proprio lei, con pretendenti ricchi e potenti che darebbero un occhio per averla, e che non ci penserebbero due volte a fare a pezzi un povero poeta invadente che osasse mettere gli occhi sulla regina.»

«Da quello che mi dite non mi sembra che Jaufré possa veramente impensierire i nobili del luogo.»

«Forse avete ragione, sono io che mi lascio trascinare dalla fantasia. Molto più probabilmente Melisenda si è presa il mio trovatore come trastullo, e questo francamente mi irrita. D'altra parte ero ospite nel suo palazzo e per di più come regina di un esercito sconfitto. Non potevo certo permettermi di impormi. Va bene, pazienza, l'Aquitania è piena di trovatori e presto la mia corte di Poitiers risuonerà ancora dei loro canti.»

In quel momento un ufficiale della nave si avvicinò e si rivolse a me:

«Vostra Eccellenza è pregata di raggiungere il comandante, il quale prega anche la regina, per mio tramite, di volersi ritirare nella propria cabina.»

«Che succede dunque?» chiesi subitamente preoccupato.

«Abbiamo due problemi: il tempo volge a tempesta e navi bizantine sono apparse all'orizzonte.»

«Tempesta?» commentò stupita Eleonora, «vedo il cielo sereno e il mare abbastanza tranquillo, mi pare.»

«Maestà, mi permetto di assicurare che se il nostro capitano dice tempesta, tempesta sarà.»

«Ebbene sia, andiamo dunque signor von Isenburg, accompagnatemi e poi vi recherete dal comandante. Tenetemi informata di ciò che accade.»

Eleonora, in presenza di estranei, ritornava immediatamente ad un atteggiamento formale nei miei confronti. La condussi al suo alloggio, e mi recai al più presto nella sala di comando. Chino su una carta e con gli strumenti di navigazione sul tavolo, il capitano Adorno stava eseguendo delle misurazioni. Era un uomo massiccio, il volto cotto dal sole e la barba e i capelli bruni che qua e là cominciavano a scolorare nel grigio.

«Vi saluto, capitano. Che accade? Siamo in pericolo?»

«Abbiamo avvistato legni greci, in lontananza. Sono galee sottili, più veloci di noi, quindi se ci inseguono ci raggiungeranno nel giro di sei, sette ore. D'altra parte dalla variazioni di velocità del vento, e da altre osservazioni, ho ragione di dedurre che stiamo andando incontro ad un uragano, il che ci obbligherà a ridurre la velatura e ciò renderà più difficile fuggire.»

«A vostro modo di vedere, il problema più grave è la tempesta o sono i greci?»

«Direi senz'altro i greci.»

«Bene, in questo caso penso di potervi dare qualche assicurazione.»

«Che intendete dire?»

«Per essere certo di ciò che sto per dire, dovrei conoscere la nostra posizione, almeno approssimativamente.»

«Ci troviamo a sud-ovest di Creta.»

«Credo che siamo dunque nel raggio d'azione dei normanni... re Ruggero di Palermo mi ha dato personali assicurazione che una sua flotta respingerà le navi bizantine che volessero aggredirci e ci scorterà fino alla Sicilia.»

«Belìn, consigliere, ce n'avete di belle conoscenze, voi...» mi fece tra il serio e il sorpreso, con la tipica parlata cantilenante della sua terra, che io comprendevo bene, poiché si tratta di una specie di provenzale.

Continuammo la navigazione, forzando al massimo i vogatori e aggiungendo velatura, ma verso la metà del pomeriggio era chiaro che le navi che c'inseguivano stavano avvicinandosi. In quel momento sentii le grida della vedetta sull'albero maestro:

«Dieci galee a prua, dieci galee da guerra a prua!»

«La bandiera?» urlò il capitano.

«Non sono sicuro, sembrano normanni» urlò di ritorno la vedetta.

«Belìn» commentò il capitano.

Nel giro di un'ora la situazione si chiarì: le tre galee bizantine invertirono la rotta e si dileguarono. La nostra nave ad un certo punto ridusse la velocità e si dispose per lasciarsi abbordare dall'ammiraglia normanna. Quando le due imbarcazioni si trovarono affiancate e ben collegate tra di loro, fu gettata una passerella e l'*amiratus* della flotta siciliana salì a bordo.

«Saluti a voi capitano. Siamo lieti di essere giunti in tempo per mettere in fuga quei dannati greci. Se mi permettete, vorrei riferirvi gli ordini che ho ricevuto dal nostro re Ruggero, gloria al suo nome.»

«Gloria al suo nome» fece eco il capitano Adorno.

«Ecco, dunque, sono incaricato di condurre a Palermo la regina di Francia, due nobildonne di corte, e tre ancelle. Inoltre potrà imbarcarsi sulla mia nave il signor consigliere Ulderico von Isenburg. Voi capitano procederete con il resto del seguito per la Francia e sarete scortato da tre delle mie navi fino quando, oltre la Sicilia, sarete bene addentro il mare Tirreno.»

«Con gratitudine ai vostri ordini, amiratus» aderì prontamente il capitano.

Mi rivolsi all'*amiratus* con una domanda che mi premeva porre al più presto:

«Ci sono notizie della nave che sta riportando in Francia re Luigi?»

«No signore, e non ho ricevuto alcuna istruzione in proposito» fu la laconica risposta.

La tempesta che aveva preannunciato il capitano Adorno si verificò come previsto e ci costrinse a rallentare per molti giorni l'andatura. Le galee da guerra, infatti, erano più veloci di quelle da carico, ma sopportavano peggio il mare grosso, perché erano più leggere e di conseguenza più fragili. Come misura prudenziale la flotta si avvicinò verso la costa della Cirenaica, e questa manovra naturalmente allungò i tempi del viaggio, ma infine verso la fine di luglio raggiungemmo Palermo, entrando nel porto in una splendida mattina di sole.

Ruggero accolse con molta cortesia Eleonora a corte e le assegnò un magnifico appartamento. Fu anche molto premuroso con me, si dichiarò assai felice di rivedermi sano e salvo, e ancor prima di farmi accompagnare al mio alloggio, mi comunicò che desiderava incontrami al più presto, insieme ad Eleonora, per concordare una linea di azione.

«Maestà, sono a vostra disposizione e sono certo che la regina aderirà prontamente al vostro invito.»

«Oggi vi riposerete. Domani faremo colazione insieme e poi terremo la nostra riunione.»

Verso il tramonto, dopo un buon bagno e un po' di riposo,

mi feci annunciare ad Eleonora.

«Come vi sentite ora?»

«Un po' meglio, grazie. Questa traversata è stata un vero incubo... allora aveva ragione la vostra fonte a Costantinopoli, i greci volevano catturarmi!»

«Sì, è ormai certo, voi o il re, preferibilmente ambedue.»

«E Luigi?»

«Non ne sappiamo ancora niente. Inoltre notizie giunte da mezzo mondo a Palermo, riferiscono che comincia a diffondersi la voce che voi e Luigi siete morti durante il viaggio di ritorno dall'Outremer.»

«E questo potrebbe creare problemi, vero?»

«Per certo. Il regno di Francia e il ducato d'Aquitania fanno di sicuro gola a molti pretendenti, per non parlare dei soliti vassalli intriganti e riottosi che non si lascerebbero certamente sfuggire l'occasione per alzare la testa...»

«Che fare dunque?»

«Chiedete domani a Ruggero di usare tutta la sua rete diplomatica per diffondere la notizia che voi siete ben viva, in buona salute e ospite del re di Palermo durante alcuni giorni, per riposarvi delle fatiche di una traversata particolarmente difficile e tribolata. Nessun accenno al tentativo dei greci di catturarvi, fino a quando non avremo notizie sulla sorte del re. A questo proposito, chiederete a Ruggero di aiutarvi a ricercare le navi di Luigi.»

«Ditemi in verità, cosa pensate sia successo?»

«Non voglio pensare il peggio... so che il re aveva a disposizione ottime navi ed equipaggi esperti.

Escluderei la cattura da parte dei bizantini, perché la flotta di Ruggero ne sarebbe al corrente, posto che non fosse riuscita ad impedirla, cosa di cui peraltro dubito assai. Resta l'ipotesi di un naufragio, presso la costa, dal quale il re avrebbe potuto probabilmente salvarsi.»

«In quale punto della costa?»

«Vediamo, la nave del re era più veloce della nostra, quindi potrebbe essere sfuggita all'agguato dei greci, ma nel fare questo sarebbe incappata nella tempesta, troppo tardi per ripiegare verso sud come abbiamo fatto noi. Quindi opterei per una rotta d'emergenza puntata decisamente a nord, il che potrebbe fare supporre un naufragio sulle coste della Calabria.»

«E se così fosse?»

«Be', direi che saremmo fortunati. La Calabria fa parte del regno di Ruggero e quindi in generale si potrebbe dire che Luigi si trovi in territorio non ostile... però mi risulta che le coste calabre siano molto selvagge e per larga parte disabitate.»

«Volete dire che Luigi potrebbe essere vivo, ma non in grado di segnalare la sua presenza in qualche località precisa?»

«Esattamente Eleonora. Quindi della massima importanza sarà la collaborazione di baroni locali fedeli a Ruggero, perché attivino delle ricerche capillari lungo tutta la costa ionica e Dio non voglia che Luigi sia nelle mani di qualche vassallo che mal sopporta il giogo normanno...»

«Perché dite questo?»

«Un buon numero di nobili in Calabria e in Puglia debbono

le loro fortune ai Bizantini e li rimpiangono. Sono stati loro alleati contro Ruggero, ma il normanno ha sconfitto tutti e li ha assoggettati. Ora sono suoi vassalli, volenti o nolenti, ma questa potrebbe essere una buona occasione per vendicarsi, consegnando Luigi a Costantinopoli.»

«Oserebbero farlo?»

«Le teste calde di certo non mancano da queste parti. Sanno bene che Ruggero non perdonerebbe e che le loro teste calde diventerebbero ben presto fredde, ma conoscete il verso famoso di Euripide — quos vult Iupiter perdere, dementat prius. Giove toglie il senno a coloro che vuole condannare.»

«Sia fatta la volontà di Dio. Fermatevi qui Ulderico, non sopporto l'idea di passare da sola la notte.»

Il giorno seguente ebbe luogo l'incontro con Ruggero. Io accompagnavo la regina Eleonora e il re era accompagnato dall'amiratus amiratorum, Giorgio Rozio d'Antiochia e dall'emiro di Palermo, Filippo di Mahdia. Giorgio Rozio non appariva in buone condizioni di salute e io, che me lo ricordavo come uomo vigoroso quando lo avevo incontrato per la prima volta a corte anni prima, fui sorpreso di trovarmi di fronte una persona evidentemente ammalata. Ricordo che infatti morì l'anno successivo e gli successe nella carica proprio Filippo di Mahdia.

«Eleonora, duchessa di Aquitania e regina di Francia, il nostro cuore esulta per avervi quale nostra nobilissima e graditissima ospite alla corte di Palermo» esordì galantemente il re.

«La vostra fama di re grande e generoso si è diffusa per tutta la terra ed ha raggiunto ogni più remota contrada» ricambiò Eleonora con un inchino.

«Bene, ordunque affrontiamo i problemi più impellenti che ci stanno a cuore» continuò il re, «che il mio comandante in capo mi illustri la situazione e poi chiederò alla regina e al suo consigliere di espormi quelle che a loro avviso sono le azioni da intraprendere.»

Giorgio Rozio riassunse brevemente gli avvenimenti, dalla partenza delle navi reali da Gerusalemme fino all'arrivo di Eleonora in Sicilia, non dimenticando di menzionare il fatto che re Luigi era tuttora disperso. Poi Eleonora fece le sue richieste, seguendo per filo e per segno gli argomenti che avevamo sviluppato la sera precedente. Ruggero emanò seduta stante le disposizioni affinché ogni sforzo venisse fatto per ritrovare Luigi di Francia, concentrando soprattutto le ricerche in Puglia e in Calabria. Inoltre ordinò che tutti i messi, i corrieri e gli ambasciatori in partenza dalla Sicilia recassero presso le corti europee la notizia che Eleonora era ospite a Palermo, mentre, con una piccola menzogna, si asseriva che c'erano buone ragioni per ritenere che re Luigi, naufragato in Calabria, sarebbe stato presto condotto alla reggia normanna di Potenza, in Lucania.

Fummo invitati ad un banchetto privato del re, ristretto a pochi ospiti, durante il quale ci fu presentata la nuova regina, Sibilla, figlia del duca Hugo di Borgogna. Era una donna di delicata bellezza, dalla figura minuta e dal viso dolce da cui traspariva una vivace intelligenza. Sembrò legarsi subito con una relazione di simpatia ad Eleonora, con la quale divideva la cultura, la conoscenza di varie lingue e l'amore per la musica. Memore delle parole che Ruggero mi aveva detto sul suo senso di solitudine, dopo la morte della prima moglie, mi convinsi che questa donna così piacevole fosse la compagna perfetta per il re guerriero, ma non fu così. Ricordo, ancora oggi con dolore, quando l'anno successivo fui informato che Sibilla era morta di parto a Salerno, insieme al bambino.

Passarono quasi due mesi di vita alquanto oziosa alla corte di Ruggero, fin quando fui convocato urgentemente dal re.

«Signor von Isenburg, abbiamo ritrovato Luigi di Francia.»

«Dove, in che condizioni?» esclamai.

«In Calabria, come voi avevate giustamente ipotizzato. La sua nave è naufragata su di un tratto di costa selvaggia e Luigi ha subìto ferite non gravi. Però è rimasto isolato a lungo, prima che alcuni pescatori lo ritrovassero, con gli altri superstiti, in una casa abbandonata nei pressi della spiaggia.»

«E poi?»

«Poi fu portato nel castello del signore locale, un mio fedele vassallo, il barone di Petronà.»

«Dove si trova?»

«Non lontano da Crotone… credo che vi stupirete quando vi dirò il suo nome: è il barone Jarr dei Rudbek di Caen, che vive con la figlia, la baronessa Margaretha, nel castello che gli ho concesso con il titolo, per meriti militari. Suo fratello Sven è morto in battaglia, ma voi certamente vi ricorderete di Margaretha, suppongo.»

Pronunciò quest'ultima frase con un guizzo divertito negli occhi.

«Margaretha...» mormorai, «non posso credere alle mie orecchie, come potrei mai dimenticare una donna così eccezionale...»

«Impossibile davvero, in fede mia, ma qui abbiamo un piccolo problema, magister Ulderico.»

«Vi ascolto Ruggero.»

«È arrivato ieri a Palermo un legato pontificio. Sembra che a Roma, come al solito, siano benissimo informati di tutto e su tutti, dunque sanno che Luigi ed Eleonora sono nel pieno di una profonda crisi matrimoniale e vogliono tornare a Parigi al solo scopo di divorziare.»

«Così è, purtroppo.»

«Ora il papa mi chiede di riunire i due augusti coniugi, nel caso si riesca a recuperare re Luigi ancora vivo, e di condurli fino all'abbazia benedettina di Montecassino, dove vuole tentare una riconciliazione, sollecitato in ciò anche dal reggente, l'abate Suger.»

«Capisco...»

«Ora che il re è stato ritrovato, io ho di fronte due strade: o voi ed Eleonora incontrerete Luigi al castello di Petronà e da lì verrete poi condotti a Montecassino, oppure potrei condurre personalmente la regina alla mia reggia di Potenza, mentre voi andrete a prendere il vostro re e ci raggiungerete in seguito a Potenza. Da qui i reali di Francia potrebbero agevolmente proseguire per incontrare il Santo Padre.»

Conoscevo abbastanza bene Ruggero per capire che l'espormi queste alternative, avrebbe messo in moto i miei pensieri in modo tumultuoso, ed evidentemente questo lo divertiva. Cercai di stare sulle generali.

«In effetti ci sono queste due possibilità, ambedue logiche, direi...»

«Ma una è più logica dell'altra, mi sembra. Ho ragione di credere che incontrare Margaretha insieme ad Eleonora, vi potrebbe forse creare qualche imbarazzo.»

Bene, mi dissi, era adesso chiaro che, come tutti i palazzi del mondo, anche quello di Palermo aveva i muri dotati di finissime orecchie. Il fatto che spesso non dormivo nel mio alloggio, doveva essere stato riportato a Ruggero, ed egli ora si stava bonariamente divertendo a farmi rosolare un po' sulla graticola. Bisognava stare al gioco.

«Mio re, mi compiaccio di affermare che la vostra analisi è acutissima, come di consueto.»

«Già. Dunque metteremo in atto la seconda alternativa. Domani partirete via mare per Crotone, e io partirò con Eleonora per Potenza. Troverete un'adeguata scorta che vi accompagnerà dai Rudbek e poi, con Luigi, nell'attraversamento dei monti della Sila, da Catanzaro a Sant'Eufemia. Da lì ci raggiungerete seguendo la Via Popilia, scortati dai cavalieri Ospedalieri Gerosolimitani, ai quali noi normanni abbiamo assegnato, tra molti altri privilegi, anche il Baliaggio di Sant'Eufemia.»

«Eseguirò senz'altro le vostre istruzioni. Col vostro permesso, Ruggero, e se non ci sono altri ordini, vorrei ritirarmi per preparare la partenza.»

«Andate dunque. Ci rivedremo ben presto.»

Passai il resto della giornata con Eleonora, alla quale riferii del ritrovamento di Luigi e delle disposizioni del re per il giorno seguente. Lei mi stette ad ascoltare, per poi commentare, in modo assai scarno:

«Sono felice per il re che stia bene. Riconciliazione? Mai. Chiederò invece al papa il divorzio a Montecassino stessa, invece che attendere di farlo da Parigi.»

Quella notte la regina mi concesse un'intensa notte d'amore, durante la quale dette libero corso alle sue più audaci fantasie erotiche.

La nave che mi stava portando a Crotone correva veloce tra Scilla e Cariddi, in quella fine d'ottobre del 1149, spinta da una forte brezza favorevole. Alla nostra sinistra si delineò la nobile città che i greci antichi chiamarono Rhegion e che i Normanni denominavano invece Risa. Era previsto uno scalo in quel porto per consentire l'imbarco del vicario reale, capo del Giustizierato di Calabria, il Giustiziere Franciscus Antonius Musoleus, marchese di Santo Stefano.

Avevo appreso che nell'ordinamento normanno i Giustizieri avevano ereditato di fatto le funzioni del Praefectus Urbis romano, e in parte quelle del Catapano bizantino, con le consuete competenze nel campo dell'ordine pubblico, alle quali si erano aggiunte nuove attribuzioni nell'amministrazione della giustizia per tutta una serie di reati. Il nostro nuovo compagno di viaggio, che doveva coordinare le operazioni di soccorso al re francese, era un uomo alto, di nobile aspetto e dall'aria severa, di una severità che nascondeva però un atteggiamento cordiale e assai aperto all'amicizia, una volta supe-

337

rato il tempo delle formalità convenzionali.

Entrai con lui in un buon rapporto personale, il che mi consentì delle conversazioni interessanti su molti temi, sia locali che generali, e il tempo della navigazione sembrò volare rapido.

«Non conosco se non per sentito dire, usi e costumi delle vostre genti, eccellenza.»

«Buone persone, in genere, direi, con una tendenza, se devo fare una critica, ad essere alquanto ritrose nell'accettare l'autorità superiore.»

«Quanto a questo, non credo che i sudditi di Francia siano da considerarsi un modello di virtù...»

«Credo che da queste parti l'atteggiamento sia un po' più accentuato... anche se ci sono giustificazioni, naturalmente.»

«Quali? Se mi è permesso chiedere.»

«La mancanza di un lungo periodo di governo stabile è certamente cosa che induce nelle popolazioni sfiducia nelle istituzioni: di qui è passato di tutto, caro consigliere, da predoni veri e propri, come i Saraceni, i Goti, i Vandali, a interi popoli che qui si sono stabiliti e hanno imposto le loro leggi, più o meno buone, più o meno duramente, come i Greci, i Romani, i Bizantini, i Longobardi, gli Arabi, i Normanni. E molti di questi popoli si sono combattuti strappandosi a vicenda pezzi della nostra terra, lasciandosi dietro una scia di sangue e di rancori, che ancora oggi oppongono, nel nostro regno formalmente unificato, fazione a fazione, nobile a nobile, contrada a contrada.

Non c'è dunque da stupirsi se il potere centrale sia spesso

visto come assente ed evanescente: da qui la necessità di imporlo rigorosamente, con la durezza della legge.»

«La vostra analisi mi sembra assai chiara e profonda, signore. E che altro mi dite della popolazione?»

«Gente fiera e forte, con un certo difetto abbastanza comune: tendono alla lamentela generica, criticano qualsiasi cosa il governo faccia e ciò che si fa non è mai abbastanza, salvo poi non adeguarsi alle disposizioni che renderebbero efficaci le misure prese. È l'atteggiamento tipico di chi si gratta furiosamente e impreca al Cielo perché è pieno di pulci e pidocchi, per non parlare di altri animaletti, ma non fa niente per liberarsene. Invece io dico: fatevi un buon bagno di mare e detergetevi accuratamente con lisciva di cenere del camino. Gettate i vostri abiti in una tinozza di acqua bollente, che notoriamente scaccia i parassiti. Indossate poi vesti pulite: non dovendo più passare metà della vita a grattarvi, avrete molto tempo a disposizione per fare cose utili e gradite a Dio e al Re.»

Non potei fare a meno di sorridere, dato il tono tra il grave e il faceto che il mio compagno di viaggio aveva usato per espormi la sua teoria.

«Eh, voi sorridete, ma guardate che è così. Io credo alla teoria dei piccoli passi, del rimediare ai piccoli sbagli, dell'evitare anche le piccole infrazioni: da questo comportamento virtuoso nel quotidiano, nasce l'abitudine all'onestà e alla correttezza anche nelle azioni più importanti!»

Stavo per replicare, quando il mio sguardo fu attratto da una magnifica visione: un grande tempio in marmo candido, dalle innumerevoli alte colonne, si offriva alla nostra vista ed era possibile osservarlo con buon dettaglio, poiché in quel momento, essendo ormai prossimi a Crotone, il timoniere stava navigando sotto costa.

«Che meraviglia!» esclamai.

«Il promontorio è il Lacinion, che segna l'estremità occidentale del grande golfo che inizia a Taranto in terra di Puglia. Il tempio è quello di Hera Lacinia, sposa e sorella di Zeus. Visto da qui sembra in buono stato, ma in realtà è un po' malconcio, perché pur essendo stato convertito in santuario cristiano, v'è chi ruba i blocchi di marmo per utilizzarli nella costruzione di castelli e dimore private. Re Ruggero ha disposto che chi venga colto a commettere questi furti sia sottoposto a duplice condanna, che personalmente infliggo e faccio applicare con la massima determinazione.»

«Perché duplice?»

«Una punizione in due tempi: prima cinquanta nerbate per il furto.»

«E poi?» chiesi incuriosito.

«Poi l'impiccagione per il sacrilegio.»

Cercai di ricordare se nei codici che avevo studiato vi fosse qualche riferimento a questo singolare tipo di pena.

«Esemplare» mormorai cogitabondo.

Approdammo a Crotone, l'antica Kroton sede della Scuola di Pitagora, il mitico pensatore greco di cui avevo studiato la vita negli anni del *quadrivium*. La sua figura divinizzata era venuta assumendo, nei secoli, un aspetto mistico-esoterico più che filosofico. Ricordo che il trovarmi in quella sua patria adottiva, mi diede un'intensa emozione.

Il Giustiziere Musoleus organizzò subito con grande competenza e prontezza i preparativi per la spedizione al castello di Petronà, dove Luigi era stato preavvisato del nostro arrivo, tramite veloci messaggeri. Viaggiammo a cavallo per qualche ora e, sul far del vespro, raggiungemmo la nostra meta: ero impaziente di presentarmi al re e anche, devo ammettere, di rivedere Margaretha.

Il maggiordomo ci venne incontro, alcuni palafrenieri si occuparono delle cavalcature, mentre io e il marchese Musoleus fummo introdotti in una bella sala, decorata con armature scintillanti e panòplie di spade, lance ed asce, dove ci attendevano il barone e sua figlia. Margaretha era semplicemente magnifica, nel suo lungo abito di velluto color rosso cupo, arricchito di merletti e perle. I lunghi capelli fulvi raccolti dapprima alla fronte e alle tempie da un pettine d'argento, scendevano poi fluenti sulle spalle. Mi corse incontro come una bambina ed era evidente a tutti la gioia che provava nel rivedermi. Io le sorrisi tenendole la mano e con tono di finto rimprovero le dissi:

«Prima di abbracciarmi dovresti avere la compiacenza di presentarci a tuo padre!»

Jarr era un uomo massiccio, dall'aspetto ancora vigoroso, con i capelli che appena cominciavano ad ingrigire alle tempie ed un volto aperto, simpatico. Fatte le presentazioni, il barone mi espresse la sua più viva riconoscenza per l'aiuto che avevo prestato a Margaretha. Poi raccontò in forma succinta le circostanze che avevano portato al salvamento del re, e a quel punto io chiesi di essere condotto subito da lui, cosa di cui si incaricò il maggiordomo, mentre il Giustiziere Musoleus si intratteneva con i nostri ospiti.

Luigi era seduto, in uno studiolo del suo appartamento, ad un piccolo tavolo in legno scuro, sul quale v'erano solo alcune pergamene e un flacone d'inchiostro. Stava scrivendo. Entrando lo osservai attentamente: sembrava molto stanco, quasi con una maschera di disperazione sul volto.

«Von Isenburg, finalmente, è il Cielo che vi manda. Mi portate notizie della regina?»

«Sì mio re, è in buona salute e si compiace della vostra salvezza. Ora è in viaggio con re Ruggero, verso la reggia di Potenza, alla volta della quale partiremo anche noi quando vostra maestà sarà dell'avviso.»

«Al più presto, al più presto... venite consigliere, sedetevi qui di fronte, desidero parlare con voi. Datemi notizie di Parigi, aggiornatemi sugli ultimi accadimenti, sono mesi che vivo come un eremita isolato dal mondo.»

Passai alcune ore con Luigi, narrandogli delle vicende di cui io avevo avuto conoscenza dopo la partenza da Gerusalemme, attraverso i dispacci che pervenivano alla corte di Palermo. Poi illustrai l'itinerario che era stato predisposto e gli diedi dettagli sulla scorta che ci avrebbe accompagnato. Alla fine Luigi mi congedò, ringraziandomi, affermando che avrebbe voluto partire l'indomani stesso.

Quella sera il signore del castello ci intrattenne con un ricco banchetto, allietato da alcune vecchie canzoni normanne che

Margaretha ci cantò accompagnandosi con una viola. La fanciulla si comportava con molta grazia, e con la signorilità di una perfetta padrona di casa; mi si inumidirono gli occhi al pensiero della deprecabile condizione in cui l'avevo conosciuta. Ricordo anche alcuni piatti di quel pasto assai gustoso, e la cosa non vi stupirà poiché mi sembra d'avere reso chiaro, nel corso della mia narrazione, che sono parecchio interessato alla gastronomia, soprattutto quella esotica e di terre lontane. Rammento un piatto di carne di capra e maiale, stufata dolcemente con funghi selvatici di diverse qualità e insaporita con pepe e bacche di ginepro: un pasticcio di stoccafisso dei mari del nord, cioè merluzzo salato, seccato e affumicato, che in Calabria chiamano stocco, cotto nel forno con funghi, castagne e mele. Non posso non menzionare una prelibatezza che viene chiamata *filea*: si tratta di una pasta di farina che viene arrotolata lungo un bastoncino detto *dinaculus* e, dopo cottura nell'acqua, condita con formaggio pecorino grattugiato e pepe. E ancora un dolce di farina impastata con fichi, noci, mandorle, uvetta di Smirne, pinoli e miele, cotto sopra un piccolo braciere: una delizia del palato.

Luigi, rinfrancato dalla presenza del marchese di Santo Stefano, testimone della solidarietà di Ruggero, dalla tranquilla cordialità del barone Jarr e, credo, anche dalle mie continue assicurazioni che tutto sarebbe andato per il meglio, si liberò pian piano di quell'espressione tetra sul volto che gli avevo visto nel pomeriggio, e sembrò riacquistare sicurezza di sé e controllo della situazione. Era pur sempre il re di Francia, perbacco, mi venne da pensare, non un poveraccio, pellegrino in

Terra Santa, smarrito sulla via del ritorno!

Nella notte, ci eravamo tutti ritirati da tempo nei nostri appartamenti, sentii la porta della mia stanza cigolare lentamente sui cardini e, al lume di una candela, scorsi Margaretha avanzare verso di me in una bianca veste da notte in lino, con piccole rose ricamate all'altezza del petto.

Balzai in piedi e le corsi incontro:

«Voi qui! Mio dio, quanto tempo è passato, mia piccola Margaretha!»

«Non così tanto, direi, mi sembrate ancora giovane e prestante, mio signore.»

«E voi siete ancora più bella di quanto io vi ricordassi, madamigella.»

Feci per stringerla in un abbraccio che era ormai più dettato dalla passione che dalla gioia di avere ritrovata la mia cara amica, ma lei con un guizzo si ritrasse.

«Abbiamo due cose da sistemare, prima che io mi lasci abbracciare da voi, signore.»

Così dicendo mi mostrò una mano aperta, nella quale un piccolo astuccio di cuoio spiccava sulla pelle bianchissima.

«Eccovi i vostri cinque denari d'argento, vi promisi che ve li avrei restituiti.»

«Volete scherzare, vero?»

«No. Voi mi obbligaste ad accettarli. Ora tocca a voi sottostare al mio obbligo.»

«Bene, se mi costringete... non ho altra scelta, mi pare. Ma voi avete parlato di due cose da sistemare, prima che io possa abbracciarvi» le ricordai, mentre prendevo il denaro e lo appoggiavo su una cassapanca, «qual è l'altra, dunque?»

«Oh, l'altra è molto semplice. Una piccola domanda.»

«Parlate, vi prego!»

«Signor Ulderico von Isenburg, voi mi amate?»

Tutto mi sarei aspettato, ma non quella domanda, in quel momento. Un fendente di spada mi avrebbe lasciato meno stordito, un fantasma apparso nel vano della finestra mi avrebbe meno sorpreso. La mia cara Margaretha, la fanciulla poverissima e fiera che avevo conosciuto e ammirato per la sua forza di volontà, la magnifica giovane donna che mi aveva concesso con semplicità le sue dolcissime grazie in passato, ora voleva da me qualcosa di semplice e di sublime allo stesso tempo. Voleva amore.

«Io vi amo, con tutto il cuore, Margaretha» esclamai attirandola a me.

XVI

La via che conduce da Crotone a Catanzaro segue in un primo tempo la costa in direzione sud-ovest, ed è pianeggiante, poi piega decisamente ad ovest e, lungo una depressione di fondovalle tra i monti della Sila e quelli dell'Aspromonte, arriva abbastanza agevolmente dal mar Ionio a Sant'Eufemia, sul Tirreno, senza imporre il superamento di difficoltosi passi montani. Era l'inizio di ottobre e la magnifica vegetazione dei monti circostanti trascolorava da un'inesauribile gamma di verdi, ai gialli, ai rossi, ai bruni più accesi. Eravamo un folto gruppo di cavalieri in testa al drappello, con re Luigi, il Giustiziere Musoleus, il barone Rudbek, che aveva insistito per accompagnarci fino alla costa tirrenica con un manipolo di armati e io stesso. Ci seguiva un secondo gruppo di guardie che erano giunte con noi a Crotone per mare e, a chiusura del corteo, alcuni carri trainati da buoi che portavano i non molti effetti personali di Luigi, recuperati dal naufragio. Il re era silenzioso, Rudbek e Musoleus stavano conversando di certi problemi amministrativi della zona e io rimuginavo i miei pensieri, che oscillavano come un pendolo lento, ma inarrestabile, tra Margaretha ed Eleonora. Mi si stava chiarendo nella mente un punto assai importante: io godevo dei favori di una delle più belle e spregiudicate e potenti dame d'Europa e d'Outremer, la grande Eleonora, e la cosa mi aveva riempito di un misto di orgoglio e di esaltazione amorosa. Ma ora sorgevano dubbi nella mia mente: si trattava di amore? La regina prendeva ciò che più le aggradava dalla vita e io forse avevo avuto la ventura di essere come un grappolo d'uva maturo davanti alla sua mano.

Mi chiedevo: ero stato còlto, in un momento in cui lei aveva voglia d'uva?

L'amore era un'altra cosa, ripetevo a me stesso, l'amore era Margaretha e mi sembrava che il destino mi stesse conducendo prepotentemente verso quella donna incantevole. Ma come avrei potuto gestire questa situazione, nella mia posizione di consigliere reale, ebbene ciò non mi era quel giorno affatto chiaro, considerando inoltre che re e regina stavano per divorziare: su quale delle due sponde avrebbe fatto approdo la mia esistenza?

Giungemmo a Sant'Eufemia a sera avanzata e fummo ospitati nella sede dei cavalieri Ospedalieri. Il mattino successivo, di buon'ora, organizzammo la partenza secondo i programmi concordati: il conte Musoleus ci salutò calorosamente, augurandoci un agevole e sicuro viaggio e partì con la sua scorta in direzione di Rhegion. Rudbek, dopo averci salutati, ripartì con i suoi alla volta delle sue terre. Non mancai di raccomandargli di porgere i miei più affettuosi saluti a Margaretha. Noi prendemmo invece risolutamente la via del nord e a tappe forzate raggiungemmo Potenza il dieci di ottobre. Quando ci presentammo all'ingresso della reggia normanna, fummo informati che Ruggero ed Eleonora erano già arrivati da due giorni. Il re ci stava attendendo nella sala delle udienze e io, con gli ufficiali della scorta, accompagnai Luigi a incontrare il nostro ospite.

«Vi do il mio più caloroso benvenuto», esclamò Ruggero avvicinandosi a Luigi e abbracciandolo.

«Avrete per sempre la mia gratitudine, Ruggero d'Hauteville. Senza di voi sarei stato perduto e ho saputo che con eguale dedizione e generosità, avete soccorso la mia sposa.»

«Franchi e Normanni si sono combattuti in passato, ma hanno poi saputo trovare forti vincoli di alleanza e di fratellanza, e oggi desidero proporvi un brindisi alla nostra amicizia.

Si fecero avanti dei valletti che offrirono a tutti i presenti coppe di vino. I calici furono alzati con grida di evviva all'indirizzo dei due re.

«Lunga vita a voi» augurò Luigi a Ruggero.

«Lunga vita a voi» ricambiò il Normanno, «credo che ora vorrete incontrare la vostra regina e vi farò condurre ai suoi appartamenti. Avremo occasione, in seguito, di avere un colloquio su ogni questione di cui vorrete discorrere.»

Tutti lasciarono la sala delle udienze, all'infuori di Ruggero che mi fece cenno di restare, mentre stavo incamminandomi verso il portale d'uscita.

«Attendete, von Isenburg, vorrei parlarvi» e così dicendo mi accompagnò fuori dalla sala, attraverso una porta che introduceva a uno studio privato.

«Sono a vostra disposizione, signore.»

«Tra poco vi lascerò libero di rinfrescarvi e di riposare, consigliere, ma volevo chiedere prima il vostro parere su alcune cose che mi stanno a cuore.»

«Vi ascolto.»

«Cosa dobbiamo aspettarci, d'ora in avanti? Quali saranno secondo voi le reazioni di Luigi e di Eleonora, dopo che si sono ritrovati al termine di avvenimenti così drammatici?»

«Ruggero, dopo ciò che ho visto a Gerusalemme, il mio parere è che francamente la crisi sia insanabile. Può darsi che l'emozione momentanea di questo incontro fortunoso possa ristabilire un minimo di serenità nella coppia, ma se fossi in voi non ci conterei molto. Le mie informazioni dicono che il papa si dedicherà personalmente a un autorevole tentativo di riconciliazione: io con tutta sincerità consiglio di non farvi coinvolgere nel groviglio di accuse, sospetti e recriminazioni che i vostri augusti ospiti si sono scagliati contro negli ultimi mesi.»

«In altre parole mi state dicendo di lasciare questo spinoso argomento nelle mani del Santo Padre.»

«Chi meglio di lui?»

«Siete un uomo prudente, Ulderico, e anche se ve l'ho già detto, lo ripeto: mi piacete molto. Se vi stancherete della Francia, ci saranno sempre, per voi, onori e prestigio in terra di Sicilia.»

«La vostra magnanimità mi confonde, Ruggero.»

Venne l'ora del banchetto serale, al quale partecipammo solo in pochi: oltre a me c'erano i due re, la regina, il maestro palatino conte Manfredo Staffieri e l'emiro di Palermo Filippo di Mahdia. La regina Sibilla e Giorgio Rozio d'Antiochia erano rimasti a Palermo.

Eleonora sembrava affaticata, pallida e assente.

La conversazione prese il corso degli avvenimenti riguardanti la crociata e la regina non disse che poche parole. Ad un certo punto vi fu uno strano trambusto, un ufficiale della guardia entrò e consegnò un rotolo a un valletto prontamente accorso. Il messaggio fu recapitato all'emiro Filippo che lo scorse brevemente e lo consegnò a Ruggero. Questi visibilmente turbato, parlò con voce cupa:

«Orribili notizie da Gerusalemme. Penso che potremo parlarne quando la regina si sarà ritirata nei suoi appartamenti.»

«No, vi prego» esclamò Eleonora con voce più alta di quanto le convenienze non imponessero, come se presagisse che quelle notizie la riguardassero molto da vicino, «vi prego Ruggero, parlate anche in mia presenza.»

«Vostro zio, Raimondo di Poitiers, principe d'Antiochia, è stato ucciso il ventinove di giugno, nella battaglia d'Inab, mentre combatteva i turchi di Nur-ed-din, *atabeg* di Aleppo.»

Ricordo vividamente la scena; Luigi immobile ed impassibile, Eleonora che singhiozzava, la testa fra le mani. Poi si fece forza, chiese licenza a Ruggero di ritirarsi, si alzò e lasciò la sala.

«Una storia terribile» continuò Ruggero, «ne posso riferire ora che la regina ci ha lasciati. Il turco ha fatto decapitare il cadavere di Raimondo e ha spedito, quale omaggio, la testa al califfo di Baghdad.»

«Orribile» commentò con voce glaciale Luigi.

«Veramente orribile» assentì Filippo di Mahdia, «ma ditemi re Luigi, com'è stato possibile che forze cristiane così ingenti non siano riuscite a sbaragliare una volta per tutte questi cani di turchi infedeli?»

La domanda era stata posta pianamente, senza alcun accento polemico, ma io sapevo bene cosa Filippo pensasse dei comandanti supremi germanici e franchi.

«Che vi posso dire, emiro... l'intera faccenda è nata sotto una cattiva stella. Credo che il maggior nostro errore sia stato quello di non comprendere il vero pensiero dell'imperatore di Bisanzio: egli cristiano ortodosso non ama i Latini cristiani cattolici. Per dirla più precisamente, ci detesta. Avrà i suoi buoni motivi, la prima crociata ha lasciato nei Bizantini profonde delusioni, il comportamento delle nostre armate durante l'avvicinamento a Costantinopoli ha certamente maldisposto Manuele nei nostri confronti, ma qui occorre dire le cose come stanno: egli ci ha traditi. Ha spinto al di là del Bosforo Corrado, mandandolo allo sbaraglio senza supporto e senza informazioni, anzi peggio, con informazioni false. Ha convinto me ad accorrere il più presto possibile alla battaglia, propalando la falsa notizia che l'imperatore tedesco stava riportando strepitose vittorie, quando in realtà il suo esercito stava per essere annientato dai Turchi. La causa della cristianità che ha ispirato le Crociate, in difesa dei luoghi santi della passione di Nostro Signore, non trova alcun appoggio tra i greci, ecco come stanno le cose. Sarebbe assai più vantaggiosa impresa, volgere le armi dei cristiani romani contro i bizantini, anziché permettere loro di danneggiarci in Terra Santa, stringendo accordi segreti con i Turchi. Con i quali, sotto sotto, se la intendono benissimo!»

Le ultime frasi erano state pronunciate evidentemente sotto

l'impulso di un'ira a stento repressa.

«Ammetto che sarebbe un'ottima idea» intervenne Ruggero, «voi certo sapete Luigi che ho provato, con rapide puntate della mia flotta, a saggiare la loro resistenza. Non sono invincibili. A un'impresa del genere non mi sottrarrei, ma naturalmente senza l'avallo del papa, l'Occidente non attaccherà mai Costantinopoli.»

«A questo si potrà forse provvedere» mormorò pensoso Luigi.

«Venendo a noi» cambiò discorso Ruggero, «cosa posso fare perché il vostro ritorno in Francia avvenga nel modo più sicuro possibile?»

«Come avrete certamente saputo, ho ricevuto la richiesta del papa di un incontro a Montecassino, al quale non posso certo sottrarmi. Un folto gruppo di miei fedeli vassalli sta marciando verso Roma, per scortarmi da là fino in Francia. Vi chiedo la cortesia di fornirmi una scorta fino a Montecassino, poi proseguirò con la mia guardia.»

«Tutto ciò che desiderate, Luigi, sarà messo a vostra disposizione. A proposito, ho notato che Eleonora appare molto provata dal viaggio di ritorno dell'Outremer e ho deciso di mettere a sua disposizione una confortevole carrozza, per proseguire il viaggio»

«Vi sarò eternamente in debito, Ruggero.»

Due giorni dopo questi avvenimenti, riprendemmo il cammino in direzione dell'abbazia di Montecassino, dove l'abate Rainaldo II ci stava attendendo. La strada da percorrere, circa

352

centosessantacinque miglia, non presentava particolari difficoltà, ma fu comunque piuttosto lenta, rallentata dal fatto che
spesso Eleonora accusava stanchezza e malesseri e furono
quindi effettuate più tappe del previsto. Lei stessa aveva
espresso il desiderio di viaggiare solo con la sua dama di compagnia e io feci tutto il viaggio cavalcando a fianco del re.

«Perché il papa vuole incontrarci?» mi chiese un giorno
Luigi, «dovrebbe pur sapere che ora è tempo che io ritorni al
più presto nel mio regno.»

«Tutto lascia pensare a un tentativo di riconciliazione tra le
vostre maestà, e credo che Suger stesso si stia adoperando a
tal fine. Mentre invece, abbastanza logicamente, Bernard de
Clairvaux non sembra muovere un dito in questa direzione.»

«Intendete dire che Suger non vuole il divorzio, mentre
Bernardo non avrebbe nulla in contrario?» mi domandò il re
con disarmante franchezza.

«Esattamente, mio signore.»

«E voi che ne pensate?»

«Mio re, è assai difficile penetrare i veri sentimenti della
gente comune, e ancor più difficile se si tratta di persone assolutamente speciali e al di sopra di tutti, come voi ed Eleonora.
Non posso quindi consigliare nulla su tale piano... però non
v'è dubbio che un divorzio di tanto momento, vada valutato
anche sul piano politico.»

«Chiarite senza remore il vostro pensiero, consigliere.»

«In base ai trattati firmati, tutti i possedimenti d'Aquitania
e dei suoi vassalli, come a dire circa metà Francia, torneranno
ad Eleonora, dopo un eventuale divorzio...»

353

«Bene, suoi erano e suoi saranno. D'altronde non posso perdere ciò che, in realtà, non ho mai avuto.»

«Naturalmente. Ma vorrei completare il mio pensiero: andranno ad Eleonora e quindi, forse, a un possibile secondo marito.»

«Questo è quello che vi turba, dunque?»

«Proprio questo, mio re.»

Nella seconda metà di ottobre, se ricordo bene, giungemmo in vista dell'imponente abbazia e affrontammo gli ultimi erti tornanti che conducevano all'enorme edificio. Fummo accolti con grande ospitalità dall'abate, ma con un certo disappunto di Luigi venimmo a sapere anche di un cambiamento di programma.

«Maestà» disse l'abate Rainaldo, dopo che fummo sistemati nei nostri alloggi, e che potemmo conferire privatamente, «il papa desidera informarvi, per mio tramite, che la difficile situazione politica nella città di Roma gli consiglia di non allontanarsene troppo. Il santo padre si trova attualmente a Viterbo, e vi chiede di volerlo raggiungere nella sua villa di Tuscolo, dove avrà il piacere di ospitarvi con la vostra regale consorte e con tutto il vostro seguito. Vorrei fare notare, per vostra tranquillità, che tale variazione di programma non comporta alcuna perdita di tempo, dato che per proseguire il viaggio verso la Francia, dovreste comunque percorrere la strada che porta a Tuscolo.»

«Non ho nessun problema a seguire le indicazioni del papa» rispose quietamente Luigi, «solo vi chiedo ospitalità per un paio di giorni, perché la regina possa riposarsi e così anche la nostra scorta.»

«Questa è la casa del Signore e anche la vostra, re Luigi» rispose sommessamente l'abate.

Il re e la regina si ritirarono in appartamenti separati e, per quanto ne so, evitarono di vedersi fino al giorno della partenza.

La distanza che ci separava da Tusculum era di sole ottantotto miglia e le percorremmo di slancio, concedendoci una sola sosta, giungendo finalmente alla residenza del papa. Era una dimora sontuosa, una splendida *villa d'otium* riadattata e in parte ricostruita sulla struttura di un'antica costruzione, appartenuta a qualche prominente patrizio romano di età imperiale. Il complesso era circondato da un grande parco dolcemente digradante, che nella parte più alta ospitava vaste cisterne che rifornivano di acqua abbondante la villa, incluse le terme private e le fontane. Fummo ricevuti dal cardinale *camerarius* e dai suoi assistenti, che ci assegnarono gli alloggi. Ancora una volta constatai che ai reali venivano assegnati appartamenti diversi e alquanto distanti tra di loro. Luigi ed Eleonora furono anche informati del protocollo degli incontri: all'indomani sarebbe stato ricevuto in udienza prima il re, poi la regina e infine tutti e due, insieme.

Con mia sorpresa, poco dopo, entrò nel mio alloggio un prelato che mi riferì del desiderio del papa di incontrarmi.

«Ci rendiamo conto che l'ora è tarda e che vostra signoria deve essere molto affaticata...»

«Monsignore, non intendo di certo sottrarmi a una convocazione del santo padre. Sono a vostra disposizione.»

«Bene, dunque seguitemi, vi prego.»

Mi trovai così in cospetto, per la seconda volta, di Eugenio III. Baciai l'anello che mi porgeva e feci le dovute genuflessioni.

«Alzatevi von Isenburg. Conservo un piacevole ricordo del nostro precedente incontro.»

«Posso dire di cuore la stessa cosa, Santità.»

«Le mie informazioni dicono che sono passati sette mesi dalla vostra partenza da Gerusalemme, che Iddio protegga con la sua infinita potenza la Città Santa, e che il vostro viaggio è stato assai periglioso.»

«Per il vero è così, il mio viaggio e quello dei miei sovrani.»

«Ho udito, ho udito» mormorò Eugenio, «ho ricevuto rapporti da Palermo e da Potenza. *Magister* Ulderico, voi immagino sappiate la ragione della mia convocazione dei reali di Francia in questo luogo.»

«Posso ipotizzare un tentativo di riconciliazione?»

«Perfettamente. Devo compiere questo passo e spero, per il bene della Francia, di avere successo.»

«Me lo auguro anch'io, Santità. Naturalmente non vi sfuggono le conseguenze di un divorzio, che renderebbe libera Eleonora di risposarsi e di portare il suo immenso patrimonio territoriale in dote ad un nuovo marito, che potrebbe essere, in linea teorica, ostile al regno.»

«Infatti, questa è la nostra principale preoccupazione. Voglio porvi una domanda diretta, in forma non curiale: che probabilità ho di riuscita?»

Il quesito papale sarebbe stato obiettivamente assai difficile per chiunque, ma non per me. Io sapevo cosa pensava Eleonora.

«La vostra autorità, Santo Padre, con ogni probabilità otterrà di convincere, in questo tempo e in questo luogo, i due coniugi a riconciliarsi. Ma temo che una volta a Parigi, gli antichi dissapori potrebbero ancora acuirsi e riaprire di fatto una crisi matrimoniale, forse irreparabile. La stessa Eleonora mi ha confidato di desiderare fortemente di riacquistare la propria libertà. Non mi stupirei se ve lo chiedesse direttamente, domani stesso.»

«La deluderò» affermò con ostinazione il papa, «domani re e regina dovranno sottomettersi alla mia volontà. Ma, per toccare un altro argomento che mi sta a cuore, ditemi ora, da persona competente quale siete e da testimone oculare dei fatti: come è stato possibile che la santa spedizione abbia avuto un esito così catastrofico? Ho avuto di recente un incontro con Bernardo di Chiaravalle e vi posso dire che il sant'uomo appariva prostrato dall'insuccesso dell'impresa, che egli stesso definiva come la "sua" crociata. E lui ora sta portando la croce di feroci critiche, che gli piovono addosso da ogni parte d'Europa.»

«Questo non è giusto: molte sono le colpe e molti i responsabili degli errori commessi. Ma una cosa è certa: i condottieri cristiani non hanno perseguito gli obiettivi che voi Santità avevate indicato e che Bernardo aveva predicato, e cioè la riconquista di Edessa. L'enorme forza militare di cui disponevano è stata male impiegata, in azioni sconsiderate e senza tenere conto di due fattori: primo che chiaramente i Bizantini non erano disponibili a sostenere l'impresa, se non a parole; e secondo che il vantaggio tattico e strategico dei Turchi, che dispongono di retroterra sterminati, doveva sconsigliare nel modo più rigoroso azioni episodiche e scoordinate, quando invece il comune buon senso imponeva di condurre un singolo e imponente attacco contro un preciso obiettivo, ben individuato, sotto un comando unificato. Ci siamo comportati da dilettanti.»

«Il vostro giudizio è ben duro, von Isenburg, e tuttavia lo condivido appieno. Che il Signore riporti la cristianità sulla retta via. Ora ritiriamoci per il giusto riposo. Prima della vostra partenza, vi verrà riferito l'esito dei colloqui che mi attendono. Conto che, una volta a Parigi, tramite Bernardo, mi teniate informato dell'evolversi della situazione... comprendetemi, non vi chiedo di mancare di fedeltà al vostro re, ma di aiutarmi ad assecondare il disegno divino che mi viene ispirato dalla nostra sacra fede.»

«Sarete informato con puntualità e discrezione, santo padre.»

Passammo tre giorni a Tuscolo, prima di rimetterci in marcia per Parigi. Il papa ebbe i suoi colloqui, ed esercitò tutta la sua autorità per esortare la coppia reale a desistere dal proposito di spezzare il vincolo matrimoniale. Imputò le tensioni e le incomprensioni alle preoccupazioni per le sfortunate vicende della spedizione, e dichiarò che l'arrivo di un erede maschio così fortemente desiderato, avrebbe finalmente risolto ogni dissapore. Per facilitare le cose, giunse a costringere di fatto Luigi ed Eleonora a dormire insieme, in una lussuosa camera matrimoniale con un solo letto, foderata di preziose sete. Apparentemente Eugenio era riuscito nel suo scopo.

La parte finale del viaggio verso la Senna si articolò in due parti. Dapprima Luigi incontrò la sua scorta di cavalieri francesi poco a nord di Roma e ordinò di proseguire il viaggio più rapidamente, concedendo meno soste. Poi dispose che tutti i carri da trasporto proseguissero per conto proprio, scortati da poche guardie, mentre noi proseguimmo ancora più celermente, a cavallo e con la carrozza della regina. Infine, giunti poco oltre Pavia, mi chiese di accompagnare Eleonora per il resto del percorso fino a Parigi, lasciandomi un drappello di una cinquantina di cavalieri, mentre egli col resto della scorta si lanciò in una corsa senza tregua verso la sua capitale, dove arrivò a metà novembre. Devo confessare che non potei fare a meno di chiedermi perché mai avesse deciso di perdere un anno di tempo in inutili ozi a Gerusalemme, per poi far scoppiare i cavalli al fine di guadagnare qualche giorno nel viaggio verso casa. Ma non trovai mai la risposta.

Ancora una volta mi trovavo in carrozza con Eleonora, la sua dama di compagnia e la cameriera personale. Sembrava essersi ripresa dai malesseri che l'avevano afflitta dopo Potenza e cercava di ridurre le soste al minimo indispensabile: mi disse che non voleva arrivare a Parigi con troppo ritardo nei confronti di Luigi. In alcuni casi, dove il percorso rallentava la carrozza, galoppava con me e la scorta fino al luogo prescelto per passare la notte, in genere residenze di nobili che erano stati preavvisati da messi del nostro arrivo e si erano offerti di ospitarci. Mi resi conto che Suger, da Parigi, aveva fatto tutto il possibile, tramite ambasciate a tutti i potentati d'Italia, per garantire al re e alla regina il sostegno necessario nella risalita della penisola, dopo Roma.

Durante una di queste soste, Eleonora mi chiese di recarmi da lei.

«Ulderico, vorrei confidarmi con voi. Il papa non mi ha concesso il divorzio, però in verità non mi ha neppure convinta di restare legata a Luigi. Sono stata acquiescente alle sue esortazioni, solo perché non vedevo l'ora di andarmene. E questa storia del talamo nuziale, allestito a mio uso per concepire l'erede di Luigi, in una residenza del pontefice, mi ha veramente irritata.»

«Posso capirti.»

«Tra non molto saremo finalmente a Parigi. Cercherò di riordinare le idee, di considerare quali opportunità mi si offrono, ma voglio che tu sappia con assoluta certezza il mio intendimento finale: voglio divorziare.»

«Me lo aspettavo.»

«Noi abbiamo avuto rapporti di grande intimità, consigliere, che penso abbiano rafforzato il legame di simpatia e di amicizia che ci ha uniti fin dall'inizio, ma non è su questo aspetto che io intendo basare l'offerta di mettervi al mio servizio quando sarò libera: quello che mi spinge a tale passo è l'apprezzamento del vostro singolare talento, frutto di sapienza, prudenza e immaginazione. E posso anticiparvi che non si tratterà solo di consigliare la duchessa d'Aquitania, ma vi attendono ben più alte responsabilità e competenze, di cui vi parlerò a tempo debito.»

«Sono confuso e imbarazzato per le tue lodi, Eleonora. E apprezzo grandemente la fiducia che riponi in me. Ma come hai detto, occorre che ciascuno di noi riordini le proprie idee a Parigi. Siamo stati assenti per oltre due anni, e credo che sia voi che io abbiamo bisogno di ritrovare il filo delle nostre vite, che si sono come spezzati in questi ultimi tempi. Io ritengo la tua proposta nella più alta considerazione e nulla mi darebbe più gioia che proseguire nel tempo la tua frequentazione, mia signora. Chiedo devotamente di potere riparlare di tutto ciò nella nostra capitale.»

«Così sia, Ulderico. Ne riparleremo a Parigi.»

Quando anche Eleonora rientrò a Parigi si poté dire, final-mente, che per quanto riguardava la Francia la seconda Cro-ciata era davvero finita. Io ripresi i miei uffici con Suger e con de Morvillier: ambedue si dimostrarono felici di rivedermi ed espressero la loro soddisfazione nel rivedermi a casa, dopo tanti pericoli.

La vita di corte riprese pian piano il suo corso, il re ricomin-ciò ad occuparsi delle cose del regno, ma era chiaro che non era più come prima. Eleonora non era mai stata veramente gradita e accettata a palazzo, ma ora si percepiva palpabile una barriera di ostilità nei suoi confronti. Le dicerie sulla sua relazione con lo zio Raimondo venivano spacciate per cer-tezze, la sconfitta inappellabile dei crociati veniva attribuita sia alla presenza, tra gli armati, della regina e del suo seguito di dame, giudicato ingombrante, inopportuno e causa di ritardi; sia agli errori militari dei comandanti aquitani. Ma ciò che era ancor peggio, l'atteggiamento di Luigi era totalmente cambiato: il re aveva attivamente ripreso ad occuparsi delle finanze e della giustizia, riceveva ambasciatori, conferiva con i vassalli, dava corso a opere pubbliche o a iniziative religiose, riorganizzava l'esercito: ma da tutto ciò Eleonora era ormai rigorosamente esclusa. La regina, che a ventisette anni non era più la ragazza capricciosa di una volta, ma una donna intelligente e matura e sentiva di potere finalmente avere voce attiva nelle questioni di governo, veniva invece relegata tra le sue dame e ancelle, ad occuparsi solo di faccende femminili. Negli ambienti di corte la parola divorzio circolava sempre più frequentemente, e credo che per molti, in modo assai miope, fosse addirittura una soluzione auspicata. Ma a tutto ciò pose fine una notizia assolutamente inaspettata. Dalla corte della regina cominciò a filtrare una notizia: sua maestà era incinta.

Immediatamente la fronda e i mormorii contro la regina cessarono, era chiaro a tutti che la speranza di un erede al trono avrebbe fatto sì che Luigi non avrebbe tollerato la minima opposizione contro Eleonora. Quando la notizia venne confermata in modo ufficiale dall'archiatra palatino, chiesi udienza privata alla regina.

«Sono profondamente felice della notizia sulla vostra incipiente maternità, mia regina.»

«Vi ringrazio consigliere.»

«Il papa ha dunque ottenuto ciò che voleva, a Tusculum.»

«Voi lo pensate?»

«Ebbene, sì...» riposi perplesso a quella domanda inaspettata.

«Sapete, sono sorpresa anch'io» replicò Eleonora con quel suo tono di voce in cui si mescolavano serietà e ironia in modo inestricabile, «sì, sono sorpresa. L'archiatra, fatte le sue considerazioni mediche, pensa che partorirò in giugno, il che dovrebbe implicare, se non sbaglio, un concepimento a fine settembre o ai primi di ottobre. Ma a Potenza non ho dormito con Luigi e a Tusculum siamo arrivati ad ottobre avanzato. Inoltre...»

Cominciavo a sentirmi terribilmente in ansia.

«Inoltre?»

«Inoltre voi sapete come stanno le cose tra me e il re. Voi credete che il re abbia cercato i miei favori nella villa papale o che io glieli abbia concessi?»

«Non so, non saprei, mia regina, come potrei mai saperlo?»

«Ecco appunto, non lo sapete. Meglio così, del resto.»

«Che intendete dire, Eleonora, vi supplico, non tenetemi sulle spine.»

«Le date, in fondo, potrebbero riportarci alle nostre dolci notti di Palermo, consigliere.»

«Voi pensate dunque che? ...»

«Ma no Ulderico, non penso a nulla, stiamo scherzando, suvvia! Il re ha fatto il suo dovere e la regina è gravida. Tutto per il meglio quindi. Ma statemi vicino, la vostra compagnia mi è sempre molto cara.»

I primi di giugno del 1150, come previsto, la regina mise al mondo una bella bambina, Alix de France, Alice di Francia. A quattordici anni fu promessa in sposa al conte di Blois, Tibaldo V di Champagne, detto il Buono. Avrebbe avuto una vita intensa; spero mi rimanga il tempo per parlarne più oltre.

Deluse amaramente le aspettative di un figlio maschio, erede al trono, i rapporti tra Luigi ed Eleonora si incupirono vieppiù. Nel 1151 ricominciarono le voci sul divorzio della coppia reale, ma questa volta con fondamento. La decisione era ormai presa, Eleonora aveva lasciato Parigi per un periodo di riposo in Aquitania, questa almeno era la motivazione ufficiale, e io mi trovai coinvolto nell'organizzare estenuanti riunioni tra giuristi provenienti da Parigi, dall'Aquitania, da Bologna, per non parlare di eminentissimi prelati, che dovevano trovare il modo di consentire il divorzio agli augusti sposi, senza far perdere la faccia al papa.

Si decise, per potere lavorare con la necessaria serenità, di trasferire l'illustre consesso nel castello reale di Beaugency, sulle rive della Loira. Infine nel marzo del 1152, risolte le questioni legate al ripristino nelle mani di Eleonora di tutti i possedimenti che aveva portato in dote, e trovate le giustificazioni di diritto che permettevano il divorzio, l'arcivescovo Ugo Sens, primate di Francia, presiedette il concilio finale che sancì la fine del matrimonio fra Luigi ed Eleonora. Il re e la regina erano presenti, insieme agli arcivescovi di Bordeaux e di Rouen e all'arcivescovo Samson di Reims, che tutelava gli interessi di Eleonora. Papa Eugenio aveva dato il suo benestare. Il divorzio fu concesso sulla base di un evanescente difetto di consanguineità di nono grado civile, che però in base al diritto canonico, diventava di quarto grado.

Eleonora tornò in Aquitania e le sue due figlie, dichiarate legittime, rimasero alla corte di Parigi, con il padre.

La favola bella era conclusa.

Fine della prima parte

INDICE E SINOSSI DEI CAPITOLI
Prima parte

dono di un raro codice legislativo prodotto nello studium del grande giurista Irnerio di Bologna. Tornando poi verso casa si ferma in un bordello e si intrattiene con una prostituta di nome Johanna.

III   49
Ulderico sta per concludere i suoi studi in diritto civile e canonico. Il padre lo va a trovare a Parigi, anche per assistere alla discussione della tesi che conferirà al figlio il dottorato. Ulderico, presentato dal suo relatore Gilberto di San Vittore, discute la sua tesi di fronte ad una commissione presieduta da Guglielmo di Conches, e da altri due illustri personaggi: Bernardo di Clairvaux e Pietro il Venerabile, dell'Abbazia di Cluny. Supera l'esame di laurea a pieni voti. Ulderico parla col padre delle vicende di Germania e a sua volta lo informa della tragica storia d'amore tra Abelardo ed Eloisa, di cui molto si parlava a quel tempo. Bronislaw compra per il figlio una casa a Parigi, perché possa continuare la sua carriera in quella città.

IV   74
Moniot che sta facendo il tirocinio presso un ospedale parigino, illustra a Ulderico alcuni principi medici e igienici della scuola di Salerno. In seguito Ulderico viene ricevuto per la seconda volta dall'archivista reale de Morvillier. Questi lo informa che sia Bernardo di Chiaravalle che il potente consigliere del re, Suger di Saint Denis lo vorrebbero assumere come assistente. Poco dopo viene convocato, attraverso Guglielmo di Conches, da Bernard de Clairvaux presso il monastero di Citeaux. Si mette in viaggio e durante una sosta in un villaggio incontra una giovane donna, Margaretha, di origine normanna, che lavora come inserviente in una locanda.

Passano insieme la notte. Lei narra di essere alla ricerca del padre, Jarr di Rudbek che partito per una campagna militare al servizio del re di Sicilia Ruggero II, non aveva più fatto ritorno a casa. Ulderico le promette che se avrà l'occasione di andare in Sicilia, la condurrà con sé.

Poi Ulderico prosegue il viaggio verso Citeaux, dove viene ospitato, in attesa dell'incontro con l'abate Bernardo.

V   93
Ulderico viene ricevuto da Bernardo, che gli conferma il proprio desiderio di averlo al suo fianco. Ulderico si riserva una risposta, vuole naturalmente prima parlare anche con Suger, come gli ha consigliato de Morvillier. Poi, lasciata Citeaux, si dirige, sempre a dorso di mula, verso l'abbazia di Cluny, per incontrate il priore Pietro di Montboissier, già noto con l'appellativo di Pietro il Venerabile al quale deve consegnare una lettera da parte di Guglielmo di Conches. Viene ricevuto dal segretario del priore, che incontra poco dopo. Gli consegna la missiva e gli domanda consiglio per la scelta tra Bernardo e Suger. Gli chiede anche di potere avere un colloquio con Abelardo, il protagonista dello scandalo con Eloisa, ospite dell'abbazia, vecchio e malato. Il colloquio viene concesso e Ulderico discute, col famoso studioso, di temi filosofici. Ritornato a Parigi, viene informato di essere stato convocato dall'abate Suger a Saint Denis. Quando lo incontra, questi gli chiede di averlo come collaboratore giuridico e Ulderico accetta. Informa con lettere suo padre e Bernardo della sua decisone, ed entra a corte come giureconsulto, alle dipendenze di de Morvillier e di Suger. Incontro con il re, la vigilia di Natale del 1141. La prima grave questione su cui dovrà dare la propria consulenza riguarda una disputa tra il re Luigi VII e il conte Tibaldo II di Champagne, appoggiato dal papa Innocen-

zo II e da Bernardo di Chiaravalle.

VI   115
Sviluppo della vicenda del conflitto tra Luigi VII e il conte Teobaldo di Champagne, a proposito della nomina a vescovo di Bourges di Pierre de la Châtre, sostenuto dal papa Innocenzo II e da Bernard di Clairvaux. La disputa aveva un antefatto che si collegava all'assedio di Tolosa, condotto da Luigi VII su istigazione della moglie Eleonora, che rivendicava diritti su quella città. All'assedio partecipò la stessa Eleonora con la sorella Petronilla, avvenente fanciulla di sedici anni, della quale s'invaghì perdutamente il conte Raoul di Vermandois, comandante dell'esercito reale. Ma costui era sposato con Eleonora di Blois, sorella di Teobaldo, conte di Champagne. Il re, per compiacere la moglie, difese i due amanti e con il sostegno di alcuni vescovi fece dichiarare nullo il matrimonio di Raoul con Eleonora di Blois. Il papa rispose annullando le nozze di Raoul e di Petronilla e minacciando di scomunicare il re. Nel corso di un consiglio della corona, il re viene avvertito che un attacco a Teobaldo avrebbe comportato gravi conseguenze, ma Luigi VII non intende ragioni e muove guerra al conte. Durante questa azione militare viene incendiata una chiesa nella quale si erano rifugiate tremila persone che perirono nel fuoco. Il papa fece calare l'interdetto sul regno di Francia, scomunicando il re, la regina, Raoul di Vermandois e Petronilla d'Aquitania.

Per salvare la situazione, il re e la regina fanno atto di pentimento di fronte a Bernardo, che si impegna a far ritirare la scomunica dal papa. In cambio il re promette di partecipare ad una nuova crociata in Terrasanta. Nell'anno 1143 Ulderico apprende della morte di Abelardo.

VII   135

Viaggio di Ulderico a Poitiers nella stessa carrozza di Eleonora e della sua dama di compagnia Alice di Richemont. Lo scopo del viaggio è di discutere con i consiglieri della duchessa, la partecipazione dell'Aquitania alla Seconda Crociata. Lungo il percorso vengono effettuate due soste: Orléans e Tours. Incontro a Poitiers di Ulderico e maître Ragenfrido, maggiordomo di palazzo. Questi non è favorevole alla partecipazione del ducato di Eleonora alla spedizione, ma infine non si può disattendere la chiamata del papa.

Tenzone poetica tra i troubadours di corte, in presenza di Eleonora. Ulderico conosce i trovatori Jaufré Rudel, Marcabrun, Bernard de Ventadorn. Passeggiata a cavallo e colazione in campagna di Ulderico con Eleonora. Ulderico racconta a Eleonora le vicende della Prima Crociata ed Eleonora spiega a Ulderico come stanno le cose tra i troubadours e le dame oggetto del loro amore.

Conclusione del contenzioso col papato: Celestino V, succeduto a Innocenzo II, toglie la scomunica a Luigi VII e a Eleonora, mentre viene mantenuta nei confronti di Raoul e Petronilla.

VIII   166

Viaggio di Ulderico con de Morvillier verso Aquisgrana per incontrare Corrado, re di Germania, ma di fatto imperatore del sacro Romano Impero. Durante il viaggio i due viaggiatori discutono di vari argomenti, tra i quali il parallelo tra la situazione di Raoul di Vermandois con Petronilla e quella di Raoul III, conte di Valois con la bellissima Anna Yaroslavna di Kiev, figlia del granduca Yaroslav il Saggio e di Ingegerd, sorella del re Olof Skötkunung di Svezia.

Incontro con Corrado di Hohenstaufen, durante il quale si

discute dell'organizzazione della Seconda Crociata. Tra gli altri sono presenti anche Ottone di Frisinga, comandante generale dell'esercito imperiale e un giovanissimo Federico (che sarebbe passato alla storia col nomignolo di Barbarossa), nipote di Corrado. Incontro di Ulderico col padre, giunto ad Aquisgrana per salutare il figlio.

IX   187

Caduta della contea di Edessa in mano ai turchi, nel Natale del 1144 con atrocità contro i cristiani.

Il papa Eugenio III sollecita una spedizione militare (Seconda Crociata) per riconquistare Edessa.

Il re e la regina decidono di partecipare personalmente alla spedizione. Viaggio di Ulderico a Roma per incontrare il papa e a Palermo per conferire con Ruggero II d'Altavilla. Prima della partenza per questa missione diplomatica, accompagnato dal segretario Vivés, Eleonora lo invita a partecipare alla Crociata. Durante il viaggio verso Roma, Ulderico incontra nuovamente Margaretha e mantiene la promessa di condurla con sé a Palermo. Incontro a Roma col cugino del re, il marchese Lacelot d'Aguillon, ambasciatore francese presso la Santa Sede e poi con il papa Eugenio III.

X   207

In attesa di proseguire il viaggio verso Palermo Ulderico, nella villa del marchese d'Aguillon ha un incontro e un colloquio con Arnaldo da Brescia. Poi, rimessosi in cammino giunge a Napoli dove viene ricevuto e ospitato dal conte di Lauretello, plenipotenziario del re Ruggero II. Visita della città e poi un colloquio durante il quale si evoca la figura di Sergio II, ultimo duca di Napoli prima della conquista normanna. Il viaggio prosegue verso Salerno dove incontra l'amico Moniot de Coincy, ormai figura di spicco della Scuola medica salernitana. In navigazione verso Palermo; durante la traversata si avvista una nave di pirati saraceni, che però viene attaccata e distrutta da una flotta di navi da guerra normanne.

Arrivato a Palermo viene condotto a palazzo e ospitato con Margaretha e Vivés. Il giorno dopo è previsto un incontro con Ruggero II d'Altavilla, per i cristiani, il sultano Rujari per gli islamici di Sicilia.

XI   225

Incontro a Palermo con re Ruggero II. Partecipano all'incontro anche l'ammiraglio Giorgio Rozio d'Antiochia, il famoso cartografo arabo al-Idrisi, e due letterati, 'Abd al-Rahmān di Butera, poeta e cantore di corte e Hugo Falcandus, storico del regno.

Esame della situazione politico-militare. Ulderico illustra a Ruggero quali forze europee si unirebbero alla Crociata e lo invita, in nome del re di Francia, ad unirsi all'impresa. Ma Ruggero annuncia che non parteciperà. In seguito Ulderico parla al re di Margaretha e lo prega di aiutarlo a rintracciare il padre di lei, Jarr dei Rudbek di Caen.

Ulderico, sulla via del ritorno in Francia, si ferma a Roma per salutare d'Aguillon e lo informa che Ruggero rifiuta l'impegno dei Normanni di Sicilia ad unirsi alla Crociata. Poi si reca a Bologna dove incontra dopo tanto tempo Antonius. Visita allo studium di Irnerius dove incontra i quattro più stretti discepoli e collaboratori: Bulgarus, Martinus Gosia, Jacobus e Ugo. Rientro di Ulderico a Parigi.

XII   246

Prima conquista di Edessa nel 1144 da parte dell'atabeg Zengi e conquista definitiva da parte di Nūr al-Dīn ibn Zengi, che i latini chiamarono Norandino. Iniziano a muoversi le armate cristiane in marcia verso la Terra Santa. Ulderico si unisce alla spedizione con Eleonora e Luigi VII. Attraversamento della Germania, dell'Austria e dell'Ungheria senza particolari problemi. Il margravio d'Austria, Adalberto di Babenberg e il re Géza di Ungheria accolgono e riforniscono i Crociati. Ulderico presta la propria consulenza giuridica su una questione che prende le mosse dal 1112 e vede come protagonisti il re d'Ungheria Colomanno, la moglie Eufemia di Kiev, figlia del gran principe Vladimir II di Kiev e un figlio di Eufemia, Boris, non riconosciuto dal padre. Arrivo dell'armata francese a Costantinopoli. Ulderico incontra Tarasio di Calcedonia, dromos logoteta del palazzo imperiale. Ulderico, Eleonora e Luigi VII sono ospitati a palazzo dall'imperatore Manuele I Comneno. Visita della città di Bisanzio. Colloquio privato di Ulderico con il re e la regina di Francia, l'imperatore Manuele e sua moglie Berta di Sulzbach.

XIII   280

Ulderico passa la notte ospite del palazzo imperiale. Il dromos logoteta gli invia una delle splendide ballerine circasse che avevano danzato durante il banchetto, Zhanshir della tribù di Tanachouk. Dopo due settimane dall'arrivo a Bisanzio la spedizione francese si rimette velocemente in marcia: i Bizantini avevano fatto filtrare la notizia che Corrado con i suoi germanici stesse riportando grandi vittorie, e Luigi vuole accorrere per evitare che tutto il bottino venga fatto dai tedeschi. Ma la realtà è un'altra: Corrado arrivato a Nicea aveva diviso la sua armata, una parte della quale fu fatta proseguire verso Gerusalemme al comando di Ottone di Frisinga, mentre col grosso dell'esercito decide di attaccare frontalmente i Turchi, ma subisce una disastrosa sconfitta da parte del sultano turco selgiuchide Mesud I.

Luigi VII si ricongiunge con Corrado a Nicea, il quale per il momento decide di fermarsi in quella città, e prosegue quindi verso Gerusalemme. Durante il viaggio Eleonora narra a Ulderico storie che ha udito al palazzo di Bisanzio e che riguardano l'ascesa al trono di Emanuele Comneno. Arrivo dell'armata francese ad Antiochia. Disaccordo tra Luigi VII e Raimondo d'Antiochia, zio di Eleonora sul proseguimento delle operazioni militari. Luigi VII rifiuta di liberare Edessa dai Turchi e vuole raggiungere Gerusalemme. Frattura insanabile con gli altri con i principi cristiani di Outremer. Luigi raggiunge Gerusalemme mentre si aggravano la crisi e il dissidio con la moglie Eleonora.

XIV   304

Concilio di Acri, nei pressi di Gerusalemme tra i re e i principi cristiani per decidere come proseguire le operazioni militari. Oltre a Luigi e Corrado sono presenti tra molti altri, il re di Gerusalemme Baldovino III e la madre Melisenda, Robert de Craon, Gran Maestro dei Cavalieri Templari e Raymond de Puy, Gran Maestro dei Cavalieri Ospitalieri.

E ancora Ottone, vescovo di Frisinga, Stefano di Bar, vescovo di Metz, Enrico I di Lotaringia, e il vescovo Theodwin, legato pontificio. Tra i laici: il duca di Baviera e margravio d'Austria Enrico II Jasomirgott, il duca di Svevia, Federico III, Guglielmo V Marchese di Monferrato. In completo disaccordo con Eleonora e con Raimondo di Antiochia, i Crociati decidono di disattendere l'indicazione del papa, che era quella di liberare Edessa, e decidono invece di attaccare Damasco, evidentemente attratti da un possibile ricco bottino. L'operazione finisce in un enorme disastro militare per i latini. Fine della Seconda Crociata. Edessa non è stata liberata, e Gerusalemme ha perso, con Damasco, l'unico alleato che aveva nella regione. Corrado e i suoi lasciano Gerusalemme per tornare in Europa e anche i Francesi, ogni gruppo per conto proprio, rientrano in patria. Solo Luigi rimane a Gerusalemme e non permette a Eleonora di partire, anche se ormai la regina ha deciso di divorziare. Nell'attesa della partenza Ulderico fa conoscenza con il dotto Firēdūn, col quale comincia lo studio della lingua turca. Infine Luigi si decide a partire senza la moglie. Quest'ultima, con l'aiuto di Ulderico, si imbarca su una nave genovese e fa rotta per la Sicilia. Ulderico riceve tramite il mercante Deodatus, un'informazione da parte della danzatrice Zhanshir di Tanachouk: i Bizantini vogliono rapire Luigi VII di Francia mentre si trova in navigazione per fare rientro in patria. Quest'ultimo non ritiene l'informazione attendibile. Ulderico riesce ad informare Ruggero II delle intenzioni di Bisanzio e il re normanno gli promette protezione.

XV   324

Ulderico è in navigazione con Eleonora verso la Sicilia. Compaiono navi bizantine che tentano di avvicinarsi, ma l'arrivo di una flotta di navi da guerra normanna le mette in fuga. Arrivo alla corte di Ruggero II che li riceve con tutti gli onori. Nel frattempo si viene a sapere che la nave sulla quale navigava Luigi risulta dispersa. Durante la permanenza alla corte, mentre Ruggero ordina di verificare se Luigi fosse per caso naufragato sulle coste della Calabria, Eleonora e Ulderico conoscono la nuova regina, Sibilla, figlia del duca Hugo di Borgogna, che Ruggero aveva sposato dopo la morte di Elvira di Castiglia. Ulderico e Eleonora passano le notti insieme. Finalmente viene ritrovato il re Luigi VII che aveva fatto naufragio in Calabria, nei pressi dei possedimenti del barone Jarr dei

Rudbek di Caen, che vive con la figlia, la baronessa Margaretha, nel castello che il re gli ha concesso, con il titolo, per meriti militari. Il papa vuole incontrare Luigi e Eleonora per tentare una riconciliazione. Ulderico parte per Crotone per incontrare Luigi e nello stesso tempo rivedere Margaretha, mentre Ruggero stesso accompagnerà Eleonora nella sua reggia di Potenza, dove re e regina si ritroveranno per la prima volta dopo avere lasciato Gerusalemme.

Ulderico incontra e fa amicizia a Reggio Calabria con il Giustiziere Franciscus Antonius Musoleus, marchese di Santo Stefano, capo del Giustizierato di Calabria e insieme procedono verso il castello di Jarr di Rudbek. Incontro con Jarr e Margaretha, alla quale Ulderico dichiara il suo amore. Colloquio tra Ulderico e Luigi.

XVI   346

Ulderico, con Luigi, il conte Musoleus e Jarr barone di Petronà partono per Sant'Eufemia sulla costa tirrenica. Da qui prosegue con il re verso Potenza, dove trovano ad attenderli Ruggero con Eleonora. Durante un banchetto al quale partecipa anche la regina Eleonora, assieme a Ruggero, Luigi e l'ammiraglio Filippo di Mahdia, giunge un messaggero che reca la notizia della morte in battaglia di Raimondo di Poitiers, zio di Eleonora e principe d'Antiochia, a Inab, mentre combatteva i turchi di Nur-ed-din, *atabeg* di Aleppo.

Si organizza la partenza di Luigi ed Eleonora per Montecassino, dove il papa ha chiesto di incontrarli. Ma giunti a Montecassino vengono informati che il papa si trova ora a Viterbo ed è in quella città che ha fissato l'incontro, nella sua villa di Tuscolo. Il papa Eugenio III ha un colloquio con Ulderico prima di vedere i reali di Francia. Dopo il colloquio con il papa Luigi ed Eleonora tornano a Parigi. Apparentemente sembra che il tentativo di riconciliazione di Eugenio III sia riuscito. A Parigi si diffonde la notizia che Eleonora è incinta per la seconda volta. In un colloquio di Ulderico con la regina emerge la possibilità che il padre del nascituro potrebbe essere Ulderico, ma la questione viene lasciata in sospeso.

Quando nasce una bambina, battezzata come Alice di Francia, vi è grande delusione, il regno di Francia è ancora senza erede. Poco dopo Luigi ed Eleonora iniziano le pratiche di divorzio.

Fine della prima parte

Piccolo dizionario

Amir

L'emiro degli arabi, da cui discende anche il vocabolo ammiraglio. La carica di amiratus amiratorum (emiro degli emiri) nelle corti normanne di Sicilia designava sia il primo ministro plenipotenziario della Corte, sia il comandante della flotta.

Atabeg

Atabeg, in turco "padre del Signore", è il nome che in ambito turco-selgiuchide si dava al "tutore" cui era assegnato l'incarico di curare l'educazione militare e principesca dei figli del Sultano, ma in sostanza svolgeva le funzioni di comandante in capo dell'esercito.

Buticularius

Termine del latino medievale, con significato di maggiordomo di palazzo (vedi l'inglese butler).

Caravansarayi

Termine persiano (in turco kervansaray), in italiano caravanserraglio: è un edificio costituito in genere da un muro che racchiude un ampio cortile e un porticato. Veniva utilizzato per la sosta delle carovane che attraversavano il deserto.

Comes palatii (compalatium)

Conte palatino (latino: comes palatii) era il titolo associato ad una delle più illustri cariche dell'alto medioevo nei regni dei Franchi o da essi derivati. Per lo svolgimento di molte funzioni, vicario del re o dell'imperatore.

Dapifer

Dal latino daps (banchetto) e + ferō (portare). Termine in uso, con significati simili nelle corti medievali europee. In origine indicava colui che portava la carne a un banchetto di corte. Nella corte siciliana normanna del XII secolo era il funzionario di corte responsabile dell'organizzazione palatina e del benessere del re. In Inghilterra era il maggiordomo in un palazzo nobiliare. In Francia era il più anziano dei cinque funzionari più alti in grado della corte.

Dohana

Nel diritto medievale, ufficio finanziario, con particolare riferimento alla struttura amministrativa del regno normanno di Sicilia negli anni di Guglielmo II (1166-89). L'ufficio fu creato nel regno siculo dopo il 1145 nell'ambito della riorganizzazione voluta da Ruggero II per il riscontro e la riscossione dei tributi. Si distinse nella dohana de secretis, che si occupava delle terre della Calabria e della Sicilia, e nella dohana baronum, che aveva la stessa competenza nelle altre regioni.

Giustizierato/Giustiziere

Il termine giustizierato designava in epoca normanna, sveva e angioina ogni distretto amministrativo in cui era suddiviso il Regno di Sicilia, governato da un funzionario di nomina imperiale, il giustiziere, che rappresentava l'autorità regia a livello provinciale.

Guiscardo

[Dal francese antico guischart, e questo dall'antico nordico wiskr]. Furbo, astuto; si è conservato soltanto nel nome tradizionale di Roberto I il Guiscardo (1015-1085), della Casa d'Altavilla, duca di Puglia.

Logoteta
(Medio latino logotheta, che in greco significa "colui che conta, calcola o razionalizza") era un dignitario bizantino che in linea di massima attendeva ai conti e ai bilanci statali, basandosi sull'apparato giuridico vigente, equivalente quindi in qualche modo al cancelliere delle monarchie occidentali.

Il logoteta del dromos (dromos logoteta) aveva però più prestigiosi incarichi, come quello di mantenere per conto del basileus le relazioni con gli ambasciatori accreditati presso la corte bizantina, come pure quello del controllo della circolazione e della sorveglianza dei cittadini stranieri ospitati sul territorio dell'Impero e quello del buon funzionamento delle comunicazioni e della posta imperiale (veredus).

Maristan o bimaristan
I maristan erano l'equivalente storico degli ospedali nel mondo islamico, originati dapprima più a est e diffusi poi in Marocco e nella Spagna andalusa tra il XII e il XIV secolo.

Nome di origine persiana, significa letteralmente "luogo per i malati". Vi si svolgevano attività di cura sia per malattie fisiche che mentali ed erano al tempo stesso centri di insegnamento medico.

Megadomestikos
Era una carica del tardo impero bizantino.

Questa carica era data al generale comandante dell'esercito bizantino, poteva anche essere divisa in due parti, una per l'esercito bizantino ad Occidente, e una per l'esercito bizantino ad Oriente.

Il termine domestikos designava nell'impero bizantino varie tipologie di cariche di tipo civile, militare e religioso. Nell'ambito dell'amministrazione civile troviamo il termine utilizzato a partire dal 355 per il responsabile di un ufficio, analogo al primikerios. Figure specializzate di domestikoi emersero successivamente, quali i domestikoi del sekreton o dell'ephoros. I domestikoi acquisirono una notevole influenza nella corte imperiale, in ragione della loro prossimità all'imperatore e ai più alti funzionari. Nel tardo IX secolo, si definiscono tra gli altri i domestikoi con funzioni militari, comandanti i tagmata e a partire dall'XI secolo sono menzionati infine i domestikoi dei themata, funzionari adibiti all'amministrazione delle finanze.

Mega logoteta
In occidente verrebbe chiamato gran cancelliere.

Nasrani
Termine con cui gli Arabi musulmani designavano i Cristiani.

Outremer
Termine francese, in italiano Oltremare. Con il termine Terre d'Oltremare (o più semplicemente Oltremare) si indicano i domini dei crociati in Siria e Palestina fra la fine dell'XI secolo e gli inizi del XIV secolo, che dividono la Prima Crociata del 1099 e la conquista di Gerusalemme e la definitiva riconquista della Terra Santa da parte del Sultano mamelucco Muhammad ibn Qalāwūn dell'isola fortificata di Arados (Arwād o Ruad), ultimo dominio crociato, nel 1303.
L'origine del termine può essere ricollegata al nome con cui venne chiamata in origine la Crociata, ovvero *passagium ultra-*

marinum, viaggio oltremare.

Questi territori furono organizzati in Stati feudali, detti Stati crociati, principati franchi di Levante o Stati latini. Queste entità territoriali erano il Regno di Gerusalemme, la Contea di Tripoli, il Principato di Antiochia, la Contea di Edessa ed il Regno di Armenia-Cilicia. Esse nacquero in seguito della spartizione della Terra Santa avvenuta ad opera dei comandanti della prima Crociata e riconoscevano tutte (almeno formalmente) l'autorità suprema del Re di Gerusalemme.

Passagium ultramarinum

Termine può con cui venne chiamata in origine la Crociata, col significato di viaggio oltremare.

Protonotario

Il capo dei notai del re, nella consuetudine amministrativa dei regni medievali nell'Italia meridionale. In ambito vaticano Protonotario Apostolico, nella curia pontificia, titolo degli appartenenti al collegio dei sette dignitari incaricati delle registrazioni degli atti.

Quadrivium

Il quadrivio (in latino, quadrivium, letteralmente "quattro vie"), in epoca medievale, indicava, assieme al trivio, la formazione scolastica delle arti liberali, propedeutica all'insegnamento della teologia e della filosofia.

Esso comprendeva quattro discipline attribuite alla sfera matematica: *Aritmetica, Geometria, Astronomia, Musica.*

Quatuor doctores

I Quattro Dottori di Bologna erano giuristi italiani e glossatori del XII secolo, attivi nell'Università di Bologna: Bulgarus, Martinus Gosia, Jacobus de Boragine e Hugo de Porta Ravennate. Il fondatore della scuola di giurisprudenza di Bologna fu Irnerio. Il loro insegnamento si basava sui commenti (glosse) al Corpus Juris Civilis di Giustiniano, allora appena riscoperto.

Scalco

Termine medioevale che deriva dal latino scalcus e significa servitore. Lo scalco non va confuso né con il capocuoco, come molti credono, né con il trinciante, cioè con colui che disossava e affettava le carni cucinate. In età rinascimentale e barocca lo scalco era, più propriamente, il soprintendente alle cucine principesche e aristocratiche: spettava a lui selezionare e dirigere i cuochi e la servitù, provvedere alla mensa quotidiana del suo signore, con cui teneva personalmente i rapporti, rifornirne la dispensa, organizzare i banchetti nei minimi dettagli. Non era quindi un semplice servitore, anche se di rango elevato, ma un cortigiano: un gentiluomo per nascita o, più raramente, per meriti culinari.

Perciò, a differenza dei cuochi, a cui era vietato, poteva vestire in modo ricercato, e portare barba e baffi.

Siniscalco

Il siniscalco (termine derivato dal protogermanico sini-, radice che significa "anziano", e skalk, "servitore") era, originariamente, nell'Europa occidentale colui che sovrintendeva alla mensa o, più in generale, alla casa della famiglia reale o di una grande famiglia aristocratica. Successivamente, talvolta nella forma gran siniscalco, divenne un titolo attribuito, in varie monarchie a partire dall'epoca dei carolingi, ad alti dignitari con funzioni di amministrazione della giustizia e comando militare.

In Gran Bretagna tale figura era detta seneschal ma più comunemente steward, mentre nell'Europa orientale il termine era stolnic.

Il Siniscalco di Francia (Sénéchal de France) fu, tra il X secolo e il XII secolo, il più alto dignitario del regno: comandava le forze armate ed amministrava la giustizia e le rendite della casa reale. A partire dal 1127 la carica fu attribuita a nobili imparentati con la famiglia reale ma nel 1191, a causa dell'eccessivo potere che aveva accumulato, fu soppressa da Filippo Augusto che ne spartì le funzioni tra il Connestabile e il Gran Maestro di Francia; la carica riapparve nel XIV secolo come titolo puramente onorifico.

Alla fine del XII secolo fu istituita la figura del siniscalco quale rappresentante del re in una circoscrizione territoriale detta siniscalcato (come l'ufficio al quale era preposto). Il titolo era usato prevalentemente nella Francia meridionale, mentre nella Francia settentrionale si preferiva il titolo di balivo, la cui circoscrizione (come l'ufficio) era detta "baliaggio". Il siniscalco aveva compiti amministrativi, giudiziari e fiscali; alle sue dipendenze erano il "luogotenente generale", che presiedeva il tribunale, e i responsabili delle circoscrizioni in cui si suddivideva la siniscalchia, variamente denominati secondo i luoghi (ad esempio, prevosti). Nel regno di Sicilia, la figura del Gran Siniscalco fu introdotta da Ruggero II: sottoposto al Gran Connestabile, era uno dei sette grandi ufficiali del regno, con il compito di amministrare le proprietà reali e provvedere al vitto del re e della sua corte. La carica sopravvisse in età angioina e aragonese.

Studium
Lo studium, in ambito medievale, fu in generale un luogo

dove si impartiva un insegnamento. Questi luoghi furono il germe da cui sorsero le prime università, dove si tenevano corsi di varie discipline, in un contesto organico.

Le università nel Medioevo che iniziarono a formarsi nei primi decenni del XII secolo per continuare nel XIII secolo (tranne quella di Bologna fondata nel 1088), furono l'evoluzione di un modello di insegnamento impartito soprattutto nelle scuole delle chiese cattedrali e dei monasteri. La loro fioritura fu un rilevante fenomeno culturale e sociale, iscritto nella più generale temperie che è stata definita, da Charles Homer Haskins, come Rinascimento del XII secolo.

Le scuole formate presso le sedi monastiche o vescovili vedevano crescere la domanda di istruzione. In alcuni luoghi, tra i primi Bologna e Parigi, studenti e professori si associarono e crearono quelle scuole, che chiamarono università, per la presenza di studenti provenienti anche da altre nazioni.

Trivium

Il trivio o trivium, in epoca medievale, stava ad indicare ad un tempo tre arti liberali ed il loro insegnamento. Ad esso seguiva tematicamente il quadrivio.

Il Trivium riguardava tre discipline filosofico-letterarie:

Grammatica, ovvero la lingua latina; Retorica, cioè l'arte di comporre un discorso e di parlare in pubblico; Dialettica, cioè la filosofia.

Xenodochion

Dal primo medioevo, un xenodochium o xenodochion era un tipo di ostello o ospedale, di solito specificamente per stranieri o pellegrini, ma il termine potrebbe riferirsi a istituzioni caritative in generale. Gli xenodochia erano più comuni delle istituzioni di natura più specifica, come il gerocomium, il nosocomium e l'orfanotrofia. Un ospedale per le vittime della peste veniva chiamato xenodochium pestiferorum.

[Le definizioni riportate in questa raccolta di termini specialistici sono tratte per la maggior parte da Wikipedia o da Enciclopedia Treccani. L'autore è un sostenitore di Wikipedia]

I romanzi di Carlo Alfieri

Disponibili su Amazon in cartaceo e come e-book

1) Lo strano caso del blu di metilene
2) La Nemesi Moldava
3) Il Giureconsulto (Volumi 1° e 2°)
4) Rosa come l'inferno
5) Fare musica a Milano
6) Sonata per Júlia
7) L'individuo B
8) Ultimi giorni del corallo buono
9) Nella brughiera (per ritrovare se stessi)
10) La cerimonia delle peonie
11) Il Caposervizio
12) Partire, per giammai tornare
13) Romanzo rosa dipinto di blu
14) Il grande Arkan
15) Memorie dello scemo del villaggio
16) I giorni e le opere di un promettente esordiente
17) Solar Park
18) Il principio di tutte le cose
19) Romanzo di una storia nata male
20) Una vita complicata
21) Come un turbine di neve
22) Penn Station Blues (in inglese)

Printed in Great Britain
by Amazon

19005165R00222